HAM ON RYE 호밀빵 햄 샌드위치

HAM ON RYE 호밀빵 햄 샌드위치

찰스 부코스키 장편소설

박현주 옮김

HAM ON RYE
by CHARLES BUKOWSKI

이 책은 실로 꿰매어 제본하는 정통적인 사철 방식으로 만들어졌습니다.
사철 방식으로 제본된 책은 오랫동안 보관해도 손상되지 않습니다.

모든 아버지들에게

1

내 첫 기억은 어떤 물건의 아래에 있었던 것이다. 그 어떤 물건이란 식탁이었다. 식탁 다리가 보였다. 사람들의 다리와 늘어진 식탁보의 한 자락이 보였다. 그 아래는 어두웠고, 나는 그 아래가 마음에 들었다. 독일에 있었을 때였을 것이다. 나는 한 살과 두 살 사이였을 것이다. 1922년이었다. 식탁 아래에서 나는 기분이 좋았다. 내가 거기 있는 걸 아무도 모르는 듯했다. 깔개와 사람들의 다리 위로 햇살이 어렸다. 그 햇살이 좋았다. 사람들의 다리는 재미가 없었다. 늘어진 식탁보와 달리, 식탁 다리와 달리, 햇살과 달리.

그런 후에는 아무것도 없다가…… 크리스마스트리가 있다. 촛불. 새 모양 장식품 — 부리에 작은 열매가지를 물고 있는 새. 별 하나. 싸우는 커다란 사람 둘. 고함 소리. 음식을 먹는 사람들. 언제나 뭔가를 먹는 사람들. 나도 먹었다. 내 숟가락은 휘어져서 뭔가 먹으려 할 때면 오른손으로 숟가락을 들어야만 했다. 왼손으로 들면 숟가락이 입 반대쪽으로 휘어졌다. 나는 왼손으로 숟가락을 들고 싶었다.

두 사람이 있었다. 더 큰 쪽은 곱슬머리에 커다란 코, 커다

7

란 입, 숱 많은 눈썹. 더 큰 사람은 항상 화가 난 듯했고 종종 고함을 질렀다. 더 작은 사람은 조용하고 얼굴이 둥글고, 보다 창백하고 눈이 컸다. 나는 둘 다 무서웠다. 이따금 세 번째 사람이 있기도 했다. 목에 레이스가 달린 드레스를 입는 뚱뚱한 사람. 그 여자는 커다란 브로치를 달았고 얼굴에는 짧은 털이 솟은 사마귀가 많이 났다. 〈에밀리〉, 사람들은 그 여자를 이렇게 불렀다. 이 사람들은 같이 있어도 행복하지 않은 것 같았다. 에밀리는 할머니, 내 아버지의 어머니였다. 내 아버지의 이름은 〈헨리〉였다. 내 어머니의 이름은 〈캐서린〉이었다. 나는 두 사람을 이름으로 부른 적이 없었다. 나는 〈헨리 주니어〉였다. 이 사람들은 대체로 독일어로 말했고, 처음에는 나도 그랬다.

할머니가 한 말에 대한 내 첫 기억은 〈너희 **모두를** 묻어 버리겠다!〉였다. 할머니는 우리가 식사를 시작하기 직전에 이 말을 처음으로 했고, 그 후에도 여러 번 말하곤 했다. 식사를 시작하기 직전에. 먹는 일은 무척 중요해 보였다. 우리는 매시트포테이토와 그레이비를, 특히 일요일마다 먹었다. 또 로스트비프와 크나크부어스트[1]와 사우어크라우트,[2] 완두콩, 루바브, 당근, 시금치, 강낭콩, 닭고기, 미트볼이나 가끔은 라비올리와 섞은 스파게티를 먹었다. 삶은 양파와 아스파라거스도 있었고, 매주 일요일에는 바닐라 아이스크림을 얹은 딸기 쇼트케이크도 있었다. 아침 식사로 프렌치토스트와 소시지를 먹었고, 베이컨과 스크램블드에그를 곁들인 핫케이크나 와플도 있었다. 그리고 늘 커피가 있었다. 하지만 내가

---

1 짧고 굵은 독일식 소시지.
2 양배추를 절인 독일식 채소 요리.

가장 똑똑히 기억하는 것은 매시트포테이토와 그레이비, 그리고 〈너희 **모두를** 묻어 버리겠다!〉라고 말하던 내 할머니, 에밀리이다.

할머니는 우리가 미국에 온 후에도 패서디나부터 로스앤젤레스까지 빨간 전차를 타고 우리를 자주 방문했다. 우리는 모델 T 포드 자동차를 타고 아주 가끔만 할머니를 보러 갔다.

나는 할머니 집이 좋았다. 한데 붙어 흐드러지게 늘어진 후추나무들 아래 있는 작은 집이었다. 에밀리는 여러 다른 새장에 카나리아들을 키웠다. 어느 날의 방문이 가장 똑똑히 기억난다. 그날 저녁 할머니는 새들이 푹 잘 수 있도록 하얀 덮개로 새장을 덮고 다녔다. 사람들은 의자에 앉아 이야기를 나눴다. 피아노가 한 대 있어서, 사람들이 이야기를 나눌 때 나는 피아노 앞에 앉아 건반을 누르면서 그 소리에 귀를 기울였다. 피아노 맨 끝에 있는 건반들 소리가 제일 좋았다. 거기에서는 거의 아무 소리도 나지 않았다. 그 건반들은 얼음 조각이 서로 부딪치는 소리 같은 것을 냈다.

「그만두지 못하겠냐?」 아버지가 큰 소리로 말했다.

「애가 피아노 좀 치게 놔둬라.」 할머니가 말했다.

어머니는 미소를 띠었다.

「저 애는,」 할머니가 말했다. 「내가 요람에서 들어 올려 입 맞추려니까 손을 뻗어 내 코를 쳤지 뭐냐!」

그들은 좀 더 이야기를 나누었고 나는 계속 피아노를 쳤다.

「저거 조율 좀 하는 게 어때요?」 아버지가 물었다.

그때 우리가 할아버지를 만나러 간다는 말을 들었다. 내 할아버지와 할머니는 함께 살지 않았다. 할아버지는 나쁜 남자라고, 입에선 냄새가 난다는 말을 들었다.

「왜 할아버지 입에서 냄새가 나는데요?」

그들은 대답하지 않았다.

「왜 냄새가 나는데요?」

「술을 마시니까.」

우리는 모델 T를 타고 내 할아버지 레너드를 만나러 갔다. 차를 세웠을 때 할아버지는 집 앞 포치³에 서 있었다. 할아버지는 늙었지만 무척 꼿꼿하게 서 있었다. 독일에서 그는 육군 장교였고, 도로에 금(金)이 깔려 있다는 말을 듣고 미국에 왔다. 도로에 금은 없었고, 그래서 할아버지는 건설 회사 사장이 되었다.

다른 사람들은 차에서 내리지 않았다. 할아버지는 나를 향해 손가락을 까닥거렸다. 누군가 차 문을 열었고 나는 내려서 할아버지에게 걸어갔다. 할아버지의 머리카락은 순백색으로 길었고, 턱수염도 순백색으로 길었다. 가까이 다가가서 보니 눈이 나를 바라보는 푸른 전등처럼 빛났다. 나는 할아버지와 조금 거리를 두고 멈춰 섰다.

「헨리.」 할아버지가 말했다. 「너랑 나, 우리는 서로 아는 사이지. 집 안으로 들어오너라.」

할아버지가 한 손을 뻗었다. 가까이 다가서자 입 냄새를 맡을 수 있었다. 냄새가 너무 독했지만, 할아버지는 내가 이제껏 본 사람 중에 가장 아름다운 남자였으므로 무섭지 않았다.

나는 할아버지와 함께 집으로 들어갔다. 할아버지는 나를

3 건물 입구나 현관에 지붕을 갖추어 차를 대거나 비바람을 피하도록 만든 곳.

의자로 안내했다.

「자리에 앉거라. 너를 보다니 정말 기쁘구나.」

할아버지는 다른 방으로 들어갔다. 그러더니 작은 양철 상자를 가지고 나왔다.

「널 위한 거다. 열어 봐라.」

나는 뚜껑을 잡고 낑낑댔다. 상자를 열 수가 없었다.

「자.」 할아버지가 말했다. 「내가 해보지.」

할아버지는 뚜껑을 헐겁게 하고 내게 양철 상자를 도로 건넸다. 뚜껑을 들어 보니 이 십자가, 리본이 달린 독일 십자 훈장이 있었다.

「아, 안 돼요.」 나는 말했다. 「할아버지가 가지세요.」

「이건 네 거야.」 할아버지가 말했다. 「그냥 낡아 빠진 휘장이다.」

「고맙습니다.」

「이제 가보는 게 좋겠구나. 다들 걱정할 거야.」

「알겠어요. 안녕히 계세요.」

「잘 가라, 헨리. 아니, 잠깐 기다려…….」

나는 멈췄다. 할아버지는 바지의 작은 앞주머니에 손가락 두 개를 집어넣고 다른 손으로 긴 금줄을 잡아당겼다. 그런 후에 내게 줄이 달린 황금 회중시계를 건넸다.

「고맙습니다, 할아버지…….」

그들이 밖에서 기다리고 있었고, 내가 모델 T에 올라타자 우리는 출발했다. 차를 타고 가며 모두 이런저런 얘기를 했다. 그들은 이야기를 멈추지 않았다. 할머니 집으로 돌아가는 내내 얘기했다. 그들은 수많은 얘기를 했지만, 결코 한 번도, 할아버지에 대한 얘기는 하지 않았다.

2

　모델 T 자동차를 기억한다. 좌석이 높고 발판이 친근해 보이는 차. 추운 날 아침, 그리고 종종 다른 때에도 아버지는 수동 손잡이를 엔진 앞쪽에 끼우고 여러 번 돌려 차의 시동을 걸곤 했다.

　「이걸 하다가 팔이 부러질 수도 있어. 말 뒷발에 차인 것처럼 뒤로 나간다니까.」

　할머니가 찾아오지 않을 때면 우리는 모델 T를 타고 일요일 드라이브를 나갔다. 부모님은 오렌지 숲을 좋아했다. 언제나 꽃이 피어 있거나 오렌지가 가득 달려 있는 나무들이 몇 킬로미터씩이나 뻗어 있었다. 내 부모님은 소풍 바구니와 금속 상자를 가지고 있었다. 금속 상자에는 드라이아이스 위에 냉동 과일 캔이 들어 있었고, 소풍 바구니에는 비엔나소시지와 리버워스트,[4] 살라미 샌드위치, 포테이토칩, 바나나와 탄산음료가 있었다. 탄산음료는 금속 상자와 소풍 바구니 사이에서 계속 왔다 갔다 자리를 바꾸었다. 빨리 얼어서 나중에 해동해야 했다.

4 돼지 간과 돼지고기로 만든 독일식 소시지.

아버지는 캐멀 담배를 피웠고 캐멀 담뱃갑으로 보여 줄 수 있는 여러 묘기나 게임을 알고 있었다. 피라미드가 몇 개게? 세어 봐. 우리가 그걸 세면, 아버지는 우리가 놓친 것들을 보여 주곤 했다.

또 낙타의 혹과 담뱃갑에 쓰인 단어로도 할 수 있는 속임수가 있었다. 캐멀 담배는 마법의 담배였다.

어느 특별한 일요일 하루가 생각난다. 소풍 바구니는 비어 있었다. 그래도 우리는 여전히 오렌지 숲을 따라 차를 타고 갔다. 우리가 살던 곳에서 멀리 더 멀리.

「아빠.」어머니가 물었다. 「기름 떨어질 것 같지 않아요?」

「아니, 씨팔 기름은 많아.」

「우리 어디 가는 거예요?」

「씨팔 오렌지 가지러 가잖아!」

차를 타고 가는 동안 어머니는 아주 조용히 앉아 있었다. 아버지는 길옆에 차를 대고 철조망 울타리 앞에 주차했다. 우리는 거기 앉아 귀를 기울였다. 그때 아버지가 문을 발로 차서 열고 밖으로 나갔다.

「바구니 가져와.」

우리는 모두 울타리의 철망을 통해 넘어갔다.

「따라와.」아버지가 말했다.

다음 순간 우리는 두 줄로 늘어선 오렌지 나무들 사이에 있었다. 나뭇가지와 이파리가 햇빛을 가려 그늘졌다. 아버지는 걸음을 멈추고 손을 뻗어 가장 가까운 나무의 낮은 가지에서 오렌지를 뚝뚝 따기 시작했다. 아버지는 화난 듯 나무에서 오렌지를 뚝뚝 땄고, 나뭇가지들도 화난 듯 위아래로 날뛰었다. 아버지는 오렌지를 어머니가 든 소풍 바구니에 던져 넣었다. 이따금 아버지가 빗맞히면 내가 오렌지를 쫓아가서 바구니에 넣었다. 아버지는 이 나무에서 저 나무로 옮겨가며 낮은 가지에서 오렌지를 뚝뚝 따 소풍 바구니에 던져 넣었다.

「아빠, 이만하면 충분해요.」 어머니가 말했다.

「택도 없어.」

아버지는 계속 뚝뚝 땄다.

그때 한 남자가 다가왔다. 키가 아주 큰 남자였다. 남자는 엽총을 들고 있었다.

「좋아, 친구. 대체 무슨 짓을 하는 거야?」

「오렌지 따고 있는데. 오렌지가 많잖아.」

「이건 내 오렌지야. 자, 내 말 잘 들어. 당신 여자한테 저거 쏘으라고 해.」

「씨팔 오렌지가 엄청 많잖아. 빌어먹을 오렌지 몇 개 없어도 당신은 아쉬울 게 없는 사람 아냐.」

「오렌지 **하나라도** 없어질 일 없어. 당신 여자한테 쏘으라고 하라고.」

남자는 엽총으로 아버지를 가리켰다.

「쏘아 버려.」 아버지는 어머니에게 말했다.

오렌지들이 바닥에 굴렀다.

「이제, 내 과수원에서 나가.」 남자가 말했다.

「당신은 이 오렌지가 다 필요한 것도 아니잖아.」

「내가 뭐가 필요한지는 내가 알아서 해. 이제 여기서 나가라고.」

「너 같은 자식은 목을 매달아야 해!」

「여기선 내가 법이야. 자, 꺼져!」

남자는 다시 엽총을 들었다. 아버지는 몸을 돌려 오렌지 숲을 빠져나가기 시작했다. 우리는 아버지를 뒤따랐고, 남자는 우리를 뒤쫓았다. 우리는 차에 탔지만, 하필 차에 시동이 걸리지 않는 그런 날이었다. 아버지는 차에서 나와 손잡이를 돌렸다. 두 번 돌렸지만 시동은 걸리지 않았다. 아버지는 땀을 흘리기 시작했다. 남자는 길가에 서 있었다.

「망할 시동을 걸어!」 남자가 말했다.

아버지가 손잡이를 다시 돌릴 준비를 했다. 「우린 당신 땅에 있는 게 아냐! 우리가 있고 싶은 대로 씨팔 여기 있어도 된다고!」

「웃기시네! 저거 가지고 여기서 **나가**, 빨리!」

아버지가 다시 손잡이를 돌렸다. 엔진은 푸르르 떨더니 멈춰 버렸다. 어머니는 텅 빈 소풍 바구니를 무릎 위에 놓고 앉아 있었다. 나는 그 남자를 보기가 무서웠다. 아버지가 다시 손잡이를 돌리자 시동이 걸렸다. 아버지는 차에 뛰어올라 운전대 위의 레버를 당기기 시작했다.

「다시는 오지 마. 다음번엔 이렇게 순순히 빠져나가게 두지 않을 테니.」 남자가 말했다.

아버지는 모델 T를 출발시켰다. 남자는 여전히 길가에 서 있었다. 아버지는 차를 무척 빨리 몰았다. 그러다 속도를 늦추고 유턴했다. 아버지는 남자가 서 있던 자리로 돌아갔다. 남자는 가고 없었다. 우리는 다시 속도를 내어 오렌지 숲 속을 빠져나왔다.

「언젠가 다시 돌아와서 저 개자식 손봐 줄 거야.」 아버지가 말했다.

「아빠, 오늘 밤에 맛있는 저녁 먹어요. 뭐 먹고 싶어요?」어머니가 물었다.

「포크 촙.」아버지가 대답했다.

나는 아버지가 차를 그렇게 빨리 모는 것을 본 적이 없었다.

3

아버지에겐 형제가 둘 있었다. 동생의 이름은 벤이었고 형의 이름은 존이었다. 둘 다 알코올 중독자였고 인간말짜였다. 부모님은 종종 삼촌들 얘기를 하곤 했다.

「둘 다 아무짝에도 쓸모없어.」 아버지가 말했다.

「아빠는 그냥 나쁜 가족에게서 태어난 거예요.」 어머니가 말했다.

「**당신** 형제도 아무짝에도 쓸모없잖아, 망할!」

어머니의 형제는 독일에 있었다. 아버지는 종종 외삼촌을 나쁘게 말하곤 했다.

내겐 다른 친척 아저씨도 있었다. 잭, 아버지의 누이 엘리노어와 결혼한 고모부였다. 나는 잭 고모부나 엘리노어 고모를 만난 적이 없었다. 고모네와 아버지 사이의 감정이 나빴기 때문이었다.

「손에 난 이 흉터 보이냐?」 아버지가 물었다. 「글쎄, 이건 내가 아주 어렸을 때 엘리노어가 날카로운 연필로 찔러서 생긴 상처다. 이 흉터는 절대로 없어지지 않아.」

아버지는 사람들을 좋아하지 않았다. 아버지는 나를 좋아

17

하지 않았다. 「애들은 보이는 데 놔두고 말을 못 하게 해야
해.」 아버지가 내게 말했다.

에밀리 할머니가 오지 않은 일요일 이른 오후였다.
「벤을 만나러 가야겠어요. 죽기 직전이래요.」 어머니가 말
했다.
「그 녀석 에밀리한테 돈을 그렇게 빌려 가놓고. 그걸 다 도
박과 여자, 술 처먹는 데 써버렸어.」
「나도 알아요, 아빠.」
「에밀리는 죽을 때 남겨 줄 돈도 없을 거야.」
「그래도 벤을 보러 가야 해요. 앞으로 고작 2주일 남았다
니까.」
「알았어, 알았다고! 가면 되잖아!」
그래서 우리는 나가서 모델 T에 올라타고 길을 떠났다. 시
간이 좀 걸렸고, 어머니는 꽃을 사러 잠깐 들렀다. 산맥으로
향하는 긴 여행이었다. 우리는 산기슭의 작은 언덕에 이르러
산 위로 오르는 작은 굽잇길을 탔다. 벤 삼촌은 그곳 요양원
에서 결핵으로 죽어 가고 있었다.
「벤을 여기에 보내느라 에밀리가 돈깨나 썼겠는데.」 아버
지가 말했다.
「어쩌면 레너드가 보태 주고 있는지도 몰라요.」
「레너드도 무일푼이야. 술 퍼마시는 데 다 써버렸다고.」
「난 레너드 할아버지 좋던데.」 내가 말했다.
「애들은 보이는 데 놔두고 말을 못 하게 해야 해.」 아버지
는 말했다. 그러더니 계속 말했다. 「아, 그 레너드. 우리 어린
애들한테 잘해 줬던 때는 술 취했을 때밖에 없었어. 우리랑

18

농담도 하고 돈도 줬지. 하지만 다음 날 맑은 정신일 때는 세상에서 가장 심술 사나운 인간이었다고.」

모델 T는 산을 꽤 괜찮게 올라갔다. 공기는 맑고 화창했다.

「다 왔다.」아버지는 차를 요양원 주차장 안으로 몰아넣었고 우리는 차에서 내렸다. 나는 어머니와 아버지를 따라 건물 안으로 들어갔다. 우리가 방 안에 들어갔을 때, 벤 삼촌은 침대에서 일어나 앉아 창밖을 바라보고 있었다. 우리가 들어가자 삼촌은 고개를 돌려 우리를 보았다. 무척 잘생긴 남자였다. 마른 몸에 머리카락은 검었고 반짝이는 검은 눈은 반짝이는 빛을 받으면 더 환하게 빛났다.

「안녕하세요, 벤.」어머니가 말했다.

「안녕하세요, 케이티.」그러더니 삼촌은 나를 보았다. 「얘가 헨리인가요?」

「네.」

「앉아라.」

아버지와 나는 자리에 앉았다.

어머니는 그대로 서 있었다. 「이 꽃들 어쩌죠, 벤. 꽃병이 안 보이네요.」

「멋진 꽃이네요, 고마워요, 케이티. 아니, 꽃병은 없어요.」

「내가 가서 꽃병을 가져올게요.」어머니가 말했다.

어머니는 꽃을 든 채로 방을 나갔다.

「네 여자 친구들은 지금 다 어디에 있냐, 벤?」아버지가 물었다.

「때때로 드나들지.」

「그러시겠지.」

「드나든다고.」

「우리가 여기 온 건 캐서린이 널 보고 싶어 해서야.」

「알아.」

「저도 보고 싶었어요, 벤 삼촌. 삼촌은 정말 예쁜 남자인 것 같아요.」

「예쁘긴 개뿔.」 아버지가 말했다.

어머니가 꽃을 꽃병에 꽂아 들고 방으로 들어왔다.

「여기요. 창가 옆 이 탁자 위에 놓을게요.」

「정말 꽃이 예쁘군요, 케이티.」

어머니는 자리에 앉았다.

「우린 너무 오래 있을 수 없어.」 아버지가 말했다.

벤 삼촌은 매트리스 아래로 손을 넣더니 담배 한 갑을 끄집어냈다. 삼촌은 한 개비를 뽑아 성냥으로 불을 붙였다. 그는 한 모금 길게 빨아들이고 연기를 내뱉었다.

「담배는 금지라는 거 알고 있을 텐데.」 아버지가 말했다. 「네가 어디서 그 담배를 얻었는지 알아. 그 매춘부들이 가져다줬겠지. 뭐, 내가 가서 의사들한테 말할 거야. 병원에 말해서 그 매춘부들을 이 안에 들이지 못하게 할 거라고!」

「그런 똥 같은 짓 못 할걸.」 삼촌이 말했다.

「그 담배를 입에서 당장 빼앗아 버리고 싶은 마음은 있지!」 아버지가 말했다.

「형이 뭘 할 마음 같은 걸 가졌던 때가 있었나.」 삼촌이 말했다.

「벤.」 어머니가 말했다. 「담배 피우시면 안 돼요. 그러다 죽어요.」

「한평생 잘 살았으니 됐죠.」 삼촌이 말했다.

「잘 살기는 무슨.」 아버지가 말했다. 「거짓말에, 술판에, 빚

20

에다가 오입질이나 하고, 게다가 또 술을 마시고. 한평생 일해 본 적도 없으면서! 그런데 이제 고작 스물네 살에 죽어 간다고!」

「그 말은 다 맞아.」 삼촌이 말했다. 그는 캐멀 담배를 다시한 번 깊숙이 빨아들였다가 내뿜었다.

「여기서 나가자.」 아버지가 말했다. 「이 인간은 제정신이 아니야!」

아버지가 일어섰다. 그러자 어머니가 일어섰다. 나도 일어섰다.

「잘 가요, 케이티.」 삼촌이 말했다. 「그리고 잘 가라, 헨리.」그는 어느 쪽 헨리인지 명확히 가리키려고 나를 바라보았다.

우리는 아버지를 뒤따라 요양원 복도를 지난 후 모델 T를세워 놓은 주차장으로 들어갔다. 우리가 차에 올라타자 시동이 걸렸고, 우리는 굽잇길을 따라 산을 내려오기 시작했다.

「더 오래 있었어야 했는데.」 어머니가 말했다.

「결핵은 옮는 병인 거 몰라?」 아버지가 물었다.

「삼촌은 아주 예쁜 사람인 것 같아요.」 나는 말했다.

「그거 병 때문이야.」 아버지가 말했다. 「그래서 그렇게 보이는 거야. 그리고 결핵 말고도 다른 것도 많이 걸렸을 거다.」

「다른 거 뭐요?」 나는 물었다.

「너한텐 말할 수 없어.」 아버지가 대답했다. 아버지는 모델 T의 운전대를 돌려 굽잇길을 내려왔고 그동안 나는 그게 뭘까 생각했다.

4

또 다른 일요일에 우리는 모델 T에 올라타고 존 삼촌을 찾아 나섰다.

「형은 야심이라곤 없어.」 아버지가 말했다. 「어떻게 그 망할 머리를 꼿꼿이 쳐들고 사람들 눈을 볼 수 있는지 모르겠단 말이야.」

「담배나 씹지 않았으면 좋겠어요.」 어머니가 말했다. 「찌꺼기를 아무 데나 뱉더라고요.」

「이 나라가 형 같은 애들로 넘쳐 나면 되놈들이 나라를 차지하고 **우리**는 세탁소나 하게 될걸······.」

「존은 지금껏 기회가 없었잖아요.」 어머니가 말했다. 「일찍 가출을 해서. 적어도 당신은 고등학교 교육이라도 받았는데.」

「대학이야.」 아버지가 말했다.

「어디요?」 어머니가 물었다.

「인디애나 주립 대학.」

「잭 말로는 당신은 고등학교만 다녔다던데.」

「**잭**이야말로 고등학교만 다녔지. 그래서 부자들 밑에서 정원이나 가꾸는 거고.」

22

「나 잭 고모부 만나러 갈 수 있어요?」 내가 물었다.

「먼저 존 삼촌부터 찾을 수 있는지 보고.」 아버지가 말했다.

「되놈들이 정말 이 나라를 차지해요?」 내가 물었다.

「그 누런 악마들은 수 세기 동안 그럴 기회만 노렸지. 그걸 못 한 건 왜놈들이랑 싸우느라 너무 바빠서였어.」

「누가 더 잘 싸워요? 되놈과 왜놈 중에?」

「왜놈이지. 문제는 되놈이 수가 너무 많다는 거야. 되놈 한 명 죽이면 반으로 갈라져서 두 놈이 된다니까.」

「어째서 그 사람들은 피부가 노래요?」

「물을 마시는 대신 자기 오줌을 마셔서 그래.」

「아빠, 애한테 그런 말 **마요**!」

「그럼 애한테 그만 좀 물어보라고 그래.」

우리는 차를 타고 로스엔젤레스의 또 다른 따뜻한 날을 지나갔다. 어머니는 예쁜 옷과 근사한 모자를 골라 차려입었다. 어머니는 예쁘게 꾸몄을 때, 항상 꼿꼿이 앉아 목을 뻣뻣하게 쳐들었다.

「존과 그 가족을 도와줄 수 있을 만큼 우리가 돈이 많았으면 좋았을걸.」 어머니가 말했다.

「걔네가 요강 하나 없는 건 내 잘못이 아냐.」 아버지가 대답했다.

「아빠, 존도 당신처럼 전쟁에 나갔었잖아요. 그도 뭔가 받을 자격이 있다고 생각하지 않아요?」

「걔는 진급도 못 했어. 나는 상사가 됐다고.」

「헨리, 형제들이 모두 당신 같을 순 없어요.」

「걔들은 그러고 싶은 **의욕**이 개뿔 하나도 없어! 형편대로 살면 되는 건 줄 안다고!」

우리는 차를 타고 조금 더 멀리 갔다. 존 삼촌과 그 가족은 원형 단지에 살았다. 우리는 갈라진 보도를 걸어 푹 내려앉은 포치로 다가갔고, 아버지가 초인종을 눌렀다. 초인종에선 소리가 나지 않았다. 아버지는 시끄럽게 문을 두드렸다.

「문 열어! 경찰이다!」 아버지가 고함을 질렀다.

「아빠, 그만해요!」 엄마가 말했다.

꽤 오랜 시간이 흐른 듯한 후에, 문이 빠끔 열렸다. 그러더니 좀 더 활짝 열렸다. 그렇게 우리는 애나 숙모를 만날 수 있었다. 숙모는 무척 말랐고, 뺨이 푹 꺼졌으며 눈 밑 살은 주머니처럼 늘어졌다. 어두운 주머니. 숙모는 목소리도 가늘었다.

「아, 헨리…… 캐서린…… 들어오세요.」

우리는 숙모를 따라 안으로 들어갔다. 가구가 별로 없었다. 귀퉁이에는 탁자와 의자 네 개가 간이 식사용으로 놓여 있고, 침대 두 개가 있었다. 어머니와 아버지는 그 의자에 앉았다. 두 여자애, 캐서린과 벳시는(애들 이름은 나중에 알았다) 싱크대에서 번갈아 가며 거의 텅 빈 땅콩버터 단지에서 땅콩버터를 긁어내려 애쓰고 있었다.

「막 점심 먹던 참이에요.」 애나 숙모가 말했다.

여자애들이 마른 빵 전체에 땅콩버터를 얇게 펴 바르며 다가왔다. 그들은 연신 병 안을 들여다보며 칼로 긁어 댔다.

「존은 어디 있어요?」 아버지가 물었다.

숙모는 맥없이 자리에 앉았다. 숙모는 매우 약하고 매우 창백해 보였다. 원피스는 더러웠고 머리는 빗질하지 않았으며, 피곤하고 슬퍼 보였다.

「우리도 기다리는 중이었어요. 한동안 그이를 보지 못했어요.」

「어디 갔어요?」

「모르겠어요. 자기 오토바이를 타고 그냥 떠났어요.」

「형이 하는 짓은 그게 다야.」 아버지가 말했다. 「지 오토바이나 챙기고.」

「얘가 헨리 주니어예요?」

「그래요.」

「얘는 그냥 쳐다보기만 하네요. 참 얌전해요.」

「우리가 그렇게 있으라고 하니까요.」

「물이 깊을수록 소리가 없죠.」

「얘는 아닐걸요. 얘한테 깊은 게 있다면, 귓구멍뿐일까.」

두 여자애는 빵 조각을 들고 밖으로 나가더니 층계참에 앉아 먹기 시작했다. 그들은 우리에게 말을 걸지 않았다. 나는 애들이 꽤 괜찮다고 생각했다. 엄마처럼 말랐지만, 아직 꽤 예뻤다.

「어떻게 지냈어요, 애나?」 어머니가 물었다.

「괜찮아요.」

「몸이 안 좋아 보여요. 음식이 좀 필요할 것 같은데.」

「삼촌네 아들은 왜 앉지 않나요? 앉아, 헨리.」

「얘는 서 있는 거 좋아해요.」 아버지가 말했다. 「그래야 애가 튼튼해지죠. 얘는 되놈들과 싸울 준비를 하고 있어요.」

「너 중국인들이 좋지 않니?」 숙모가 내게 물었다.

「별로요.」 나는 대답했다.

「그래요, 애나.」 아버지가 물었다. 「요새 어때요?」

「사실 끔찍해요…… 집주인이 자꾸 집세를 독촉해서. 아주 고약하게 굴고 있어요. 겁도 주고요. 어떻게 해야 할지 모르

25

겠어요.」

「경찰이 존을 쫓고 있다고 들었는데.」 아버지가 말했다.

「엄청난 짓을 저지른 건 아니에요.」

「형이 뭘 저질렀는데요?」

「10센트짜리 동전을 위조했다더라고요.」

「**동전**? 세상에. 대체 무슨 야심이 있어서 **그랬다지**?」

「존은 진짜로 나쁜 짓을 저지르려던 건 아닐 거예요.」

「내가 볼 때는 형은 **뭐든** 하고 싶지 않은 것 같던데.」

「할 수 있으면 했을걸요.」

「그래요. 개구리한테 날개가 있으면, 형이 그렇게 빈털터리가 되진 않았겠지!」

그 이후로는 침묵이 흘렀고, 그들은 거기 그대로 앉아 있었다. 나는 고개를 돌려 바깥을 보았다. 여자애들은 포치에 없었다. 어디론가 가버렸다.

「자, 앉으렴, 헨리.」 애나 숙모가 말했다.

나는 그대로 서 있었다. 「고맙습니다. 괜찮아요.」

「애나.」 어머니가 물었다. 「존이 정말 돌아올 것 같아요?」

「암탉들이랑 노는 게 진력나면 돌아올 거야.」 아버지가 말했다.

「존은 아이들을 사랑해요······.」 애나가 말했다.

「경찰이 다른 걸로도 쫓고 있다고 들었는데.」

「뭔데요?」

「강간.」

「강간요?」

「그래요, 애나. 내가 좀 들었는데. 어느 날 오토바이를 타고 나갔다면서요. 어린 여자애가 히치하이킹을 하더래요. 여자애가 오토바이 뒤에 타 함께 가는데, 존이 갑자기 빈 창고를 봤답디다. 그래서 그리로 들어가 문을 닫고 여자애를 강간했다는데.」

「삼촌은 어떻게 알아냈어요?」

「알아내요? 경찰이 와서 말해 줬으니 알았지. 나한테 형이 어디 있냐고 묻던데.」

「그래서 말했어요?」

「뭐 하러 말을 해요? 형을 감옥에 보내서 자기 책임을 피하게 해주려고? 형이 원하는 게 바로 그거일 텐데.」

「그런 식으로 생각해 본 적은 없어요.」

「강간 정도는 괜찮다 그런 말이 아니고요…….」

「가끔 남자들은 자기도 어쩔 수 없이 일을 저지르죠.」

「뭐라고요?」

「제 말은, 아이들을 낳은 후에는요. 그렇게 이런 유의 삶을 살다 보면, 걱정도 너무 많고…… 나도 이젠 더 이상 볼만하지가 않거든요. 남편이 어린 여자를 만났는데 그 여자가 예뻐 보이면…… 게다가 오토바이에도 올라탔다니까, 아시잖아요. 두 팔로 남편 허리를 감고……」

「뭔 소리요?」 아버지가 물었다. 「어떻게 강간당하는 걸 좋아할 수 있어요?」

「저는 그걸 좋아할 것 같진 않아요.」

「뭐, 그 어린 여자애도 좋아했을 것 같진 않은데.」

파리 한 마리가 나타나 탁자 둘레를 빙빙 돌았다. 우리는 그 모습을 지켜봤다.

「여긴 먹을 게 하나도 없는데. 파리가 번지수를 잘못 찾았군.」 아버지가 말했다.

파리는 점점 더 대담해졌다. 더 가까이 빙글빙글 돌면서 앵앵거리는 소리를 냈다. 더 가까이에서 돌수록 앵앵거리는 소리가 더 커졌다.

「존이 집에 올지도 모른다는 얘기를 경찰에게 하진 않겠죠?」숙모는 아버지에게 물었다.

「형이 그렇게 쉽게 책임을 면하도록 놔두진 않을 거요.」아버지가 말했다.

어머니의 한 손이 휙 튀어 올랐다. 어머니는 손을 꼭 쥐었다 다시 탁자 위에 내려놓았다.

「잡았어요.」어머니가 말했다.

「뭘 잡아?」아버지가 물었다.

「파리요.」어머니는 미소를 지었다.

「못 믿겠는데……」

「어디든 파리가 보여요? 파리가 없어졌잖아요.」

「날아간 거지.」

「아니, 손에 잡고 있어요.」

「누구도 그렇게 빠를 순 없어.」

「손에 잡고 있다니까요.」

「헛소리.」

「내 말 못 믿어요?」

「못 믿어.」

「입 벌려 봐요.」

「그래.」

아버지가 입을 벌리자 어머니는 손을 모은 채로 그 위에 댔다. 아버지는 목을 잡고 펄쩍 뛰었다.

「세상에, 망할!」

파리가 아버지 입에서 나와 다시 탁자 주위를 빙글빙글 돌았다.

「이만하면 됐어.」 아버지가 말했다. 「우린 집에 간다!」

아버지는 일어서서 문밖으로 나와 길을 따라 내려가 모델 T에 올라섰다. 그리고 험악한 표정으로 무척 뻣뻣하게 거기에 앉았다.

「통조림을 몇 개 가져왔어요.」 어머니가 숙모에게 말했다. 「돈이 아니라 미안한데, 그러면 존이 그걸로 술을 사든지 오토바이 기름값을 대든지 할까 봐 헨리가 걱정을 해서요. 별건 없어요. 수프랑, 다진 고기, 콩…….」

「오, 캐서린, 고마워요! 고마워요, 둘 다…….」

어머니는 일어섰고 나는 그 뒤를 따랐다. 차 안에는 통조림 두 상자가 있었다. 아버지가 차 안에 경직된 자세로 앉아 있는 것을 보았다. 여전히 화가 나 있었다.

어머니는 내게 작은 통조림 상자를 건네고 자신은 큰 상자를 들었다. 나는 어머니를 따라 원형 단지로 들어갔다. 우리는 상자들을 간이 식탁에 내려놓았다. 애나 숙모가 다가와 통조림 하나를 들었다. 완두콩 통조림으로, 그 위에는 작고 동그란 완두콩으로 뒤덮인 상표가 붙어 있었다.

「정말 근사해요.」 숙모가 말했다.

「애나, 우리는 가야 해요. 헨리의 위엄이 흔들리니까요.」

숙모는 두 팔로 어머니를 안았다. 「모든 일이 너무 끔찍했어요. 하지만 이건 꿈만 같아요. 애들이 집에 올 때까지 기다려 줘요. 애들이 이 통조림들을 다 볼 때까지 기다려요.」

어머니도 숙모를 도로 안아 주었다. 그런 후에 두 사람은 떨어졌다.

「존은 나쁜 사람이 아니에요.」숙모가 말했다.

「알아요.」어머니가 대답했다. 「잘 있어요, 애나.」

「잘 가요, 캐서린. 잘 가라, 헨리.」

어머니는 몸을 돌려 문밖으로 나갔다. 나는 그 뒤를 따랐다. 우리는 차로 걸어가 올라탔다. 아버지가 시동을 걸었다.

차를 타고 떠날 때, 나는 숙모가 문가에 서서 손을 흔드는 것을 보았다. 어머니도 답례로 손을 흔들었다. 아버지는 손을 흔들지 않았다. 나도 흔들지 않았다.

5

나는 점점 아버지가 싫어지기 시작했다. 아버지는 항상 무언가에 화를 냈다. 어딜 가든 아버지는 사람들과 시비가 붙었다. 하지만 사람들을 별로 겁주지도 못하는 것처럼 보였다. 사람들은 그저 침착하게 아버지를 빤히 바라보는 경우가 많았고, 그러면 아버지는 더욱 격분했다. 드물기는 해도 외식을 할 때면 아버지는 항상 음식에 트집을 잡았고 때때로 돈을 내지 않겠다고 버티기도 했다. 「이 휘핑크림에 파리똥이 들어 있잖아! 대체 어떻게 돼먹은 식당이야?」

「죄송합니다, 손님. 음식값은 내지 않으셔도 됩니다. 그냥 가셔도 됩니다.」

「간다고! 알았어! 하지만 다시 올 거야. 이 망할 식당에 불을 싸질러 버릴 거야!」

한번은 드러그 스토어에 갔는데, 어머니와 내가 한편에 서 있는 동안 아버지는 직원에게 고함을 질러 댔다. 다른 직원이 어머니에게 물었다. 「저 끔찍한 남자는 누구예요? 여기 올 때마다 항상 시비를 건다니까요.」

「제 남편이에요.」 어머니는 직원에게 말했다.

그렇지만 또 다른 때도 기억난다. 아버지는 우유 배달부로 일했기에 이른 아침에 배달을 했다. 어느 날 아침 아버지가 나를 깨웠다. 「가자, 네게 보여 줄 게 있다.」 나는 아버지와 함께 밖으로 나갔다. 잠옷 차림에 슬리퍼를 신은 채였다. 여전히 어두웠고, 아직 달이 떠 있었다. 우리는 말이 끄는 우유 수레까지 걸어갔다. 말은 꼼짝도 않고 서 있었다. 「봐.」 아버지가 말했다. 아버지는 각설탕을 꺼내 손 위에 올려놓고 말에게 내밀었다. 말은 아버지의 손바닥에서 설탕을 핥아 먹었다. 「자, 이제 너도 해봐라……」 아버지가 각설탕을 내 손 위에 올려놓았다. 아주 커다란 말이었다. 「가까이 가! 손을 내밀어!」 나는 말이 손을 물어뜯을까 봐 무서웠다. 고개가 내려왔다. 콧구멍이 보였다. 입술이 뒤로 말렸다. 혀와 이빨이 보였고, 다음 순간 각설탕이 사라졌다. 「여기. 다시 해봐……」 나는 다시 시도했다. 말이 각설탕을 받더니 고개를 가로로 흔들었다. 「됐다.」 아버지가 말했다. 「말이 너한테 똥 싸기 전에 너를 도로 안으로 데리고 가야겠다.」

나는 다른 아이들과 놀아도 된다는 허락을 받지 못했다. 「걔들은 나쁜 애들이야.」 아버지가 말했다. 「부모들이 가난해.」 「그래요.」 어머니도 동의했다. 부모님은 부자가 되고 싶어서 자기들이 부자라는 상상을 하곤 했다.

또래 아이들을 처음 알게 된 곳은 유치원이었다. 아이들은 무척 이상해 보였다. 웃고 떠들고 행복해 보였다. 나는 아이들을 좋아하지 않았다. 늘 아프고 토하고 싶었고, 공기는 이상하게 고요하고 하얘 보였다. 우리는 수채화를 그렸다. 정원에 무 씨앗을 심고 몇 주 후 소금을 쳐서 먹었다. 나는 유치원 선생님이 좋았다. 부모님보다 좋았다. 그때 내가 겪던

문제 하나는 화장실이었다. 늘 화장실이 급했지만 다른 사람들에게 화장실에 가야 한다는 말을 하기가 부끄러워서 참았다. 정말 끔찍하게 참기 힘들었다. 그리고 공기는 하얗고 나는 토하고 싶었다. 똥이 마렵고 오줌이 마려웠다. 하지만 아무 말도 하지 않았다. 다른 애들이 화장실에 다녀올 때면 나는 생각했다. 너희들은 더러워. 거기서 뭔 짓 했지…….

머리를 길게 내리고 눈이 예쁜 어린 여자애들은 짧은 원피스를 입은 모습이 귀여웠다. 하지만 나는 생각했다. 너희들도 거기서 뭔 짓 했지. 아닌 척하면서.

유치원은 대체로 하얀 공기였다…….

초등학교는 사정이 달랐다. 1학년부터 6학년까지. 어떤 아이들은 열두 살이었다. 우리는 모두 가난한 동네 출신이었다. 나는 화장실에 가기 시작했으나 오줌만 쌌다. 언젠가 화장실에서 나오다 꼬마 남자애가 수돗가에서 물을 마시는 것을 보았다. 더 큰 남자아이 하나가 그 뒤로 다가가더니 꼬마의 얼굴을 쏟아지는 물속으로 처박았다. 꼬마가 고개를 들었을 때에는, 치아 몇 개가 부러졌고 얼굴에서 피가 쏟아져 나와 수돗가에도 흘렀다. 「이 얘기 누구한테 하기만 해봐라.」 나이가 더 많은 애가 말했다. 「그럼 정말 가만 안 둘 테니까.」 꼬마는 손수건을 꺼내 입에 가져다 댔다. 교실로 돌아가니 선생님은 때마침 조지 워싱턴과 밸리 포지 전투에 대해 설명하는 중이었다. 그 여선생님은 정교하게 만든 하얀 가발을 썼다. 우리가 말을 듣지 않는 것 같으면 종종 자로 손바닥을 때렸다. 그 여자는 화장실 한 번 간 적이 없었던 것 같다. 나는 선생님이 싫었다.

방과 후 매일 오후마다 나이가 더 많은 남자애들 간에 싸움이 벌어졌다. 싸움은 늘 선생님이 근처에 없는 뒤편 울타리 옆에서 일어났다. 그리고 싸움은 절대 무승부로 끝나는 법이 없었다. 언제나 더 큰 아이와 더 작은 아이 사이의 대결이었고, 더 큰 아이는 주먹으로 더 작은 아이를 몇 번 때리면서 울타리 쪽으로 몰아가곤 했다. 작은 아이가 반격을 시도했지만 소용이 없었다. 곧 얼굴은 피투성이가 되고 피가 흘러 셔츠에 스며들었다. 더 작은 아이들은 말없이 매를 맞았다. 결코 빌지도 않았고, 결코 봐달라고 하지도 않았다. 마침내 큰 아이가 물러서면 싸움은 끝났고 다른 아이들은 승자와 함께 집으로 돌아갔다. 나는 학교에 다니던 내내, 싸움 구경하던 내내 똥을 참은 후에 집으로 재빨리, 혼자 걸어갔다. 보통 집에 도착할 때쯤 되면 마렵던 느낌이 싹 다 사라지기도 했다. 나는 그것이 걱정스러웠다.

6

나는 학교에 친구라고는 없었고 바라지도 않았다. 혼자 있는 편이 더 좋았다. 벤치에 앉아 다른 아이들이 노는 모습을 바라보았고, 아이들은 멍청해 보였다. 어느 날 점심시간에 새로 온 남자아이가 내게 접근했다. 반바지를 입었고, 사시에 안짱다리였다. 나는 남자애가 마음에 들지 않았다. 그 애는 멀쩡해 보이지 않았다. 그 애가 내 옆 벤치에 앉았다.

「안녕, 내 이름은 데이비드야.」

나는 대답하지 않았다.

데이비드는 도시락을 열었다. 「난 땅콩버터 샌드위치 싸 왔어. 너는 뭘 싸 왔니?」

「땅콩버터 샌드위치.」

「나 바나나도 있어. 포테이토칩도. 포테이토칩 먹을래?」

나는 조금 받았다. 그 애는 포테이토칩이 많았다. 바삭하고 짭쪼름했고, 햇빛이 그 사이로 비쳐 들었다. 맛있었다.

「좀 더 먹어도 돼?」

「그래.」

나는 조금 더 받았다. 그 애는 심지어 땅콩버터 샌드위치에 젤리도 발랐다. 젤리가 새어 나와 손가락 사이로 흘렀다. 데이비드는 눈치채지 못하는 것 같았다.

「너 어디 살아?」 그 애가 물었다.

「버지니아 로드.」

「난 픽포드에 사는데. 학교 끝나고 집에 같이 가도 되겠다. 포테이토칩 더 먹어. 너희 담임 선생님은 누구셔?」

「콜럼바인 선생님.」

「우린 리드 선생님이야. 내가 수업 끝나고 너희 반으로 갈게. 집에 같이 가자.」

어째서 그 애는 반바지를 입었을까? 뭘 원하는 걸까? 나는 정말 그 애가 마음에 들지 않았다. 나는 그 애의 포테이토칩을 조금 더 가져갔다.

그날 오후, 방과 후에 데이비드가 나를 찾아왔고 내 옆에서 함께 걷기 시작했다. 「너 아직 이름을 말해 주지 않았는데.」 그 애가 말했다.

「헨리야.」 나는 대답했다.

함께 걸어갈 때, 나는 1학년 아이들 한 무리가 우리 뒤를 쫓는다는 것을 눈치챘다. 처음에는 반 블록 정도 뒤에 있었지만, 다음 순간 간격을 좁혀 바로 우리의 몇 미터 뒤에 섰다.

「쟤들 왜 이러는 거야?」 나는 데이비드에게 물었다.

그 애는 대답하지 않고 계속 걷기만 했다.

「야, 똥 싼 바지!」 그중 한 명이 외쳤다. 「네 엄마가 바지 입은 채로 똥 누게 하니?」

「안짱다리, 알나리깔나리, 안짱다리!」

「사팔뜨기! 이제 곧 죽겠네!」

그러면서 아이들은 우리 주위를 빙빙 돌았다.

「네 친구는 누구냐? 걔가 네 궁둥이에 뽀뽀하냐?」

그중 하나가 데이비드의 멱살을 잡았다. 그 애는 데이비드를 잔디밭 위에 패대기쳤다. 데이비드가 일어섰다. 한 남자애가 뒤에서 잡아당겨 데이비드는 두 손을 짚으며 무릎을 꿇었다. 다른 남자애가 밀치자, 데이비드는 뒤로 쓰러졌다. 또다른 남자애가 그 애를 뒤집어 얼굴을 풀밭에 문질렀다. 그런 다음 애들은 물러섰다. 데이비드는 다시 일어섰다. 그 애는 아무런 소리도 내지 않았지만, 눈물이 얼굴을 타고 흘러내렸다. 덩치가 가장 큰 남자애가 데이비드에게로 걸어갔다.

「너처럼 계집애 같은 놈 우리 학교에 필요 없어. 우리 학교에서 나가!」 남자애는 데이비드의 배에 주먹을 날렸다. 데이비드는 몸을 앞으로 숙였고, 그러자 남자애는 한쪽 무릎으로 데이비드의 얼굴을 갈겼다. 데이비드는 쓰러졌다. 코피가 흘렀다.

이어서 남자애들은 내 주위를 빙빙 돌았다. 「이제 네 차례다!」 애들이 계속 빙빙 돌았고, 그러자 나는 계속 이리저리 돌아섰다. 항상 누군가 뒤에 있었다. 여기에서 나는 똥으로 가득 차 있었고 싸워야 했다. 겁을 먹기도 했지만 동시에 차분하기도 했다. 아이들이 그러는 이유를 알 수 없었다. 아이들은 계속 빙빙 돌았고 나는 계속 이리저리 돌아섰다. 그렇게 다시 또다시 반복했다. 아이들이 뭐라고 내게 고함을 질렀지만 나는 그들이 하는 말을 들을 수 없었다. 마침내 아이들은 물러서더니 거리 저 멀리 사라졌다. 데이비드가 나를 기다리고 있었다. 우리는 픽포드 가에 있는 데이비드의 집을 향해 보도를 따라 내려갔다.

우리는 그 애의 집 앞에 이르렀다.

「나는 지금 들어가 봐야 해, 잘 가.」

「잘 가, 데이비드.」

그 애는 안으로 들어갔고, 다음 순간 그 애 엄마의 목소리가 들렸다. 「**데이비드!** 네 바지랑 셔츠 꼴을 봐라. 다 찢어진 데다가 온통 풀 얼룩이잖니! 어쩜 매일 이러고 들어오니! 말해 봐. 왜 그러는 거야?」

데이비드는 대답하지 않았다.

「엄마가 묻잖니! 어째서 옷을 이렇게 하고 오는 거야?」

「어쩔 수가 없어요, 엄마…….」

「**어쩔** 수가 없어? 멍청한 자식!」

나는 그 애 엄마가 걔를 때리는 소리를 들었다. 데이비드는 울음을 터뜨렸고 그 엄마는 더 세게 때렸다. 나는 앞쪽 잔디밭에 서서 귀를 기울였다. 잠시 후, 매질이 그쳤다. 데이비드가 흐느끼는 소리가 들려왔다. 그러더니 울음도 그쳤다.

그 애 엄마가 말했다. 「이제, 바이올린 연습을 해.」

나는 잔디밭에 앉아 기다렸다. 다음 순간 바이올린 소리가 들렸다. 무척 슬픈 바이올린이었다. 데이비드의 연주 방식은 마음에 들지 않았다. 앉아서 좀 더 귀를 기울였지만, 연주는 나아지지 않았다. 똥이 내 안에서 굳어졌다. 더 이상 똥이 마렵지 않았다. 오후의 햇살에 눈이 아팠다. 토할 것만 같았다. 나는 일어서서 집으로 걸어갔다.

7

싸움은 끊임없이 일어났다. 선생님들은 싸움에 대해 전혀 모르는 듯싶었다. 그리고 비가 올 때면 늘 골치 아픈 일이 있었다. 학교에 우산을 가져오거나 비옷을 입고 오는 소년은 튀어 보였다. 대부분의 우리 부모님들은 너무 가난해서 애들에게 그런 것을 사줄 수 없었다. 부모님이 사주면 우리는 덤불 속에 숨겼다. 우산을 들고 다니거나 비옷을 입은 애는 누구든 계집애 같다고 했다. 그런 애들은 방과 후에 얻어맞았다. 데이비드의 엄마는 조금만 날씨가 흐릴라치면 아이에게 우산을 들려 보냈다.

쉬는 시간은 두 번 있었다. 1학년들은 자기들만의 야구장에 모였고, 팀을 선택했다. 데이비드와 나는 함께 섰다. 언제나 같았다. 나는 끝에서 두 번째로 선택되었고, 데이비드는 마지막으로 선택되었기 때문에 우리는 항상 다른 팀에서 뛰었다. 데이비드가 나보다 더 못했다. 사팔뜨기 눈으로는 공을 볼 수도 없었다. 나는 연습이 많이 필요했다. 동네 아이들과 경기를 해본 적이 없었다. 공을 잡는 법도, 치는 법도 몰랐다. 하지만 하고 싶었고, 좋아했다. 데이비드는 공을 무서

위했고, 나는 아니었다. 나는 세게 휘둘렀다, 그 누구보다도 세게 휘둘렀지만 공을 한 번도 맞힐 수 없었다. 언제나 삼진을 당했다. 한 번은 파울 볼을 친 적이 있었다. 그것도 기분이 좋았다. 다른 한 번은 포볼로 걸어 나갔다. 내가 1루로 가자, 1루수 아이가 말했다. 「이거나 되었으니 네가 여기까지 나올 수 있었지.」 나는 서서 그 아이를 보았다. 그 애는 껌을 씹고 있었고, 콧구멍에 검은 털이 길게 삐져나와 있었다. 머리카락은 바셀린으로 치덕치덕했다. 언제나 비웃는 표정이었다.

「뭘 보는 거야?」 그 애가 내게 물었다.

뭐라고 대답해야 할지 몰랐다. 나는 대화에 익숙하지 않았다.

「애들이 그러는데, 너 미쳤다며.」 그 애가 내게 말했다. 「하지만 네까짓 것 겁 안 나. 언젠가 학교 끝난 후에 두고 보자.」

나는 계속 그 애를 쳐다보았다. 끔찍한 얼굴이었다. 다음 순간 투수가 와인드업을 했고, 나는 순식간에 튀었다. 나는 미친 사람처럼 달려 2루로 슬라이딩했다. 공이 늦게 날아왔다. 태그도 늦었다.

「너 **아웃이야**!」 심판을 보기로 한 아이가 소리쳤다. 나는 일어나면서도 믿을 수가 없었다.

「말했잖아, 〈너 아웃〉이라고!」 심판 아이가 소리쳤다.

그때 내가 받아들여지지 않았다는 것을 알았다. 데이비드와 나는 받아들여지지 않았다. 다른 아이들은 내가 〈아웃〉되기를 바랐다. 나는 〈아웃〉**되어야만** 했으니까. 아이들은 데이비드와 내가 친구라는 것을 알았다. 데이비드 때문에 아이들은 나를 원하지 않았다. 내야에서 걸어 나가면서 나는 데이비드가 반바지를 입고 3루를 보고 있는 모습을 보았다. 파란색과 노란색 긴 양말이 발까지 흘러내렸다. 데이비드는 왜 나를 골랐을까? 나는 밉상으로 찍히고 말았다. 그날 오후 방과 후에 나는 재빨리 교실을 나가 집까지 혼자 걸어갔다. 데이비드 없이. 그 애가 자기 동급생들에게건 자기 엄마에게건 얻어맞는 모습을 보고 싶지 않았다. 나는 그 애의 슬픈 바이올린 소리를 듣고 싶지 않았다. 하지만 다음 날 점심시간, 데이비드가 내 옆에 앉았을 때, 나는 그 애의 포테이토칩을 먹었다.

기다리던 때가 왔다. 나는 그동안 키가 자랐고, 플레이트에 섰을 때 무척 힘이 넘치는 기분이 들었다. 그 애들이 바라는 만큼 내 실력이 형편없다고는 믿을 수 없었다. 나는 되는 대로 휘둘렀지만 힘이 있었다. 내가 강하다는 것을 알았고, 어쩌면 애들이 말하는 대로 〈미친〉 것에 가까울지도 몰랐다. 하지만 무언가 진짜가 있다는 기분을 몸 안에서부터 느꼈다. 그저 굳어 버린 똥일지도 모르지만, 이전보다 더 많아졌다. 나는 배트를 잡고 섰다. 「야, 여기 삼진왕이다! 풍차 돌리기 선생!」 공이 왔다. 나는 방망이를 휘둘렀고 오랫동안 바라던 대로 방망이가 연결된 느낌을 받았다. 공은 위로 날아갔다. 위로 더 높이 좌측 외야로. 좌익수의 머리를 훌쩍 넘겼다. 좌익수 아이의 이름은 돈 브루베이커였고 그 애는 서서 머리 위로 날아가는 공을 쳐다보았다. 공은 절대 내려오지 않을 것처럼 보였다. 그 애는 나를 내쫓아 버리고 싶어 했다. 절대 그럴 수 없을 것이었다. 공은 땅에 떨어져 5학년들이 경기하는 내야로 굴러갔다. 나는 천천히 1루로 뛰어가 플레이트를 밟고 1루에 서 있는 애를 쳐다본 후, 천천히 2루로 뛰어가 플레이트를 밟고 데이비드가 서 있는 3루로 뛰어가 그 애를 무시한 채 3루를 밟고 본루로 걸어 들어왔다. 그런 날은 없었다. 1학년이 그런 홈런을 친 적은 없었다! 본루에 서 있을 때 선수 중 한 명, 어빙 본이 팀 주장인 스탠리 그린버그에게 말하는 소리를 들었다. 「쟤를 정식 팀에 넣자.」(정식 팀은 다른 학교와 경기하는 팀이었다.)

「안 돼.」 스탠리 그린버그가 말했다.

스탠리가 옳았다. 나는 다시 홈런을 치지 못했다. 주로 삼진 아웃을 당했다. 하지만 아이들은 언제나 그 홈런을 기억했고, 나를 여전히 싫어했지만 좀 더 나은 상태의 미움이 되었다. 그 **이유를** 확실히 알 수 없는 미움이었다.

풋볼 시즌은 더 나빴다. 우리는 터치 풋볼[5]을 했다. 나는 공을 잡지도 던지지도 못했지만, 어떤 경기에 투입되었다. 주자가 돌파해 들어오자, 나는 그 애의 셔츠 깃을 잡고 땅에 패대기쳤다. 그 애가 일어서려 하면, 발로 찼다. 나는 그 애가 마음에 들지 않았다. 머리카락에 바셀린을 바르고 코털이 콧구멍에서 삐져나온 그 1루수였다. 스탠리 그린버그가 다가왔다. 그 애는 우리 중 누구보다도 컸다. 맘만 먹으면 나를 죽일 수도 있을 것 같았다. 스탠리가 우리 주장이었다. 걔가 뭘 말하든, 그게 끝이었다. 스탠리는 내게 말했다. 「넌 규칙도 모르냐. 넌 앞으로 풋볼하지 마.」

나는 배구 팀으로 보내졌다. 데이비드와 다른 애들과 함께 배구를 했다. 아무 소용이 없었다. 아이들은 고함치고 소리 지

5 별다른 위험 없이 경기를 즐길 수 있게 고안된 미식축구.

르며 들떴지만, **다른 아이들은** 풋볼을 했다. 나는 풋볼을 하고 싶었다. 약간의 연습이면 충분했다. 배구는 부끄러웠다. 여자애들이나 배구를 했다. 얼마 후, 나는 하지 않기로 했다. 그저 아무도 운동하지 않는 필드 한가운데 서 있기만 했다. 아무것도 하지 않는 아이는 나뿐이었다. 나는 매일 거기 서서 두 번의 쉬는 시간 내내 끝나기만을 기다렸다.

어느 날, 거기 서 있는데, 더 골치 아픈 일이 생겼다. 풋볼이 내 뒤에서 높이 날아와 뒤통수를 쳤다. 나는 땅에 고꾸라졌다. 무척 어지러웠다. 아이들이 나를 에워싸고 서서 히죽거리고 깔깔댔다. 「아, 봐. 헨리가 기절했네! 헨리가 아줌마처럼 기절했어! 아, 헨리 좀 봐!」

일어섰지만 해가 빙글빙글 돌아갔다. 그러다가 잠잠히 멈췄다. 하늘은 더 가까이 다가왔고 납작해졌다. 새장 안에 들어 있는 것 같았다. 아이들이 나를 에워싸고 섰다. 얼굴, 코, 입, 눈. 아이들이 나를 놀리고 있었기에, 일부러 풋볼로 나를 맞혔다는 것을 알았다. 정정당당하지 않았다.

「그 공 누가 찼어?」 나는 물었다.

「누가 공을 찼는지 알고 싶어?」

「그래.」

「알아내면 어쩔 건데?」

나는 대답하지 않았다.

「빌리 셰릴이야.」 누군가 일러 주었다.

빌리는 둥글둥글하고 퉁퉁한 소년으로, 실은 대부분의 아이들보다는 더 착했지만 그래도 그 무리에 속했다. 나는 빌리를 향해 걸어가기 시작했다. 빌리는 거기 서 있었다. 내가 가까이 가자, 그 애는 휙 돌아보았다. 나는 별 느낌이 없었다.

나는 그 애의 왼쪽 귀 뒤편을 쳤고, 그 애가 귀를 붙잡았을 때 배를 쳤다. 빌리는 땅에 쓰러졌다. 그 자리에서 일어나지 않았다. 「일어나서 싸워, 빌리.」 스탠리 그린버그가 말했다. 스탠리는 빌리를 일으켜 내 쪽으로 밀었다. 나는 빌리의 입에 주먹을 날렸고, 그 애는 두 손으로 자기 입을 움켜쥐었다.

「좋아.」 스탠리가 말했다. 「내가 빌리 대신 할 거야!」

남자아이들은 환호성을 질렀다. 나는 도망가기로 했다. 죽고 싶지 않았다. 하지만 그때 어떤 선생님이 나타났다. 「여기 무슨 일이냐?」 남자 선생님인 홀 선생님이었다.

「헨리가 빌리를 괴롭혔어요.」 스탠리 그린버그가 일렀다.

「애들아, 그 말이 사실이냐?」 홀 선생님이 물었다.

「네.」 아이들은 대답했다.

홀 선생님은 내 한쪽 귀를 잡고 교장실까지 끌고 갔다. 선생님은 나를 비어 있는 책상 앞 의자 안에 밀어 넣고 교장실 문을 두드렸다. 선생님은 잠시 안에 들어가 있다가 다시 나와서는 나를 보지도 않고 가버렸다. 그 자리에 5분에서 10분 정도 앉아 있었다, 교장 선생님이 나와서 책상 뒤에 앉았다. 교장 선생님은 백발이 풍성하고 푸른색 나비넥타이를 맨 아주 위엄 있는 사람이었다. 진짜 신사 같았다. 선생님의 이름은 녹스였다. 녹스 선생님은 두 손을 포개고 아무 말 없이 나를 바라보았다. 그러는 모습을 보니 선생님이 신사인지 확실히 알 수 없어졌다. 나를 하찮게 보고, 다른 사람들과 똑같이 취급하고 싶어 하는 것 같았다.

「그럼.」 녹스 선생님은 마침내 입을 열었다. 「무슨 일이 있었는지 말해라.」

「아무 일도 없었어요.」

「너 그 애, 빌리 셰릴을 다치게 했다면서. 그 애 부모님은 왜 그랬는지 알고 싶어 하실 거다.」

나는 대답하지 않았다.

「너는 마음에 들지 않는 일이 생기면 직접 자기 손으로 처리할 수 있다고 생각하느냐?」

「아니오.」

「그런데 어째서 그런 거냐?」

나는 대답하지 않았다.

「너는 다른 사람들보다 네가 더 잘났다고 생각하느냐?」

「아니오.」

녹스 선생님은 그렇게 앉아 있었다. 선생님은 기다란 편지 칼을 들고 책상에 깔린 녹색 펠트 깔개 위에 쓱쓱 그었다. 책상 위에는 커다란 녹색 잉크병도 있었고, 펜이 네 개 꽂힌 펜꽂이도 있었다. 녹스 선생님이 나를 때릴지 말지 궁금했다.

「그럼 왜 그런 짓을 저지른 거지?」

나는 대답하지 않았다. 녹스 선생님은 편지 칼을 쓱쓱 그었다. 전화가 울렸다. 선생님이 전화를 받았다.

「여보세요? 아, 커비 선생님. 애가 뭐라고요? 뭐라고요? 이봐요, 훈육 하나 제대로 못합니까? 난 지금 바빠요. 알았어요, 얘랑 다 끝나면 전화하죠…….」

녹스 선생님은 전화를 끊었다. 선생님은 눈 언저리에 떨어진 고운 백발을 한 손으로 쓸어 올리며 나를 보았다.

「어째서 나를 이렇게 골치 아프게 하는 거냐?」

나는 녹스 선생님에게 아무 말도 하지 않았다.

「넌 네가 센 줄 아나 본데, 허?」

나는 침묵을 지켰다.

「센 녀석이라 이거냐, 허?」

파리 한 마리가 녹스 선생님의 책상 위를 빙빙 돌았다. 파리는 녹색 잉크병 위에 맴돌았다. 그러더니 잉크병의 검은 뚜껑 위에 내려앉아 날개를 비비댔다.

「알았다, 녀석. 네가 세다면 나도 센 거지. 이제 악수하고 끝낼까.」

나는 내가 세다고 생각하지 않아서 손을 내밀지 않았다.

「자, 손 좀 잡아 보자.」

내가 한 손을 내뻗자, 녹스 선생님은 손을 잡아 흔들기 시작했다. 그러다 선생님은 손을 흔들다 말고, 나를 바라보았다. 선생님의 맑고 푸른 눈은 넥타이의 푸른색보다 옅었다. 아름답다고도 할 수 있는 눈이었다. 그는 계속 나를 바라보며 손을 그대로 잡고 있었다. 그는 손아귀에 힘을 주기 시작했다.

「센 남자가 된 걸 축하한다.」

손이 더 조여 왔다.

「선생님이 센 남자 같으냐?」

나는 대답하지 않았다.

그는 내 손가락뼈끼리 닿도록 꽉 쥐었다. 각각의 손가락뼈가 옆 손가락 살을 칼날처럼 파고드는 느낌이 들었다. 내 눈앞에 빨간 점들이 번쩍거렸다.

「선생님이 센 남자 같냐고?」 그가 물었다.

「죽일 거야.」 나는 말했다.

「뭘 한다고?」

녹스 선생님은 손아귀에 힘을 더 주었다. 선생님의 손은 집게 같았다. 얼굴에 있는 모공 하나하나까지 다 볼 수 있었다.

「센 남자는 비명을 지르지 않잖아?」

나는 더 이상 선생님의 얼굴을 볼 수 없었다. 얼굴을 책상 위로 떨구었다.

「내가 센 남자냐?」 녹스 선생님이 물었다.

선생님은 더 세게 조였다. 나는 비명을 지를 수밖에 없었지만, 교실에 있는 애들이 듣지 못하도록 될 수 있는 대로 조용히 질렀다.

「자, 내가 센 남자야?」

나는 기다렸다. 그 말을 하기가 싫었다. 그런 다음에 말했다. 「그래요.」

녹스 선생님은 내 손을 놓아주었다. 그 손을 보기가 두려웠다. 그대로 옆으로 늘어뜨렸다. 파리는 날아가 버렸다는 것을 그때야 깨닫고 생각했다. 파리가 되는 것도 그렇게 나쁘진 않을 거야. 선생님은 종이 위에 뭔가 쓰고 있었다.

「자, 헨리. 너희 부모님께 드릴 간단한 편지를 쓰고 있으니 가서 전해 드려라. 부모님께 전해 드릴 거지?」

「네.」

선생님은 종이를 접어 봉투에 넣고 내게 건넸다. 봉투는 봉해져 있었고, 나는 뜯어 보고 싶은 마음도 없었다.

8

 봉투를 집에 가져가서 어머니에게 건네고 침실로 들어갔다. 내 침실로. 침실에서 가장 좋은 것은 침대였다. 나는 몇 시간이고 침대에 누워 있기를 좋아했다. 심지어 낮에도 이불을 턱까지 올려 덮었다. 그 안에 있으면 좋았고, 그 안에서는 아무 일도 일어나지 않았으며, 사람들도 없고, 아무것도 없었다. 어머니는 낮에 내가 침대에 누워 있는 모습을 자주 발견했다.

 「헨리, 일어나! 어린애가 온종일 침대에 누워 있는 것은 좋지 않아! 이제, 일어나! 뭐라도 **해!**」

 하지만 할 일이 아무것도 없었다.

 그날은 침대로 가지 않았다. 어머니가 편지를 읽고 있었다. 곧 어머니가 우는 소리가 들렸다. 그러더니 어머니는 한탄했다. 「아, 세상에! 넌 아버지랑 날 망신시켰구나! 이게 웬 망신이니! 이웃들이 알면 어쩜담? 이웃들이 뭐라고 생각하겠어?」

 부모님은 이웃과 전혀 왕래가 없었다.

 그때 문이 열리고 어머니가 방 안으로 뛰어들어 왔다. 「**어떻게 엄마에게 이런 짓을 할 수가 있어?**」

눈물이 어머니의 얼굴에서 굴러떨어졌다. 나는 죄책감을 느꼈다.

「아버지가 집에 올 때까지 기다려!」

어머니는 침실 문을 쾅 닫고 나갔고 나는 의자에 앉아 기다렸다. 왠지 죄책감을 느꼈다…….

아버지가 들어오는 소리를 들었다. 아버지는 언제나 문을 쾅 닫고, 쿵쿵 걸었으며, 쩌렁쩌렁한 목소리로 말했다. 아버지가 집에 돌아왔다. 잠시 후 침실 문이 열렸다. 아버지는 키가 188센티미터나 되는 거대한 남자였다. 모든 것이 사라졌다. 내가 앉아 있던 의자, 벽지, 벽, 내 모든 생각들. 아버지는 태양을 가리는 어둠이었고, 아버지의 폭력하에 모든 것이 깡그리 사라졌다. 아버지는 귀와 코, 입밖에 보이지 않았다. 나는 아버지의 눈을 볼 수 없었다. 오직 화가 난 붉은 얼굴만 있을 뿐이었다.

「좋다, 헨리. 욕실로 와.」

나는 욕실로 갔고, 아버지는 등 뒤로 문을 닫았다. 벽은 하얬다. 욕실 거울과 작은 창이 있었고, 검은 블라인드는 부서졌다. 욕조와 변기, 타일이 있었다. 아버지는 손을 뻗어 고리에 걸어 둔 면도날 혁지[6]를 내렸다. 그렇게 맞을 일은 앞으로 많이 있을 것이고 점점 더 자주 반복되겠지만 그날이 처음이었다. 언제나, 진짜 이유는 없다고, 나는 생각했다.

「좋다. 바지를 내려라.」

바지를 내렸다.

「팬티도 내려.」

6 면도칼의 날을 세우는 데 쓰는 가죽띠.

팬티도 내렸다.

그런 후에 아버지는 혁지를 내려쳤다. 첫 번째 매는 아프다기보다 충격적이어서 괴로웠다. 두 번째는 더 아팠다. 매가 날아올 때마다 잇따른 고통이 점점 커졌다. 처음에는 벽과 변기, 욕조의 존재를 알고 있었다. 나중에는 아무것도 볼 수 없었다. 아버지는 나를 때리면서 나무랐지만, 나는 아무 말도 이해할 수 없었다. 아버지의 장미와 아버지가 정원에서 장미를 어떻게 키웠는지를 생각했다. 차고에 있는 아버지의 자동차를 생각했다. 비명을 지르지 않으려고 애썼다. 비명을 지르면 아버지가 멈추리라는 걸 알았지만, 이 사실을 알기에, 내가 비명을 지르길 바라는 아버지의 욕망을 알기에 그럴 수 없었다. 입을 꾹 다물고 있는 동안 눈에서 눈물이 굴러떨어졌다. 잠시 후, 그 모든 것이 소용돌이, 뒤죽박죽이 되었고, 오직 그 자리에 영원히 있을 것 같은 무시무시한 가능성만 남았다. 마침내 무언가 덜컥 움직이듯 나는 흐느끼기 시작했고 짜디짠 울음덩어리를 삼키며 목이 막혀 껙껙거렸다. 아버지는 멈췄다.

아버지는 그 자리에서 사라졌다. 다시 작은 창문과 거울을 알아보았다. 고리에는 면도날 혁지가 걸려 있었다. 기다랗고 뒤틀린 갈색의 혁지. 바지와 팬티를 올리고 싶었지만 허리를 굽힐 수 없었고 옷을 발목에 건 채로 어정어정 문으로 걸어갔다. 욕실 문을 열어 보니 어머니가 복도에 서 있었다.

「이건 옳지 않았어요.」 나는 어머니에게 말했다. 「왜 날 도와주지 않았어요?」

「아버지는 항상 옳아.」 어머니는 말했다.

그런 후에 어머니는 자리를 떴다. 나는 발목에 걸린 옷을 질질 끌며 침실로 가 침대 가장자리에 앉았다. 매트리스에 몸이 배겼다. 바깥, 뒤쪽 블라인드 사이로 아버지의 장미가 자라는 것이 보였다. 빨갛고 하얗고 노란, 커다랗고 탐스러운 꽃송이들이었다. 해는 아주 낮게 걸렸지만 아직 지지는 않았고, 마지막 햇살만이 뒤쪽 창문 사이로 비스듬히 비쳐들었다. 해조차 아버지의 소유물인 듯한 기분이 들었다. 해는 아버지의 집 위로 비치니까 나한텐 아무런 권리도 없다는 기분. 나는 아버지의 장미 같았다. 아버지의 소유물이지 내게는 아무런 권리도 없는 물건…….

9

저녁을 먹으라고 부를 때쯤엔 간신히 옷을 추어올릴 수 있어서 간이 식탁으로 갔다. 우리는 일요일을 빼면 매 끼니를 거기서 먹었다. 내 의자 위에는 베개 두 개가 놓여 있었다. 그 위에 앉았지만, 다리와 엉덩이가 여전히 타는 듯 아팠다. 아버지는 자기 일 얘기를 하고 있었다. 언제나처럼.

「설리번에게 세 경로를 둘로 합치라고 말했고, 한 사람이 자기 교대 시간에 가게 하라고 시켰어. 여기선 정말 누구도 나한테 이래라저래라 할 수 없지…….」

「그 사람들도 당신 말은 들어야죠, 아빠.」 어머니가 말했다.

「죄송한데요.」 나는 말했다. 「죄송한데요, 저 정말 먹고 싶지 않은데…….」

「네 음식은 다 먹어!」 아버지가 말했다. 「네 어머니가 이 음식을 만들었잖아!」

「그래.」 어머니가 말했다. 「당근이랑 완두콩, 로스트비프란다.」

「그리고 매시트포테이토와 그레이비도 있지.」 아버지가 말했다.

「배고프지 않아요.」

「당근 하나도 남기지 말고 다 먹고, 접시에 오줌 싸라!」[7] 아버지가 말했다.

아버지는 웃기려 하고 있었다. 아버지가 제일 좋아하는 농담 중 하나였다.

「아빠!」 어머니는 충격을 받고 어이없다는 듯 외쳤다.

나는 먹기 시작했다. 끔찍했다. **그들을** 먹고 있는 기분이었다. 그들이 믿고 있는 것, 그들의 존재. 무엇 하나 씹을 수 없었다. 그저 없애 버리려 삼킬 뿐이었다. 그동안 아버지는 음식 맛이 얼마나 좋은지, 이런 음식을 먹을 수 있다니 얼마나 운이 좋은지를 떠들어 대고 있었다. 세계의 대다수가, 심지어 미국에서도 수많은 사람들이 굶주리고 가난한데 말이지.

「후식은 뭐야, 엄마?」 아버지가 물었다.

아버지의 얼굴은 끔찍했다. 앞으로 내민 입술은 기름기로 번들거리고 즐거움으로 축축했다. 아버지는 아무 일도 없었던 양, 나를 때린 적이 없는 양 행동했다. 침실로 돌아왔을 때 나는 생각했다. 저 사람들은 내 부모가 아냐. 나를 어디서 입양했는데, 지금 내 모습이 마음에 들지 않는 거야.

7 완두콩pea과 오줌pee의 발음이 같은 것을 이용한 농담.

10

  라일라 제인은 이웃에 사는 또래 여자애였다. 나는 이웃에
사는 아이들과 놀아도 된다는 허락을 아직도 받지 못했지만,
침실에만 앉아 있는 건 종종 지겨웠다. 나는 밖에 나가 뒷마
당을 어슬렁거리면서 이런저런 것을 바라보곤 했다. 주로 벌
레들이었다. 혹은 풀밭에 앉아 이런저런 것을 상상하기도 했
다. 내 상상 중 하나는 위대한 야구 선수가 되는 것이었다.
너무 위대해서 타석에 들어서는 족족 안타를 치고 내킬 때마
다 홈런을 치는 선수였다. 하지만 다른 팀을 속이려 고의로
아웃을 당하기도 했다. 하고 싶을 때면 안타도 쳤다. 어떤 시
즌에는 7월에 접어들 무렵인데도, 타율 1할 3푼 9리에 고작
홈런 한 개를 쳤을 뿐이었다. 헨리 치나스키는 한물갔다. 신문
들은 떠들었다. 그때 나는 안타를 치기 시작했다. 그것도 정
말 대단하게 안타를 쳤다! 한번은 연속 16홈런을 쳤다. 다른
때에는 한 게임에서 타점을 24점 냈다. 시즌이 끝날 무렵 타
율은 5할 2푼 3리였다.
  라일라 제인은 내가 학교에서 본 여자애들 중에서 제일 예
뻤다. 제일 착한 애이기도 했고, 바로 옆집에 살았다. 어느 날

54

내가 마당에 있는데, 라일라 제인이 울타리로 다가와 서더니 나를 쳐다보았다.

「넌 다른 남자애들과 놀지 않는구나?」

나는 그 애를 보았다. 긴 적갈색 머리카락과 다갈색 눈을 지닌 여자애였다.

「그래.」 나는 대답했다. 「그래, 안 놀아.」

「왜 안 놀아?」

「학교에서 지겹게 봤으니까.」

「난 라일라 제인이야.」 그 애가 말했다.

「난 헨리야.」

라일라 제인은 나를 계속 빤히 봤고, 나는 잔디밭 위에 앉아서 그 애를 쳐다보았다. 그때 그 애가 말했다. 「내 팬티 볼래?」

「그래.」

그 애는 원피스를 들추었다. 팬티는 분홍색이었고 깨끗했다. 귀여웠다. 그 애는 원피스를 들어 올린 채로 있다가 내가 엉덩이를 볼 수 있게 뒤로 돌아섰다. 엉덩이도 예뻤다. 그런 후에 원피스를 내렸다. 「잘 가.」 그 애는 인사하고 그 자리를 떴다.

「잘 가.」 나도 인사했다.

매일 오후에 같은 일이 있었다. 「내 팬티 볼래?」

「그래.」

팬티는 언제나 다른 색깔이었고, 매번 더 귀여워졌다.

어느 날 오후, 라일라 제인이 팬티를 보여 준 후에 나는 말했다. 「동네 한 바퀴 돌고 오자.」

「그래.」 그 애가 말했다.

나는 그 애를 문 앞에서 만났고, 우리는 거리를 함께 걸어 갔다. 그 애는 정말로 예뻤다. 우리는 아무 말 없이 걷다가 공 터에 이르렀다. 잡초는 길게 자랐고 푸르렀다.

「공터로 들어가자.」 내가 말했다.

「그래.」 라일라 제인이 말했다.

우리는 기다란 잡초 사이로 걸어 들어갔다.

「네 팬티 다시 보여 줘.」

라일라 제인은 원피스를 들어 올렸다. 파란 팬티였다.

「여기 누워 보자.」 나는 말했다.

우리는 잡초 속에 드러누웠고, 나는 그 애의 머리카락을 잡 고 입을 맞췄다. 그런 후에 그 애의 원피스를 들어 올리고 팬 티를 보았다. 나는 한 손을 그 애의 엉덩이에 대고 입을 맞췄 다. 나는 그 애의 엉덩이를 잡은 채로 계속 입을 맞추었다. 이 렇게 꽤 오랫동안 있었다. 그런 후에 나는 말했다. 「하자.」 뭘 해야 하는 건지 확실히 몰랐지만, 뭔가 더 있을 것 같았다.

「아니, 못 해.」 그 애가 말했다.

「왜?」

「저 아저씨들이 볼 거야.」

「무슨 아저씨들?」

「저기!」 그 애가 가리켰다.

잡초 사이로 내다보았다. 반 블록 정도 떨어진 곳에 도로 보수 작업을 하는 남자들이 있었다.

「저 아저씨들은 우릴 못 봐!」

「아냐. 본다고!」

나는 일어섰다. 「망할!」 나는 공터에서 나와 집으로 돌아 갔다.

그 후 한동안 오후에 라일라 제인을 보지 못했다. 상관없었다. 그때는 풋볼 시즌이었고 나는 — 상상 속에서 — 위대한 쿼터백이었다. 공을 90야드나 던지고 80야드나 찼다. 하지만 내가 공을 들고 있을 때가 아니라면 굳이 킥을 해야 할 필요가 없었다. 나는 남자 어른들 사이로 돌진하는 것을 제일 잘했다. 나는 어른들을 몸으로 받았다. 내게 태클을 걸려면 남자 대여섯은 있어야 했다. 이따금 야구할 때처럼 모든 사람에게 미안해져서, 나는 8야드나 10야드를 나아간 후에는 태클을 받아 주곤 했다. 그런 후에 대개 나는 심한 부상을 입었고, 필드 바깥으로 실려 나갔다. 우리 팀이 뒤지고 있으면, 가령 40대 17로 지고 있으면 종료 3~4분을 남겨 두고 나는 부상에 화를 내며 다시 돌아와 게임에 들어갔다. 공을 받을 때마다 나는 쭉 달려 나가 터치다운을 했다. 열광하는 관중들! 그리고 방어하는 족족 태클을 걸어 패스를 낚아챘다. 나는 필드를 누볐다. 분노의 치나스키! 곧 발포할 것 같은 총처럼 나는 우리 팀 엔드 존[8]에서 멀리 공을 찼다. 나는 앞으로, 옆으로, 뒤로 뛰어갔다. 태클을 뚫고, 또 쓰러진 수비수들을 뛰어넘었다. 저지는 당하지 않았다. 우리 팀은 온통 계집애들뿐이었다. 마침내 수비수 다섯이 내게 매달렸지만, 나는 넘어지지 않고 골라인까지 그들을 끌고 간 후 승리의 터치다운을 했다.

어느 날 오후 고개를 들어 보았더니, 덩치 큰 남자애 하나가 뒷문을 통해 우리 마당으로 들어섰다. 그 애는 안으로 들어오더니 그냥 그 자리에 서서 나를 바라보았다. 나보다 한

8 골라인과 엔드 라인 사이의 경기장 양 끝에 있는 지역.

살 정도 많아 보였고, 나랑 같은 초등학교가 아니었다. 「나는 마마운트 초등학교에 다녀.」 남자애가 말했다.

「여기서 나가는 게 좋을 거야.」 나는 남자애한테 말했다. 「우리 아버지가 곧 집에 와.」

「그래?」 남자애가 물었다.

나는 일어섰다. 「너 여기 왜 왔냐?」

「델지 초등학교 다니는 애들에게 네가 세다는 말을 들어서.」

「우리는 학교 간 경기를 다 이겼으니까.」

「그건 네가 속임수를 썼으니까. 우리 마마운트에서는 속임수 쓰는 애들을 좋아하지 않아.」

남자애는 낡은 푸른색 셔츠를 입고 앞 단추를 반쯤 끌러 놓았다. 오른쪽 손목에는 가죽끈을 감고 있었다.

「넌 네가 세다고 생각하냐?」 남자애가 내게 물었다.

「아니.」

「너 차고에 뭘 숨겨 놨지? 너네 차고에서 뭔가 가져가야겠는데.」

「거긴 갈 생각도 하지 마.」

차고 문은 열려 있었고 남자애는 나를 지나쳐 그쪽으로 갔다. 거기엔 별것 없었다. 그 애는 바람 빠진 낡은 비치 볼을 찾아내 집어 들었다.

「이걸 가져가야겠다.」

「그거 내려놔.」

「네 목구멍 안에 내려놔 주지!」 그 애는 이렇게 말하더니 내 머리를 겨냥해 공을 던졌다. 나는 고개를 수그렸다. 그 애는 차고에서 나와 내 쪽으로 걸어왔다. 나는 물러섰다.

남자애는 나를 따라 마당으로 나왔다. 「속임수 쓰는 녀석

들은 절대로 잘될 수 없어!」그 애는 내게 팔을 휘둘렀다. 나
는 고개를 수그렸다. 그 애가 휘두른 팔에서 바람이 이는 느
낌이었다. 나는 눈을 감고 그 애에게 돌진해 주먹을 날리기
시작했다. 뭔가를 가끔 치기는 했다. 나도 맞는 느낌이 있었
지만 아프진 않았다. 대체로 두렵기만 했다. 달리 할 게 없어
서 주먹만 날릴 뿐이었다. 그때 목소리가 들려왔다. 「그만
해!」라일라 제인이었다. 그 애가 우리 집 뒷마당에 있었다.
우리 둘 다 싸움을 멈췄다. 라일라 제인은 낡은 양철 깡통을
들어서 던졌다. 깡통은 마마운트에서 온 남자애의 이마 한가
운데를 맞히고 튀어 올랐다. 남자애는 거기 잠시 서 있다가
울고 소리 지르며 도망갔다. 남자애는 뒷문으로 나가 골목
을 뛰어가더니 사라졌다. 작은 양철 깡통 하나에. 나는 놀랐
다. 그렇게 덩치 큰 애가 그렇게 질질 짜다니. 델지 초등학교
에는 규율이 있었다. 절대 소리를 내면 안 된다. 심지어 여자
애들도 말없이 매를 맞았다. 마마운트 애들은 별로 대단하
지 않았다.

「나를 도와줄 필요는 없었는데.」나는 라일라 제인에게 말
했다.

「그 애가 널 때리잖아!」

「때려 봤자 별로 아프진 않았어.」

라일라 제인은 마당 저편으로 뛰어가더니 뒷문으로 나가
자기네 마당, 자기 집 안으로 들어갔다.

라일라 제인은 아직 나를 좋아하는구나, 나는 생각했다.

11

2학년과 3학년 때에는 아직도 야구 경기에 나갈 기회가 없었지만, 나는 어쨌든 선수로서 성장하고 있다는 것을 알았다. 다시금 손에 야구 방망이만 쥔다면, 학교 건물 위로 공을 날려 버릴 수 있다는 것을 알았다. 어느 날 서서 어정거리는데, 어떤 선생님이 다가왔다.

「여기서 뭐하지?」

「아무것도 안 해요.」

「지금은 체육 시간인데. 너도 참가해야지. 장애가 있니?」

「뭐라고요?」

「어디 잘못된 데라도 있냐고.」

「모르겠어요.」

「나랑 같이 가자.」

남자 선생님은 나를 어떤 무리로 데려갔다. 아이들은 발야구를 하고 있었다. 발야구는 야구랑 비슷하지만, 축구공을 썼다. 투수가 공을 플레이트로 굴리면, 발로 찬다. 공이 플라이로 떠서 잡히면, 아웃이다. 내야로 굴러가거나 내야수들 사이로 높이 차면 할 수 있는 한 멀리 진루할 수 있다.

「네 이름이 뭐냐?」 선생님이 내게 물었다.

「헨리예요.」

선생님은 그 무리에게 걸어갔다. 「자, 헨리가 유격수를 맡을 거다.」

아이들은 나와 같은 학년이었다. 모두 나를 알았다. 유격수는 가장 힘든 포지션이었다. 나는 그리로 나아갔다. 아이들 모두 패거리 지어 나를 괴롭히리라는 걸 알았다. 투수는 공을 정말 느리게 굴렸고, 첫 타자는 정통으로 내 쪽을 향해 공을 찼다. 공은 가슴 높이로 세게 날아왔지만, 별문제 아니었다. 공은 큼직했고 나는 두 손을 뻗어 잡았다. 나는 공을 투수에게 굴렸다. 다음 타자도 똑같이 했다. 이번에는 좀 더 높게 날아왔다. 그리고 좀 더 빠르게. 별문제 아니다. 그다음에는 스탠리 그린버그가 타석에 나왔다. 그걸로 끝이었다. 내 운은 동났다. 투수가 공을 굴리자 스탠리가 발로 찼다. 공은 대포알처럼, 내 머리 높이로 날아왔다. 나는 수그리려 했으나 그럴 수 없었다. 공은 내 두 손 안으로 세차게 밀고 들어왔고 나는 공을 붙들었다. 나는 공을 잡아 투수 마운드로 굴렸다. 삼진 아웃. 나는 사이드라인으로 뚜벅뚜벅 걸어갔다. 내가 걸어갈 때 어떤 아이가 내 옆을 지나가며 말했다. 「치나스키, 위대한 유격수!」

머리카락에 바셀린을 바르고 검은 코털이 길게 삐져나온 그 소년이었다. 나는 빙그르 돌았다. 「야!」 그 애가 멈춰 섰다. 나는 그 애를 보았다. 「그런 말 다시는 하지 마.」 나는 그 애의 눈에 서린 두려움을 보았다. 그 애는 자기 포지션으로 나갔고, 우리 팀이 본루로 오는 동안 나는 펜스에 기댔다. 아무도 내 곁에 서지 않았지만, 상관없었다. 나는 성공을 거둔 것이었다.

알 수 없는 일이었다. 우리는 찢어지게 가난한 학교의 아이들이었고, 부모들은 찢어지게 가난하거나 가방끈이 짧았으며 우리 대부분은 형편없는 음식을 먹고 살았지만, 남자애들만 보면 도시 근처의 다른 초등학교 아이들에 비해서 훨씬 덩치가 좋았다. 우리 학교는 유명했다. 다른 애들은 우리를 무서워했다.

우리 6학년 팀은 도시의 다른 6학년 팀들을 완전히 눌러 버렸다. 특히 야구에서는. 점수는 14대 1, 24대 3, 19대 2와 같은 식이었다. 우리는 족족 안타를 쳐냈다.

어느 날 시(市) 챔피언 중학교 팀인 미란다 벨 학교가 우리에게 도전했다. 우리는 어쨌든 기금을 모았고, 우리 팀 선수 모두는 하얀색으로 전면에 〈D〉가 새겨진 파란색 야구 모자를 새로 받았다. 모자를 쓴 우리 팀은 멋있었다. 7학년 챔피언인 미란다 벨 선수들이 나타나자, 우리 6학년 선수들은 그들을 보고 웃어 댔다. 우리는 덩치도 더 크고 더 강하게 보였으며 남다르게 걸었다. 우리는 그들이 모르는 뭔가를 알고 있었다. 우리 쪽 더 어린 선수들도 웃어 댔다. 우리는 상대방을 무릎 꿇게 하고 싶은 지점에서 무릎 꿇릴 수 있다는 것을 알았다.

미란다 학교 선수들은 예의범절이 지나치게 발랐다. 그들은 무척 조용했다. 투수가 가장 덩치 큰 선수였다. 투수는 우리의 첫 세 타자를 삼진 아웃시켰다. 우리 중 가장 훌륭한 타자들이었는데. 그래도 우리에겐 로볼 존슨이 있었다. 로볼도 그 팀에게 똑같이 해줬다. 그런 식으로 계속됐다. 양쪽 팀은 계속 삼진 아웃당하거나 내야 땅볼을 치거나 간혹 안타를 치기는 했지만 다른 소득은 없었다. 그때 7회 말, 우리 팀 공격이었다. 비프케이크 카팔레티가 하나를 성공했다. 맙소사, 방망이에 공 맞는 소리가 얼마나 대단하던지! 공은 학교 건물로 날아가 창문을 깰 것만 같았다. 나는 그렇게 날아가는 공을 본 적이 없었다! 공은 건물 옥상 깃대를 맞히고 도로 튀었다. 쉬운 홈런이었다. 카팔레티는 베이스를 돌았고, 하얀 〈D〉가 새겨진 새 파란색 모자를 쓴 우리 팀 선수들은 **멋있었다.**

미란다 팀 선수들은 그 후에 정신이 나갔다. 되돌리는 법을 알지 못했다. 그들은 부촌 출신이었고, 반격의 의미를 알지 못했다. 우리의 다음 선수는 2루타를 쳤다. 우리는 환성을 질렀다! 경기는 끝났다. 그들이 할 수 있는 일은 없었다. 다음 타자는 3루타였다. 상대 팀은 투수를 교체했다. 교체 투수는 다음 타자를 걸렀다. 다음 타자는 1루타였다. 그 이닝이 끝나기 전, 우리 팀은 9타점을 기록했다.

미란다 팀은 8회에는 타점을 내지 못했다. 우리 5학년들이 가서 걔들에게 싸움을 걸었다. 심지어 4학년들 중 한 명도 달려가 그들 중 한 명에게 시비를 걸었다. 미란다 애들은 자기들 장비를 챙겨서 떠났다. 우리는 그들을 거리 위쪽까지 쫓아갔다.

달리 할 일이 없었으니까, 우리 애들 두엇이 싸움을 벌였다. 좋은 싸움이었다. 둘 다 코피가 났지만, 제대로 주먹을 휘둘렀고 경기를 보려고 남아 있던 선생님 한 분이 싸움을 말렸다. 선생님은 본인도 싸움에 뛰어들기 직전이었다는 것을 알지 못했다.

12

어느 날 밤 아버지는 우유 배달에 나를 데리고 갔다. 더 이상 말이 끄는 수레는 없었다. 우유 트럭에는 이제 엔진이 있었다. 우유 회사에서 물건을 실은 후에 우리는 아버지의 배달 경로로 떠났다. 이른 새벽에 밖에 나와 있으니 좋았다. 달이 떠 있었고, 별도 볼 수 있었다. 춥긴 했지만 신이 났다. 아버지가 나더러 따라오라고 한 이유가 궁금했다. 아버지는 이제 일주일에 한두 번 습관적으로 나를 면도날 혁지로 때렸고, 우리 사이는 별로 좋지 못했다.

배달지에 설 때마다 아버지는 뛰어내려 우유병 한두 개를 배달했다. 때때로 코티지치즈나 버터밀크, 버터였고, 가끔 오렌지 주스일 때도 있었다. 사람들은 빈 병에다가 뭘 받고 싶은지 설명하는 쪽지를 남겨 놓곤 했다.

아버지는 계속 운전하면서, 서다가 가다가 하며 배달했다.
「좋아, 꼬마. 이제 우리는 어느 방향으로 가고 있지?」
「북쪽요.」
「맞았어. 우린 북쪽으로 간다.」
우리는 서다가 가다가 하며 거리 위아래를 따라갔다.

「좋아. 이젠 어느 길로 가지?」

「서쪽요.」

「아니, 우리는 남쪽으로 간다.」

우리는 말없이 좀 더 갔다.

「내가 너를 이제 트럭에서 밀어내서 보도에 버려두고 가면 어떻게 할래?」

「모르겠어요.」

「내 말은 어떻게 살 거냐는 거다.」

「음, 다시 돌아가서 아빠가 지금 막 포치 계단에 놔둔 우유와 오렌지 주스를 마실래요.」

「그다음엔 뭘 할 건데?」

「경찰관을 찾아서 아빠가 한 일을 말하겠어요.」

「그러시겠다, 허? 경찰한테 뭘 말할 건데?」

「내가 길을 잃어버리게 하고 싶어서 아빠가 나한테 〈서쪽〉을 〈남쪽〉이라고 했다고 말할 거예요.」

동이 터오고 있었다. 곧 배달이 다 끝났고 우리는 아침을 먹으러 어떤 카페 앞에 멈췄다. 웨이트리스가 걸어왔다. 「안녕, 헨리.」 웨이트리스는 아버지에게 인사했다. 「안녕, 베티.」 「이 애는 누구야?」 베티가 물었다. 「꼬마 헨리지.」 「당신이랑 똑 닮았는데.」 「하지만 나 같은 머리는 없어.」 「없는 게 좋지.」

우리는 주문했다. 베이컨과 달걀을 시켰다. 음식을 먹고 있는데, 아버지가 말했다. 「이제 힘든 부분이 남았다.」

「그게 뭔데요?」

「나한테 줄 돈이 있는 사람들에게 돈을 받아 내야 해. 어떤 사람들은 돈을 안 내려 하니까.」

「돈은 내야죠.」

「나도 그 사람들에게 그렇게 말한다.」

우리는 음식을 다 먹고 다시 차를 출발시켰다. 아버지는 내려서 문을 두드렸다. 아버지가 큰 소리로 불평하는 소리를 들을 수 있었다. 「젠장, 내가 땅 파서 먹고사는 줄 알아? 우유를 빨아먹었으면 지금은 돈을 뱉어 내야 할 때라고!」

아버지는 매번 다른 대사를 읊었다. 어떨 때는 돈을 가지고 돌아왔고, 어떨 때는 빈손이었다.

그때 아버지가 방갈로들이 둥그렇게 늘어선 단지 안으로 들어가는 것이 보였다. 어떤 집 문이 열리더니 헐렁한 비단 기모노를 입은 여자가 나섰다. 여자는 담배를 피우고 있었다. 「잘 들어요, 아가씨. 난 돈을 받아야겠어. 당신은 누구보다 낼 돈이 많다고!」

여자는 아버지를 보고 웃었다.

「봐, 아가씨. 반만이라도 줘. 돈을 내라고. 뭔가 보여 줘.」

여자는 담배 연기 고리를 훅 내뿜더니 손을 뻗어 손가락으로 고리를 망가뜨렸다.

「잘 들어, 돈을 내야만 한다고.」 아버지가 말했다. 「이건 아주 절박한 상황이야.」

「들어와요. 얘기를 좀 해보죠.」 여자가 말했다.

아버지가 안으로 들어가자 문이 닫혔다. 아버지는 그 집에 한참을 있었다. 해가 중천에 떠올랐다. 아버지가 나왔을 때 머리카락이 얼굴 위로 흩어져 있었다. 아버지는 셔츠 자락을 바지 속으로 쑤셔 넣었다. 아버지는 트럭에 올라탔다.

「그 여자가 아빠한테 돈을 줬어요?」 나는 물었다.

「여기가 마지막이었어.」 아버지가 말했다. 「더는 받을 수 없을 거다. 트럭을 돌려놓고 집으로 가자…….」

나는 그 여자를 또 보고 말았다. 어느 날 방과 후에 집에 갔더니 여자가 우리 집 거실 의자에 앉아 있었다. 어머니와 아버지도 거기에 앉아 있었고 어머니는 울고 있었다. 어머니는 날 보더니 일어서서 달려와 나를 붙잡았다. 어머니는 나를 침실로 데려가 침대 위에 앉혔다. 「헨리, 엄마 사랑하니?」 실제론 사랑하지 않았지만, 어머니가 너무 슬퍼 보여서 그렇다고 말했다. 「네.」 어머니는 나를 다시 다른 방으로 데리고 들어갔다.

「네 아버지는 이 여자를 사랑한다고 한다.」 어머니는 내게 말했다.

「난 둘 다 사랑해! 그러니까 애를 여기서 데리고 나가!」

나는 아버지 때문에 어머니가 무척 불행하다는 것을 느꼈다.

「아빨 죽일 거야.」 나는 아버지에게 말했다.

「쟤 좀 여기서 데리고 나가라고!」

「어떻게 저 여자를 사랑할 수 있어요?」 나는 아버지에게 물었다. 「저 여자 코를 봐요. 코가 코끼리처럼 생겼잖아요!」

「어머나!」 여자가 말했다. 「내가 이런 걸 참고 있을 필요는 없지!」 여자는 아버지를 보았다. 「**선택해요**, 헨리! 이쪽이냐 저쪽이냐! 당장!」

「하지만 그럴 순 없어! 둘 다 사랑한다고!」

「아빨 죽일 거야!」 나는 아버지에게 말했다.

아버지는 내 쪽으로 와서 귀싸대기를 올려붙이며 나를 바닥으로 넘어뜨렸다. 여자는 일어나 집 바깥으로 뛰어나갔고 아버지는 그 뒤를 쫓아갔다. 여자는 아버지의 차에 올라타더니 시동을 걸고 길 아래로 가버렸다. 순식간에 일어난 일이었다. 아버지는 여자와 차 뒤를 쫓아 거리를 뛰어 내려갔다.

「에드나! 에드나, 돌아와!」 아버지는 거의 차를 따라잡았고 앞 좌석 안으로 손을 뻗어 에드나의 손가방을 집었다. 그때 차가 속력을 내버렸고, 아버지는 손가방과 함께 남았다.

「무슨 일이 있다는 건 알고 있었어.」 어머니는 내게 말했다. 「그래서 차 트렁크에 숨어 있다가 두 사람이 함께 있는 현장을 잡았지. 네 아버지가 저 끔찍한 여자와 함께 여기로 나를 도로 데려왔어. 이제 여자가 차를 가져가 버렸네.」

아버지는 에드나의 손가방을 들고 돌아왔다. 「모두 집으로 들어와!」 우리는 안으로 들어갔고 아버지는 나를 침실 안에 넣고 문을 잠갔다. 아버지와 어머니는 말다툼을 시작했다. 시끄럽고 몹시 흉악했다. 그때 아버지가 어머니를 때리기 시작했다. 어머니는 비명을 질렀고, 아버지는 계속 어머니를 때렸다. 나는 창밖으로 나가 앞문으로 들어가려고 했다. 잠겨 있었다. 뒷문도 시도해 보고, 창문도 열어 봤다. 모두 잠겨 있었다. 나는 뒷마당에 서서 비명과 때리는 소리를 들었다.

그러다가 때리는 소리와 비명 소리가 끊겼다. 들리는 것이라곤 오직 어머니의 흐느낌뿐이었다. 어머니는 한참을 흐느꼈다. 소리는 점점 줄어들었고 어머니는 결국 울음을 그쳤다.

13

그것에 대해 알아낸 건 4학년이 되었을 때였다. 아마도 내가 꼴찌로 알게 된 애일 텐데, 여전히 누구와도 말을 나누지 않았기 때문이었다. 쉬는 시간에 서서 어정거리고 있을 때 남자애 하나가 내게 다가왔다.

「너 어떻게 하는 건지 몰라?」 그 애가 물었다.

「뭘?」

「섹스.」

「그게 뭔데?」

「네 엄마한테 구멍이 있어……」 그 애는 오른손 엄지손가락과 집게손가락으로 동그라미를 만들어 보였다. 「그리고 네 아빠한텐 방망이가 있어……」 그 애는 왼손 집게손가락을 그 구멍에 집어넣었다가 뺐다. 「그러면 네 아빠 방망이가 주스를 찍 쏘는 거야. 어떨 땐 네 엄마한테 아기가 생기고, 어떨 땐 안 생겨.」

「아기는 하느님이 만드는 거야.」 나는 말했다.

「개똥 같은 소리 하네.」 그 애는 이렇게 말하고 가버렸다.

나한테는 믿기 어려운 말이었다. 쉬는 시간이 끝나고 나는 교실에 앉아 그 생각을 했다. 내 어머니에게는 구멍이 있고, 아버지에게는 주스를 쏘는 방망이가 있다. 어떻게 그런 걸 가지고 있으면서도 모두 정상인 양 걸어다니고 얘기하고 또 그걸 하고 아무에게도 말하지 않을 수 있지? 내가 아버지의 주스에서 태어났다는 생각을 하니 정말 토할 것만 같았다.

그날 밤 불을 다 끈 후에 나는 맑은 정신으로 침대에 누워 귀를 기울였다. 확실히 무슨 소리가 들리기 시작했다. 부모님의 침대가 삐걱거리기 시작했다. 용수철 소리가 들렸다. 나는 침대에서 빠져나와 까치발로 부모님의 문 앞까지 가 귀를 기울였다. 침대에서 계속 소리가 났다. 그러다 뚝 그쳤다. 나는 황급히 복도로 물러나 내 침실로 들어갔다. 어머니가 화장실에 들어가는 소리가 들렸다. 변기에서 물 내려가는 소리가 나더니 어머니가 나왔다.

이렇게 징그러울 데가! 남몰래 한 게 뻔할 뻔 자지! 게다가 생각해 보면, 모두가 했다! 선생님들도, 교장 선생님도, 모두가! 정말 바보 같았다. 그때 나는 라일라 제인이랑 하는 생각을 해보았고, 그건 그렇게 멍청해 보이지 않았다.

다음 날 수업에 가서도 나는 온종일 그 생각만 했다. 여자애들을 보면 내가 걔들과 그런 짓을 하는 상상을 했다. 나는 걔들 모두와 해서 아기를 가질 것이었다. 세상을 나랑 똑같이 생긴 애들로 채워야지. 위대한 야구 선수, 홈런 타자. 그날 수업이 끝나기 직전에 웨스트팔 선생님이 말했다. 「헨리, 수업 끝나고 좀 남겠니?」

종이 울리자 다른 애들은 나갔다. 나는 내 책상에 앉아 기다렸다. 웨스트팔 선생님은 숙제를 고쳐 주는 중이었다. 나는 생각했다. 어쩌면 선생님은 나랑 하고 싶은지도 몰라. 선생님의 원피스를 추어올리고 구멍을 보는 상상을 했다. 「좋아요, 웨스트팔 선생님, 전 준비됐어요.」

선생님은 숙제에서 고개를 들었다. 「좋아, 헨리. 먼저 칠판을 다 지우렴. 그런 다음 지우개를 가지고 나가서 털어라.」

나는 시키는 대로 하고 들어와 다시 책상에 앉았다. 웨스트팔 선생님은 그냥 그 자리에 앉아 숙제를 고쳐 주고 있을 뿐이었다. 선생님은 몸에 딱 달라붙는 파란 원피스를 입고 커다란 금귀걸이를 달았으며 작은 코 위에는 테 없는 안경을 얹었다. 나는 기다리고 또 기다렸다. 그런 후에 말했다. 「웨스트팔 선생님, 어째서 수업 끝나고 남으라고 하셨어요?」

선생님은 고개를 들고 나를 빤히 보았다. 두 눈은 녹색이었고 깊었다. 「너를 방과 후에 남긴 건 가끔 네 수업 태도가 안 좋아서야.」

「아, 그래요?」 나는 웃어 보였다.

웨스트팔 선생님은 나를 보았다. 선생님은 안경을 벗고 나를 빤히 보았다. 두 다리는 책상 뒤에 있었다. 나는 선생님의 원피스를 올려다볼 수 없었다.

「너 오늘 **무척** 주의가 산만하더구나, 헨리.」

「에?」

「〈네〉라고 해야 맞는 말이지. 숙녀하고 얘기하는 중이잖아!」

「아, 알겠어요…….」

「나한테 건방지게 말대답 마!」

「뭐든요.」

웨스트팔 선생님은 일어서더니 책상 뒤에서 나왔다. 선생님은 책상 사이로 걸어와 내 건너편 책상 위에 앉았다. 실크 스타킹을 신은 다리가 예뻤다. 선생님은 나를 보며 미소 짓더니 한 손을 내밀어 내 손목을 만졌다.

「부모님이 네게 별로 사랑을 주시지 않는구나, 그렇지?」

「그딴 거 필요 없어요.」 나는 선생님에게 말했다.

「헨리, 사람은 모두 사랑이 필요하단다.」

「난 아무것도 필요 없어요.」

「딱한 애구나.」

선생님은 일어서서 내 책상으로 오더니 두 손으로 천천히 내 머리를 잡았다. 선생님은 몸을 굽혀 내 머리를 자기 가슴에 댔다. 나는 두 팔로 선생님의 다리를 끌어안았다.

「헨리, 모두와 싸우는 짓은 그만두렴! 우리는 너를 돕고 싶단다.」

나는 웨스트팔 선생님의 다리를 더 세게 끌어안았다. 「좋아요, 섹스해요!」

웨스트팔 선생님은 나를 밀치고 뒤로 물러섰다.

「뭐라고 말했니?」

「〈섹스해요〉라고 했어요!」

선생님은 나를 한참 바라보았다. 그러더니 말했다. 「헨리, 네가 한 말 누구에게도 말하지 않을게. 교장 선생님에게도, 네 부모님에게도, 누구에게도. 하지만 네가 절대, **절대로** 그 말을 다시는 하지 않았으면 좋겠구나. 알겠니?」

「알겠어요.」

「좋아. 그럼 이제 집에 가도 돼.」

나는 일어나서 문으로 향했다. 문을 열자, 웨스트팔 선생님이 말했다. 「잘 가렴, 헨리.」

「안녕히 계세요, 웨스트팔 선생님.」

나는 의아해하며 거리를 내려갔다. 나는 선생님이 섹스는 하고 싶지만 내가 자기에 비하면 너무 어리고 부모님이나 교장 선생님에게 걸릴까 봐 두려워한다고 생각했다. 선생님과 단둘이 교실에 있는 것은 흥분되었다. 이 섹스라는 것은 멋졌다. 사람들에게 생각할거리를 주었다.

집으로 가는 길엔 대로를 하나 건너야 했다. 나는 횡단보도로 들어섰다. 갑자기 차 한 대가 곧장 내게로 왔다. 차는 속도를 줄이지 않았다. 미친 듯이 질주했다. 나는 피하려 했지만 그 차는 나를 따라오는 것 같았다. 전조등, 바퀴, 범퍼를 보았다. 차가 나를 쳤고 그다음엔 암흑이었다…….

14

나중에 병원에서는 내 무릎을 뭔가에 적신 솜 조각으로 닦아 주었다. 그 자리가 타는 것 같았다. 팔꿈치도 타는 것 같았다.

의사 선생님은 간호사와 함께 내 위로 몸을 숙이고 있었다. 나는 침대에 누워 있었고 햇볕이 창으로 들어왔다. 무척 쾌적해 보였다. 의사는 나를 보고 미소를 띠었다. 간호사는 몸을 쭉 펴더니 나를 보고 미소를 띠었다. 그곳은 좋았다.

「너 이름이 있니?」 의사가 물었다.

「헨리예요.」

「헨리 뭐?」

「치나스키.」

「폴란드계구나, 어?」

「독일이에요.」

「폴란드인이 되고 싶어 하는 사람은 왜 아무도 없을까?」

「전 독일에서 태어났어요.」

「어디에 사니?」 간호사가 물었다.

「부모님이랑요.」

「정말? 거기가 어딘데?」 의사가 물었다.

「내 팔꿈치랑 무릎이 어떻게 된 건데요?」

「차가 널 치었단다. 다행스럽게도 바퀴가 비켜 갔어. 목격 자들 말로는 음주 운전 같았다고. 뺑소니야. 하지만 경찰 측 에서 차 번호를 가지고 있다. 범인을 잡을 거야.」

「간호사 누나가 예쁘네요…….」 나는 말했다.

「어머, 고맙구나.」 간호사가 대답했다.

「누나랑 데이트하고 싶니?」 의사가 물었다.

「그게 뭐예요?」

「누나랑 같이 놀러 가고 싶냐?」 의사가 물었다.

「누나랑 해도 되는지 모르겠어요. 난 너무 어리니까요.」

「뭘 하는데?」

「알면서.」

「음,」 간호사가 미소를 지었다. 「무릎이 나으면 날 보러 오 렴. 그럼 우리가 뭘 할 수 있는지 보자.」

「미안한데.」 의사가 말했다. 「다른 사고 건을 보러 가야 해 서.」 의사는 병실을 나갔다.

「그럼, 어느 거리에 사니?」 간호사가 물었다.

「버지니아 로드요.」

「번지수 좀 알려 주렴, 아가.」

나는 간호사에게 집 번지수를 알려 줬다. 간호사는 전화 가 있는지 물었다. 나는 번호를 모른다고 말했다.

「그건 괜찮아.」 간호사가 말했다. 「우리가 알아내지. 걱정 하지 마. 넌 운이 좋았어. 머리에 혹이 나고 약간 생채기가 났을 뿐이야.」

간호사는 친절했지만, 내 무릎이 나은 후에 간호사가 나를 다시 보고 싶어 할 일은 없다는 걸 알았다.

「난 여기 있고 싶어요.」 나는 간호사에게 말했다.

「뭐? 부모님이 계신 집에 돌아가고 싶지 않단 말이니?」

「네. 저 그냥 여기 있게 해주세요.」

「그럴 수가 없단다, 아가. 이 침대는 정말 아프고 다친 사람들에게 필요한 거야.」

간호사는 미소를 띠고 병실 밖으로 나가 버렸다.

아버지는 도착해서 곧장 병실로 들어오더니 아무 말 없이 나를 침대에서 안아 올렸다. 아버지는 나를 들고 병실을 나가 복도를 지났다.

「후레자식아! 길을 건널 땐 양쪽 잘 봐야 한다고 내가 가르치지 않았냐?」

아버지는 나를 안고 복도를 뛰어 내려갔다. 우리는 그 간호사를 지나쳤다.

「잘 가렴, 헨리.」 간호사가 인사했다.

「안녕히 계세요.」

우리는 휠체어에 탄 노인과 함께 엘리베이터를 탔다. 간호사가 노인 뒤에 서 있었다. 엘리베이터는 내려가기 시작했다.

「난 죽을 것 같아.」 노인이 말했다. 「난 죽고 싶지 않아. 난 죽는 게 무서워⋯⋯.」

「살 만큼 살았잖소, 영감탱이!」 아버지가 꿍얼거렸다.

노인은 화들짝 놀란 것처럼 보였다. 엘리베이터가 멈췄다. 문은 계속 닫혀 있었다. 그때 나는 엘리베이터 운전수가 있다는 것을 알았다. 그는 작은 걸상에 앉아 있었다. 선홍색 유니폼에 빨간 모자를 쓴 난쟁이였다.

난쟁이는 아버지를 보았다. 「손님.」 그는 말했다. 「정말 못 돼먹은 바보로군요!」

「작다리.」 아버지가 대꾸했다. 「망할 문이나 열어. 아니면 네 볼기짝이 남아나지 않을 테니.」

문이 열렸다. 우리는 현관으로 나갔다. 아버지는 나를 안고 병원 잔디밭을 가로질러 갔다. 나는 아직도 환자복을 입고 있었다. 아버지는 한 손에 든 가방에 내 옷을 담아 가지고 왔다. 바람이 불어와 환자복이 날리자, 생채기에 붕대를 감지 않고 요오드팅크만 발라 놓은 무릎이 보였다. 아버지는 잔디 위를 뛰다시피 건너갔다.

「그 망할 새끼를 잡기만 해봐.」 아버지가 말했다. 「고소할 거야! 마지막 한 푼까지 다 토해 놓도록 고소할 거라고! 남은 평생 나를 먹여 살리게 해주마. 이 망할 우유 트럭도 지긋지긋해! 골든 스테이트[9] 크리머리라니! 골든 스테이트는 개뿔! 우린 남쪽 바다로 갈 거다. 코코넛이랑 파인애플 먹으면서 살 거야!」

아버지는 차에 다다르자 나를 앞 좌석에 앉혔다. 그런 후에 자기도 운전석으로 들어왔다. 아버지는 차를 출발시켰다.

「술주정뱅이들이 싫어! 내 아버지도 술주정뱅이였다고. 형제들도 술주정뱅이었어. 술주정뱅이들은 **약해 빠져 가지고는.** 술주정뱅이들은 **겁쟁이야.** 뺑소니 음주 운전자는 평생 감옥에 가둬야 한다고!」

집으로 가는 내내, 아버지는 나에게 말을 걸었다.

「너 남쪽 바다에 가면 원주민들이 풀로 만든 오두막에 산다는 거 아냐? 아침에 일어나면 나무에서 땅으로 음식이 떨

9 미국 캘리포니아 주의 속칭.

77

어져 있어. 그걸 주워 가지고 먹기만 하면 돼. 코코넛하고 파인애플이지. 그리고 거기 원주민들은 우리 백인이 신인 줄 안다고! 물고기도 잡고 멧돼지도 구워 먹어. 거기 여자들은 춤을 추고 풀로 엮은 치마를 입고 남자들의 귀 뒤를 문질러 준단다. 골든 스테이트 크리머리라니, **개뿔**!」

하지만 아버지의 꿈은 실현되지 않았다. 나를 치고 달아난 남자는 감옥에 잡혀 들어갔다. 그는 아내와 세 아이가 있었고 직업은 없었다. 빈털터리 술주정뱅이었다. 남자는 한동안 감옥에 갇혔지만 아버지는 고소하지 않았다. 그저 이렇게 말했을 뿐이었다. 「망할, 벼룩의 간을 빼먹는 게 낫지!」

15

아버지는 항상 우리 집에서 옆집 애들을 몰아냈다. 나는 아이들과 놀지 말라는 말을 들었지만 거리로 나가 아이들을 구경하기는 했다.

「어이, 독일 놈!」 아이들은 외쳤다. 「독일로 돌아가지 그러냐?」

어떻게 했는지는 모르지만 아이들은 내 출생지를 알아내고 말았다. 최악은, 다들 내 또래였고 같은 동네에 살고 있을 뿐만 아니라 같은 가톨릭 학교를 다녔기 때문에 똘똘 뭉쳐 다닌다는 것이었다. 거친 애들이었고, 몇 시간이고 태클 풋볼을 했으며 거의 매일 두어 명은 주먹다짐을 벌였다. 우두머리 격인 네 명은 척, 에디, 진, 프랭크였다.

「어이, 독일 놈! 크라우트 나라로 가버려!」

이 애들 사이에 낄 도리가 없었다…….

척의 옆집에 빨강 머리 남자애가 이사 왔다. 그 애는 무슨 특수 학교엘 다녔다. 어느 날 내가 길가에 앉아 있는데 그 애가 집에서 나왔다. 그 애는 내 옆 갓돌 위에 앉았다. 「안녕, 내 이름은 레드야.」

「나는 헨리.」

우리는 거기 앉아서 풋볼하는 아이들을 구경했다. 나는 레드를 보았다.

「너 왜 왼손에 장갑을 끼고 있어?」 나는 물었다.

「난 한 팔밖에 없거든.」 그 애가 말했다.

「그 손 진짜처럼 보이는데.」

「이거 가짜야. 가짜 팔. 만져 봐.」

「뭐?」

「만져 보라고.」

나는 만져 보았다. 단단했다. 바위처럼 단단했다.

「어쩌다 그랬어?」

「태어날 때부터 그랬어. 이쪽 팔은 팔꿈치까지 가짜야. 여기에 끈을 달아야 해. 팔꿈치 끝에 작은 손가락이 달려 있어. 손톱도 다 있고 그렇긴 한데 아무짝에도 쓸모가 없어.」

「너 친구는 있어?」 나는 물었다.

「아니.」

「나도 없는데.」

「쟤들이 너랑 안 놀아 줘?」

「응.」

「나 풋볼 공 있어.」

「너 공 잡을 수 있어?」

「뭔 개소리를 하냐.」 레드가 말했다.

「가서 공 가져와 봐.」

「알았어……」

레드는 아버지의 차고로 가서 풋볼 공을 가지고 나왔다. 그 애는 공을 내게 던졌다. 그런 후에 자기네 앞쪽 잔디밭으로 다시 돌아갔다.

「자, 던져 봐.」

나는 공을 보냈다. 레드는 멀쩡한 팔을 내밀었고, 아픈 팔도 내밀었다. 그렇게 공을 잡았다. 그 애가 공을 잡을 때 그 팔은 약간 삐걱거리는 소리를 냈다.

「잘 잡는데.」 나는 말했다. 「이제 나한테 날려 봐!」

그 애는 팔을 뒤로 뺐다가 공을 날려 보냈다. 공은 총알처럼 날아왔고 나는 배로 공을 막으며 간신히 잡았다.

「너무 가까이 서 있잖아.」 나는 그 애에게 말했다. 「조금만 뒤로 물러서 봐.」

드디어 했다. 나는 생각했다. 공 던지고 잡기 연습. 정말로 기분이 좋았다.

그때 나는 쿼터백이었다. 뒤로 구르고, 팔을 쭉 뻗어서 태클을 걸어오는 보이지 않는 선수를 밀어내고 공을 회오리처럼 날렸다. 약간 모자랐다. 레드는 앞으로 뛰어와서 폴짝 뛰어넘어 공을 잡았다. 서너 번 구르긴 했지만 여전히 공을 붙들고 있었다.

「너 잘하네, 레드. 어떻게 그렇게 잘하게 됐어?」

「아버지가 가르쳐 줬어. 우린 연습 많이 해.」

그때 레드가 뒷걸음치며 공을 휙 날렸다. 공이 내 머리 위로 날아와 나는 공을 잡기 위해 뒤로 뛰어갔다. 레드의 집과 척의 집 사이에는 울타리가 하나 있었고, 나는 공을 쫓으며 그 사이로 들어갔다. 공은 울타리 위를 치고 통 튀었다. 나는 공을 집으러 척의 집 마당으로 돌아갔다. 척은 내게 공을 패스했다. 「그래, 너 병신 친구를 사귀었구나, 어이, 독일 놈?」

이틀 후, 레드와 나는 그 애네 앞쪽 잔디밭에서 풋볼을 패스하며 놀고 있었다. 척과 그 친구들은 근처에 없었다. 레드와 나는 실력이 점점 좋아지고 있었다. 연습, 필수적인 건 그뿐이었다. 한 아이에게 필요한 건 기회뿐이었다. 언제나 누가 기회를 가질지, 갖지 못할지를 통제하는 사람이 있다.

　나는 어깨 너머로 공을 잡으며 빙그르 돌아 도로 레드에게 던졌다. 레드는 높이 뛰어서 공을 잡고 내려왔다. 언젠가 우리는 서던캘리포니아 대학 팀에서 뛸 수 있을지도 모른다. 그때 남자애 다섯이 보도를 걸어 우리 쪽으로 다가오는 것이 보였다. 나랑 같은 초등학교 애들이 아니었다. 우리 또래였고 꽤 골치 썩게 보였다. 레드와 나는 계속 공을 던졌고 아이들은 서서 우리를 구경했다.

　그러다 한 아이가 잔디밭 위로 들어섰다. 가장 큰 애였다.

　「그 공 나한테 던져.」 그 애가 레드에게 말했다.

　「왜?」

　「내가 잡을 수 있나 보게.」

　「네가 잡을 수 있든 없든 관심 없는데.」

　「나한테 공 던져!」

　「쟤는 팔이 하나야. 쟤 가만 놔둬.」 내가 말했다.

　「넌 빠져, 원숭이 새끼!」 그런 다음 그 애는 레드를 보았다. 「그 공 나한테 던지라고.」

　「꺼지시지!」 레드가 말했다.

　「공 빼앗아!」 덩치 큰 애가 다른 애들에게 말했다. 애들은 우리를 향해 뛰어왔다. 레드는 몸을 돌려 공을 자기 집 지붕 위로 던졌다. 지붕이 경사져서 공은 또르르 굴러 내렸지만, 배수관 뒤에 걸렸다. 그러다 아이들은 우리에게 덤벼들었다.

82

5대 2인가. 나는 생각했다. 이길 가능성이 없네. 나는 관자놀이에 날아온 주먹을 잡았고 팔을 휘둘렀으나 빗나갔다. 누가 내 엉덩이를 찼다. 발길질은 정통으로 들어왔고 타는 듯한 느낌이 척추를 타고 쭉 올라왔다. 그때 삐거덕하는 소리가 들렸다. 엽총을 발사하는 소리랑 비슷했고, 한 아이가 자기 이마를 붙잡고 땅에 쓰러졌다.

「아, 젠장.」 그 애가 말했다. 「대갈통이 작살났어!」

레드를 보니 잔디밭 한가운데 서 있었다. 레드는 멀쩡한 손으로 가짜 팔을 들고 있었다. 마치 곤봉 같았다. 레드가 다시 휘둘렀다. 또 한 번 우지끈 큰 소리가 나더니 다른 애가 잔디밭 위에 쓰러졌다. 나는 용기가 솟아올랐고 어떤 애의 입에 주먹을 날렸다. 입술이 찢어지면서 피가 턱을 타고 뚝뚝 떨어지는 게 보였다. 다른 아이들 둘은 도망가 버렸다. 그때 가장 먼저 쓰러졌던 덩치 큰 애가 일어섰고 다른 애도 일어섰다. 두 아이는 머리를 붙들었다. 입에서 피를 흘리는 애는 그 자리에 서 있었다. 다음 순간 애들은 함께 길 저편으로 후퇴했다. 거리가 꽤 멀어지자, 덩치 큰 애가 돌아서서 말했다. 「우린 다시 올 거다!」

레드가 그 애들 쪽으로 달려갔고 나는 레드의 뒤에서 달렸다. 아이들은 줄행랑치기 시작했고, 레드와 나는 그 뒤를 쫓다가 애들이 모퉁이를 돌아가자 멈췄다. 우리는 도로 걸어왔고 차고에서 사다리를 발견했다. 우리는 풋볼 공을 내려와 주거니 받거니 던지며 놀았다…….

어느 토요일, 레드와 나는 비미니 가의 공공 수영장에 수영을 하러 가기로 했다. 레드는 이상한 아이였다. 그 애는 별로 말이 많지 않았지만, 나도 별로 말이 없는 편이라 우리는 사이좋게 지냈다. 어쨌든 별로 할 말도 없었다. 내가 그 애에게 진짜로 물어본 건 딱 하나, 학교가 어디냐는 것이었지만 그 애는 그저 특수 학교를 다녀서 아버지 돈이 많이 든다는 말밖에 하지 않았다.

우리는 이른 오후에 수영장에 도착해서 사물함을 차지하고 옷을 벗었다. 우리는 속에 수영복을 입고 있었다. 그러다 나는 레드가 자기 팔을 떼서 사물함에 넣는 것을 보았다. 그 싸움 이후로 그 애가 가짜 팔을 뗀 모습을 보는 것은 처음이었다. 나는 팔꿈치에서 끝나 버린 그 애의 팔을 보지 않으려 했다. 우리는 염소 용해액에 발을 씻어야 하는 곳으로 걸어갔다. 냄새가 지독했지만 그렇게 해야 무좀 같은 게 옮지 않았다. 그런 후에는 수영장으로 걸어가 입수했다. 물에서도 냄새가 났고, 나는 물속에 들어간 후 오줌을 쌌다. 수영장에 들어온 사람들은 나이대가 골고루 섞여 있었다. 남자들, 여자들, 남자애들, 여자애들. 레드는 정말로 물을 좋아했다. 그 애는 물속에서 위아래로 펄쩍 뛰었다. 그런 후에는 물속으로 자맥질했다가 다시 나왔다. 레드는 입에 들어간 물을 뱉었다. 나는 수영을 하려고 했다. 아무리 애를 써도 레드의 반쪼가리 팔을 의식하지 않을 수 없었고, 바라보지 않을 수 없었다. 그래도 그 애가 다른 걸 하느라 정신이 없다 싶을 때만 보도록 조심했다. 팔은 팔꿈치에서 약간 뭉뚝하게 잘려 있고, 작은 손가락들이 보였다. 나는 너무 빤히 쳐다보고 싶진 않았지만, 손가락은 고작 서너 개 밖에 없는 것 같았다. 위로 말려 있는 아주 작은 손가락이었다. 손가락은 무척 **붉었고** 각각의 작은 손가락에는 작은 손톱이 달려 있었다. 더는 아무엇도 자라지 않는 것 같았다. 모두 거기서 멈췄다. 나는 그에 대해 생각하고 싶지 않았다. 나는 잠수했다. 레드에게 겁을 줄 작정이었다. 그 애의 다리를 뒤에서 잡으려 했다. 그러다 뭔가 부드러운 것에 부딪쳤다. 내 얼굴이 그것을 정통으로 들이받았다. 뚱뚱한 여자의 엉덩이였다. 그 여자가 내 머리채를 잡는 느낌이 나더니, 여자는 나를 물에서 끌어냈다. 여자는 파란색 수영모를 쓰고 있었는데, 턱 끈이 너무 조여서 살을 파고들었다. 여자의 앞니는 은으로 씌워졌고 입에서 마늘 냄새가 났다.

「더러운 변태 꼬맹이! 공짜로 만지고 다니겠다 이거냐?」

나는 여자에게서 빠져나와 물러섰다. 뒷걸음질 치는데, 여자가 물을 가르며 따라왔다. 축 처진 가슴이 앞에서 물결을 일으켰다.

「더러운 꼬마 녀석. 내 젖통 빨아 보고 싶어? 생각이 아주 더러운 놈이구나? 내 똥 먹어 볼래? 내 똥 어떠냐고, 꼬마 새끼야?」

나는 더 깊은 물로 더 멀리 물러섰다. 이제 발끝으로 서서 뒷걸음치고 있었다. 나는 물을 좀 삼켰다. 여자는 계속 따라왔다. 증기선 같은 여자였다. 나는 더 물러날 수 없었다. 여자는 나한테 곧장 다가왔다. 눈은 흐릿하고 텅 비어 있었다. 그 안에는 아무 색깔이 없었다. 그 여자의 몸이 내 몸에 닿는 것이 느껴졌다.

「내 보지 만져 봐.」 여자가 말했다. 「너 만지고 싶어 하는 거 다 알아. 그러니까 어디 해보라고. 내 보지 만져 봐. 만져 봐, 만져 보라고!」

여자는 기다렸다.

「네가 안 하면, 구조 요원에게 네가 나를 추행했다고 이를 거야. 그러면 넌 감옥에 갇히게 될걸! 자, 만져 봐!」

나는 할 수가 없었다. 갑자기 여자는 손을 아래로 내리더니 내 물건을 잡고 잡아당겼다. 내 고추를 뽑아 버릴 것만 같았다. 나는 뒤로 넘어지면서 깊은 물속에 빠져 허우적대다가 다시 물 위로 올라왔다. 이제 여자로부터 2미터가량 떨어져 있었고 나는 더 얕은 물을 향해 헤엄치기 시작했다.

「구조 요원한테 네가 나를 추행했다고 말할 거야!」 여자가 소리 질렀다.

그때 한 남자가 우리 사이로 헤엄쳐 왔다. 「이, 꼬마 개새끼가!」 여자는 나를 가리키며 남자에게 소리쳤다. 「내 **보지**를 잡았어요!」

「손님.」 남자가 말했다. 「저 아이는 아마도 그게 하수구 뚜껑인 줄 알았을 겁니다.」

나는 레드에게로 헤엄쳐 갔다.

「들어 봐.」 나는 그 애에게 말했다. 「우리 여기서 나가야 해! 저 뚱뚱한 여자가 구조 요원에게 내가 자기 보지를 잡았다고 말했어!」

「뭣하러 그랬어?」 레드가 물었다.

「어떤 기분일지 알고 싶었어.」

「어떤 기분이었는데?」

우리는 수영장에서 나와 샤워를 했다. 레드는 자기 팔을 도로 끼웠고 우리는 옷을 입었다. 「정말 네가 했어?」 레드가 물었다.

「남자라면 언젠가 시작은 해야 하는 거지.」

한 달쯤 지나 레드의 가족이 이사 갔다. 어느 날 그들은 사라졌다. 그냥 그렇게. 레드는 내게 뭔가 미리 귀띔해 주지도 않았다. 그 애는 가버렸다. 풋볼도 가버렸다. 그리고 손톱이 달린 작은 빨간 손가락도 가버렸다. 좋은 애였다.

16

왜인지는 잘 모르겠지만, 척과 에디, 진, 프랭크는 나를 자기들 경기에 끼워 주었다. 아마도 다른 애가 하나 더 나타나서 한 팀에 세 명씩 필요해졌던 게 아닌가 싶다. 나는 정말 잘하려면 아직도 더 연습을 해야 했지만, 점점 나아지고 있었다. 토요일이 제일 좋은 날이었다. 토요일에 우리는 정식으로 게임을 했고 다른 아이들도 껴서 거리에서 풋볼을 했다. 우리는 잔디밭에서는 태클 위주로 경기했지만, 거리에서는 터치 경기로 했다. 터치 경기에서는 한 번에 뛰어서 멀리까지 갈 수 없기 때문이었다.

집에선 문제가 있었다. 어머니와 아버지는 많이 싸웠고, 결과적으로 부모님은 나를 잊어버린 거나 다름없었다. 나는 토요일마다 풋볼을 했다. 그러다 어떤 경기에서 나는 마지막 패스 수비수 뒤 빈 공간으로 뚫고 들어갔고, 척이 공을 날리는 것을 보았다. 공은 길고 높게 나선형으로 빙그르르 돌았고, 나는 계속 달렸다. 나는 어깨 너머를 돌아보며 공이 날아오는 것을 보았고, 공은 내 손 안으로 정확히 떨어졌다. 나는 공을 붙들고 터치다운 선 안으로 들어섰다.

그때 「헨리!」라고 외치는 아버지의 목소리가 들렸다. 아버지는 집 앞에 서 있었다. 나는 공을 킥오프할 수 있도록 우리 팀 애들에게 휙 던져 주고 아버지가 선 자리로 갔다. 아버지는 화난 얼굴이었다. 분노가 느껴질 정도였다. 아버지는 붉게 달아오른 얼굴로 언제나처럼 한 발을 약간 앞으로 내밀고 섰다. 아버지의 배가 호흡에 따라 오르락내리락하는 게 보였다. 아버지는 188센티미터였고, 이전에도 말한 적 있지만 화가 났을 때는 귀와 입과 코만 있는 사람 같았다. 아버지의 눈은 볼 수가 없었다.

「좋아.」 아버지는 말했다. 「이제 다 컸으니까 잔디 깎을 때가 됐지. 잔디를 깎고 다듬고 물 주고, 꽃에도 물을 줄 만큼 컸잖냐. 여기서 뭔가 일을 해야 할 때란 말이다. 빈둥대지 말고 잽싸게 움직일 때라고!」

「하지만 친구들하고 풋볼하는 중이었는데요. 토요일이 제가 가진 진짜 유일한 기회예요.」

「지금 나한테 말대답하는 거냐?」

「아뇨.」

어머니가 커튼 뒤에서 바라보고 있는 것을 알았다. 토요일마다 부모님은 대청소를 했다. 양탄자를 진공청소기로 밀고 가구를 닦아 윤을 냈다. 양탄자를 걷어서 마룻바닥에 왁스를 발라 닦고 다시 양탄자를 깔았다. 어디를 왁스로 닦았는지 볼 수도 없었다.

잔디깎이와 가장자리 다듬개가 차로에 놓여 있었다. 아버지는 내게 도구를 알려 주었다. 「이제 이 잔디깎이를 가지고 잔디 위를 왔다 갔다 해. 한군데도 빼놓지 말고. 풀받이가 다 차면 여기다 던져 버려. 자, 한 방향으로 기계를 밀고 갔다가

다 끝나면 다른 방향으로 잔디를 밀어라, 알겠냐? 먼저 남북으로 민 다음에, 동서로 밀어. 이해가 되느냐고?」

「알겠어요.」

「그리고 재수 없게 그렇게 불행한 표정 하지 마! 그랬다간 정말 **불행한** 꼴이 뭔지 똑똑히 알려 줄 테니까. 잔디 다 깎으면, 가장자리 다듬개를 써라. 거기 붙은 작은 잔디깎이로 잔디가 잘려 나간 위를 다듬으라고. 울타리 **밑까지** 속속들이 하고 잔디 **한 가닥도** 빠뜨리지 마! 그런 다음엔…… 다듬개에 붙은 원형 날로 잔디 가장자리를 쭉 잘라 내. 잔디 가장자리를 완벽히 **똑바로** 잘라 내라고! 알겠어?」

「네.」

「그럼 다 끝나면, 이걸 가지고 가서……」 아버지는 가위를 보여 주었다.

「무릎을 꿇고 앉아서 여전히 삐죽삐죽 솟아 있는 **솜털은** 모조리 잘라 내라. 그런 다음엔 호스를 가져가서 울타리와 화단에 물을 줘. 다 끝나면 스프링클러를 켜서 잔디밭 한 부분당 15분씩 물을 줘라. 앞마당과 꽃밭을 다 하면 뒷마당과 거기 있는 꽃밭도 해. 질문 있냐?」

「없어요.」

「좋아. 이제 이거 하나 말해 주지. 네가 일을 다 끝내면 내가 가서 하나하나 확인할 거야. 그리고 네가 다 끝냈을 때 앞마당이건 뒷마당이건 간에 솜털 한 가닥 나와 있는 꼴은 보기가 싫다! 만약 하나라도 있으면……!」

아버지는 몸을 돌려 차로를 올라간 후 포치를 건너가 문을 열고 다시 쾅 닫았다. 아버지는 집 안으로 사라져 버렸다. 나는 잔디깎이를 들고 차로 위로 끌고 올라가 남북으로 처음 밀기 시작했다. 애들이 거리 아래에서 풋볼 경기를 하는 소리가 들려왔다…….

나는 앞마당의 잔디를 다 깎고 가장자리를 밀고 다듬었다. 화단에 물을 주고 스프링클러를 틀어 놓은 후 뒷마당으로 갔다. 차로 중앙에 펼쳐진 잔디밭이 뒤편으로 이어졌다. 거기도 끝냈다. 내가 불행한지도 알 수가 없었다. 불행하기에는 너무도 비참한 기분이었다. 세상 모든 것이 잔디로 변해 버렸고 나는 그 위를 그저 밀고 나가는 것만 같았다. 나는 계속 밀며 일하다가 갑자기 포기하고 말았다. 그 일은 몇 시간, 온종일이 걸렸고 경기는 곧 끝날 것이었다. 아이들은 저녁을 먹으러 집으로 돌아갈 것이었다. 토요일은 끝나 가는데, 나는 여전히 잔디나 깎을 뿐이었다.

뒷마당 잔디를 미는데, 어머니와 아버지가 뒤쪽 포치에 서서 나를 바라보는 것을 깨달았다. 부모님은 거기서 잠자코 미동도 않고 서 있었다. 내가 잔디깎이를 밀면서 지나갈 때 어머니가 아버지에게 하는 말이 들려왔다. 「봐요, 쟤는 잔디 깎을 때 당신처럼 땀을 흘리지 않잖아요. 얼마나 **침착한지** 좀 보라고요.」

「침착? 저건 침착한 게 아냐. 죽은 거지!」

지나갈 때 아버지가 하는 말이 들렸다.

「그거 더 빨리 밀어라! 달팽이처럼 꿈지럭대긴!」

나는 더 빨리 밀었다. 힘들긴 했지만 기분은 좋았다. 나는 더 빨리, 더 빨리 밀었다. 잔디깎이를 들고 뛰다시피 했다. 잘려 나간 풀이 세차게 뒤로 날렸고, 대부분은 풀받이를 벗어나 위로 날아갔다. 그 때문에 아버지가 화내리란 것을 알았다.

「망할 개새끼!」 아버지가 소리쳤다.

아버지가 뒤편 포치에서 내려와 차고로 들어가는 게 보였다. 아버지는 30센티미터 길이의 각목을 들고 나왔다. 곁눈질로 아버지가 각목을 던지는 것을 보았다. 날아오는 걸 봤지만, 나는 피하려 하지 않았다. 각목은 내 오른쪽 다리 뒤에 맞았다. 통증이 어마어마했다. 다리가 획 틀어졌지만, 나는 억지로 걸었다. 절뚝거리지 않으려 애쓰며 잔디깎이를 계속 밀었다. 잔디밭의 다른 부분을 밀려고 돌아서 보니 각목이 앞에 떨어져 있었다. 나는 각목을 주워 옆으로 옮겨 놓고 계속 밀었다. 통증이 점점 심해졌다. 그때 아버지가 내 옆에 와서 섰다.

「그만!」

나는 멈춰섰다.

「돌아가서 풀밭이에 풀을 잡아넣지 않은 자리부터 다시 밀어. 내 말 **알겠냐**?」

「네.」

아버지는 다시 집 안으로 들어갔다. 어머니와 뒤편 포치에 서서 나를 바라보는 모습이 보였다.

일의 마무리는 보도에 떨어진 잔디를 다 쓸고 물로 씻어내리는 것이었다. 뒷마당 각 구역에 15분 동안 스프링클러로 물을 줘야 하는 일을 **빼면** 마침내 다 끝났다. 스프링클러를 틀려고 호스를 뒤로 끌고 가는데 아버지가 집에서 나왔다.

「스프링클러 물 주기 전에 솜털이 남았나 잔디를 확인하겠다.」

아버지는 잔디 중앙으로 가서 네발로 엎드린 후 옆머리를 잔디에 가까이 대고 삐죽 솟아 나온 풀잎이 있나 살폈다. 아버지는 목을 뒤틀며, 두리번거리며, 계속 살폈다. 나는 기다렸다.

「아하!」

아버지는 풀쩍 뛰어오르며 집을 향해 달려갔다.

「엄마! 엄마!」

아버지는 집 안으로 뛰어들었다.

「뭐예요?」

「**솜털** 찾았어!」

「그래요?」

「나와 봐. 보여 줄 테니.」

아버지는 어머니를 데리고 재빨리 집에서 나왔다.

「여기! 여기! 보여 줄게!」

아버지는 네발로 엎드렸다.

「여기 보인다고! **두 개**가 보여!」

어머니는 아버지 옆에 엎드렸다. 나는 그들이 미쳤나 생각했다.

「보이지?」 아버지가 어머니에게 물었다. 「솜털 **두 개**. 보여?」

「그러네요, 아빠. 보여요…….」

둘 다 일어섰다. 어머니는 집 안으로 들어갔다. 아버지는 나를 보았다.

「안으로 들어가라…….」

나는 포치로 가서 집 안으로 들어갔다. 아버지가 뒤에서 따라왔다.

「욕실로 들어가.」

아버지는 문을 닫았다.

「바지 벗어.」

아버지가 면도날 혁지를 내리는 소리를 들었다. 오른쪽 다리는 아직도 아팠다. 그전에 혁지로 여러 번 맞았지만 아무런 도움이 되지 않았다. 그 모든 것에 무심한 온 세계가 저기 바깥에 있지만, 도움이 되지 않았다. 수백만의 사람들, 개와 고양이, 땅다람쥐, 건물, 거리가 저기 바깥에 있었지만 중요하지 않았다. 오직 아버지와 면도날 혁지, 욕실과 나뿐이었다. 아버지는 그 혁지를 면도날을 가는 데 썼고, 나는 아침마다 아버지가 거울 앞에 서서 얼굴에 흰 거품을 바르고 면도하는 모습을 증오했다. 그때 혁지가 처음으로 나를 내려쳤다. 혁지 소리는 단조롭고 컸으며 그 소리가 고통만큼이나 나빴다. 혁지가 다시 내려왔다. 아버지는 혁지를 휘두르는 기계 같았다. 무덤 속에 있는 느낌이었다. 혁지는 또 내려왔고 나는 생각했다. 이게 분명 마지막일 거야. 하지만 그렇지 않았다. 다시 내려왔다. 나는 아버지를 싫어하지 않았다. 그는 그저 믿을 수 없을 만큼 형편없는 존재였고, 나는 그저 아버지에게서 벗어나고 싶을 뿐이었다. 울 수도 없었다. 너무 아프고, 너무 혼란스러워서 울 수도 없었다. 혁지가 또 한 번 내려왔다. 그때 아버지는 멈췄다. 나는 서서 기다렸다. 아버지가 혁지를 거는 소리가 들렸다.

「다음번엔, 솜털 하나도 눈에 띄지 않게 해라.」 아버지는 말했다.

아버지가 욕실 밖으로 나가는 소리가 들렸다. 아버지는 욕실 문을 닫았다. 벽은 아름다웠고, 욕조는 아름다웠고, 세면대와 샤워 커튼도 아름다웠으며, 변기조차 아름다웠다. 아버지는 가버렸다.

17

이웃에 남은 모든 애들 중에서는 프랭크가 제일 착했다. 우리는 친구가 되었다. 함께 어울려 다니게 되었고, 다른 애들은 별로 필요하지 않았다. 다른 애들은 어쨌든 프랭크를 무리에서 내쫓아 버린 셈이었고, 그래서 그 애는 나와 친구가 되었다. 그 애는 데이비드, 이전에 집에 같이 걸어왔던 그 애와는 달랐다. 프랭크는 데이비드보다 훨씬 더 유리한 점이 많았다. 나는 프랭크가 다닌다는 이유로 성당까지 다녔다. 부모님은 내가 성당에 가는 것을 좋아했다. 일요일 예배는 무척 지루했다. 게다가 우리는 교리 문답 공부반에 다녀야 했다. 교리 문답책을 공부해야 했다. 지루한 질문과 대답뿐이었다.

어느 날 오후 우리 집 앞 포치에 앉아서, 나는 교리 문답을 큰 소리로 프랭크에게 읽어 주었다. 나는 그 구절을 읽었다. 「주님은 육신의 눈이 있으시고 만물을 보신다.」

「육신의 눈?」 프랭크가 물었다.

「그래.」

「이런 거 말하는 거야?」 그 애가 물었다.

프랭크는 두 주먹을 쥐고 눈에 갖다 댔다.

「눈에 우유병을 갖고 계셔.」프랭크는 주먹을 눈에 누르며 나를 향해 돌아보았다. 그러더니 웃음을 터뜨렸다. 나도 웃음을 터뜨렸다. 우리는 한참을 웃었다. 그러다 프랭크가 뚝 그쳤다.

「주님이 우리 하는 말 들으셨을까?」

「그러셨겠지. 주님이 만물을 보신다면, 만물을 들으실 수도 있을 거 아냐.」

「무섭다.」프랭크가 말했다. 「주님이 우리를 죽이실지도 몰라. 네 생각에 우리를 죽이실 것 같냐?」

「모르겠어.」

「여기 앉아서 기다려 보자. 움직이지 마. 가만히 앉아 있어.」

우리는 계단에 앉아 기다렸다. 한참을 기다렸다.

「어쩌면 지금 안 그러실지도 몰라.」내가 말했다.

「때를 보시는 거겠지.」프랭크가 말했다.

우리는 한 시간을 더 기다렸다. 그런 다음엔 프랭크네로 갔다. 프랭크는 모형 비행기를 만들고 있었고, 나는 구경하고 싶었다⋯⋯.

어느 날 오후, 우리는 드디어 첫 번째 고해 성사를 하러 가기로 했다. 성당까지 걸어갔다. 우리는 신부님 중 한 분, 주임 신부님을 알고 있었다. 아이스크림 가게에서 만난 사이로, 신부님이 먼저 우리에게 말을 걸었다. 심지어 그 집에 한번 놀러 갔었다. 신부는 성당 옆에 있는 집에서 늙은 여자와 살았다. 우리는 한참을 머물면서 신에 대한 온갖 질문을 퍼부었다. 가령, 주님은 키가 얼마나 큰가요? 종일 의자에 앉

아 있기만 하시나요? 아니면 다른 사람들처럼 화장실도 가
시나요? 신부님은 결코 우리 질문에 직접적으로 대답은 해
주시지 않았지만, 그래도 여전히 친절한 분 같았고, 미소도
상냥했다.

우리는 고해 성사를 생각하며 성당까지 걸어갔다. 고해 성
사란 어떤 것일지를 생각하며. 성당에 가까워졌을 때쯤, 떠
돌이 개 한 마리가 나타나 우리를 따라왔다. 아주 여위고 배
고파 뵈는 개였다. 우리는 발을 멈추고 개를 쓰다듬으며 등
을 긁어 주었다.

「개들은 천국에 가지 못한다니 참 안타깝다.」 프랭크가 말
했다.

「왜 못 가는데?」

「천국에 가려면 세례를 받아야 하잖아.」

「우리가 세례를 베풀어야 해.」

「꼭 해야겠냐?」

「얘도 천국에 갈 기회를 줘야 마땅하지.」

나는 개를 들어 올렸고, 우리는 성당으로 들어갔다. 우리는
개에게 성수 한 대접을 떠다 주었고 프랭크가 개 이마에 물
을 끼얹는 동안 나는 개를 붙들고 있었다.

「이로써 세례를 주노라.」 프랭크가 말했다.

우리는 개를 밖으로 데리고 나가 도로 보도에 내려놓았다.

「얼굴도 달라진 것 같은데.」 내가 말했다.

개는 흥미를 잃었는지 보도 아래로 총총 내려갔다. 우리
는 성당 안으로 되돌아가 우선 성수 앞에서 멈추고 손가락
을 담갔다 빼어 가슴에 성호를 그었다. 우리는 둘 다 고해 성
사 옆 신도석에 무릎을 꿇고 기다렸다. 뚱뚱한 여자가 커튼

97

뒤에서 나왔다. 몸에서 냄새가 났다. 여자가 내 옆을 지나갈 때 강한 냄새를 맡을 수 있었다. 여자의 냄새는 오줌 냄새 같은 성당의 냄새와 뒤섞였다. 주일마다 사람들은 예배를 보러 와 이 오줌 냄새를 맡았지만 누구도 내색하지 않았다. 나는 신부님에게 가서 말하려고 했지만, 할 수 없었다. 어쩌면 촛불 때문인지도 몰랐다.

「나 들어간다.」 프랭크가 말했다.

그러더니 프랭크는 일어서서 커튼 뒤로 가서 사라져 버렸다. 프랭크는 그 안에서 한참 있었다. 나왔을 때는 씩 웃고 있었다.

「대단했어, 그냥 대단했어! 너도 지금 들어가!」

나는 일어서서 커튼을 젖히고 들어갔다. 어두웠다. 나는 무릎을 꿇었다. 앞에 보이는 것이라고는 장막뿐이었다. 프랭크 말로는 주님은 그 뒤에 계신다고 했다. 나는 무릎을 꿇고 내가 했던 나쁜 짓을 생각해 내려고 해보았으나 아무 생각도 나지 않았다. 그저 무릎을 꿇고 생각해 내려 애쓰고 또 애썼지만 아무 생각도 나지 않았다. 어떻게 해야 할지 알 수가 없었다.

「**어서 말해 보렴.**」 어떤 목소리가 말했다. 「**뭔가 말해!**」

화난 목소리였다. 나는 목소리가 들릴 거라고는 생각하지 못했다. 주님은 시간이 많으실 거라고 생각했다. 덜컥 겁이 났다. 나는 거짓말을 하기로 했다.

「알았어요.」 나는 말했다. 「저는…… 아버지를 발로 찼습니다. 저는…… 어머니에게 욕을 했어요…… 어머니의 지갑에서 돈을 훔쳤습니다. 그 돈으로 초코 바를 사 먹었어요. 척의 풋볼에서 바람을 뺐습니다. 작은 여자애의 원피스를 들춰

봤습니다. 어머니를 발로 찼어요. 콧물을 좀 먹었습니다. 그게 다입니다. 그거 말고는 오늘 개에게 세례를 주었어요.」

「개한테 세례를 주었다고?」

나는 끝장났다. 이건 대죄였다. 더 이상 계속해 봤자 소용이 없다. 나는 나가려고 일어났다. 그 목소리가 내게 성모송을 암송하라고 했는지, 아니면 아무 말도 하지 않았는지 알 수 없었다. 커튼을 도로 젖혔더니 프랭크가 기다리고 있었다. 우리는 성당에서 나와 다시 거리로 나섰다.

「나는 씻김받은 기분이 들었어.」 프랭크가 말했다. 「넌 안 그러니?」

「안 그래.」

나는 다시는 고해 성사에 가지 않았다. 고해 성사는 10시 예배보다도 나빴다.

18

프랭크는 비행기를 좋아했다. 그 애는 내게 제1차 세계 대전을 다룬 온갖 싸구려 잡지를 빌려주었다. 최고는 『하늘을 나는 에이스』[10]였다. 공중전도 멋있었다. 미국의 스패드기와 독일의 포커기가 섞여 있었다. 나는 기사를 죄다 읽었다. 독일군이 항상 진다는 면은 마음에 안 들었지만, 그것 말고는 멋있었다.

나는 프랭크네에 가서 잡지를 빌려 오고 돌려주는 게 좋았다. 그 애의 어머니는 하이힐을 신었고 다리가 멋졌다. 프랭크 엄마가 다리를 꼬고 의자에 앉으면 치마가 끌려 올라갔다. 그리고 프랭크의 아버지는 다른 의자에 앉았다. 그 애의 어머니와 아버지는 항상 술을 마셨다. 프랭크의 아버지는 제1차 세계 대전 때 비행사였고 추락을 겪었다. 한쪽 팔에는 뼈 대신 철사가 들어 있다고 했다. 프랭크의 아버지는 연금을 받았다. 하지만 괜찮은 사람이었다. 우리가 들어가면 언제나 말을 걸었다.

「어이, 소년들. 어떻게 지내냐?」

10 1920년에서 1930년 사이에 발행된, 비행사를 다룬 월간 잡지 중 하나.

그때 우리는 에어쇼에 대해 알게 되었다. 에어쇼는 거대한 행사로 치러질 예정이었다. 프랭크는 지도를 구했고 우리는 히치하이킹을 해서 가기로 했다. 나는 우리가 아마도 에어쇼에 가지 못할 거라고 생각했지만, 프랭크는 우리가 갈 수 있다고 말했다. 그 애 아버지가 우리에게 돈을 주었다.

우리는 지도를 들고 대로로 내려갔고 곧장 차를 얻어 탔다. 어떤 할아버지였는데 입술이 무척 축축했다. 혀로 계속 입술을 축였고 낡은 체크 셔츠의 단추를 목까지 채웠다. 넥타이는 매고 있지 않았다. 눈썹 모양은 이상해서 눈 안으로 말려들었다.

「내 이름은 대니얼이다.」 노인이 말했다.

프랭크가 답했다. 「이쪽은 헨리예요. 저는 프랭크고요.」

대니얼은 계속 차를 몰았다. 그러더니 럭키 스트라이크 담배를 꺼내 불을 붙였다.

「너희는 집에서 사니?」

「네.」 프랭크가 말했다.

「네.」 내가 말했다.

대니얼의 담배는 이미 입에서 젖어 버렸다. 그는 신호 앞에서 차를 멈췄다.

「어제 해변에 갔는데 부두 밑에서 젊은 애 두 명이 잡혔더라. 경찰이 잡아서 감옥에 보냈어. 한 애가 다른 애 거시기를 빨아 줬다는데. 그게 경찰이 상관할 일이냐? 그 얘기 들으니 열 받더만.」

신호가 바뀌자 대니얼은 차를 출발시켰다.

「너희들은 그런 일이 멍청하다고 생각하지 않냐? 서로 빨아 주는 남자들을 경찰이 말린다는 게.」

우리는 아무런 대답도 하지 않았다.

「뭐.」대니얼이 말했다. 「남자 둘이 오럴을 제대로 받을 권리가 있다고 생각하지 않느냐고.」

「그런 것 같네요.」프랭크가 말했다.

「네에.」내가 말했다.

「너희들 어디에 가는 거냐?」대니얼이 물었다.

「에어쇼요.」프랭크가 말했다.

「아, 에어쇼! 나도 에어쇼가 좋지! 이걸 들어 봐라. 나를 데리고 가주면, 내가 너희들을 거기까지 데려다주지.」

우리는 대답하지 않았다.

「뭐, 어때?」

「좋아요.」프랭크가 말했다.

프랭크의 아버지가 우리에게 입장료와 교통비를 주었지만, 히치하이킹을 해서 교통비를 줄이기로 한 것이었다.

「어쩌면 수영하러 가는 편이 낫지 않겠냐.」대니얼이 말했다.

「아뇨.」프랭크가 거절했다. 「우리는 에어쇼가 보고 싶어요.」

「수영이 더 재밌어. 서로 경기도 할 수 있지. 우리끼리만 있을 수 있는 곳을 안다. 나는 부두 밑으로는 절대 안 가.」

「우리는 에어쇼에 가고 싶어요.」프랭크가 말했다.

「좋아.」대니얼이 말했다. 「에어쇼에 가자.」

에어쇼 주차장에 도착하자 우리는 차에서 내렸다. 대니얼이 차 문을 잠그는 동안, 프랭크가 말했다. 「뛰어!」

우리는 출입문 쪽으로 뛰어갔고 대니얼은 우리가 도망가는 모습을 보았다.

「야, 이 꼬마 변태들! 돌아와! 돌아오라고!」

우리는 계속 달렸다.

「망할.」프랭크가 말했다.「저 개새끼는 미쳤어.」

우리는 출입문 쪽에 거의 다다랐다.

「이 새끼들 잡고 만다!」

우리는 입장료를 내고 안으로 뛰어들었다. 쇼는 아직 시작하지 않았지만, 벌써 엄청난 관중이 모여 있었다.

「저기 대형 관람석 아래 숨으면 우리를 찾지 못할 거야.」프랭크가 말했다.

대형 관람석은 사람들이 앉을 수 있도록 임시 판자로 지어진 것이었다. 우리는 그 밑으로 들어갔다. 관람석 중앙의 아래에 선 두 남자애가 위를 쳐다봤다. 우리보다 두세 살 많은, 열세 살이나 열네 살 정도 되는 애들이었다.

「쟤네 뭘 보고 있어?」내가 물었다.

「가서 보자.」프랭크가 말했다.

우리는 그쪽으로 갔다. 그중 한 아이가 다가가는 우리를 보았다.

「어이, 애송이들. 여기서 나가!」

「형들 뭘 보고 있어?」프랭크가 물었다.

「애송이들은 여기서 나가라고 했다!」

「아, 망할, 마티. 쟤들도 보라고 하자.」

우리는 그 애들이 서 있는 자리까지 갔다. 우리도 올려다보았다.

「이게 뭐야?」나는 물었다.

「망할, 너 안 보이냐?」큰 아이 중 하나가 물었다.

「뭐가 보여?」

「보지잖아.」

「보지? 어디?」

「봐. 바로 여기! 보이냐?」

그 애는 가리켰다.

치마를 뒤로 뭉쳐 깔고 앉은 여자가 하나 있었다. 그 여자는 속옷을 입고 있지 않았고, 판자 사이로 올려다보면 그 여자의 음부가 보였다.

「보여?」

「그래. 보이네. 보지야.」 프랭크가 말했다.

「좋아. 이제 여기서 꺼지고 입 다물어.」

「하지만 우리는 좀 더 보고 싶은데.」 프랭크가 말했다. 「조금만 더 보여 주라.」

「좋아. 하지만 너무 오래는 안 된다.」

우리는 서서 올려다보았다.

「나도 보인다.」 내가 말했다.

「저거 보지야.」 프랭크가 말했다.

「정말로 보지야.」 내가 말했다.

「그래.」 큰 아이 중 하나가 말했다. 「바로 그거지.」

「항상 이걸 기억해야지.」 내가 말했다.

「좋아, 얘들아, 이제 갈 때다.」

「뭐하러?」 프랭크가 물었다. 「왜 여기 서서 계속 보면 안 돼?」

「왜냐하면,」 큰 아이 중 하나가 말했다. 「내가 뭘 좀 할 거니까. 그러니까 여기서 나가!」

우리는 그 자리를 떴다.

「쟤가 뭘 하려는 건지 궁금한데?」 나는 물었다.

「나도 모르겠어.」 프랭크가 말했다. 「아마 거기다 돌멩이를 던지려나 봐.」

우리는 대형 관람석에서 나와 대니얼이 있나 두리번거렸
다. 그는 어디에서도 볼 수 없었다.

「갔나 봐.」 내가 말했다.

「그런 남자는 비행기를 좋아하지 않거든.」 프랭크가 말했다.

우리는 대형 관람석으로 기어올라 가서 쇼가 시작하기를
기다렸다. 나는 모든 여자들을 둘러보았다.

「어떤 여자였는지 궁금한데?」 내가 물었다.

「위에서 봐서는 못 알아볼걸.」 프랭크가 대답했다.

그때 에어쇼가 시작되었다. 포커기를 탄 남자가 묘기를 시
작했다. 실력이 대단했다. 고리를 그리고 빙빙 돌았으며 잠
깐 멈췄다 빠져나왔다가 땅 위에 바짝 붙어 날다 이멜만 회
전[11]도 했다. 최고의 기술은 각각의 날개 위에 단 고리로 발
휘했다. 빨간 손수건 둘을 땅 위에서 1.8미터 높이의 장대에
묶었다. 포커기는 아래로 내려오다 한쪽 날개를 살짝 기울여
날개 위에 단 고리로 장대에 매단 손수건을 끄집어 올렸다.
그런 다음 돌아와 다시 다른 날개를 기울여 다른 쪽 손수건
도 끄집어 올렸다.

그다음에 한 하늘에 글씨 쓰는 묘기는 지루했고, 풍선 경주
는 멍청해 보였지만, 그러고 나서는 괜찮은 묘기를 했다 ―
지면 가까이에 붙어 네 개의 철탑을 돌아야 하는 경주였다.
비행기들은 모든 철탑을 12회는 돌아야 했고, 가장 먼저 들
어오는 비행기가 상을 탔다. 철탑 위에서 도는 조종사는 자
동으로 실격되었다. 경주하는 비행기들은 땅에서 대기했다.
설계는 모두 제각각이었다. 하나는 기체가 길고 날씬하며 날
개라고 할 게 없었다. 다른 비행기는 통통하고 둥글어서 풋

11 반 공중제비를 돌면서 기체를 회전하는 묘기.

볼 공 모양이었다. 또 다른 비행기는 날개만 있고 기체는 없다시피 했다. 저마다 다르고 저마다 근사하게 칠을 했다. 우승 상금은 1백 달러였다. 비행기들은 땅에서 대기했고, 이제 곧 정말로 신나는 일이 벌어지리라는 예감이 들었다. 모터는 비행기에서 떨어져 나가고 싶은 양 포효했고 신호자가 깃발을 내리자 모두 출발했다. 비행기는 여섯 대였고 철탑을 돌 때 공간의 여유가 거의 없었다. 몇몇 조종사는 너무 낮게 떴고, 어떤 이는 높게 떴으며, 다른 사람은 중간을 차지했다. 어떤 비행기는 더 빨리 가다가 철탑을 돌 때 뒤로 밀려나기도 했다. 다른 비행기는 더 천천히 가다가 더 급격하게 회전했다. 근사하기도 했지만 끔찍하기도 했다. 그러다 비행기 한 대가 날개 한 짝을 잃었다. 비행기는 땅에 통통 부딪치며 굴러갔고, 엔진에서는 불꽃과 연기가 솟았다. 비행기는 뒤집혀 버렸고 구급차와 소방차가 달려왔다. 다른 비행기들은 계속 날았다. 그러다 또 다른 비행기의 엔진이 폭발해서 빠져나왔고, 기체의 나머지 부분은 갈 곳을 잃은 양 떨어져 버렸다. 기체는 땅에 부딪쳤고 모든 게 분해되었다. 하지만 이상한 일이 벌어졌다. 조종사는 조종석 뒤로 기어올라 밖으로 나오더니 구급차를 기다렸다. 그는 관중들에게 손을 흔들었고, 관중들은 미친 듯이 환호했다. 기적적이었다.

갑자기 최악의 사건이 벌어졌다. 비행기 두 대가 철탑을 돌면서 날개가 엉켜 버리고 말았다. 두 대가 모두 빙글빙글 돌며 떨어져 충돌했고, 양쪽 다 불이 붙었다. 구급차와 소방차가 다시 달려왔다. 그들이 두 남자를 끌어내서 들것에 싣는 것이 보였다. 슬펐다. 용감하고 멋진 두 남자, 둘 다 평생 동안 다리를 절게 되든가 죽으리라는 것이.

이제 오직 비행기 두 대만이 남았다. 5번과 2번이 1등을 향해 날았다. 5번이 날개가 거의 없는 날씬한 비행기고 2번보다 훨씬 더 빨랐다. 2번은 풋볼 공 모양이었고 별로 속도를 내진 못했지만 회전할 때 훨씬 더 유리했다. 그러나 그건 큰 도움이 되지 않았다. 5번이 계속 2번보다 더 빨리 돌았다.

「5번 비행기가 이제 2회 앞서고 있으며, 결승까지 2회를 앞두고 있습니다.」 아나운서가 알렸다.

5번이 1등상을 탈 것만 같았다. 그때 그가 철탑을 들이받았다. 회전하는 대신에 철탑을 들이받았고 모두 무너뜨렸다. 그는 아래 비행장을 향해 쭉 떨어졌다. 낮게, 낮게. 엔진은 전속력으로. 그러다 땅에 착륙했다. 바퀴가 땅을 박찼고 비행기는 허공으로 튕겨 올랐다가 뒤집힌 채 땅을 타고 주르륵 미끄러져 갔다. 구급차와 소방차까지는 거리가 너무 멀었다.

2번은 계속 원을 그리며 남은 세 철탑과 무너진 철탑을 돈 후에 착륙했다. 그가 1등상을 탔다. 조종사는 비행기에서 기어나왔다. 비행기처럼 통통한 남자였다. 나는 잘생기고 센 남자일 거라 예상했었다. 그는 운이 좋았다. 박수를 치는 사람은 거의 없었다.

쇼의 마무리는 낙하산 경기였다. 땅 위에 그려진 원, 커다란 과녁이 있고 거기에 가장 가까이 착륙하는 사람이 우승하는 경기였다. 내겐 지루해 보였다. 별다른 소음이나 행동이 없었다. 낙하산을 타고 비행기에서 뛰어내려 원을 노리기만 하면 되는 경기였다.

「이건 별로 재미없다.」 나는 프랭크에게 말했다.

「그러게.」 프랭크가 말했다.

낙하산은 원 가까이 계속 내려왔다. 더 많은 사람들이 비행기에서 머리를 아래로 하고 뛰어내렸다. 그러자 관중들은 우우 야유를 보내기 시작했다.

「저걸 봐!」 프랭크가 말했다.

낙하산 하나가 일부만 펴졌다. 그 안에는 별로 공기가 없었다. 그 낙하산을 탄 사람은 다른 이들보다 더 빨리 떨어졌다. 그가 발차기를 하면서 팔을 움직여 얽힌 낙하산을 펴려고 애쓰는 모습이 보였다.

「맙소사.」 프랭크가 말했다.

남자는 쭉 떨어졌다. 낮게, 낮게. 그의 모습이 점점 더 잘 보였다. 그는 아직도 얽힌 낙하산을 펴려고 줄을 잡아당기고 있었지만, 아무 소용 없었다. 그는 땅에 부딪쳤고 약간 튀어 올랐다 다시 떨어져서 잠잠해졌다. 공기가 반만 찬 낙하산이 그의 위로 떨어졌다.

주최 측에서는 나머지 낙하산 점프를 다 취소했다.

우리는 사람들과 함께 걸어 나오면서 아직도 대니얼이 있나 찾아보았다.

「갈 땐 히치하이크하지 말자.」 나는 프랭크에게 말했다.

「그래.」 프랭크가 말했다.

사람들과 함께 걸어 나오며 나는 어떤 게 더 흥분되었는지 알 수가 없었다. 비행기 경주였는지, 실패한 낙하산 점프였는지, 보지였는지.

19

5학년은 좀 더 나았다. 다른 학생들은 이제 시비를 덜 걸어
왔고 나는 신체적으로도 더 커졌다. 아직도 반 대표로 뽑히
진 않았지만, 그래도 위협은 덜 당했다. 데이비드와 바이올
린은 사라져 버렸다. 그 가족은 이사 갔다. 나는 혼자 집에
걸어갔다. 가끔 아이들 한둘이 따라오는 경우도 있었고, 그
중 후안이 최고 악질이었지만 아무 일도 벌이진 않았다. 후
안은 담배를 피웠다. 그 애는 내 뒤에서 담배를 피우며 걸었
고 언제나 다른 친구와 함께였다. 혼자 따라오는 법은 결코
없었다. 그게 겁났다. 나는 그 애들이 저리로 가버렸으면 싶
었다. 그렇지만 달리 말해, 나는 개의치 않았다. 나는 후안을
좋아하지 않았다. 그 학교의 누구도 좋아하지 않았다. 아이
들도 그 사실을 알았으리라 생각한다. 그래서 아이들이 나
를 싫어했으리라 생각한다. 나는 아이들의 걸음걸이, 외모,
말투를 좋아하지 않았지만, 아버지나 어머니도 좋아하지 않
았다. 나는 여전히 하얗고 텅 빈 공간에 둘러싸인 느낌이 들
었다. 항상 배 속이 슬며시 울렁거렸다. 후안은 피부가 가무
잡잡했고, 허리띠 대신 놋쇠 사슬을 차고 다녔다. 여자애들

은 그 애를 무서워했고, 남자애들도 마찬가지였다. 후안과 그 무리 중 한 애가 거의 매일같이 나를 집까지 따라왔다. 내가 집으로 들어가면, 그 애들은 밖에 섰다. 후안은 센 표정으로 담배를 피웠고, 개 친구는 거기 서 있었다. 나는 커튼 틈새로 그 애들을 보았다. 그러다가 마침내 그 애들은 가버리곤 했다.

프레타그 부인은 우리 영어 선생님이었다. 수업 첫날에 선생님은 우리에게 이름을 물었다.

「여러분 모두와 친해지고 싶습니다.」

선생님은 미소를 지었다.

「자, 여러분 모두 아버지가 계시겠죠. 우리가 각자 아버지들이 무슨 일을 하시는지 알아보면 재미있을 것 같지 않나요. 1번부터 시작해서 한 사람씩 돌아가 봅시다. 자, 마리, 아버지는 무슨 일을 하시지?」

「제 아버지는 정원사입니다.」

「아, 멋지구나! 2번…… 앤드루? 아버지는 무얼 하시니?」

끔찍했다. 우리가 사는 동네의 아버지들은 모두 실직했다. 내 아버지도 실직했다. 진의 아버지는 앞쪽 포치에 종일 앉아 있었다. 육류 가공 공장에서 일하는 척의 아버지를 빼면 모든 아버지들이 직업이 없었다. 척의 아버지는 측면에 육류 회사 이름이 찍힌 빨간 차를 타고 다녔다.

「제 아버지는 소방수입니다.」 2번이 말했다.

「아, 흥미롭네.」 프레타그 선생님이 말했다. 「3번은?」

「제 아버지는 변호사입니다.」

「4번.」

「제 아버지는…… 경찰관입니다.」

110

나는 뭐라고 말해야 하나? 어쩌면 우리 동네의 아버지들만 실직한 건지도 몰랐다. 나는 주식 시장 붕괴에 대해 들은 적이 있었다. 나쁜 일이 있었다는 뜻이었다. 어쩌면 주식 시장은 오로지 우리 동네에서만 붕괴했는지도 몰랐다.

「18번.」

「제 아버지는 영화배우입니다…….」

「19번…….」

「제 아버지는 바이올린 연주자입니다…….」

「20번…….」

「제 아버지는 서커스단에 있습니다…….」

「21번…….」

「제 아버지는 버스 운전사입니다…….」

「22번…….」

「제 아버지는 오페라 가수입니다…….」

「23번…….」

23번. 그게 나였다.

「제 아버지는 치과 의사입니다.」 나는 말했다.

프레타그 선생님은 한 반을 다 돌았고 마침내 33번에 다다랐다.

「제 아버지는 직업이 없어요.」 33번이 말했다.

젠장, 내가 저걸 생각해 냈어야 했는데.

어느 날, 프레타그 선생님은 우리에게 숙제를 내주었다.

「훌륭한 우리 대통령님, 허버트 후버 대통령께서 이번 토요일에 로스앤젤레스에 연설하러 오신답니다. 여러분 모두가 가서 우리 대통령의 연설을 들었으면 합니다. 그리고 여러분이 그 경험과 후버 대통령의 연설을 듣고 어떤 생각을 했는지에 관해 글을 써 오길 바랍니다.」

　토요일? 내가 갈 수 있는 방법은 없었다. 나는 잔디를 깎
아야 했다. 솜털도 잘라야 했다. (솜털을 다 잘라 낼 수 있었
던 적은 한 번도 없었다.) 거의 매주 토요일, 아버지가 솜털
을 찾아냈다는 이유로 나는 혁지로 맞아야 했다. (나는 주
중에도 한두 번은 내가 하지 못했거나 제대로 못했다는 이유
로 매를 맞곤 했다.) 아버지에게 후버 대통령을 보러 가야 한
다는 말을 할 길이 없었다.

　그래서 나는 가지 않았다. 그 토요일에 나는 종이를 붙들
고 대통령 모습이 어땠는지 쓰려고 자리에 앉았다. 대통령의
무개차가 색 테이프를 휘날리며 풋볼 경기장에 들어왔습니
다. 비밀 요원이 가득 찬 차 한 대가 앞서고 차 두 대가 그 뒤
를 바짝 쫓았습니다. 요원들은 우리 대통령을 보호하려고
총을 든 용감한 남자들이었습니다. 대통령의 차가 경기장에
들어서자 관중은 일어섰습니다. 이런 광경은 처음 보았습니
다. 대통령이었습니다. 그분이었습니다. 대통령은 손을 흔들
었습니다. 우리는 환호했습니다. 밴드가 연주했습니다. 갈매
기도 대통령을 알아본 양 머리 위에서 맴돌았습니다. 그리고
글씨를 쓰는 비행기도 있었습니다. 비행기들은 하늘에 〈번
영은 바로 코앞에〉라는 글자를 썼습니다. 대통령은 차 안에
서 일어섰고, 대통령이 그렇게 하는 순간 구름이 갈라지며
태양에서 흘러나온 빛이 대통령의 얼굴에 떨어졌습니다. 마
치 하느님도 아시는 것만 같았습니다. 그때 차들이 멈추고
비밀 요원들에게 둘러싸인 우리의 위대한 대통령이 연단으
로 걸어갔습니다. 대통령이 마이크 앞에 섰을 때 새 한 마리
가 하늘에서 날아와 대통령 가까이 연단에 앉았습니다. 대통

령은 새에게 손짓하며 웃었고, 우리 모두 따라 웃었습니다. 그때 대통령이 입을 열었고 모두 귀를 기울였습니다. 나는 팝콘 기계 옆에 앉아 있었는데, 기계에서 옥수수알을 통통 튀기는 몹시 시끄러운 소리가 나서 연설 내용을 제대로 듣지 못했지만, 만주 문제는 심각하지 않고 국내의 모든 일은 다 잘될 테니 걱정할 필요가 없다고 하는 말은 들을 수 있었습니다. 우리가 해야 할 일은 미국을 믿는 것뿐이라고 했습니다. 모두를 위한 일자리가 충분히 있을 거라 했습니다. 치아를 뽑을 만한 치과 의사도 충분히 있을 것이고, 화재도 많이 나지만 불을 끌 소방관도 많이 있을 것이라 했습니다. 공장은 다시 문을 열 것입니다. 남아메리카의 우리 친구들은 빚을 갚게 될 것입니다. 곧 우리 모두 평화롭게 잠들 수 있을 것이며, 우리의 배와 우리의 심장은 가득 찰 것입니다. 하느님과 우리의 위대한 나라가 우리를 사랑으로 감싸고 악과 사회주의자들로부터 보호하며 우리의 국가적 악몽으로부터 깨워 줄 것입니다, 영원히…….

대통령은 박수갈채에 귀를 기울이다 손을 흔들고 차로 돌아가 올라탄 후 떠났습니다. 비밀 요원들이 탄 차들이 그 뒤를 따를 때 태양은 뉘엿뉘엿 지기 시작했고 오후는 저녁이 되어 붉은빛과 금빛으로 황홀했습니다. 우리는 허버트 후버 대통령의 모습을 보고 목소리를 들은 것입니다.

나는 글짓기 숙제를 월요일에 제출했다. 화요일에 프레타그 선생님이 반 아이들을 마주 보았다.

「우리의 훌륭한 대통령님이 로스앤젤레스에 다녀가신 일

113

을 소재로 한 여러분의 글짓기 숙제 잘 읽었어요. 선생님도 거기에 갔었답니다. 여러분 중 몇은 무슨 사정이 있어 참석할 수 없었나 봐요. 참석할 수 없었던 학생들을 위해 헨리 치나스키가 쓴 이 글을 읽어 주도록 하겠습니다.」

교실은 끔찍할 정도로 고요했다. 나는 그때까지 교실에서 가장 인기 없는 아이였다. 그 애들의 심장을 모두 칼로 갈라 놓는 것만 같았을 것이다.

「매우 독창적인 글입니다.」프레타그 선생님은 내 글을 읽기 시작했다. 그 이야기는 내 귀에도 근사하게 들렸다. 모두가 귀를 기울였다. 내가 쓴 단어들이 칠판 끝에서 칠판 끝까지 교실을 채웠다. 천장에 부딪쳤다 튕겨 나왔고, 프레타그 선생님의 구두를 덮고 바닥 위에 쌓였다. 반에서 가장 예쁜 여자애들이 나를 힐끔힐끔 쳐다보았다. 센 남자 애들은 모두 열 받았다. 그 애들이 지은 글은 개똥만도 못했다. 나는 목마른 사람처럼 내 단어들을 들이마셨다. 심지어 그 말들이 진짜라고 믿기 시작했다. 후안이 내게 얼굴을 한 대 맞은 표정으로 앉아 있는 것이 보였다. 나는 두 다리를 뻗고 의자에 기댔다. 너무 빨리 모든 것이 끝났다.

「이 멋진 글과 함께,」프레타그 선생님이 말했다.「여기서 수업을 마치겠습니다.」

아이들은 일어나 가방을 싸기 시작했다.

「헨리는, 잠깐.」프레타그 선생님이 말했다.

나는 의자에 앉아 있었고, 프레타그 선생님은 거기 서서 나를 바라보았다.

다음 순간 선생님이 물었다.「헨리, 너 거기 갔었니?」

나는 그 자리에 앉아 대답을 생각해 내려 애썼다. 아무 말도 생각할 수 없었다. 나는 대답했다. 「아뇨, 가지 않았어요.」

선생님은 미소를 지었다. 「그래서 그 모든 게 한결 더 놀라운 것이구나.」

「네, 선생님······.」

「가도 된단다, 헨리.」

나는 일어나 밖으로 나왔다. 나는 집까지 걷기 시작했다. 그래, 사람들이 원했던 건 그거였다. 거짓말. 아름다운 거짓말. 그게 바로 사람들이 필요로 했던 것이었다. 사람들은 바보였다. 내게는 삶이 더 쉬워지겠지. 나는 주변을 둘러보았다. 후안과 개 친구는 나를 따라오지 않았다. 상황이 나아지고 있었다.

20

프랭크와 내가 척, 에디, 진과 친하게 지냈던 때도 있었다. 하지만 항상 무슨 일인가 일어났고(보통 내가 일으켰고), 그러면 나는 따돌림당하고 프랭크도 내 친구란 이유로 부분적으로 따돌림당했다. 프랭크와 어울려 다니는 건 좋았다. 우리는 어디든 히치하이크해서 다녔다. 우리가 가장 좋아하는 곳 중 하나가 이 영화 스튜디오였다. 우리는 안으로 들어가려고 기다란 잡초에 둘러싸인 울타리 아래로 기어들었다. 킹콩 영화에 썼던 거대한 벽과 계단이 보였다. 가짜 거리와 가짜 건물도 보았다. 건물들은 그저 정면뿐이고 뒤에는 아무것도 없었다. 경비원에게 걸려 쫓겨날 때까지 그 영화 촬영장 이곳저곳을 여러 번 돌아다녔다. 우리는 해변까지 히치하이크를 해서 유령의 집에 가기도 했다. 유령의 집에서는 서너시간씩 머물렀다. 우리는 그곳을 다 외웠다. 그리 근사한 곳은 아니었다. 사람들이 여기저기 똥이나 오줌을 싸 놓았고, 빈 병이 널려 있었다. 그리고 화장실에는 딱딱하게 굳어 주름진 콘돔들이 들어 있었다. 노숙자들은 유령의 집이 문을 닫은 후에 거기서 잤다. 유령의 집은 재미있는 집이란 이름이었지만, 정말로 재미있지는 않았다. 거울의 집은 처음에는 좋았다. 처음에는 거기에서 오래 머물렀지만 마침내 거울 미로에서 빠져나오는 방법을 다 외우게 되자 더는 재미가 없었다. 프랭크와 나는 한 번도 싸운 적이 없었다. 우리는 여러 가지에 호기심이 많았다. 부두에서는 제왕 절개 수술을 특집으로 다룬 영화를 상영했고, 우리는 가서 보았다. 피투성이였다. 여자를 가를 때마다 피가 분수처럼 훅 뿜어 나왔고, 그 다음에 의사들이 아기를 꺼냈다. 우리는 부두로 낚시도 하러 갔고, 뭔가 잡으면 벤치에 앉아 있는 늙은 유대인 부인들에게 팔곤 했다. 프랭크와 놀러 다닌다고 아버지에게 매를 맞기도 했지만, 어쨌든 매는 맞을 테니 재미있게 노는 편이 차라리 나았다.

하지만 동네의 다른 애들하고는 계속 말썽이 이어졌다. 아버지는 도움이 되지 않았다. 가령 다른 아이들이 모두 카우보이 의상을 입을 때 아버지는 내게 인디언 의상, 활과 화살을 사주었다. 그때 학교에서도 마찬가지였다. 나는 집단 따돌림을 당했다. 아이들은 카우보이 의상에 총을 들고 나를 에워쌌다. 하지만 놀림이 심해지면, 나는 화살을 활에 걸어 활시위를 뒤로 잡아당기고 기다렸다. 그것으로 늘 아이들을 쫓아 버릴 수 있었다. 나는 아버지가 억지로 입히기 전에는 인디언 의상을 절대로 입지 않았다.

척, 에디, 진과는 계속 사이가 멀어졌다가 다시 화해했다가, 또다시 멀어지곤 했다.

어느 날 오후, 나는 그냥 서서 어정거리고 있었다. 나는 그 무리와 딱히 좋지도 나쁘지도 않은 관계였고, 그저 내가 지난번에 그 애들을 화나게 했던 짓을 그 애들이 잊어버리기를 바라며 기다릴 뿐이었다. 그 외에는 달리 할 일이 없었다. 그저 희뿌연 공기와 기다림뿐이었다. 나는 어정거리는 데 지쳐 워싱턴 대로가 나올 때까지 언덕을 올라가기로 했다. 그 길의 동쪽으로 가면 영화관이 있고, 다시 아래로 내려가면 웨스트 애덤스 대로가 나왔다. 어쩌면 성당을 지나칠 수 있을지도 몰랐다. 나는 걷기 시작했다. 그때 에디가 부르는 소리가 들렸다.

「어이, 헨리. 이리 와 봐!」

아이들은 두 집 사이의 차로에 서 있었다. 에디, 프랭크, 척, 진. 그 애들은 뭔가를 보고 있었다. 커다란 덤불 위에 몸을 숙이고 뭔가 보고 있었다.

「이리 와, 헨리!」

「뭔데?」

나는 아이들이 몸을 숙이고 있는 자리로 갔다.

「거미가 파리를 먹어 치우기 직전이야!」 에디가 말했다.

나는 바라보았다. 거미가 나뭇가지 사이에 거미줄을 쳤고, 파리 한 마리가 거기 걸려 있었다. 거미는 무척 신나 보였다. 파리는 빠져나가려고 발버둥 치며 온 거미줄을 흔들었다. 파리는 미친 듯이 무력하게 윙윙댔고 거미는 파리의 날개와 몸을 거미줄로 좀 더 칭칭 감았다. 파리가 윙윙대는 동안 거미는 빙빙 돌며 파리를 완전히 거미줄로 묶어 버렸다. 거미는 무척 크고 흉측했다.

「이제 접근하려고 한다!」 척이 소리쳤다. 「송곳니로 꽉 물려고 해!」

나는 아이들 사이를 비집고 들어가 거미를 발로 차서 떨어뜨리고 한 발로 파리를 거미줄에서 떼어 냈다.

「너 대체 무슨 짓을 하는 거야?」 척이 따졌다.

「이 개새끼!」 에디가 고함쳤다. 「네가 **망쳤잖아!**」

나는 물러섰다. 프랭크조차 나를 이상하게 쏘아보았다.

「이 자식 혼내 주자!」 진이 외쳤다.

아이들은 나와 길 사이에 있었다. 나는 차로를 달려 내려가서 낯선 집 뒷마당에 들어갔다. 아이들은 나를 쫓아왔다. 나는 뒷마당을 통과해 차고 뒤로 달렸다. 1.8미터 높이의 격자 울타리가 덩굴에 가려져 있었다. 나는 곧장 울타리를 타고 올라 꼭대기를 넘었다. 다음 마당도 통과해서 차로를 올라갔다. 차로를 올라가면서 돌아보니 척이 막 울타리 꼭대기까지 오른 것이 보였다. 그러다가 그 애는 미끄러져 마당 위에 등부터 떨어졌다. 「젠장!」 척이 말했다. 나는 오른쪽으로 돌아 계속 달렸다. 일고여덟 블록 정도 달려가서는 어떤 집 잔디밭에 앉아 숨을 골랐다. 주위에 아무도 없었다. 프랭크가 나를 용서해 줄지 궁금했다. 다른 아이들이 나를 용서해 줄지 궁금했다. 나는 일주일 정도는 눈에 띄지 않겠다고 마음을 먹었다…….

그리고 그렇게 아이들은 잊었다. 한동안 별일 없었다. 여러 날이 무사히 흘렀다. 그때 프랭크의 아버지가 자살했다. 이유는 아무도 몰랐다. 프랭크는 어머니와 함께 다른 동네에 있는 더 작은 집으로 이사해야 할 것 같다고 말했다. 편지하겠다고 말했다. 그리고 정말 그렇게 했다. 다만 우리는 글을 쓴 것이 아니었다. 우리는 만화를 그렸다. 식인종에 대한 만화였다. 그 애의 만화는 식인종과의 다툼에 관한 이야기였고 나는 그 만화가 끝난 데서 이어 갔다. 식인종과의 다툼에 관

해서. 어머니는 프랭크의 만화를 발견하고 아버지에게 보여
주었고, 우리의 편지 교환은 끝났다.

5학년은 6학년이 되었고 나는 가출하겠다는 생각을 하게
되었지만, 우리 아버지들 대부분이 직업을 구할 수가 없다면
대체 키 150센티미터도 안되는 애가 어떻게 취직을 할까 싶
었다. 존 딜린저는 어른이고 아이고 할 것 없이 모든 이의 영
웅이었다. 그는 은행에서 돈을 훔쳤다. 그리고 예쁜이 플로
이드와 마 바커, 기관총 켈리[12]가 있었다.

사람들은 잡초가 자라는 공터로 가기 시작했다. 어떤 잡
초는 요리해서 먹을 수 있다는 것을 알아냈다. 공터와 거리
구석에서 사람들 사이에 주먹 다툼이 일어났다. 모두 화가
났다. 남자들은 불 더럼[13]을 피웠고 누구든 자기에게 허튼짓
을 하면 가만두지 않았다. 앞 셔츠 주머니에서 작고 둥근 불
더럼 상표가 삐져나오도록 놔두었고, 한 손으로 담배를 말
았다. 불 더럼 상표를 대롱대롱 매달고 다니는 남자를 보면,
조심해야 한다는 뜻이었다. 사람들은 2차, 3차 저당에 대해
서 얘기하며 돌아다녔다. 어느 날 밤, 아버지는 한쪽 팔이 부
러지고 두 눈에 멍이 든 채로 집에 돌아왔다. 어머니는 어딘
가에서 벌이가 시원찮은 직업을 얻었다. 그리고 동네의 남자
애들은 모두 주일용 바지 한 벌과 일상용 바지 한 벌이 있었
다. 구두가 닳아도 새 구두를 얻을 수는 없었다. 백화점에서
는 밑창과 뒷굽을 접착제와 함께 15센트, 20센트에 팔았다.
이것들을 닳아 빠진 구두 바닥에 붙였다. 진의 부모님은 뒷
마당에서 수탉 한 마리와 병아리 몇 마리를 키웠고, 병아리

12 대공황 시대, 흉악 범죄로 미국에서 화제를 불러일으켰던 유명한 악당들.
13 미국의 유명 담배 상표. 포장지 겉면에 황소 그림이 그려져 있다.

가 달걀을 제대로 낳지 못하면 잡아먹었다.

나로 말하자면, 똑같았다 — 학교에서나 척, 진, 에디와의 관계에서나. 어른들만 비열한 것이 아니라, 아이들도 비열했고 심지어 동물들도 비열했다. 동물들은 인간을 본받는 것만 같았다.

어느 날 나는 평소처럼 어정거리며 기다리고 있었다. 아이들 무리와 친하지 않았고, 이제 더는 정말 친하게 지내고픈 마음도 없었는데, 그때 진이 내게 달려왔다. 「야, 헨리. 이리 와!」

「뭔데?」

「이리 와!」

진이 뛰기 시작해서 나도 그 뒤를 따라 뛰었다. 우리는 차로를 달려 집슨네 뒷마당으로 들어갔다. 집슨네는 뒷마당 둘레에 거대한 벽돌담을 세워 놓았다.

「봐! 고양이를 구석으로 몰았어! 죽이려나 봐!」

작고 하얀 고양이가 벽 구석으로 뒷걸음치고 있었다. 고양이는 벽을 타고 오르지 못했고 이쪽으로도 저쪽으로도 갈 수가 없었다. 등은 둥글게 휘었고, 침을 뱉으며 앞 발톱을 세웠다. 하지만 고양이는 무척 작았고 척의 불독인 바니는 으르렁거리며 점점 더 가까이 다가갔다. 나는 고양이를 거기 몰아넣은 것은 아이들이고 불독을 데려온 것도 그 애들이라는 느낌을 받았다. 그런 느낌이 강했던 것은 척과 에디, 진이 바라보는 방식 때문이었다. 아이들은 죄책감이 담긴 표정을 짓고 있었다.

「너희들이 그랬구나.」 나는 말했다.

「아니야.」 척이 말했다. 「저 고양이 잘못이야. 저게 여기 들어왔다고. 알아서 싸우고 빠져나가게 놔둬.」

121

「너희 개자식들 싫다.」나는 말했다.

「바니가 저 고양이를 죽일 거야.」진이 말했다.

「바니가 저걸 갈가리 찢어 놓을걸.」에디가 말했다. 「고양이 발톱이 무서운가 본데, 일단 움직이면 저 고양이는 끝장이야.」

바니는 턱이 축 늘어진 커다란 갈색 불독이었다. 무감각한 갈색 눈에 멍청하고 뚱뚱했다. 개는 꾸준히 으르렁거리며 서서히 앞으로 나아갔다. 목덜미와 등을 따라 난 털이 곤두섰다. 나는 개의 멍청한 엉덩이를 발로 차고 싶었지만, 그랬다가는 개가 내 다리를 물어뜯어 버릴 것만 같았다. 개는 죽이고자 하는 마음에 완전히 몰두하고 있었다. 하얀 고양이는 채 자라지도 않았다. 고양이는 벽에 바짝 붙어서 식식대며 기다렸다. 아름다운 동물, 무척이나 깨끗한.

개는 느릿느릿 앞으로 움직였다. 얘들은 어째서 이런 짓을 필요로 할까? 이건 용기의 문제가 아니라 그저 더러운 게임이었다. 어른들은 어디에 있었나? 말릴 권위를 가진 이들은 어디에 있었나? 그들은 늘 주위에 있으면서 나를 꾸짖어 놓고. 이제 그들은 어디에 있었나?

나는 뛰어들어서 고양이를 움켜잡고 도망갈까 생각도 해 보았지만, 그럴 용기가 없었다. 불독이 나를 공격할까 봐 두려웠다. 꼭 필요한 일을 해낼 용기가 없다는 것을 깨닫자 끔찍한 기분이 들었다. 정말로 욕지기가 치밀기 시작했다. 힘이 빠지는 기분이었다. 그렇게 되는 걸 원치 않았지만, 막을 길이 없었다.

「척. 고양이 놔줘, 제발. 너희 개를 불러들여.」나는 말했다.

척은 대답하지 않았다. 그저 바라보기만 했다.

그러더니 말했다. 「바니, 가서 잡아! 저 고양이 **잡아!**」

바니가 앞으로 나아갔지만, 갑자기 고양이가 뛰어올랐다. 하얀색과 식식거리는 소리, 앞 발톱과 이빨이 격렬히 뒤섞여 흐릿한 형체로 보였다. 바니는 뒷걸음질 쳤고 고양이도 다시 벽 쪽으로 물러섰다.

「가서 고양이 잡아 와, 바니.」 척이 다시 말했다.

「망할, 입 닥쳐!」 나는 척에게 말했다.

「나한테 그따위로 말하지 마.」 척이 말했다.

바니는 다시 움직이기 시작했다.

「너희가 이거 꾸민 거지.」 나는 말했다.

그때 우리 뒤에서 작은 소리가 나는 것을 듣고 나는 돌아보았다. 깁슨 아저씨가 뒤쪽 침실 창문에서 내다보는 것이 보였다. 깁슨 아저씨도 아이들처럼 고양이가 죽는 것을 바라고 있었다. 어째서?

깁슨 아저씨는 우리 동네 집배원으로 틀니를 끼고 있었다. 아저씨의 부인은 하루 종일 집에만 있는 여자였다. 쓰레기통을 비울 때만 밖에 나왔다. 깁슨 아줌마는 언제나 머리에 그물을 썼고, 늘 잠옷에 목욕 가운을 입고 슬리퍼를 신었다.

그때 나는 보았다. 평소처럼 옷을 입은 깁슨 아줌마가 남편 옆에 서서 고양이의 죽음을 기다리고 있는 것을. 깁슨 아저씨는 이 동네에서 직업이 있는 몇 안 되는 남자였지만 그래도 여전히 고양이가 죽는 모습을 보고 싶어 했다. 깁슨도 척이나 에디, 진과 같았다.

그런 사람들이 너무 많았다.

불독은 더 가까이 다가갔다. 나는 살육의 장면을 볼 수가 없었다. 나는 고양이를 그렇게 놔두는 데 커다란 수치심을 느꼈다. 고양이가 탈출하려고 할 가능성은 언제든지 있었지만, 아이들이 막으리라는 것을 알았다. 고양이는 불독만 상대하는 게 아니라 인간성 전체를 상대하고 있었다.

나는 몸을 돌려서 걸어 나왔다. 마당을 빠져나와 차로를 올라 보도로 갔다. 나는 보도를 따라 걸으며 내가 사는 곳까지 갔고, 거기 앞마당에는 아버지가 자기 집 앞에 서서 기다리고 있었다.

「어디 갔었냐?」 아버지가 물었다.

나는 대답하지 않았다.

「안으로 들어가.」 아버지가 말했다. 「그렇게 불행한 얼굴을 당장 그만두지 않으면 **진짜** 불행한 꼴이 뭔지 보여 줄 테니까!」

21

그때 나는 마운트 저스틴 중학교에 다니기 시작했다. 델지 초등학교 출신 아이들 중 절반이 거길 다녔다. 덩치 크고 거친 아이들 쪽 절반이. 또 다른 거인 무리는 다른 학교 출신이었다. 우리 7학년 반은 9학년 반보다도 덩치가 컸다. 체육 시간에 우리가 줄지어 서 있는 광경은 웃겼다. 우리 대부분이 체육 선생님들보다 더 컸으니까. 우리는 출석을 부르는 동안 배를 내밀고 머리는 숙이고 어깨를 움츠린 채로 거기 엉거주춤 서 있었다.

「맙소사.」체육 선생님인 와그너는 말했다. 「어깨 펴고 똑바로 서!」

아무도 자세를 바꾸지 않았다. 우리는 생겨 먹은 그대로였고, 다른 그 무엇이 되고 싶지 않았다. 우리 모두 대공황으로 고통받는 가족 출신이었으며 대부분 영양 부족이었지만, 크고 튼튼하게 자라났다. 우리 대부분이 가족에게서 별로 사랑을 받지 못했을 것 같긴 하지만, 그래도 어느 누구에게도 사랑이나 친절을 구하지 않았다. 우리는 농담거리였지만, 사람들은 우리 앞에서 비웃지 않도록 주의했다. 마치 우리가 너무 빨리 자라서 어린이로 사는 것에 싫증이 난 것만 같았다. 우리는 어른들에 대한 존경심이 없었다. 우리는 피부병 걸린 호랑이 같았다. 유대인 친구 중 하나인 샘 펠드먼은 검은 턱수염이 나서 매일 아침 면도해야 했다. 정오가 되면 턱은 벌써 거뭇거뭇해져 있었다. 가슴에도 온통 검은 털 뭉치가 돋아 있었고, 겨드랑이 냄새가 심하게 났다. 다른 아이는 잭 뎀프시[14]를 닮았다. 피터 망갈로어라는 또 다른 애는 물건 길이가 25센티미터나 되고 말랑했다. 그리고 우리가 샤워할 때, 나는 내가 누구보다도 불알이 크다는 것을 알았다.

「어이! 쟤 불알 좀 봐라?」

「젠장! 물건 자체는 별거 없는데, 저 불알 좀 봐!」

「젠장!」

그게 뭐였는지는 모르겠지만 우리에겐 뭔가 있었고 우리도 그 사실을 느꼈다. 우리가 걷고 말하는 방식에서 알 수 있었다. 우리는 딱히 말을 한다기보다, 그저 **방해만 했다**. 그게 바로 모든 이들이 화를 내는 지점이었다. 우리가 모든 것을 당연하게 여긴다는 것이.

7학년 팀은 방과 후에 8학년과 9학년을 상대로 터치 풋볼을 하곤 했다. 경기가 되지 않았다. 우리는 그들을 쉽게 물리쳤고 넘어뜨렸으며 그것도 거의 힘들이지 않고 우아하게 해냈다. 터치 풋볼에서는 대부분의 팀이 공격할 때마다 패스를 하지만 우리 팀은 주로 달리기로 승부했다. 그런 다음 블로킹을 하고 다른 팀 아이들에게 덤벼들어 넘어뜨렸다. 그저 폭력을 쓰는 것에 대한 핑계였고, 우리는 주자에 대해선 눈곱만큼도 신경 쓰지 않았다. 우리가 패스 경기를 제안하면 다

14 1920년대 미국의 전설적인 프로 복서.

른 팀은 언제나 좋아했다.

여자애들은 방과 후에 남아 우리를 구경했다. 그들 중 몇명은 벌써 고등학교 남자들과 사귀었고, 중학교 애송이는 신경 쓰지 않았지만 그래도 7학년을 구경하려고 남았다. 우리는 유명했다. 여자애들은 방과 후에 남아 우리를 구경하고 놀랐다. 나는 팀에 끼지는 않았지만, 사이드라인에 서서 담배를 슬쩍 피우며 코치나 뭐나 된 것 같은 기분을 누렸다. 언젠가 우리 모두 여자랑 하겠지. 우리는 여자애들을 보면서 생각했다. 하지만 대부분은 그저 자위만 했다.

자위. 어떻게 그걸 배웠는지 기억난다. 어느 날 아침 에디가 내 침실 창문을 긁었다.

「뭐야?」 나는 에디에게 물었다.

에디는 실험용 유리관을 들어 보였다. 그 바닥에는 하얀 게 들어 있었다.

「그게 뭐야?」

「정액.」 에디가 말했다. 「내 정액이야.」

「그래?」

「그래. 그냥 한 손에 침을 뱉고 네 고추를 문지르기만 하면 기분이 좋고 곧 이 하얀 주스가 네 고추 끝에서 찍 나온다. 이걸 〈정액〉이라고 한다는데.」

「그래?」

「그래.」

에디는 유리관을 들고 가버렸다. 나는 잠깐 생각해 보다 직접 실험해 보기로 했다. 내 성기는 단단해졌고 진짜 기분이 좋았고 점점 더 기분이 좋아졌다. 나는 계속하다가 그전에 느꼈던 건 아무것도 아닌 것 같은 기분을 느꼈다. 그때 주스가 내 성기 끝에서 찍 나왔다. 그 후에 나는 종종 하곤 했다. 용두질을 하는 동안 여자애랑 한다고 상상하면 훨씬 더 좋았다.

어느 날, 나는 사이드라인에 서서 우리 팀이 다른 팀을 죽도록 차주는 것을 구경하고 있었다. 나는 몰래 담배를 한 대 피우면서 구경했다. 내 반대편에 여자애가 한 명 있었다. 우리 팀은 작전 회의를 마쳤고, 나는 체육 코치인 컬리 와그너가 내게 걸어오는 것을 보았다. 나는 담배를 버리고 박수를 쳤다.

「저 자식들 엉덩이를 걸어차 버려, 얘들아!」

와그너는 내게 다가왔다. 그는 그저 거기 서서 나를 바라보았다. 나는 얼굴에 사악한 표정을 짓고 있었다.

「너희 **모두를** 잡고 말 거다!」 와그너가 말했다. 「특히 너!」

나는 고개를 돌리고 태연하게 선생님을 본 후 다시 머리를 돌렸다. 와그너는 거기 서서 나를 보았다. 그러더니 걸어가 버렸다.

그 일로 나는 기분이 좋았다. 나는 나쁜 애들 중 하나로 지목된 것이 좋았다. 나는 나쁜 기분이 드는 게 좋았다. 누구든 착한 애가 될 수 있지만, 그건 배짱이 필요하지 않았다. 딜린저는 배짱이 있었다. 마 바커는 그런 남자들에게 기관총을 쓰는 법을 가르친 위대한 여성이었다. 나는 아버지처럼 되고 싶진 않았다. 아버지는 그저 나쁜 척할 뿐이었다. 진짜 나쁠 때는 그런 척하지 않는다. 그냥 그대로 하면 된다. 나는 나쁜 사람이 되는 게 좋았다. 착한 척하는 건 구역질이 났다.

내 옆에 있던 여자애가 말했다. 「와그너에게 그런 말 참고

들을 필요가 없는데. 너 와그너 무섭니?」

나는 고개를 돌려 그 애를 보았다. 나는 한참, 꼼짝도 않고 그 애를 쏘아보았다.

「너 왜 그래?」 그 애가 물었다.

나는 그 애에게서 고개를 돌리고, 땅에 침을 뱉은 후, 그 자리를 떴다. 나는 천천히 운동장을 따라 걷다가 뒷문을 통과해 집으로 걸어가기 시작했다.

와그너는 항상 회색 운동복 윗도리와 회색 운동복 바지를 입었다. 배가 약간 나왔다. 끊임없이 뭔가를 신경 썼다. 그의 유일한 이점은 나이뿐이었다. 그는 허풍을 쳐서 우리를 겁주려고 했지만 점점 효과가 떨어졌다. 나를 밀어붙일 권리도 없는 사람들이 나를 밀어붙였다. 와그너와 내 아버지. 내 아버지와 와그너. 그들은 무얼 원했지? 어쩌다 나는 그들이 가는 길에 끼어들었나?

22

어느 날, 초등학교에서처럼, 데이비드처럼 어떤 남자애가 내게 달라붙었다. 그 애는 작고 말랐으며 정수리에 머리카락이 거의 없었다. 아이들은 그 애를 볼디(대머리)라고 불렀다. 그 애의 진짜 이름은 일라이 라크로스였다. 나는 그 애의 진짜 이름이 좋았지만, 그 애를 좋아하진 않았다. 그 애는 그저 딱풀처럼 내게 달라붙었다. 너무 불쌍해서 그냥 꺼지라고 할 수가 없었다. 굶주리고 사람들 발길에 차인 똥개 같았다. 하지만 그렇다고 해서 그 애와 어울려 다니는 게 기분 좋진 않았다. 그렇지만 나는 똥개의 기분을 알기 때문에, 그 애가 주변을 맴돌도록 놔두었다. 그 애는 말끝마다, 적어도 한 단어는 욕을 섞어 썼지만, 모두 가짜였고 그 애는 강하지 않았다. 그냥 겁이 났을 뿐이었다. 나는 겁이 나진 않았지만 혼란을 느끼긴 했기에 우리는 어쩌면 좋은 짝이었는지도 몰랐다.

나는 매일 방과 후에 그 애의 집까지 같이 걸어갔다. 그 애는 어머니와 아버지, 할아버지와 살고 있었다. 그들은 작은 공원 건너편에 자그마한 집이 있었다. 나는 그 동네가 좋았다. 거기엔 거대하게 그늘을 짓는 나무들이 있었다. 어떤 사람들이 내게 못생겼다고 말한 이후로 나는 태양보다는 그늘, 빛보다는 어둠을 항상 더 좋아했다.

집으로 걸어가는 동안 볼디는 내게 자기 아버지 얘기를 해주었다. 이전에는 의사였고, 성공한 외과 의사였지만 술주정뱅이여서 면허를 잃었다고 했다. 어느 날, 나는 볼디의 아버지를 만났다. 그는 나무 아래 의자에 앉아 있었다. 그냥 거기에 앉아만 있었다.

「아빠. 이쪽은 헨리예요.」 볼디가 말했다.

「안녕, 헨리.」

처음으로 할아버지를 보았을 때가 떠올랐다. 자기 집 계단에 서 있던 할아버지. 볼디의 아버지는 검은 머리카락에 검은 턱수염을 기르기는 했지만, 눈만은 똑같았다 — 영리하게 빛나지만 너무도 이상한 눈이었다. 그리고 여기 있는 그의 아들, 볼디는 전혀 빛나지 않았다.

「자, 나 따라와.」 볼디가 말했다.

우리는 집 아래에 있는 지하 저장고로 내려갔다. 캄캄하고 축축했으며 우리는 눈이 어둠에 익숙해질 때까지 잠깐 서 있었다. 그때 나는 여러 개의 통을 보았다.

「이 통에는 여러 종류의 와인이 가득 차 있어.」 볼디가 말했다. 「통마다 꼭지가 있어. 맛 좀 볼래?」

「아니.」

「해봐. 끝내주게 좋으니까 한 모금만 마셔 봐.」

「뭐하러?」

「넌 네가 끝내주는 남자나 뭐 그런 거라고 생각하냐?」

「난 세지.」 내가 말했다.

「그럼 망할 맛 좀 보라니까.」

여기 꼬마 볼디가 나를 도발하고 있었다. 문제없지. 나는 통으로 가서 머리를 숙였다.

「빌어먹을 꼭지를 돌려! 네 빌어먹을 입을 벌리라고!」

「여기 거미 같은 거 없어?」

「해봐! 해보라고, 젠장!」

나는 꼭지 아래 입을 대고 돌렸다. 냄새나는 액체가 내 입으로 똑똑 떨어졌다. 나는 퉤 뱉었다.

「겁쟁이같이 굴지 마! 삼켜! 우라질!」

나는 꼭지를 돌렸고, 입을 벌렸다. 냄새나는 액체가 흘러들어 왔고 나는 꿀꺽 삼켰다. 나는 꼭지를 잠그고 그 자리에 섰다. 토할 것만 같았다.

「자, 너도 좀 마셔.」 나는 볼디에게 말했다.

「물론이지. 시팔 뭐가 무섭다고!」

그 애는 통 아래로 가서 꿀꺽 한 모금 마셨다. 그런 꼬마 애송이가 나를 앞지르게 놔둘 순 없었다. 나는 다른 통 아래로 가서 꼭지를 틀고 꿀꺽 삼켰다. 나는 일어섰다. 기분이 좋아지고 있었다.

「어이, 볼디. 이거 마음에 드는데.」 내가 말했다.

「그래, 제기랄. 좀 더 마셔 봐.」

나는 좀 더 마셨다. 맛은 점점 더 좋아졌다. 기분도 점점 더 좋아졌다.

「이거 너희 아버지 거 아니냐, 볼디. 다 마시면 안 되잖아.」

「아빠는 신경도 안 써. 술 끊었거든.」

그렇게 기분이 좋았던 적이 없었다. 자위보다 더 기분이 좋았다.

나는 이 통 저 통을 옮겨 다녔다. 마법이었다. 어째서 내게 말해 주지 않은 걸까? 이것과 함께라면, 삶은 근사했고, 인간은 완벽했고, 누구도 그를 건드릴 수 없었다.

나는 똑바로 서서 볼디를 보았다.

「네 엄마는 어디 있어? 가서 네 엄마랑 한 판 해야겠다!」

「죽여 버린다, 개새끼. 우리 엄마 근처에 얼씬도 마!」

「내가 널 채찍으로 때릴 수도 있다는 거 알겠지, 볼디.」

「알아.」

「좋아. 네 엄마는 가만 놔두지.」

「그럼 가, 헨리.」

「한 번만 더 마시고…….」

나는 통으로 가서 길게 한 모금 들이켰다. 그런 후에 우리는 저장고 계단을 올라갔다. 밖에 나갔을 때도 볼디의 아버지는 여전히 의자에 앉아 있었다.

「너희들 와인 저장고에 갔었구나, 어?」

「네.」 볼디가 대답했다.

「좀 이른 나이에 시작한 거 아니냐?」

우리는 대답하지 않았다. 우리는 대로까지 걸어갔고, 볼디와 나는 껌 파는 가게로 들어갔다. 우리는 껌을 몇 개 사서 입에 쑤셔 넣었다. 볼디는 어머니에게 들킬까 봐 걱정했다. 나는 아무것도 걱정하지 않았다. 우리는 공원 벤치에 앉아서 껌을 씹었고, 나는 생각했다. 야, 이제 뭔가 찾았구나. 날 도와줄 것을, 오래오래 오기만 기다렸던 것을 찾았어. 공원의 풀은 더 푸르렀고, 공원 벤치는 더 좋아 보였으며 꽃들은 더 단단해지려 하고 있었다. 어쩌면 그건 외과 의사들에게는 좋지 못했을지도 모른다. 그렇지만 애초에 외과 의사가 되려고 하는 사람은 누구든지 뭔가 잘못된 점이 있었다.

23

마운트 저스틴 학교에선 생물 수업이 괜찮았다. 스탠호프 선생님이 담당 교사였다. 그는 쉰다섯 살쯤 된 늙은 남자로 우리는 꽤 멋대로 선생님을 휘둘렀다. 릴리 피시먼이 우리 반에 있었는데, 그 애는 정말 발육이 좋았다. 가슴은 거대했고, 하이힐을 신고 살랑거리며 다니는 근사한 엉덩이를 갖고 있었다. 그 애는 대단했고, 모든 남자애들에게 말을 걸었고, 말을 할 때면 몸을 대고 비벼 댔다.

생물 시간은 날마다 똑같았다. 우리는 생물을 전혀 배우지 않았다. 스탠호프 선생님이 10여 분 정도 수업을 하면, 릴리가 말하곤 했다. 「앙, **스탠호프** 선생님, 우리 **쇼해요.**」

「안 돼!」

「앙, **스탠호프** 선생님!」

릴리는 일어서서 교탁으로 다가가 다정하게 몸을 숙이고 뭔가 속삭였다.

「아, 그럼, 좋아……」 선생님은 말하곤 했다.

그러면 릴리는 노래를 부르며 엉덩이를 살랑거리기 시작했다. 항상 「브로드웨이의 자장가」로 시작했고, 그다음에 다른 곡들로 넘어갔다. 그 애는 멋졌고, 그 애는 화끈했고, 그 애는 타올랐으며 우리도 마찬가지였다. 그 애는 성인 여자 같았고, 스탠호프를 유혹했고 우리를 유혹했다. 멋있었다. 스탠호프 영감은 그 자리에 앉아서 눈물을 흘리고 침을 흘렸다. 우리는 스탠호프를 비웃었고, 릴리를 응원했다. 그렇게 계속되다가 어느 날 교장인 레이스필드 선생님이 뛰어들어 왔다.

「여기 무슨 일인가?」

스탠호프는 아무 말도 못하고 그 자리에 앉아만 있었다.

「오늘 수업은 여기서 끝이야!」 레이스필드가 소리를 질렀다.

우리가 줄줄이 나가는 동안, 레이스필드가 말했다. 「그리고 **자네도,** 피시먼 양! 내 사무실로 오게!」

물론, 그 후에도 우리는 숙제를 하지 않았고 그래도 괜찮았지만, 어느 날 스탠호프 선생님은 첫 시험을 내줬다.

「망할.」 피터 망갈로어가 큰 소리로 말했다. 「우리 보고 뭘 하라고?」

피터는 25센티미터짜리 말랑한 물건을 가진 애였다.

「넌 먹고살려고 일할 필요가 없을 거야.」 잭 뎀프시를 닮은 애가 말했다. 「이건 우리 문제지.」

「어쩌면 학교에 불을 질러야 할지도 몰라.」 빨강 머리 커크패트릭이 말했다.

「제기랄.」 뒷자리에 앉은 애가 말했다. 「F를 받아 올 때마다 아버지가 손톱 하나씩 빼는데.」

우리는 모두 시험지를 바라보았다. 나는 내 아버지에 대해 생각했다. 그런 후에 릴리 피시먼을 생각했다. 릴리 피시먼,

넌 창녀야, 사악한 여자. 우리 앞에서 몸을 살랑거리고 다니며 그렇게 노래를 부르더니 이젠 우리 모두를 지옥으로 보내겠지.

스탠호프 선생님은 우리를 바라보고 있었다.

「왜 아무도 안 적냐? 왜 아무도 문제에 답을 안 해? 연필은 다 있니?」

「네, 네. 모두 연필은 있어요.」한 아이가 대답했다.

릴리는 앞줄, 스탠호프 선생님 책상 바로 옆에 앉아 있었다. 우리는 그 애가 생물 교과서를 펼치고 첫 번째 문제의 답을 찾아보는 것을 보았다. 그걸로 끝이었다. 우리 모두 교과서를 폈다. 스탠호프 선생님은 그저 거기 앉아서 우리를 바라볼 뿐이었다. 그는 어떻게 해야 할지 알지 못했다. 그가 주절거리기 시작했다. 족히 5분은 그렇게 앉아 있더니 펄쩍 뛰어올랐다. 그는 교실 중앙 통로를 이쪽저쪽 왔다 갔다 뛰어다녔다.

「너희들, 뭐해? 그 교과서 덮어! 그 교과서 덮으라고!」

그가 뛰어가면 학생들은 교과서를 덮었다가 그가 지나가면 다시 펼쳤다.

볼디는 내 옆자리에 앉아서 웃어 댔다. 「저 **멍청이!** 아, **멍청한 늙은이!**」

나는 스탠호프 선생님에게 미안한 마음을 조금 느꼈지만, 그가 살거나 내가 살거나였다. 스탠호프 선생님은 자기 책상 뒤에 서서 소리를 질렀다. 「**교과서 다 덮지 않으면 모두 낙제시키겠다!**」

그때 릴리 피시먼이 일어섰다. 그 애는 치마를 들어 올리더니 실크 스타킹 한쪽을 끌어당겼다. 그 애가 가터벨트를 맞추는 동안, 우리는 하얀 속살을 보았다. 그런 다음 그 애는 다른 쪽 스타킹을 끌어당겨서 가터를 맞췄다. 우리도 이제껏 본 적 없고, 스탠호프 선생님도 그런 건 본 적이 없을 대단한 광경이었다. 릴리는 자리에 앉았고, 우리 모두 교과서를 펼친 채로 시험을 마쳤다. 스탠호프 선생님은 완전히 패배해서 책상 뒤에 앉아 있었다.

우리가 곤란에 빠뜨린 또 다른 사람은 팝 판즈워스였다. 그건 기계 수업의 첫날에 시작되었다. 그는 말했다. 「여기서는 실습으로 배운다. 지금 당장 시작할 거야. 너희는 이번 학기 내내 엔진을 분해하고 다시 제대로 작동할 때까지 함께 조립할 거다. 벽에는 차트가 붙어 있고 나는 너희들의 질문에 대답해 줄 거다. 또, 엔진이 어떻게 작동하는지 영화도 보여 주겠다. 하지만 지금 당장 엔진 분해부터 시작해라. 도구는 작업대 위에 있다.」

「어이, 팝, 영화부터 보는 게 어때요?」 어떤 애가 물었다.

「〈프로젝트를 시작하라〉고 말했다!」

대체 어디서 그 엔진들을 다 구해 왔는지 모르겠다. 엔진엔 기름이 끼고 꺼멓고 녹이 슬어 있었다. 정말로 참담해 보였다.

「좆같네.」 어떤 아이가 말했다. 「이건 똥 덩어리로 꽉 막혔는데.」

우리는 자기 엔진 앞에 섰다. 대부분 아이들은 멍키 스패너를 집었다. 레드 커크패트릭은 스크루 드라이버를 들고 엔진 위를 따라 천천히 긁으면서 60센티미터 길이의 검은 기름 띠를 조심스레 만들었다.

「이봐요, 팝. 영화부터 보는 게 어때요? 지금 막 체육관에서 엉덩이를 질질 끌면서 나온 참이란 말이에요! 와그너가 우리를 개구리 떼처럼 펄쩍 뛰고 넘고 점프하게 시켰다고요!」

「시킨 대로 작업부터 해!」

우리는 착수했다. 무의미한 일이었다. 음악 감상보다 더나빴다. 도구가 쩔거덩대는 소리와 거친 숨소리가 들렸다.

「씨팔!」 해리 헨더슨이 고함을 질렀다. 「망할 손가락 관절 피부가 다 벗겨졌어! 이건 존나 백인 노예나 다름없다고!」

그 애는 손수건으로 오른손을 조심스레 감싼 후 피가 스며드는 것을 바라보았다. 「젠장!」 그 애가 말했다.

우리 나머지는 계속 시도했다. 「차라리 코끼리 밑구멍에 머리를 처넣고 말지.」 레드 커크패트릭이 말했다.

잭 뎀프시는 스패너를 바닥으로 내던졌다. 「난 포기. 날 맘대로 하라고 해. 난 포기니까. 날 죽여. 불알을 자르든가. 난 포기다.」 그 애가 말했다.

그는 가서 벽에 기댔다. 그는 팔짱을 끼고 제 신발을 내려다보았다.

상황이 정말로 끔찍했다. 여자애들은 아무도 없었다. 기계 실습실 뒷문으로 확 트인 운동장이 내다보였다. 햇빛과 아무것도 할 일 없는 빈 공간이 저기 바깥에 있었다. 그런데 여기서 우리는 차에 연결되어 있지도 않은 멍청한 엔진 위에 허리를 굽히고 서 있었다. 아무짝에도 쓸모없는 것들인데. 그냥 멍청한 고철 덩어리였다. 병신 같고 딱딱했다. 우리는 자비가 필요했다. 우리의 삶은 충분히 지루했다. 무언가 우리를 구해야 했다. 우리는 팝이 물렁한 인간이라는 소문을 들었지만, 그건 사실이 아닌 것 같았다. 그는 맥주로 불룩 나온

배 위에 기름 낀 작업복을 입고, 머리카락은 눈까지 내려오고 턱에는 기름이 묻은 거인 개새끼였다.

아니 화이트채플은 스패너를 내던지며 판즈워스 선생님 앞으로 걸어갔다. 아니는 얼굴에 활짝 웃음을 띠고 있었다. 「엉, 팝, 대체 이 씨팔 거 뭐예요?」

「네 엔진으로 돌아가라, 화이트채플!」

「아, 그만해요, 팝. 이게 무슨 개똥 같은 짓이야!」

아니는 우리 나머지보다 두어 살 더 나이가 많았다. 그 애는 소년원 같은 데서 몇 년을 보냈다. 그러나 그 애가 우리보다 나이가 더 많았지만, 덩치는 더 작았다. 그 애는 새카만 머리카락에 바셀린을 발라 올백으로 넘겼다. 그 애는 남자 화장실 거울 앞에 서서 여드름을 짜곤 했다. 여자애들에게 더러운 농담을 했고, 주머니에는 셰이크 콘돔을 넣고 다녔다.

「팝 선생님에게 줄 좋은 게 있어요!」

「그래? 네 엔진으로 돌아가라, 화이트채플.」

「좋은 거라니까요, 팝.」

우리는 거기 서서 아니가 팝에게 지저분한 농담을 시작하는 것을 구경했다. 둘의 머리가 가까이 붙었다. 그러다 농담이 끝났다. 팝은 웃기 시작했다. 그 큰 덩치를 구부리고, 그는 배꼽을 잡았다. 「세상에! 맙소사, 세상에!」 팝은 웃었다. 그러더니 멈췄다. 「좋다, 아니. 네 기계로 돌아가라!」

「아니, 기다려요, 팝. 다른 것도 있는데!」

「그래?」

「그래요, 들어 봐요……」

우리는 모두 기계를 놔두고 걸어갔다. 우리는 그들을 에워싸고 아니가 다음 농담을 하는 것을 들었다. 농담이 끝나

139

자, 팝이 또 배꼽을 잡았다. 「세상에, 하느님, 세상에!」

「그리고 또 다른 것도 있어요. 어떤 남자가 사막에서 차를 운전하고 있었대요. 그런데 웬 남자가 길을 따라 뜀뛰기하는 걸 보았대요. 이 남자는 벌거벗었고 두 손 두 발이 밧줄로 묶여 있었지 뭐예요. 그래서 남자가 차를 세우고 물어봤대요. 〈어이, 친구. 무슨 일이오?〉 그랬더니 그 남자가 말하기를, 〈글쎄, 차를 몰고 가고 있었는데 어떤 개 같은 히치하이커가 있길래 차를 세웠더니 이 개새끼가 나한테 총을 겨누면서 옷을 벗기고 나를 묶지 뭡니까. 그런 다음에 이 더러운 개새끼가 내 엉덩이에 구멍을 뚫었어요!〉 〈아, 그래요?〉 그러더니 남자는 차에서 내렸어요. 〈그래요, 그 더러운 개자식이 그랬소!〉 다른 남자가 대답했대요. 그러니까 남자가 바지 지퍼를 내리면서 이랬죠. 〈뭐, 오늘은 당신의 행운의 날이 아니구먼!〉」

팝은 웃음을 터뜨리며 허리를 구부렸다. 「아, 그만! 아 그만! 아…… 세상에, 하느님…… 세상에……!」

그는 마침내 웃음을 그쳤다.

「망할.」 팝은 조용히 말했다. 「아, 하느님 맙소사…….」

「영화 보는 게 어때요, 팝?」

「아, 그래, 알았다.」

누군가 뒷문을 닫았고, 팝은 지저분한 흰색 스크린을 내렸다. 그는 프로젝터를 켰다. 엉망진창인 영화였지만, 그 엔진 작업을 하는 것보다는 훨씬 나았다. 점화 플러그로 가스에 불이 붙으면, 폭발이 실린더 헤드를 치고, 헤드는 아래로 끌어당겨지며 크랭크축을 돌렸다. 그러면서 밸브가 열렸다 닫히고 실린더 헤드가 계속 위아래로 돌아가며 크랭크축이 좀 더 돌아갔다. 그렇게 재미있진 않았지만, 그 안에 있으니 시원했고 의자에 기대 뭐든 생각하고 싶은 것을 생각할 수 있었다. 멍청한 고철 덩어리에 손가락 관절이 쓸릴 필요도 없었다.

우리는 그 엔진을 재조립하는 건 고사하고 분해하지도 못했다. 얼마나 여러 번 같은 영화를 봤는지도 기억나지 않는다. 화이트채플의 농담은 계속되었고, 어떤 농담은 형편없었지만 우리는 모두 고개를 꺾어 가며 웃었다. 그런 형편없는 농담에도 팝 판즈워스는 배꼽을 잡고 웃었다. 「맙소사! 아, 그만! 아, 그만하라고, 그만, 그만!」

그는 괜찮은 사람이었다. 우리 모두 그를 좋아했다.

24

우리의 영어 선생님인 그레디스 양이 절대적으로 최고였
다. 그레디스 선생님은 길고 날카로운 코를 가진 금발이었
다. 코는 보기에 썩 좋지 않았지만, 나머지 부분을 보면 그런
건 눈에 들어오지도 않았다. 선생님은 몸에 딱 달라붙고 목
이 깊게 파인 드레스를 입었고 검은 하이힐과 실크 스타킹을
신었다. 길고 아름다운 다리가 뱀 같았다. 선생님은 오직 출
석을 부를 때만 책상 앞에 앉았다. 언제나 앞줄 책상 하나를
비워 두고서는 출석을 부른 후에 교단에서 내려와 그 책상
위에 앉아 우리를 마주 보았다. 그레디스 선생님은 다리를
꼰 채 책상 위에 걸터앉았고 치마는 위로 끌려 올라갔다. 뭐,
릴리 피시먼도 있긴 했지만 릴리가 소녀와 여자 사이라면 그
레디스 선생님은 활짝 핀 꽃이었다. 그리하여 우리는 매일
한 시간은 그 여자를 빤히 쳐다봐야만 했다. 그 수업에서는
영어 시간을 마치는 종이 울릴 때 슬퍼하지 않는 남자애가
한 명도 없었다. 우리는 그 여자 얘기를 했다.

「그레디스가 섹스하고 싶어 하는 것 같냐?」

「아니, 그냥 우리를 놀리는 거야. 자기 때문에 우리가 미친

다는 걸 아는 거지. 그 여자가 필요한 건 그게 다야. 원하는
건 그게 다라고.」

「나 그 여자 사는 집 아는데. 어느 날 밤에 그 집에 가야지.」

「그럴 배짱도 없으면서!」

「뭐? 뭐? 그 여자가 넘어갈 때까지 박아 주지! 그 여자가
해달라고 매달릴걸!」

「내가 아는 8학년 형이 있는데, 어느 날 밤에 그 집에 갔다
는데.」

「뭐? 그래서 어떻게 됐는데?」

「잠옷을 입고 문 앞으로 나왔더래. 가슴을 훤히 내놓다시
피 했다나. 그 형은 다음 날 숙제를 잊어버려서 뭔지 궁금해
서 왔다고 했대. 그랬더니 그 여자가 들어오라고 했다더라.」

「뻥 아냐?」

「아니야. 아무 일도 없었대. 그 여자가 차를 좀 내주고 숙
제 얘기를 해줬고 형은 그냥 나왔다더라고.」

「내가 일단 안에 들어갔으면, **그걸로** 끝장냈을 텐데!」

「뭐? 어떻게 했을 건데?」

「먼저 뒤로 박아 주고, 그다음엔 빨아 주고, 다음에는 젖통
사이에다 하고 마지막으로는 여자한테 내 걸 빨게 했을걸.」

「허풍은, 꿈꾸고 있네. 너 여자랑 해본 적은 있냐?」

「씨팔 했지, 그럼. 몇 번이나 했다.」

「어땠는데?」

「죽이더라.」

「싸지는 못했지?」

「여기저기 다 싸고 다녔어. 그치지 않는 줄 알았다니까.」

「손바닥 여기저기 다 쌌단 말이겠지, 허?」

143

「하, 하, 하, 하!」

「아, 하, 하, 하, 하, 하!」

「하, 하!」

「손에다 했다 이거지, 허?」

「씹새끼들!」

「우리 중 여자랑 자본 애가 있겠냐.」 녀석들 중 하나가 말했다.

침묵이 흘렀다.

「웃기지 마. 난 일곱 살 때 벌써 해봤다고.」

「그건 아무것도 아냐. 나는 네 살 때 해봤다.」

「그랬겠지, 레드. 자세히 늘어놔 봐!」

「여자애 하나가 있었는데 집으로 데리고 갔어.」

「너 서기는 했고?」

「그럼.」

「싸기도 했냐?」

「그런 거 같아. 뭔가 찍 나왔어.」

「그랬겠지. 그 여자애 밑구멍에다 오줌 싼 거야, 레드.」

「개소리!」

「그 여자애 이름이 뭔데?」

「베티 앤.」

「씨팔.」 일곱 살 때 여자랑 해본 적 있다고 우기던 애가 말했다. 「내가 했던 여자 이름도 베티 앤이었어.」

「걸레 같은 년.」 레드가 말했다.

어느 화창한 봄날, 우리는 영어 수업 중이었고, 그레디스 선생님은 맨 앞 책상에 앉아 우리를 마주 보고 있었다. 치마

144

가 유난히 높이 끌려 올라가서, 근사하고 아름답고 경이롭고 더러운 장면이었다. 그런 다리, 그런 허벅지. 우리는 마법에 아주 가까이 다가가 있었다. 믿을 수가 없었다. 볼디는 통로를 사이에 두고 내 반대편 좌석에 앉아 있었다. 그 애가 손을 뻗어 손가락으로 내 다리를 쿡쿡 찔렀다.

「오늘 기록을 깰 것 같아. 봐! 봐!」볼디가 속삭였다.

「맙소사. 입 다물어. 안 그러면 저 여자가 치마를 도로 내릴 거라고!」나는 말했다.

볼디가 손을 치웠고 나는 기다렸다. 우리는 그레디스 선생님을 겁줄 수 없었다. 그녀의 치마는 그 어느 때보다 높이 올라가 있었다. 진정으로 기억할 만한 날이었다. 그날 발기하지 않은 남자애들은 하나도 없었고, 그레디스 선생님은 계속 이야기를 했다. 그녀가 하는 말을 한마디라도 들은 남자 애는 하나도 없었을 것이다. 하지만 여자애들은 몸을 돌리고 서로 눈길을 교환하며, 저년 도가 지나쳐, 라고 쑥덕댔다. 여자 음부가 거기 있는 게 아니라, 더 근사한 것이 있는 듯했다. 그 다리. 햇빛이 창문으로 스며들어 그 다리와 허벅지 위에 쏟아졌고, 햇빛은 팽팽하게 당긴 회색 실크 위에서 뛰놀았다. 치마가 얼마나 **높이** 끌어 올려졌는지, 우리 모두는 팬티가 잠깐이라도, **뭔가** 잠깐이라도 보이기를 간절히 기도했다. 하느님 맙소사, 마치 세계가 끝났다가 시작했다가 다시 끝나는 것 같았다. 모든 것이 현실적이고 비현실적이었다. 태양, 허벅지, 실크. 무척이나 매끄럽고, 무척이나 따뜻하며, 무척이나 유혹적인 것. 교실 전체가 요동쳤다. 시야가 흐려졌다 되돌아왔고 그레디스 선생님은 아무 일도 없는 양 거기 앉아서 모든 게 정상인 양 계속 얘기했다. 그로 인해 그 상황이 정말 멋지기도 하고 정말 끔찍하기도 했다. 그 여자가 아무 일도 일어나지 않은 척하고 있다는 사실이. 나는 잠깐 책상 위를 내려다보았다가 나뭇결의 무늬가 소용돌이치는 물웅덩이가 되어 일어선 것을 보았다. 그러다 재빨리 다리와 허벅지를 다시 돌아보며 잠깐이라도 한눈을 팔고, 그래서 뭔가를 놓쳤을지도 모르는 나 자신에게 화를 냈다.

그때 소리가 시작됐다. 〈탁, 탁, 탁, 탁⋯⋯.〉

리처드 웨이트. 그 애는 뒷자리에 앉아 있었다. 귀가 거대하고 입술이 두꺼웠다. 입술은 부어올라 괴물 같았고 머리가 무척 컸다. 눈은 거의 색깔이 없었고 호기심이나 지성을 내비치지 않았다. 말을 할 때는 단어가 하나하나씩, 사이에 긴 간격을 두고 띄엄띄엄 빠져나왔다. 그렇다고 계집애 같지도 않았다. 아무도 그 애에게 말을 걸지 않았다. 아무도 그 애가 우리 학교에서 무엇을 하는지 알지 못했다. 웨이트는 그를 구성하는 것 가운데 뭔가 중요한 게 빠져 있다는 인상을 주었다. 옷은 깨끗이 입었지만, 셔츠 뒷자락은 항상 빠져 있었고, 셔츠나 바지에서 단추 한두 개는 떨어져 있었다. 리처드 웨이트. 그 애는 어딘가에 살았고 학교에 매일 왔다.

〈탁, 탁, 탁, 탁, 탁⋯⋯.〉

리처드 웨이트는 수음을 하고 있었다. 그레디스 선생님의 허벅지와 다리에 보내는 경례. 그 애는 마침내 약해지고 만 것이다. 어쩌면 사회의 방식을 이해하지 못했을 것이다. 이제 우리 모두 소리를 들을 수 있었다. 그레디스 선생님도 소리를 들었다. 여자들도 들었다. 우리 모두 그 애가 무엇을 하는지 알았다. 지독하게 얼빠진 자식이라서, 조용히 해야 한다는 의식도 없었다. 그러더니 그 애는 점점 더 흥분했다. 탁탁 소리가 더 커졌다. 움켜쥔 주먹이 책상 아래를 두드리고 있었다.

〈탁, 탁, 탁······.〉

우리는 그레디스 선생님을 보았다. 저 여자는 어떻게 할까? 선생님은 망설이고 있었다. 교실을 둘러보았다. 선생님은 이전처럼 평온하게 미소를 띠더니 계속 말을 이었다.
「선생님은 영어가 가장 표현력이 뛰어나고 전파력이 높은 의사소통 형태라고 생각합니다. 먼저, 이렇게 위대한 언어라는 특별한 선물을 받았다는 데 감사해야만 해요. 이 언어를 악용한다면 우리 자신을 악용하는 거나 다름없죠. 그러니 우리의 유산에 귀를 기울이고, 신경을 쓰고, 인정을 해야 합니다. 그렇지만 이 언어로 탐험하고 위험도 감수해야······」

〈탁, 탁, 탁······.〉

「우리는 영국과 그들이 우리와 공통된 언어를 어떻게 쓰는지를 잊어야 합니다. 영국식 표현법도 좋지만, 우리 미국 언어도 아직 탐험하지 않은 자원을 길어 올릴 수 있는 깊은 우물을 여럿 포함하고 있어요. 아직 이 자원은 손대지 않은 채로 있죠. 적절한 순간과 적절한 작가가 나타나면, 언젠가는 문학적 폭발이 일어나……」

〈탁, 탁, 탁…….〉

그렇다, 리처드 웨이트는 우리가 결코 말을 걸지 않는 몇
안 되는 애 중 하나였다. 사실 우리는 그 애를 두려워했다.
그 애는 죽도록 때릴 수 있는 애도 아니었고, 때린다 한들 기
분 좋아질 리도 없었다. 그저 가급적 개량은 멀리 떨어져 있
고 싶을 뿐이었다. 그 애를 쳐다보고 싶지도 않고, 그 커다란
입술과 멍든 개구리 입처럼 커다랗게 펼쳐진 입술을 보고 싶
지가 않았다. 리처드 웨이트는 이길 수 없기에 피하게 되는
애였다.

우리가 기다리고 기다리는 동안 그레디스 선생님은 영국
과 미국 문화를 비교하여 설명했다. 우리가 기다리는 동안
리처드 웨이트는 하고 또 했다. 리처드의 주먹은 책상 아래
를 쿵쿵 두드리고 여자애들은 서로 힐끔거렸으며 남자애들
은 어째서 이 얼간이가 우리랑 한 반이지, 하고 생각했다. 쟤
가 다 망쳐 버리겠군. 한 명의 얼간이 때문에 그레디스 선생
님은 치마를 영원히 내려 버릴 거야.

〈탁, 탁, 탁…….〉

그러다 소리가 멈췄다. 리처드는 거기 앉아 있었다. 다 끝
났다. 우리는 슬금슬금 그 애를 쳐다보았다. 그 애는 똑같아
보였다. 정액은 무릎에 떨어져 있었을까, 아니면 손에 묻어
있었을까?

148

종이 울렸다. 영어 수업은 끝났다.

그 후로 똑같은 일이 더 있었다. 다리를 꼬고 앞 책상에 앉은 그레디스 선생님의 수업에 우리가 귀를 기울이는 동안 리처드 웨이트는 탁탁댔다. 우리 남자애들은 그 상황을 받아들였다. 시간이 좀 지난 후에는 즐기기까지 했다. 여자애들도 받아들였지만, 좋아하진 않았다. 특히 잊혀지다시피 한 릴리 피시먼이 그랬다.

리처드 웨이트 외에도 그 반엔 내 골칫거리가 하나 더 있었다. 해리 월든. 해리 월든은 예뻤다. 여자애들은 그렇게 생각했다. 금발의 곱슬머리를 길게 기르고 기이하고 섬세한 옷을 입었다. 그 애는 18세기 멋쟁이처럼 기이한 색깔이 잔뜩 섞인 의상을 좋아했다. 진녹색, 진청색. 대체 그 부모는 어디서 그 애의 옷들을 찾아왔는지 알 수가 없다. 그리고 해리는 항상 무척 가만히 앉아서 주의 깊게 수업을 들었다. 모든 것을 이해하는 양. 여자애들은 말했다. 「쟤는 천재야.」 나한테는 딱히 대단해 보이지 않았다. 내가 이해할 수 없었던 것은 거친 애들도 걔는 건드리지 않는다는 것이었다. 그게 내 신경을 건드렸다. 어째서 쟤는 그처럼 쉽게 빠져나갈 수 있을까?

어느 날 나는 해리와 복도에서 마주쳤다. 나는 그 애를 불러 세웠다.

「넌 나한테 좆밥도 안 돼.」 나는 말했다. 「그런데 어째서 모두 네가 짱인 것처럼 구냐?」

월든은 자신의 오른쪽을 돌아보았고, 내가 고개를 돌려 그쪽을 바라보자 내가 무슨 하수구에서 나온 찌꺼기라도 되는 양 나를 돌아 휙 지나쳤다. 잠시 후에 그 애는 교실 안 자기 자리에 앉았다.

거의 매일 그레디스 선생님은 다리를 보여 주고, 리처드는 탁탁대며, 이 월든이라는 녀석은 무슨 천재라도 되는 양 굴며 아무 말 없이 자리에 앉아 있었다. 나는 거기에 진력이 났다.

나는 다른 남자애들 몇 명에게 물어보았다. 「야, 니들 정말로 해리 월든이 천재라고 생각하냐? 갠 그냥 예쁜 옷 입고 가만히 앉아서 암말도 안 하잖아. 뭘로 그걸 증명해? 그건 누구나 하겠다.」

아이들은 대답하지 않았다. 나는 이 빌어먹을 녀석에 대한 아이들의 감정을 이해할 수 없었다. 그러다 상황이 더 악화되었다. 해리 월든이 매일 밤 그레디스 선생님을 만나러 다닌다는 소문이 퍼졌다. 월든은 선생님이 제일 예뻐하는 학생이었고, 둘은 사랑을 나눈다고. 나는 구역질이 났다. 나는 그 애가 그 섬세한 초록색과 파란색 의상을 벗어 의자 위에 곱게 개어 놓고 주황색 팬티를 벗은 후 시트 아래로 기어들어 가는 꼴을 상상했다. 그 안에선 그레디스 선생님이 그 애의 곱슬거리는 금발 머리를 어깨에 안아 주며 만져 주고 다른 것도 해준다는 생각을 했다.

항상 모든 일에 훤한 것처럼 보이는 여자애들이 속닥속닥 퍼뜨린 소문이었다. 여자애들은 딱히 그레디스 선생님을 좋아하진 않았지만, 그 상황은 괜찮다고 생각했다. 해리 월든은 섬세한 천재이고 받을 수 있는 동정은 다 필요하니 합리적인 일이라고.

나는 한 번 더 해리 월든을 복도에서 붙들었다.

「엉덩이 차이고 싶냐, 개새끼. 내 눈은 속일 생각 마!」

해리 월든은 나를 보았다. 그러더니 내 어깨 너머를 가리키며 말했다. 「저게 뭐지?」

나는 돌아보았다. 다시 고개를 돌렸을 땐 그 애는 가고 없었다. 그 애는 교실로 돌아가 그를 천재라 생각하고 사랑해주는 모든 여자애들에게 안전하게 둘러싸여 앉아 있었다.

해리 월든이 밤에 그레디스 선생님 댁에 간다는 속삭임은 점점 더 퍼져 나갔고, 언젠가 해리는 수업에도 오지 않았다. 내게는 최고의 날들이었다. 오직 탁탁대는 소리만 상대하면 될 뿐, 금발의 곱슬머리 및 치마와 스웨터나 풀 먹인 깅엄 무늬 원피스를 입은 여자애들이 그 금발에 보내는 감탄은 상대하지 않아도 되었으므로. 해리가 결석한 날, 여자애들은 속닥이곤 했다. 「그 애는 너무 **예민해서**……」

그러면 레드 커크패트릭이 말하곤 했다. 「그 여자랑 죽도록 한 거지.」

어느 날 오후 교실에 들어갔더니 해리 월든의 자리가 비어 있었다. 나는 그 애가 평소처럼 땡땡이를 쳤다고 짐작했다. 그때 이 책상에서 저 책상으로 말이 떠돌았다. 나는 항상 소식이 제일 늦게 전해졌다. 마침내 나에게도 소식이 왔다. 해리 월든이 자살했다는 것이었다. 그 전날 밤에. 그레디스 선생님은 아직 알지 못했다. 나는 그 애의 자리를 건너다보았다. 이제 그 애는 두 번 다시 그 자리에 앉지 못할 것이었다. 그 모든 알록달록한 옷들도 지옥행이겠지. 그레디스 선생님은 출석을 다 불렀다. 선생님은 앞으로 와서 책상 위에 앉아 다리를 높이 꼬았다. 이전보다 훨씬 옅은 실크 스타킹을 신고 있었다. 허벅지 뒤편에서 치마가 한껏 위로 올라갔다.

「우리 미국 문화는 위대해질 운명을 타고났습니다. 이제 그처럼 제한적이고 구조적이었던 영어는 재발명되고 향상될 것입니다. 우리 작가들은 선생님이 마음속에서 **미국 영어**라고 생각한 것들을 사용하게 될 거예요……」

그레디스 선생님의 스타킹은 피부색과 거의 같았다. 스타킹을 신지 않은 듯 보이고, 우리 앞에서 벌거벗은 듯 보였다. 하지만 그 여자는 그렇지 않았고 오직 그렇게 보일 뿐이었기에 그 어느 때보다도 훨씬 더 좋았다.

「점점 더 우리는 우리 자신의 진실과 우리만의 화법을 발견하게 될 것이고 이 새로운 목소리는 과거의 역사, 과거의 관습, 과거에 죽어 버려 쓸모없어진 꿈의 방해를 받지 않을 것입니다……」

〈탁, 탁, 탁…….〉

25

컬리(곱슬머리) 와그너는 모리스 모스코위츠를 찍었다.
방과 후였고, 우리 남자애들 여남은 명이 그 얘기를 듣고 체
육관 뒤로 구경하러 갔다. 와그너가 규칙을 늘어놓았다. 「다
른 한 명이 기권이라고 소리칠 때까지 싸우는 거다.」

「좋아요, 나랑 해요.」 모리스가 말했다. 모리스는 키 크고
마른 아이로, 약간 멍청했고 별로 말도 없으며 다른 사람을
방해하지도 않았다.

와그너가 나를 쳐다보았다. 「그리고 내가 이 녀석이랑 끝
난 후에는 너를 손봐 줄 거다!」

「나요, 코치?」

「그래, 너, 치나스키.」

나는 그를 보고 코웃음을 쳤다.

「내가 너희들을 하나씩 회초리로 치면 너희들이 내게 그
망할 존경심을 제대로 보여 주겠지!」

와그너는 잘난 체가 심했다. 그는 항상 평행봉에서 묘기
를 하거나 매트 위에서 공중제비를 하거나 트랙을 돌았다.
그는 걸을 때도 빼기고 걸었지만, 그래도 아직 똥배가 있었

다. 그는 자기가 뭐나 된 것처럼 앞에 서서 아이들을 한참 빤히 보는 것을 좋아했다. 나는 대체 뭐가 그리 그의 마음에 안 드는지 알 수가 없었다. 우리는 그를 걱정했다. 아마도 그는 우리가 여자애들과 미친 듯이 섹스하고 있다고 생각했고 그런 생각이 마음에 들지 않았던 것 같다.

그들은 공격 자세를 취했다. 와그너는 동작이 좋았다. 고개를 흔들고, 좌우로 빠져나가고, 발을 재게 움직이고, 안으로 들어왔다 빠지며 식식대는 소리를 냈다. 인상적이었다. 그는 왼손 스트레이트 잽 세 대로 모스코위츠를 잡았다. 모스코위츠는 양손을 옆으로 늘어뜨린 자세로 그냥 서 있었다. 그 애는 권투에 대해서 쥐뿔도 몰랐다. 그때 와그너가 오른손으로 모스코위츠의 턱을 박살 냈다. 「젠장!」 모리스는 외치며 오른손을 옆으로 길게 휘둘렀으나 와그너는 고개를 움츠렸다. 와그너는 오른 주먹으로 받아치며 왼손을 모스코위츠의 얼굴에 날렸다. 모리스의 코에서 피가 흘렀다. 「젠장!」 그 애는 외치면서 팔을 휘둘렀다. 그러다 주먹이 명중했다. 퍽퍽 소리가 들려왔고, 주먹은 와그너의 머리를 박살 냈다. 와그너는 카운터로 받아치려 했으나 펀치엔 힘이 빠졌고 모스코위츠의 분노가 있었다.

「젠장! 쓰러뜨려, 모리!」

모스코위츠는 펀치가 강했다. 그 애는 왼손을 그 똥배에 박았다. 와그너는 숨을 훅 들이켜더니 무너졌다. 그는 무릎을 꿇고 주저앉았다. 얼굴이 베여 피가 흘렀다. 턱을 가슴에 묻은 그는 아파 보였다.

「기권이다.」 와그너가 말했다.

우리는 그를 거기 건물 뒤에 놔두고 모리스 모스코위츠를 따라 빠져나왔다. 그 애가 우리의 새 영웅이었다.

「젠장, 모리 너 프로 해라!」

「아니, 난 아직 열세 살인데.」

우리는 기계 실습실 뒤로 걸어가서 계단 둘레에 섰다. 누군가 담배에 불을 붙였고 우리는 돌려 피웠다.

「저 사람 우리한테 대체 뭐가 그렇게 못마땅하대?」 모리가 물었다.

「망할, 모리. 모르냐? 질투 나서 그런 거잖아. 우리가 여자애들을 다 따먹은 줄 알고.」

「왜, 난 여자애와 키스 한 번 한 적도 없는데.」

「뻥 아냐, 모리?」

「뻥 아닌데.」

「사정하지 말고 한번 해봐, 모리. 끝내줘!」

그때 와그너가 지나가는 게 보였다. 그는 손수건으로 얼굴을 수습하고 있었다.

「어이, 코치.」 한 애가 불렀다. 「재대결은 어때요?」

그가 멈춰서 우리를 보았다. 「너희들 담배 꺼!」

「아, 왜요, 코치. 우린 담배 좋은데!」

「해봐요, 코치. 어디 담배 끌 수 있으면 꺼보든가!」

「어이, 해봐요, 코치!」

와그너는 우리를 보고 서 있었다. 「아직 너희들하고 안 끝났다! 너희들 모두를 잡을 거야. 어떻게든!」

「어떻게 할 건데요, 코치? 기술이 달려 보이는데.」

「어이, 코치, 어떻게 할 건데요?」

그는 운동장을 가로질러 자기 차로 갔다. 나는 그가 약간 안쓰러웠다. 사람이 그렇게 비열하면 그걸 뒷받침해 줄 점도 있어야 하는 것이었다.

「우리가 졸업할 때쯤엔 이 학교에 처녀가 하나도 없을 거라고 생각하나 본데.」 어떤 애가 말했다.

「누가 저 자식 귀에 대고 딸딸이 치면, 머리가 흥분해서 제정신 들지 않겠냐.」 다른 애가 말했다.

그런 후에 우리는 떠났다. 상당히 좋은 날이었다.

26

어머니는 매일 아침 쥐꼬리만 한 월급을 받자고 출근했고, 직업이 없는 아버지도 매일 아침 집을 나가긴 했다. 대다수의 이웃은 실직 상태긴 했지만, 아버지는 자기가 무직이라는 것을 들키고 싶어 하지 않았다. 그래서 아버지는 매일 아침 같은 시간에 차를 타고 출근하는 것처럼 떠났다. 그러고는 저녁에 정확히 같은 시간에 돌아왔다. 나로서는 집을 독차지할 수 있어서 좋았다. 부모님은 집을 잠갔지만, 나는 들어오는 법을 알았다. 마분지 조각으로 방충망 문의 고리를 풀 수가 있었다. 포치 쪽 문은 열쇠를 안에 꽂은 채로 잠가 놓았다. 나는 문 밑으로 신문을 넣고 열쇠를 찔러 떨어뜨렸다. 그런 다음 신문을 문 밑에서 끌어당기면 열쇠가 딸려 나왔다. 문을 따고 안으로 들어갔다. 나올 때는 방충망 문의 고리를 걸고, 뒤쪽 포치 문을 안에서 잠그고 열쇠를 꽂아 놓았다. 그런 후에는 앞문으로 나오면서 빗장을 걸었다.

나는 혼자 있는 게 좋았다. 어느 날 나는 즐겨 하던 게임 중 하나를 하고 있었다. 난로 선반 위에는 초침이 달린 시계가 있었고, 나는 얼마나 오래 숨을 참을 수 있는지 시합을 했

다. 할 때마다 매번, 내 기록을 깼다. 꽤 심한 고통을 겪어야
했지만, 매번 내 기록에 몇 초씩 더할 때마다 자랑스러웠다.
이날은 꽉 채운 5초를 더했고 나는 선 채로 숨을 고르며 앞
창문까지 걸어갔다. 붉은 커튼으로 덮인 거대한 창문이었다.
커튼 사이에 틈이 있어서 나는 그 사이로 내다보았다. 하느
님 맙소사! 우리 창문은 바로 앤더슨의 집 앞 포치에서 바로
건너다보였다. 앤더슨 부인이 계단 위에 앉아 있었고, 그 여
자의 드레스가 바로 올려다보였다. 부인은 스물셋 정도 되었
고 다리 모양이 근사했다. 그 여자의 드레스가 거의 곧바로
보였다. 그때 아버지의 군용 쌍안경이 기억났다. 쌍안경은
아버지 옷장 맨 위 선반에 있었다. 나는 뛰어가 망원경을 가
지고 다시 뛰어와 엎드린 채 앤더슨 부인의 다리에 초점을
맞췄다. 그랬더니 바로 거기가 보였다! 그레디스 선생님의
다리를 보는 것과는 달랐다. 보지 않는 척할 필요가 없었다.
집중할 수 있었다. 그래서 그렇게 했다. 나는 바로 거기 있었
다. 나는 후끈 달아올랐다. 하느님 맙소사, 얼마나 멋진 다리
고, 얼마나 멋진 허벅지인지! 부인이 움직일 때마다 참을 수
없고 믿을 수가 없었다.

　나는 무릎을 꿇고 앉았다. 한 손으로는 쌍안경을 들고 다
른 한 손으로는 내 물건을 꺼냈다. 나는 손바닥에 침을 뱉고
시작했다. 잠시 팬티가 슬쩍 보인 것만 같았다. 사정하기 직
전이었다. 나는 멈췄다. 나는 쌍안경을 계속 들여다보면서
다시 문지르기 시작했다. 사정할라치면, 다시 멈췄다. 그런
후에 기다렸다가 다시 문질렀다. 이번에는 멈출 수 없으리라
는 것을 알았다. 여자가 바로 거기 있었다. 나는 여자를 똑바
로 올려다보고 있었다! 이건 섹스나 마찬가지였다. 나는 사

158

정했다. 창문 앞 마룻바닥에 온통 튀었다. 하얗고 질척했다.
나는 일어나 욕실로 가서 휴지를 가지고 와 닦아 냈다. 다시
변기로 가서 휴지를 넣고 물을 내렸다.

앤더슨 부인은 거의 매일 그 계단으로 와서 앉았고, 그때
마다 나는 쌍안경을 가지고 와서 수음했다.

앤더슨 씨가 이걸 알아내기라도 하면, 나를 죽이겠지…….
나는 생각했다.

부모님은 매주 수요일 밤마다 극장에 갔다. 극장엔 복권
뽑기가 있었고, 부모님은 돈을 좀 타고 싶어 했다. 어느 수요
일 밤에 나는 뭔가 발견했다. 피로지 가족은 우리 집 남쪽에
있는 집에 살았다. 우리 차로가 그들 집 북쪽으로 이어졌고
그 집에는 거실이 들여다보이는 창문이 하나 있었다. 그 창
문은 얇은 커튼으로 가려져 있었다. 우리 차로 앞쪽 위에는
아치 역할을 하는 벽이 하나 있었고, 그 둘레에는 덤불이 무
성했다. 그 벽과 창문 사이에 끼면 덤불 사이에 가려 거리에
서는, 특히 밤에는 아무도 나를 볼 수 없었다.

나는 그리로 기어들어 갔다. 근사했고 예상보다 더 좋았
다. 피로지 부인은 소파에 앉아 신문을 읽고 있었다. 다리를
꼬고 있었다. 그리고 방 건너편 안락의자에서는 피로지 씨가
신문을 읽고 있었다. 피로지 부인은 그레디스 선생님이나 앤
더슨 부인만큼 젊지는 않았지만, 다리가 예뻤고 하이힐을 신
었다. 그리고 거의 매번 신문을 넘길 때마다 꼰 다리를 바꾸
어서 치마가 더 위로 올라가 더 많이 보였다.

부모님이 영화관에서 돌아와 내가 이러고 있는 꼴을 본다
면, 내 인생은 끝장이겠지, 나는 생각했다. 하지만 그럴 가치

가 있었다. 위험을 무릅쓸 가치가 있었다.

나는 창문 뒤에 아주 조용히 숨어 피로지 부인의 다리를 바라보았다. 그들은 제프라고 하는 커다란 콜리[15]를 한 마리 길렀는데, 지금은 문 앞에서 잠들어 있었다. 그날 영어 수업에서 그레디스 선생님의 다리를 보았고, 앤더슨 부인의 다리를 보고 수음하긴 했지만, 이제는 그보다 **더했다.** 어째서 피로지 씨는 피로지 부인의 다리를 보지 않을까? 그는 그저 신문만 읽을 뿐이었다. 피로지 부인이 남편을 유혹하려 한다는 것은 분명했다. 부인의 치마는 점점 더 위로 올라가고 있었으니까. 그때 부인이 신문을 넘기며 무척 **빠르게** 다리를 꼬았고, 치마가 다시 **풀썩이며** 순수한 하얀 허벅지가 드러났다. 부인은 **버터밀크** 같았다! **믿을 수 없어!** 그녀는 **뭐니 뭐니 해도** 최고였다!

그때 나는 곁눈으로 피로지 씨의 다리가 움직이는 것을 보았다. 그는 재빨리 일어나더니 앞문으로 향했다. 나는 풀숲을 뚫고 달리기 시작했다. 그가 앞문을 여는 소리가 들렸다. 나는 차로를 내려가 우리 뒷마당으로 들어와 차고 뒤로 갔다. 거기 잠시 서서 귀를 기울였다. 그런 후에 뒤편 울타리를 타고 올라 덩굴을 넘어 옆 마당으로 갔다. 나는 마당을 가로질러 차로를 뛰어올라 갔고, 육상 훈련을 하는 애처럼 종종걸음으로 뛰어 거리 남쪽으로 내려가기 시작했다. 내 뒤를 쫓는 사람은 아무도 없었지만, 나는 계속 재게 걸었다.

피로지 씨가 나라는 것을 안다면, 아버지에게 말할 테고, 그럼 나는 죽는 거다.

하지만 그저 개를 데리고 나가서 똥을 누이려는 거라면?

15 개의 한 품종. 영국 스코틀랜드가 원산지이다.

나는 웨스트 애덤스 대로까지 빠르게 걸어 내려가서 전차 정류장 벤치 위에 앉았다. 5분 정도 앉아 있다가 다시 집으로 걸어갔다. 집에 도착해 보니 부모님은 아직 돌아오지 않았다. 나는 안으로 들어가 옷을 입고 불을 끈 후 아침을 기다렸다…….

다른 수요일 밤, 볼디와 나는 평소대로 두 아파트 사이의 지름길을 가로질러 가고 있었다. 그 애 아버지의 와인 저장고로 향할 때, 볼디가 어떤 창문 앞에서 멈췄다. 블라인드가 내려져 있었지만, 완전히 가리지는 않았다. 볼디는 걸음을 멈추고 허리를 굽혀 안을 들여다보았다. 그 애는 내게 손짓했다.

「뭔데?」 나는 속삭였다.

「봐!」

남자와 여자가 벌거벗은 채로 침대에 누워 있었다. 침대보가 그들의 몸을 일부 덮고 있었다. 남자는 여자에게 키스하려 하고 여자는 밀어내려 했다.

「망할, 하게 해줘, 마리!」

「싫어!」

「하지만 나 뜨겁단 말야, **제발**!」

「그 더러운 손 내게서 떼!」

「하지만, 마리. 널 사랑해!」

「당신이나 당신의 지긋지긋한 사랑이라는 게…….」

「마리, **제발**.」

「입 좀 닥칠래?」

남자는 벽으로 돌아누웠다. 여자는 잡지를 집어 들고 머리 뒤에 베개를 괴더니 읽기 시작했다.

　볼디와 나는 창문에서 멀어졌다.

　「세상에. 구역질 나!」볼디가 말했다.

　「뭐 대단한 거 볼 줄 알았는데.」내가 말했다.

　와인 저장고에 가보니, 볼디네 노친네가 문에 커다란 맹꽁이자물쇠를 걸어 놓았다.

　우리는 몇 번이고 그 창문에서 훔쳐보기를 시도해 보았지만, 실제로 뭔가 볼 수 있었던 적은 없었다. 언제나 똑같았다.

　「마리, 오랜만이잖아. 우리는 함께 **살고 있어. 결혼했다고!**」

　「좆나 대단도 하네!」

　「그냥 이번 **한 번만**, 마리. 다시는 귀찮게 안 할게. 한동안은 귀찮게 안 하겠다고. 약속해!」

　「입 닥쳐! 당신 때문에 구역질 나!」

　볼디와 나는 그 자리를 떴다.

　「망할.」내가 말했다.

　「망할.」볼디가 말했다.

　「그 자식 물건도 시원찮을걸.」내가 말했다.

　「차라리 없는 편이 나을 거다.」볼디가 말했다.

　우리는 다시는 되돌아가지 않았다.

27

와그너와의 일은 완전히 끝나지 않았다. 체육 시간에 운동 장에 서 있는데, 그가 나에게 걸어왔다.

「뭐하는 거냐, 치나스키?」

「아무것도요.」

「아무것도라고?」

나는 대답하지 않았다.

「어째서 어떤 경기에도 끼지 않는 거지?」

「젠장. 저건 애들 장난이잖아요.」

「다음 고지가 있을 때까지 너를 청소반에 넣겠다.」

「무엇 때문에요? 죄목이 뭔데요?」

「빈둥거린 죄. 벌점 50점이다.」

아이들은 청소반에서 일하면서 벌점을 깎아야 했다. 벌점 10점이 넘고 그걸 깎지 못하면, 졸업할 수 없었다. 나는 졸업을 하든 하지 않든 신경 쓰지 않았다. 그건 그들 문제였다. 그저 어정거리면서 점점 나이 들어 가고 점점 더 커질 수 있었다. 여자애들을 모조리 차지해야지.

「벌점 50점요? 나한테 줄 게 고작 그거예요? 차라리 1백

점을 주지 그래요?」

「좋다. 1백 점. 그게 네 벌점이다.」

와그녀는 으스대며 가버렸다. 피터 망갈로어는 벌점 5백 점이었다. 나는 이제 2등이고, 더 쌓아 가고 있었다…….

첫 번째 청소 업무는 점심시간 마지막 30분 동안 해야 했다. 다음 날에는 피터 망갈로어와 함께 쓰레기통을 날랐다. 간단했다. 우리는 각자 끝에 날카로운 못이 박힌 막대기를 들었다. 우리는 그 막대기로 종이를 찍어 쓰레기통 안에 찔러 넣었다. 우리가 지나가자 여자애들이 바라보았다. 그들은 우리가 **나쁜 애들**이라는 것을 알았다. 피터는 지루해 보였고 나는 개뿔 신경도 쓰지 않는다는 표정을 짓고 있었다. 여자애들은 우리가 **나쁜 애들**이라는 것을 알았다.

「너 릴리 피시먼 아냐?」 쓰레기통 들고 갈 때 피트가 물었다.

「아, 그럼, 그럼.」

「그래, 걔 처녀 아니라더라.」

「어떻게 알았어?」

「걔가 그러던데.」

「걔 따먹은 애가 누군데?」

「걔네 아빠.」

「흐음……. 그렇다고 그 인간 욕을 할 순 없지.」

「내가 크다는 얘길 릴리도 들었대.」

「그래. 학교 안에 다 퍼졌잖아.」

「뭐, 릴리가 하고 싶다는데. 자기가 다룰 수 있을 것 같다고 우기더라고.」

「걔를 갈기갈기 찢어 놓을걸.」

164

「그래, 그럴 거야. 어쨌든 걔가 하고 싶다니까.」

우리는 쓰레기통을 내려놓고 벤치에 앉아 있는 몇몇 여자애들을 바라보았다. 피트는 벤치로 걸어갔다. 나는 거기 서있었다. 그는 여자애 중 한 명에게로 걸어가서 귀에 뭐라고 속삭였다. 여자애가 키득키득 웃기 시작했다. 피트는 쓰레기통으로 돌아왔다. 우리는 그걸 들고 자리를 떴다.

「그래서.」피트가 말했다. 「오늘 오후 4시에. 릴리를 갈기갈기 찢어 놓을 거야.」

「그래?」

「학교 뒤에 있는 폐차 알아? 판즈워스 영감이 엔진 뜯어낸거?」

「그래.」

「뭐, 사람들이 그 망할 걸 끌고 가기 전엔 내 침실이 될 거야. 걔를 거기 뒷좌석으로 데려가려고.」

「어떤 사람들이 진짜로 산다더라.」

「그거 생각만 해도 아래가 서.」피트가 말했다.

「나도 그렇다. 내가 하는 것도 아닌데.」

「그런데 문제가 하나 있어.」피트가 말했다.

「너 못 싸냐?」

「아냐, 그런 거 아냐. 망볼 사람이 필요해. 근처에 아무도 없는지 누가 알려 줬으면 좋겠어.」

「그래? 뭐, 내가 해줄 수 있는데.」

「그래 줄래?」피트가 부탁했다.

「그래. 하지만 양쪽 다 지키려면 한 명 더 있어야지.」

「좋아. 마음에 둔 놈 있냐?」

「볼디.」

「볼디? 망할, 변변찮은 녀석.」

「아냐, 걔 믿을 만해.」

「좋아. 그럼 4시에 만나자.」

「우린 거기로 갈게.」

오후 4시에 우리는 피트와 릴리를 차에서 만났다.

「안녕!」 릴리가 인사했다. 그 애는 화끈해 보였다. 피트는
담배를 피우고 있었다. 그 애는 지루해 보였다.

「안녕, 릴리.」 내가 말했다.

「안녕, 릴리, 베이비.」 볼디가 말했다.

다른 운동장에서는 남자애들이 터치 풋볼을 하고 있었지
만, 그러는 편이 훨씬 나았다. 일종의 위장이 되어 주니까. 릴
리는 숨을 헐떡이며 살랑살랑 돌아다녔다. 가슴이 위아래로
오르내렸다.

「그럼.」 피트가 담배를 던져 버렸다. 「친해져 볼까, 릴리.」

그 애가 뒷문을 열고 머리를 숙여 절하자, 릴리는 올라탔
다. 피트는 그 뒤로 들어가 신발과 바지, 팬티를 벗었다. 릴리
는 고개를 숙이고 피트의 흔들리는 물건을 보았다.

「어머나. 잘 모르겠네……」

「왜 이래, 베이비.」 피트가 말했다. 「영원히 사는 사람 없
잖아.」

「음, 좋아, 내 생각엔……」

피트는 창밖을 내다보았다. 「어이, 너네 아무 이상 없는지
잘 보고 있냐?」

「그래, 피트. 잘 보고 있어.」 내가 말했다.

「보고 있어.」 볼디가 말했다.

피트는 릴리의 치마를 위로 끌어 올렸다. 무릎 양말 위의 살이 하얬고, 팬티가 보였다. 눈부셨다. 피트는 릴리를 붙잡고 키스했다. 그러더니 몸을 뗐다.

「이 걸레!」 그가 말했다.

「나한테 함부로 말하지 마, 피트!」

「개 같은 걸레!」 피트는 릴리의 뺨을 세게 쳤다.

릴리는 흐느끼기 시작했다. 「그러지 마, 피트. 그러지 마…….」

「입 닥쳐! 쌍년!」

피트는 릴리의 팬티를 잡아당기기 시작했다. 그는 쩔쩔맸다. 릴리의 팬티가 커다란 엉덩이에 꽉 끼어 있었다. 피트가 난폭하게 잡아당기자 팬티가 찢어져 버렸고, 그는 팬티를 다리 사이로 끌어내려 신발 위로 벗겼다. 피트는 그것을 바닥 위에 던져 버렸다. 그러더니 릴리의 보지를 지분거리기 시작했다. 보지를 지분대고 보지를 지분대고 다시 또다시 키스했다. 그런 후에는 자동차 좌석에 등을 기댔다. 그는 아직 반밖에 서지 않았다.

릴리는 그를 내려다보았다.

「너 뭐야, 게이?」

「아니, 그런 거 아냐. 그냥 이 애들이 아무 이상 없는지 망을 보는 게 아닌 것 같아. 우리를 보고 있는 거지. 나는 이걸 하다가 잡히고 싶지 않다고.」

「아무 이상 없어, 피트. 제대로 망보고 있다고!」 내가 말했다.

「우리는 망을 보고 있다고!」 볼디가 말했다.

「쟤들 말 믿을 수가 없어.」 피트가 말했다. 「쟤들이 보고 있는 건 네 보지야, 릴리.」

「이런 겁쟁이! 그렇게 크면 뭐해. 고작 반밖에 서지 않는데.」

167

「나는 잡힐까 봐 무서워, 릴리.」

「어떻게 해야 할지, 내가 알지.」 릴리가 말했다.

릴리는 몸을 숙이고 혀로 피트의 물건을 훑었다. 그 애는 혀로 그 괴물 같은 귀두를 낼름 핥았다. 그러더니 입 안에 넣었다.

「릴리…… 망할.」 피트가 말했다. 「널 사랑해…….」

「릴리, 릴리, 릴리…… 오, 오, 우 우…….」

「**헨리!**」 볼디가 고함을 질렀다. 「**봐!**」

나는 보았다. 와그너가 필드를 가로질러 우리에게 달려왔고 그 뒤에는 터치 풋볼을 하던 애들과 풋볼 경기를 구경하던 몇몇의 애들이 따라왔다. 남자애들도 있었고, 여자애들도 있었다.

「**피트!**」 나는 소리쳤다. 「와그너가 50명을 끌고 오고 있어!」

「**우라질!**」 피트가 신음했다.

「아, 우라질.」 릴리가 말했다.

볼디와 나는 뛰었다. 우리는 문으로 뛰어나가 그 블록을 반쯤 올라갔다. 우리는 울타리 사이로 돌아보았다. 피트와 릴리는 기회가 없었다. 와그너가 뛰어올라 와 제대로 보려고 차 문을 벌컥 열었다. 다음 순간 차는 사람들에게 둘러싸였고, 우리는 더 이상 볼 수 없었다…….

그 후로 우리는 두 번 다시 피트와 릴리를 보지 못했다. 우리는 그들이 어떻게 되었는지 전혀 알 수 없었다. 볼디와 나는 벌점 1천 점을 받았고, 나는 1천1백 점으로 망갈로어를 앞섰다. 내가 벌점을 깎을 수 있는 방법은 없었다. 나는 평생 마운트 저스틴 학교를 다녀야 했다. 물론 학교에서는 부모님에게 알렸다.

「가자.」아버지가 말했다. 나는 욕실로 걸어 들어갔다.

아버지는 혁지를 내렸다.

「바지와 팬티를 내려라.」그가 말했다.

나는 하지 않았다. 아버지는 내 앞으로 손을 내밀어 허리띠를 풀고 단추를 끄른 뒤 내 바지를 휙 내렸다. 아버지는 내팬티도 내렸다. 혁지가 내려왔다. 똑같았다. 똑같은 폭발음, 똑같은 아픔.

「네 엄마를 죽일 셈이냐!」아버지가 소리 질렀다.

아버지는 다시 나를 때렸다. 하지만 눈물은 나오지 않았다. 내 눈은 이상하게도 말랐다. 나는 아버지를 죽여 버릴까 생각했다. 죽일 방법이 있을 거라고 생각했다. 2년만 있으면 때려죽일 수 있을 것이었다. 하지만 지금 당장 죽이고 싶었다. 아버지는 별것도 아니었다. 나는 아마도 데려온 아이일 것이었다. 아버지는 나를 다시 때렸다. 아픔은 그대로였지만, 공포는 사라졌다. 혁지가 다시 내려왔다. 욕실은 더는 흐리게 보이지 않았다. 모든 것을 분명히 볼 수 있었다. 그는 내 안에서 달라진 점을 감지했는지 더 세게, 몇 번이고 내려쳤지만 그가 나를 더 때릴수록, 나는 덜 느끼게 되었다. 무력한 쪽은 아버지가 된 듯했다. 뭔가 일어났다. 뭔가 바뀌었다. 아버지는 혁헉대며 멈추었고, 혁지를 거는 소리가 들렸다. 아버지는 문으로 걸어갔다. 나는 돌아섰다.

「어이!」나는 불렀다.

아버지는 고개를 돌려 나를 보았다.

「두 대만 더 때려 봐요. 그래서 당신 기분이 더 좋아지면.」

「어디서 감히 아버지한테 그딴 식으로 까불어!」 아버지가
말했다.

나는 그를 보았다. 턱 아래와 목둘레에 몇 겹으로 늘어진
살을 보았다. 슬픈 잔주름과 깊이 파인 골을 보았다. 얼굴은
지친 분홍색 반죽 같았다. 러닝셔츠 차림이었고, 배는 늘어
져 러닝셔츠 아래 주름졌다. 눈은 더 이상 강렬하지 않았다.
아버지의 눈은 딴 데를 보며 내 눈과 마주치지 않았다. 무슨
일인가 일어났다. 목욕 수건도 알았고, 샤워 커튼도 알았고,
거울도 알았고, 욕조와 변기도 알았다. 내 아버지는 돌아서
서 문밖으로 나갔다. 아버지도 알았다. 그것이 내가 매를 맞
은 마지막이었다. 아버지에게서.

28

중학교는 충분히 빨리 지나갔다. 8학년이 지나 9학년에 들어서자 여드름이 돋아났다. 여드름이 난 남자애들은 많았지만, 나 같지는 않았다. 내 건 정말로 끔찍했다. 동네에서 가장 심각한 경우였다. 얼굴 전체에 뾰루지와 부스럼이 일어났고, 등과 목, 가슴까지 났다. 여드름은 내가 센 녀석에다 우두머리로 받아들여지기 시작하던 시기에 생겨났다. 나는 여전히 강했지만 똑같진 않았다. 물러나야 했다. 먼발치에서 애들을 구경했다. 마치 무대 연극 같았다. 오로지 그들만 무대에 있고, 나는 관객 중 한 명이었다. 나는 언제나 여자들이 어려웠지만, 이젠 여드름으로 인해 무리였다. 여자애들은 이전보다 훨씬 멀어졌다. 그들 중 몇몇은 정말로 아름다웠다. 그들의 옷, 머리카락, 눈, 서 있는 방식. 그저 오후에 누군가와 거리를 걷기만 해도, 이런저런 얘기를 나누기만 해도 훨씬 기분이 좋아졌을 것이었다.

그래도, 여전히 나를 끊임없이 문제에 빠뜨리는 것이 있었다. 선생님들 대부분은 나를 신뢰하지도, 좋아하지도 않았다. 여자 선생님들이 특히 그러했다. 나는 정상에 어긋난 이

171

상한 말은 하지 않았지만, 선생님들은 문제는 내 〈태도〉라고
했다. 자리에 구부정하게 앉아 있는 자세나 〈목소리 톤〉에
문제가 있다는 것이었다. 보통 나는 의식하지도 않았는데
〈코웃음을 친다〉고 비난받았다. 종종 수업 시간에 복도로 나
가 서 있는 벌을 받든가, 교장실로 불려 갔다. 교장 선생님은
항상 똑같이 했다. 교장실에는 전화 부스가 있었다. 교장은
나한테 그 부스 안에 들어가 문을 닫고 있게 했다. 나는 그
전화 부스 안에서 많은 시간을 보냈다. 그 안에 읽을거리라
고는 『레이디스 홈 저널』밖에 없었다. 고의적인 고문이었다.
나는 어쨌든 『레이디스 홈 저널』을 읽었다. 매번 신간을 읽어
야만 했다. 나는 어쩌면 여자에 대해 뭔가 배울 수 있을지도
모른다고 생각했다.

졸업할 즈음엔 벌점이 5천 점이나 되었지만 중요해 보이
지 않았다. 학교에서는 나를 치워 버리고 싶어 했다. 아이들
이 하나하나 강당에 줄을 설 때 나는 그 바깥에 서 있었다.
우리 모두는 대대로 이어 내려오는 싸구려 학사모와 가운을
걸치고 있었다. 학생들의 이름이 들리고, 그들이 무대 위를
가로질러 갔다. 기껏 중학교 하나 졸업하면서 온갖 호들갑
은 다 떨었다. 밴드가 교가를 연주했다.

오, 마운트 저스틴, 오, 마운트 저스틴.
우리는 진실하리라,
우리 마음은 소리 높여 노래하고
우리의 하늘은 푸르리라…….

우리는 줄을 서서 대기하다 한 명씩 무대 위로 행진했다. 관중 사이에는 우리들의 부모님과 친구들이 껴 있었다.

「토할 거 같아.」 한 남자애가 말했다.

「똥간에서 더 큰 똥간으로 가는 것뿐이야.」 다른 애가 말했다.

여자애들은 좀 더 진지해 보였다. 그래서 내가 정말로 여자애들을 신뢰하지 못하는 것이었다. 여자애들은 잘못된 일들의 한 부분이었다. 여자애들과 학교는 장단이 딱딱 맞는 듯했다.

「이런 건 정말 기분 처진다. 담배나 한 대 피웠으면.」 한 남자애가 말했다.

「여기…….」

다른 애가 담배 한 대를 건넸다. 네다섯 명이 그걸 돌려 피웠다. 나는 한 모금 들이마시고 콧구멍으로 내뱉었다. 컬리와 그녀가 들어오는 것이 보였다.

「버려! 토 찌꺼기 머리가 온다!」 내가 말했다.

와그녀는 곧장 나에게 걸어왔다. 스웨트셔츠를 포함해, 회색 운동복 차림이었다. 처음 봤을 때도 그 차림이었고, 그 후에도 줄곧 그런 모습이었다. 그는 내 앞에 섰다.

「잘 들어. 여길 나간다고 나한테서 빠져나갈 수 있다고 생각하는 모양인데, 절대 아니야! 너를 평생 따라다닐 거다. 너를 지구 끝까지 따라가서라도 혼내 줄 거야!」

나는 대구 없이 그를 한 번 슬쩍 쳐다보았고, 그는 총총 걸어가 버렸다. 와그녀의 쪼잔한 졸업식 연설 덕택에 나는 남자애들 앞에서 그만큼 더 대단해졌다. 애들은 내가 와그녀 심기를 거스를 만큼 엄청나게 나쁜 짓을 했을 거라 생각했다. 하지만 사실이 아니었다. 와그너는 그저 단순히 미친놈이었다.

우리는 강당 출입구 쪽으로 점점 더 가까이 갔다. 이름이 하나하나 불리는 소리와 박수 소리가 들릴 뿐만 아니라 관중의 모습도 보였다.

그리고 내 순서가 되었다.

「헨리 치나스키.」 교장이 마이크에 대고 말했다. 그래서 나는 앞으로 걸어갔다. 갈채는 없었다. 관중석에서 친절한 영혼 하나가 박수를 두세 번 쳤다.

무대 위에는 졸업반을 위해 좌석 몇 줄이 마련되어 있었다. 우리는 거기에 앉아 대기했다. 교장은 미국에서의 기회와 성공에 대한 연설을 했다. 그런 후에 모두 끝이 났다. 밴드가 마운트 저스틴 교가를 연주했다. 학생들과 부모들, 친구들은 일어서서 한데 섞였다. 나는 사람들을 찾아 돌아다녔다. 내 부모님은 오지 않았다. 확인하는 것뿐이었다. 나는 돌아다니면서 똑똑히 살펴보았다.

그래도 괜찮았다. 센 녀석에겐 그런 게 필요 없었다. 오래된 모자와 가운을 벗어 통로 끝에 앉아 있는 남자, 수위에게 건넸다. 그는 다음번을 위해 그 물건들을 개켰다.

나는 밖으로 나왔다. 제일 처음으로 나온 사람이었다. 하지만 어디로 갈 수 있을까? 주머니에는 11센트가 들어 있었다. 나는 내가 살던 곳으로 도로 걸어갔다.

29

그 해 여름, 1934년 7월에 존 딜린저는 시카고의 영화관 바깥에서 총을 맞고 쓰러졌다. 그에게 기회는 없었다. 빨간 옷을 입은 여자가 그를 경찰에 찔렀다. 그보다 앞서 1년도 전에 은행들이 붕괴했다. 금주법은 폐지되었고 아버지는 다시 이스트사이드 맥주를 마셨다. 하지만 최악은 딜린저가 죽은 것이었다. 수많은 사람들이 딜린저를 숭배했고 그의 죽음에 모두가 슬퍼했다. 루스벨트가 대통령이었다. 그는 라디오에서 노변 담화를 했고 모든 사람들이 들었다. 그는 정말로 말을 잘하는 사람이었다. 그는 사람들을 일터에 보내는 프로그램을 세웠다. 하지만 상황은 여전히 매우 나빴다. 그리고 내 부스럼은 점점 심해졌고, 믿을 수 없을 정도로 커다랬다.

그해 가을 나는 우드헤이븐 고등학교로 배정되었지만, 아버지는 내가 첼시 고등학교로 가야 한다고 우겼다.

「저기요.」 나는 아버지에게 말했다. 「첼시는 우리 학군이 아니라고요. 너무 멀어요.」

「시킨 대로나 해. 널 첼시 고등학교에 등록할 거다.」

나는 아버지가 왜 나를 첼시에 보내고 싶어 하는지를 알았다. 부잣집 애들이 거기에 다녔다. 아버지는 미쳤다. 그는 아직도 부자가 된다는 생각을 했다. 볼디는 내가 첼시에 가게 되었다는 것을 알고 자기도 거기에 가겠다고 했다. 나는 볼디도 내 여드름도 결코 떼어 버릴 수 없었다.

첫날 우리는 자전거를 타고 첼시까지 가서 세워 두었다. 끔찍한 기분이었다. 거기 애들 대부분은, 적어도 나이가 더 많은 애들은 다 자기 자동차가 있었다. 그중 많은 차가 신형 컨버터블이었다. 보통의 차들처럼 검은색이나 진청색이 아니라 환한 노란색, 녹색, 주황색과 빨간색이었다. 남자애들은 학교 바깥에서 차 안에 앉아 있었고, 여자애들은 그 주위에 모여 차를 타러 갔다. 모두 멋지게 옷을 입었다. 풀오버 스웨터에 손목시계를 찼으며 최신 유행의 구두를 신었다. 그들은 무척 어른스러웠고 침착하고 뛰어났다. 그런데 나는 집에서 만든 셔츠와 너덜너덜한 바지를 입고 낡은 구두를 신었고, 여드름이 다닥다닥했다. 차가 있는 남자애들은 여드름 걱정을 하지 않았다. 그들은 무척 잘생겼고, 큰 키에 청결하고 치아는 빛났으며 비누로 머리를 감지 않았다. 그들은 내가 모르는 뭔가를 아는 듯 보였다. 나는 다시 밑바닥이 되었다.

모든 남자애들이 차가 있었기 때문에 볼디와 나는 자전거가 부끄러웠다. 우리는 자전거를 집에 놔두고 학교까지 4킬로미터를 걸어서 왕복했다. 우리는 도시락을 들고 다녔다. 하지만 다른 학생들 대부분은 심지어 학교 식당에서 먹지도 않았다. 그들은 여자애들과 아이스크림 가게에 갔고 주크박스를 틀고 웃었다. 그들은 서던캘리포니아 대학에 가게 될 것이었다.

나는 부스럼이 부끄러웠다. 첼시 고등학교에서는 체육과 ROTC[16] 과목을 선택할 수 있었다. 나는 학군단을 선택했다. 그러면 운동복을 입을 필요가 없었고, 아무에게도 몸에 난 부스럼을 보일 필요가 없었다. 하지만 제복이 싫었다. 셔츠는 모직으로 만들었고, 부스럼이 덧났다. 제복은 월요일부터 목요일까지 입었다. 금요일에는 평상복을 입도록 허락받았다.

우리는 총기 조작 교범을 공부했다. 전쟁 어쩌고 하는 개소리가 가득한 책이었다. 우리는 시험을 통과해야 했다. 우리는 운동장을 행군했다. 총기 조작을 실습했다. 여러 훈련을 하는 동안 소총을 다루는 건 나에게 좋지 않았다. 어깨에 부스럼이 났다. 이따금 어깨에 소총을 쿵 얹어 놓다가 부스럼이 터져서 셔츠 사이를 타고 내렸다. 피도 스며 나왔지만, 셔츠가 두꺼웠고 모직으로 만들어져 있어 자국은 그렇게 선명하지 않았고 피처럼 보이지도 않았다.

나는 어머니에게 사정을 이야기했다. 어머니는 셔츠 어깨 위에 하얀 천으로 안감을 대어 주었지만, 아주 약간의 도움만 될 뿐이었다.

한번은 어떤 장교가 점호를 나왔다. 그는 내 어깨에서 소총을 들었다가 총신 속을 들여다보고 총구에 먼지가 쌓였나 살폈다. 그는 다시 소총을 내 어깨 위에 쿵 얹어 놓다가 내 오른쪽 어깨의 핏자국을 보았다.

「치나스키! 소총에서 기름이 샌다!」 그가 호통쳤다.

「네, 알겠습니다.」

나는 그 학기를 어떻게든 보냈지만, 부스럼은 점점 더 심해졌다. 부스럼은 호두만큼 컸고, 얼굴을 뒤덮었다. 나는 무

16 Reserve Officers' Training Corps. 학생 군사 교육단.

척 부끄러웠다. 가끔 집에 있을 때는 욕실 거울 앞에 서서 부스럼을 짜보려고 했다. 노란 고름이 톡 터져 나와서 거울에 튀었다. 그리고 작고 하얀 단단한 알맹이가 나왔다. 끔찍하기는 했지만 그 모든 게 그 안에 들어 있다는 건 흥미로웠다. 하지만 다른 사람들에게 있어 나를 쳐다보는 것이 얼마나 힘들지 나는 알았다.

학교에서 아버지에게 충고한 것이 분명했다. 그 학기 끝에 나는 자퇴했다. 나는 침대로 갔고, 부모님은 내 몸에 연고를 처발랐다. 갈색 연고로 냄새가 지독했다. 아버지는 내게 그편이 낫다고 판단했다. 연고는 타는 듯 따끔거렸다. 아버지는 오래 바르고 있어야 한다고 우겼다. 지시 사항보다 더 오래 발라야 한다고 했다. 어느 날 밤에는 몇 시간 동안 바르고 있으라고 우겼다. 나는 비명을 지르기 시작했다. 나는 욕조로 가서 물을 채우고 연고를 힘들게 씻어 냈다. 몸에서 불이 났다. 얼굴, 등, 가슴. 그날 밤은 침대 가장자리에 걸터앉아 있었다. 누울 수도 없었다.

아버지가 방 안으로 들어왔다.

「연고 바르고 있으라고 일렀잖냐!」

「어떻게 됐는지 봐요.」 나는 대꾸했다.

어머니가 방 안으로 들어왔다.

「이 개새끼가 낫고 **싶지** 않은가 봐.」 아버지가 어머니에게 말했다. 「어째서 나한테 이런 자식 놈이 나왔을까?」

어머니는 직업을 잃었다. 아버지는 아직도 출근하는 척 매일 아침 차를 타고 나갔다. 「나는 기술자야.」 그는 사람들에게 말했다. 그는 항상 기술자가 되고 싶어 했다.

내게는 LA 카운티 종합 병원에 가라는 조치가 취해졌다. 나는 기다랗고 하얀 카드를 받았다. 나는 그 카드를 받고 7번 전차를 탔다. 요금은 7센트였다(혹은 25센트를 내면 토큰 네 개를 주었다). 나는 토큰을 내고 전차 뒤로 걸어갔다. 8시 30분 예약이었다.

몇 블록 다음에 어린 남자애와 여자가 전차에 탔다. 여자는 뚱뚱했고 남자애는 네 살쯤 되었다. 그들은 내 뒷자리에 앉았다. 나는 창밖을 내다보았다. 우리는 덜컹덜컹 굴러갔다. 나는 7번 전차가 좋았다. 차는 아주 빠르게 달리며 앞뒤로 흔들렸고 해가 바깥에서 빛났다.

「엄마.」꼬마가 말하는 소리가 들렸다. 「저 형 얼굴은 왜 **저런 거야?**」

여자는 대답하지 않았다.

꼬마는 같은 질문을 다시 했다.

여자는 대답하지 않았다.

그때 꼬마가 소리를 질러 댔다. 「**엄마! 저 형 얼굴 왜 저런 거냐고?**」

「입 닥쳐! 쟤 얼굴이 왜 저런지 내가 어떻게 알아!」

나는 병원 접수처에 갔고, 그들은 내게 4층에 가서 신고하라고 알려 주었다. 접수대의 간호사가 내 이름을 적고 자리에 앉으라고 말했다. 우리는 두 줄로 길게 늘어서 서로 마주 보고 있는 녹색 금속 의자에 앉았다. 멕시코계, 백인, 흑인. 동양인은 없었다. 읽을 게 아무것도 없었다. 환자 몇 명은 하루 지난 신문을 들고 있었다. 사람들 나이는 다양했다. 홀쭉이와 뚱뚱이, 작다리와 꺽다리, 늙은이와 젊은이. 아무도 말하지 않았다. 모두 무척 지쳐 보였다. 조무사들이 왔다 갔다 했고 가끔 간호사도 보였지만 의사는 한 명도 없었다. 한 시간이 흘렀고, 두 시간이 지났다. 누구의 이름도 불리지 않았다. 나는 일어서서 급수대를 찾아보았다. 사람들이 진찰받기로 된 작은 방도 들여다보았다. 방 안에는 사람이 하나도 없었다. 의사든 환자든.

나는 접수대로 갔다. 간호사는 이름이 쓰인 커다랗고 두툼한 책을 들여다보고 있었다. 전화가 울렸다. 간호사가 전화를 받았다.

「메넨 박사님은 아직 오지 않으셨어요.」 간호사는 전화를 끊었다.

「죄송한데요.」 내가 말했다.

「네?」 간호사가 되물었다.

「의사가 아직 오지 않았다면서요. 그럼 나중에 다시 와도 될까요?」

「안 돼요.」

「하지만 아무도 없잖아요.」

「의사 선생님들은 회진 중이에요.」

「하지만 8시 30분 예약인데요.」

「여기 있는 사람들 다 8시 30분 예약이에요.」

대기한 사람들이 마흔다섯 명에서 쉰 명은 되었다.

「제가 여기 대기 명단에 있고 두 시간쯤 후에 돌아오면 의사 선생님이 여기 와 계실 것 같은데요.」

「지금 나가면, 자동적으로 예약이 취소돼요. 치료를 원하시면 내일 다시 와야 해요.」

나는 돌아가서 의자에 앉았다. 다른 사람들은 항의하지

않았다. 움직임도 별로 없었다. 가끔 간호사 두셋이 웃으며 지나갔다. 한번은 그들이 휠체어에 탄 남자를 밀고 지나갔다. 남자의 두 다리엔 붕대가 두껍게 감겨 있었고, 내 쪽으로 향한 옆통수의 귀는 잘려 나가고 없었다. 작은 부분으로 나뉘어진 검은 구멍뿐이었다. 거미가 그 안으로 빠져서 거미줄을 친 것처럼 보였다. 몇 시간이 지났다. 정오가 왔다가 갔다. 또 한 시간. 두 시간. 우리는 앉아서 기다렸다. 그때 누군가가 말했다. 「의사가 왔다!」

의사는 진료실 중 하나로 들어가서 문을 닫았다. 우리는 모두 바라보았다. 아무 일도 없었다. 간호사 하나가 들어갔다. 우리는 그 여자가 웃는 소리를 들었다. 그러더니 간호사가 나왔다. 5분. 10분. 의사가 손에 집게 파일을 들고 나왔다.

「마르티네스? 호세 마르티네스?」 의사가 물었다.

늙고 여윈 멕시코계 사람이 일어서서 의사에게로 걸어갔다.

「마르티네스? 마르티네스 영감님, 좀 어떠세요?」

「아파요, 의사 선생님…… 죽을 것 같아요…….」

「음, 그럼…… 이리 안으로 오세요…….」

마르티네스는 들어가 한참을 있었다. 나는 버려진 신문을 집어 읽으려고 했다. 하지만 우리 모두 마르티네스 생각을 하고 있었다. 마르티네스가 나오면 누군가 다음 순서가 될 것이었다.

그때 마르티네스가 비명을 질렀다. 「아아아악! 아아아악! 그만해요! 그만! 아아아악! 구해 줘요! 하느님! 제발 그만해요!」

「자, 자, 아프지 않아요…….」 의사가 말했다.

마르티네스가 다시 비명을 질렀다. 간호사가 진료실로 뛰어들어 갔다. 침묵이 흘렀다. 우리에게 보이는 것이라고는 반

쯤 열린 문의 검은 그림자뿐이었다. 마르티네스는 껙껙 소리
를 냈다. 그는 바퀴 달린 들것에 실려서 나왔다. 간호사와 조
무사가 그를 밀고 복도를 내려가 어떤 자동문 안으로 들어
갔다. 마르티네스는 시트에 덮여 있었지만, 얼굴까지 가리진
않은 것으로 보아 죽지는 않았다.

　의사는 진찰실에 10분 더 있었다. 그러더니 집게 파일을
들고 나왔다.

「제퍼슨 윌리엄스?」 그가 불렀다.

대답이 없었다.

「제퍼슨 윌리엄스 있어요?」 대답은 없었다.

「메리 블랙손?」

대답이 없었다.

「해리 루이스?」

「네, 선생님?」

「안으로 들어오세요……」

　무척 느렸다. 의사는 환자를 다섯 명 더 보았다. 그러더니
진료실에서 나와 접수대에 서더니 담배에 불을 붙이고 15분
동안 간호사와 이야기했다. 그는 매우 지적인 사람처럼 보였
다. 오른쪽 얼굴 힘줄 하나가 계속 실룩실룩거렸고, 빨간 머
리카락엔 흰머리가 간간이 섞여 있었다. 그는 안경을 썼는
데, 안경을 계속 벗었다 썼다 했다. 다른 간호사가 나오더니
의사에게 커피 한 잔을 주었다. 그는 한 모금 마시더니 커피
를 한 손에 들고 다른 손으로 자동문을 열고 들어가 사라져
버렸다.

　사무를 보는 간호사가 접수대 뒤에서 우리의 기다랗고 하

얀 카드를 들고 나와 이름을 불렀다. 우리가 대답하자, 간호
사는 우리에게 카드를 하나씩 돌려주었다. 「이 병동은 오늘
업무 종료예요. 원하시는 분은 내일 다시 오세요. 예약 시간
은 카드에 찍혀 있습니다.」

나는 내 카드를 내려다보았다. 아침 8시 30분이라고 찍혀
있었다.

30

다음 날은 운이 좋았다. 내 이름이 호명되었다. 이번엔 다른 의사였다. 나는 옷을 벗었다. 그는 뜨거운 흰 전등을 나에게 비추고 온몸을 살폈다. 나는 진찰대 가장자리에 앉아 있었다.

「흠, 흠. 아하⋯⋯.」 그가 말했다.

나는 거기에 앉았다.

「이렇게 된 지 얼마나 오래됐어요?」

「2년 정도요. 점점 심해져요.」

「아하.」

의사는 계속 살펴보았다.

「자, 거기 엎드려서 몸을 쭉 펴보세요. 곧 돌아올 테니.」

몇 분이 흐르고 갑자기 방 안에 사람들이 많이 들어왔다. 모두 의사였다. 적어도 의사처럼 보이고 의사처럼 말했다. 다들 어디서 왔을까? 나는 LA 카운티 종합 병원에는 의사가 거의 없는 줄 알았다.

「애크니 불가리스야. 내가 진료를 시작한 이래 가장 최악의 케이스인데!」

「환상적이야!」

「믿을 수 없군!」

「저 얼굴을 봐!」

「저 목은 어떻고!」

「애크니 불가리스가 있는 젊은 여자 환자 진료를 막 끝냈는데. 등에 가득하더라고. 환자가 울던데. 이렇게 말하는 거야. 〈제가 앞으로 어떻게 남자를 사귀겠어요? 등에 흉터가 영원히 남을 텐데. 자살하고 싶어요!〉 그런데 이 환자를 봐! 그 여자 환자가 이걸 보면 자기는 아무 불평할 게 없다는 걸 알게 될 텐데!」

얼간이 새끼들아, 나는 생각했다. 내가 너희 말을 듣고 있다는 것도 깨닫지 못하냐?

의사는 어떻게 해서 되는 건가? 아무나 다 받아 주나?

「환자가 자고 있나?」

「왜?」

「아주 잠잠해서.」

「아니, 자고 있는 것 같진 않은데. 자고 있어요?」

「네.」

그들은 뜨거운 흰 전등을 움직이며 내 몸 여러 부위에 비춰 댔다.

「돌아누워 봐요.」

나는 돌아누웠다.

「봐, 입안에도 병변이 있어!」

「음, 어떻게 치료하지?」

「전기 침으로 해야지…….」

「그래, 물론이지, 전기 침.」

185

「그래, 침으로 하자고.」
그렇게 결정되었다.

31

다음 날 나는 복도의 녹색 양철 의자에 앉아 호명되기를 기다렸다. 내 건너편에는 코에 이상이 생긴 남자가 앉아 있었다. 코가 몹시 붉고 껍질이 다 까져 있었으며 무척 퉁퉁하고 길어서 스스로 자라고 있는 것처럼 보였다. 부분에서 부분이 자라는 자리가 보였다. 코에 뭔가 감염되어 자라기 시작한 것 같았다. 나는 코를 보고 나서는 그를 쳐다보지 않으려고 했다. 그 남자가 나를 보지 않았으면 했다. 그의 기분을 나도 알았다. 하지만 남자는 무척 편안해 보였다. 뚱뚱했고 거기에 앉아 졸고 있었다.

그 남자의 이름이 먼저 불렸다. 「슬리스 씨?」

남자는 의자에 앉은 채로 약간 몸을 내밀었다.

「슬리스? 리처드 슬리스?」

「아? 네. 여기 있습니다……」 그는 일어서서 의사에게 갔다.

「오늘 기분이 어떻습니까, 슬리스 씨?」

「좋아요…… 괜찮아요……」

그는 의사를 따라 진료실로 들어갔다.

나는 한 시간 후 호출을 받았다. 나는 의사를 따라 몇 개의 자동문을 지나 다른 방으로 들어갔다. 그 방은 진료실보다 컸다. 나는 옷을 벗고 진찰대 위에 앉으라는 지시를 받았다. 의사가 나를 보았다.

　「증상이 진짜 심각하네요?」

　「네.」

　그는 등에 난 부스럼을 찔러 보았다.

　「아파요?」

　「네.」

　「뭐, 우린 배농(排膿)을 시도해 볼 겁니다.」

　의사가 기계를 켜는 소리가 들렸다. 윙윙대는 소리가 났다. 뜨거워지는 기름 냄새도 맡을 수 있었다.

　「준비됐어요?」

　「네.」

　의사가 전기 침을 내 등에 꽂았다. 내 몸에 구멍이 뚫리고 있었다. 통증이 어마어마했다. 방 안을 가득 채웠다. 피가 등을 타고 흐르는 것이 느껴졌다. 그러더니 의사는 침을 뺐다.

　「이제 하나 더 할 겁니다.」 의사가 말했다.

　의사는 침을 내게 꽂았다. 그러더니 침을 빼내고 세 번째 부스럼 위에 꽂았다. 다른 두 남자가 들어와 서서 구경했다. 그들도 아마 의사인 듯했다. 침이 다시 꽂혔다.

　「사람이 저런 침을 맞는 거 처음 봤어.」 그중 한 남자가 말했다.

　「환자는 아무런 내색도 않는데.」 다른 남자가 말했다.

　「당신들 나가서 간호사 엉덩이나 꼬집지 그래요?」 나는 그들에게 부탁했다.

「이것 봐, 애야, 우리한테 그런 식으로 말하면 안 되지!」

침이 다시 내 몸에 꽂혔다. 나는 대답하지 않았다.

「애가 기분이 고약한가 본데…….」

「그래, 물론이지, 바로 그거야.」

남자들은 나갔다.

「저들은 훌륭하고 전문적인 의사들인데.」 내 의사가 말했
다. 「그런 사람들에게 그렇게 막말하면 좋지 않아요.」

「계속 구멍이나 뚫으세요.」 나는 그에게 말했다.

그는 그렇게 했다. 침은 무척 뜨거워졌지만 그는 계속했다.
그는 등 전체에 구멍을 뚫었고 다음엔 가슴을 처리했다. 그
런 후에 내가 몸을 뺀자 그는 내 목과 얼굴에 구멍을 뚫었다.

간호사 한 명이 들어와 지시를 받았다. 「자, 애커먼 간호
사, 이…… 농포에서…… 고름을 완전히 빼줘요. 그런 다음에
피가 나면 계속 짜요. 완전히 배농해 내고 싶으니까.」

「알겠습니다, 그런디 선생님.」

「그러고 나서 자외선 치료기에 쏘여요. 우선 한쪽당 2분
씩…….」

「알겠습니다, 그런디 선생님.」

나는 애커먼 간호사를 따라 다른 방으로 갔다. 간호사는
내게 진료대 위에 누우라고 했다. 간호사는 휴지를 가져와
첫 번째 부스럼부터 시작했다.

「이렇게 하면 아픈가요?」

「괜찮아요.」

「가엾기도 하지…….」

「걱정 마세요. 이런 일을 하게 해서 제가 도리어 미안하네요.」

「가여워라…….」

애커먼 간호사는 처음으로 동정을 보인 사람이었다. 이상한 기분이었다. 30대 초반의 통통하고 키가 작은 간호사였다.

「학교에 다녀요?」 간호사가 물었다.

「아니, 쫓겨났어요.」

애커먼 간호사는 부스럼을 계속 짜면서 이야기했다.

「온종일 뭐해요?」

「그냥 침대에 있어요.」

「그거 참 안됐네.」

「아니, 괜찮아요. 난 좋아해요.」

「이거 아파요?」

「계속하세요. 괜찮아요.」

「종일 침대에 누워 있는 게 뭐가 좋아요?」

「아무도 만날 필요가 없으니까요.」

「그게 좋아요?」

「아, 그럼요.」

「온종일 뭐해요?」

「어떤 날엔 라디오를 들어요.」

「뭘 들어요?」

「음악요. 사람들 얘기하는 거랑.」

「여자애들 생각도 해요?」

「그럼요. 하지만 이젠 다 끝장이죠.」

「그런 식으로 생각하면 안 돼요.」

「머리 위로 날아가는 비행기 차트를 만들어요. 매일 같은 시간에 날아가거든요. 비행기 시간을 재요. 가령, 비행기 한 대는 오전 11시 15분에 지나간다는 것을 알아요. 11시 10분쯤 되면 엔진 소리가 나는지 귀를 기울여요. 첫 소리를 들으려

190

고 하죠. 어떤 때는 들었다고 생각이 드는데, 어떤 때는 잘 모르겠어요. 그때 소리가 나기 시작하죠. 확실히 저 멀리서. 그리고 소리가 더 강해져요. 그러면 오전 11시 15분이죠. 비행기가 머리 위로 지나갈 때 소리가 최대로 커져요.」

「그걸 매일 해요?」

「여기 오지 않을 때는요.」

「돌아누워 봐요.」 애커먼 간호사가 말했다.

나는 그렇게 했다. 그때 우리 옆 병동에 있는 남자가 비명을 지르기 시작했다. 우리는 정신과 병동 옆에 있었다. 남자는 정말로 시끄러웠다.

「저 사람에게 어떻게 하는 거예요?」 나는 애커먼 간호사에게 물었다.

「저분은 샤워 중이에요.」

「그거 가지고 저렇게 비명을 질러요?」

「네.」

「내 상태가 저 사람보다 훨씬 더 나쁜데.」

「아니, 안 그래요.」

나는 애커먼 간호사가 좋았다. 나는 그 여자를 몰래 훔쳐보았다. 얼굴은 둥글었고 별로 예쁘진 않았지만, 간호사 모자를 발랄하게 썼고 진갈색 눈은 커다랬다. 바로 그 눈이었다. 간호사가 휴지를 뭉쳐서 쓰레기통에 넣을 때 나는 그녀가 걸어가는 모습을 지켜보았다. 뭐, 이 여자는 그레디스 선생님만 못했고, 몸매가 멋진 다른 여자들도 많이 보았지만 이 여자에게는 뭔가 따뜻한 점이 있었다. 여자답게 굴려고 항상 의식하는 사람이 아니었다.

「얼굴을 다 하면, 자외선 치료기로 쏘여 줄 거예요. 다음 예약은 내일모레 오전 8시 30분이에요.」

그 후에 우리는 더 말하지 않았다.

그런 후에 간호사는 다 끝냈다. 나는 고글을 썼고, 애커먼 간호사는 자외선 치료기를 켰다.

기계에서는 똑딱거리는 소리가 났다. 평화로웠다. 자동 타이머 장치든지 달아오르는 전등에 붙은 금속 반사 장치에서 나는 소리 같았다. 편안하고 긴장이 풀리는 소리였지만, 생각해 보니 의사들이 내게 해준 모든 조치가 다 쓸모없다는 결론이 났다. 잘되어 봤자 침 때문에 남은 상처를 평생 동안 안고 살아가야 할 것 같았다. 그것만으로도 충분히 나빴지만, 정말 신경 쓰이는 건 그게 아니었다. 신경 쓰이는 것은 의사들이 나를 치료하는 법을 모른다는 것이었다. 그들의 논의와 태도에서 감지할 수 있었다. 그들은 주저했고 염려했지만 뭔가 관심도 없고 따분해했다. 결국 그들이 뭘 했는지는 중요하지 않았다. 그들은 그냥 뭔가, 뭐라도 해야만 했다. 아무것도 안 하는 건 너무 비전문적일 테니까.

그들은 가난한 자들을 실험해 보고 만약 효과가 있으면 그 치료법을 부자에게 썼다. 효과가 없더라도 실험해 볼 가난한 자들은 아직 많이 남아 있었다.

기계가 2분이 다 됐다는 경고음을 냈다. 애커먼 간호사가 들어와서 돌아누우라고 한 후, 기계를 다시 설정하고 나갔다. 그 여자는 내가 8년 동안 만난 사람 중 가장 친절했다.

32

구멍을 뚫고 고름을 짜내는 치료는 몇 주 동안 계속되었고 별다른 결과가 없었다. 부스럼이 하나 사라지면, 또 다른 부스럼이 나타났다. 나는 종종 거울 앞에 홀로 서서 어떻게 한 사람이 이렇게 못생겨질 수 있는지를 생각했다. 믿을 수 없는 기분으로 내 얼굴을 바라보았고, 돌아서서 등에 난 부스럼을 관찰했다. 나는 겁에 질렸다. 사람들이 쳐다보는 것도 당연했다. 사람들이 못된 말을 하는 것도 당연했다. 단순한 청소년 여드름 경우와는 달랐다. 염증이 되었고, 계속 가려웠으며, 커다랗고 부어올라 고름이 가득 찬 부스럼이 되었다. 나는 이런 식이 되도록 선택받은 듯, 혼자 튀는 기분이 들었다. 부모님은 내 상태에 대해 아무런 말을 하지 않았다. 그들은 여전히 정부 보조금으로 살아가고 있었다. 어머니는 일자리를 구하러 매일 아침 나가고, 아버지는 일하러 가는 양차를 타고 나갔다. 토요일이면 보조금으로 사는 사람들은 시장에서 공짜 식료품을 얻을 수 있었다. 주로 통조림으로, 어찌 된 영문인지는 모르나 항상 다진 고기 통조림이 있었다. 우리는 다진 고기 요리를 많이도 먹었다. 볼로냐 샌드위치도. 감자도. 어머니는 감자로 팬케이크를 만드는 법을 익혔다. 부모님은 토요일에 공짜 식료품을 얻으러 갈 때도 가장 가까운 시장엔 가지 않았다. 이웃들이 보고 우리가 실업 수당으로 산다는 것을 눈치챌까 두려웠기 때문이었다. 그래서 워싱턴 대로까지 3.5킬로미터를 걸어가 크렌쇼를 두 블록 지나야 있는 상점으로 갔다. 긴 거리였다. 부모님은 땀을 뻘뻘 흘리면서 다진 고기 통조림과 감자, 볼로냐 소시지와 당근이 가득 든 시장바구니를 들고 3.5킬로미터나 되는 길을 왕복했다. 아버지는 기름을 아끼려고 차를 가져가지 않았다. 있지도 않은 직장에 출퇴근하느라 그 기름을 써야 했다. 다른 아버지들은 그렇지 않았다. 그들은 그저 앞쪽 포치에 조용히 앉아 있거나 공터에서 편자 던지기 놀이를 했다.

의사는 얼굴에 바르라며 흰색 약을 주었다. 부스럼 위에 바르면 단단하게 굳어져 나는 회반죽 같은 몰골이 되었다. 그 약은 별로 도움이 되지 않았다. 어느 날 집에 혼자 있을 때, 나는 이 약을 얼굴과 몸에 바르려 했다. 팬티만 입고 서서 등에 부스럼이 난 자리까지 손을 뻗으려 할 때 목소리가 들렸다. 볼디와 그 애의 친구 지미 해처였다. 지미 해처는 잘생긴 애였고 잘난 척하는 녀석이었다.

「헨리!」 볼디가 부르는 소리가 들렸다. 그 애가 지미에게 말하는 소리도 들렸다. 그러더니 포치로 올라와 문을 두드렸다. 「어이, 행크. 볼디야! 문 열어!」

망할 바보 녀석. 나는 생각했다. 내가 아무도 만나고 싶어 하지 않는다는 걸 모르겠냐?

「행크! 행크! 볼디랑 짐이라고!」

볼디는 앞문을 계속 두드렸다.

그 애가 짐에게 말하는 소리가 들렸다. 「있잖아, 걔 봤다고! 걔가 여기 돌아다니는 거 봤어!」

「대답을 안 하잖아.」

「안으로 들어가 보자. 곤경에 처했을지도 모르잖아.」

이 바보야, 나는 생각했다. 난 너에게 친구가 되어 주었어. 아무도 너를 참아 주지 않을 때도 너랑 친구가 되어 주었다고. 그런데 지금 이 꼴이 뭐냐!

믿을 수가 없었다. 나는 복도로 뛰어가 벽장 안에 숨은 후 문을 살짝 열어 놓았다. 집으로 들어올 거라고는 생각하지 않았다. 하지만 들어왔다. 나는 뒷문을 열어 둔 것이었다. 걔들이 집 안을 돌아다니는 소리가 났다.

「여기 있을 텐데. 뭔가 안에서 움직이는 걸 봤단 말이야……」 볼디가 말했다.

하느님 맙소사, 나는 생각했다. 여길 내가 돌아다니는 것도 안 되냐? 난 이 집에 산단 말이다.

나는 어두운 벽장 속에 웅크리고 있었다. 애들에게 거기에 있는 꼴을 들킬 순 없었다.

나는 벽장문을 확 밀어젖히고 뛰어나갔다. 그 애들 둘이 거실에 있는 것이 보였다. 나는 그리로 뛰어갔다.

「여기서 나가, 이 개새끼들아!」

애들은 나를 보았다.

「여기서 나가라고! 너희들이 무슨 권리로 여길 들어와! 죽여 버리기 전에 여기서 나가라고!」

아이들은 뒤쪽 포치로 달려가기 시작했다.

「가! 가버리라고! 아니면 죽여 버릴 테니까!」

그들이 차로를 달려 인도로 빠져나가는 소리가 들렸다. 그 애들의 모습을 보고 싶지 않았다. 나는 침실로 들어가 침대 위에 대자로 누웠다. 대체 왜 재들은 날 보려고 했다지? 지들이 뭘 할 수 있다고? 할 수 있는 일이 아무것도 없었다. 더는 할 얘기도 없었다.

이틀 후 어머니는 직장을 구하러 나가지 않았고 그날은 내가 LA 카운티 종합 병원에 가는 날도 아니었다. 그래서 우리는 집에 함께 있었다. 마음에 들지 않았다. 나는 집에 혼자 있고 싶었다. 어머니가 집 안을 돌아다니는 소리를 들었고, 나는 내 침실에 그대로 머물렀다. 부스럼은 그 어느 때보다 심했다. 나는 비행기 차트를 확인했다. 오후 1시 20분 비행 예정 시각이었다. 나는 귀를 기울이기 시작했다. 비행기는 늦었다. 1시 20분이 되었고 비행기는 아직도 다가오는 중이었다. 비행기가 지난 후에 시간을 재보니 3분 늦었다. 그때 초인종이 울리는 소리가 들렸다. 어머니가 문을 여는 소리가 들렸다.

「에밀리, 어떻게 지내셨어요?」

「잘 있었냐, 케이티. 요샌 어떠냐?」

이젠 무척 늙어 버린 내 할머니였다. 두 사람이 애기하는 소리가 들렸지만 무슨 말인지는 분간할 수 없었다. 그러는 편이 고마웠다. 두 사람은 5분에서 10분 정도 이야기했고, 그때 그들이 복도를 따라 내 침실로 오는 소리가 들렸다.

「너희 모두를 묻어 버릴 거다.」 할머니의 말소리가 들렸다. 「애는 어디 있지?」

문이 열리더니 할머니와 어머니가 거기 서 있었다.

「안녕, 헨리.」 할머니가 말했다.

「할머니께서 너를 도와주러 여기까지 오셨어.」어머니가 말했다.

할머니는 커다란 가방을 들고 있었다. 할머니는 그걸 서랍장 위에 올려놓더니 거기서 거대한 은십자가를 꺼냈다.

「할머니께서 너를 도와주러 여기까지 오셨단다, 헨리…….」

할머니는 전보다 훨씬 더 사마귀가 늘은 데다 몸도 불었다. 할머니는 천하무적, 절대로 죽지 않을 사람처럼 보였다. 할머니는 너무 늙어서 이제 죽어 봤자 아무 의미가 없을 지경이었다.

「헨리, 엎드려 봐.」어머니가 말했다.

내가 엎드리자, 할머니가 내 위로 몸을 숙였다. 곁눈질로 보니 할머니가 거대한 십자가를 내 위에서 대롱대롱 흔들고 있었다. 나는 2년 전쯤 종교는 반대하기로 마음먹었다. 종교가 진실하다고 해도 사람들을 바보로 만들거나 바보들을 끌어모으기 마련이었다. 진실하지 않다면 바보들은 더욱더 바보였다.

하지만 이들은 내 할머니와 어머니였다. 나는 그들이 뜻대로 하게 놔두기로 했다. 십자가는 내 등, 내 부스럼, 내 몸 위에서 왔다 갔다 흔들렸다.

「주님.」할머니는 기도했다. 「이 불쌍한 아이의 몸에서 악마를 쫓아내 주소서! 그리고 저 모든 상처를 보십시오! 보기만 해도 구역질이 납니다. 주님! 저걸 **보십시오**! 이 소년의 몸 안에 살고 있는 악마입니다, 주님! 악마를 몸 안에서 쫓아내 주십시오, 주님!」

「몸 안에서 악마를 쫓아내 주소서, 주님!」어머니가 따라했다.

내게 필요한 건 괜찮은 의사야, 나는 생각했다. 대체 이 여자들은 왜 이렇게 된 걸까? 어째서 나를 가만두지 않을까?

「주님.」할머니는 계속했다. 「어째서 악마가 이 아이의 몸에 살도록 허락하셨나요? 악마가 이를 즐기고 있는 것이 보이지 않으시나요? 이 상처를 보십시오. 오, 주님. 보기만 해도 토할 것 같습니다! 붉고 커다랗고 그득그득합니다!」

「제 아들의 몸 안에서 악마를 쫓아내 주소서!」어머니가 외쳤다.

「주님이 악마로부터 우리를 구해 주시기를!」할머니가 외쳤다.

할머니는 십자가를 들어 내 등 한가운데에 꽂았다. 피가 확 솟구치며 처음에는 뜨거웠다가, 갑자기 차가워졌다. 나는 돌아누워 침대 위에 앉았다.

「대체 무슨 짓거리를 하는 거예요?」

「주님이 악마를 몰아내 주실 수 있게 구멍을 만들고 있다.」할머니가 말했다.

「좋아요. 두 분 다 여기서 나가세요, 빨리요! 내 말 알아들어요?」

「아직 악마에 씌었어!」할머니가 외쳤다.

「여기서 빨리 꺼지라고요!」나는 고함을 내질렀다.

충격을 받고 실망한 그들은 나가면서 문을 닫았다.

나는 욕실로 가, 화장지를 뭉쳐서 지혈하려 했다. 화장지를 떼고 들여다보았다. 피에 흠뻑 젖어 있었다. 나는 화장지를 새로 가져와 한동안 등에 대고 눌렀다. 그런 다음 요오드팅크를 가져왔다. 나는 요오드팅크를 상처에 바르려고 등으

198

로 손을 뻗었다. 버거웠다. 마침내 포기했다. 어쨌든 누가 등짝에 감염되었다는 소리를 들어 본 적이 있나? 살거나 죽거나 둘 중 하나다. 등은 얼간이 의사들도 절단할 방법을 모르는 자리였다.

침실로 돌아와 침대에 누워 목까지 이불을 끌어다 덮었다. 천장을 보며 혼잣말을 했다.

좋아요, 하느님. 당신이 여기에 정말로 있다고 칩시다. 당신이 나를 이런 곤경에 몰아넣었어. 나를 시험하고 싶다 이거지. 내가 당신을 시험해 보면 어떻겠어? 당신이 거기에 없다고 말하면 어떻겠냐고? 당신은 나에게 저런 부모와 부스럼이라는 최고의 시험을 내놨어. 난 당신의 시험을 통과한 것 같은데. 내가 당신보다 강하다고. 당신이 지금 당장 여기로 내려오면, 얼굴에 침을 뱉어 줄 거야. 당신한테 얼굴이 있다면 말이지. 그리고 당신 말야, 똥도 싸나? 신부가 그 질문엔 절대 대답을 안 하더라고. 우리한테 의심하지 말라고만 했어. 뭘 의심해? 나를 너무 지독하게 괴롭히니까 나도 여기 내려와 보라고 하는 거잖아! 당신에게 시험을 내주게!

나는 기다렸다. 아무 일도 없었다. 나는 신을 기다렸다. 기다리고 또 기다렸다. 그러다 잠이 든 것 같다.

나는 절대로 똑바로 누워서 잔 적이 없었다. 하지만 잠에서 깼을 땐 등을 대고 똑바로 누워 있었고 그 사실에 놀랐다. 다리를 구부리고 있어서 담요에 덮인 모습이 산처럼 보였다. 그리고 내 앞에 있는 담요 산을 바라보았을 때 두 눈이 나를 빤히 보고 있었다. 어둡고 검고 텅 빈 눈이……. 나를 후드 아래에서, 마치 큐-클럭스-클랜[17] 단원처럼 뾰족하게 높이 솟은 검은 후드 아래에서 바라보고 있었다. 계속 나를 바라보

199

왔다. 검고 텅 빈 눈이. 내가 할 수 있는 일은 아무것도 없었다. 나는 정말로 겁에 질렸다. 나는 생각했다. 하느님인가. 하지만 하느님이 저렇게 생겨선 안 되잖아.

나는 내려다볼 수 없었다. 움직일 수 없었다. 그것은 그 자리를 뜨지 않고 내 무릎 위 둔덕과 담요 위에서 나를 바라보고만 있었다. 나는 도망치고 싶었다. 그것이 가줬으면 싶었다. 그것은 강력하고 검고 무시무시했다.

그렇게 몇 시간 동안 남아 나를 가만히 바라보기만 했다.

그런 후에 사라졌다…….

나는 계속 그것을 생각하며 침대에 누워 있었다.

그걸 하느님이라고 믿을 수는 없었다. 그런 옷을 입은 게. 그렇다면 싸구려 속임수일 터였다.

물론, 환상이었다.

나는 10분에서 15분 동안 그것을 생각했다. 그런 다음 일어나서 할머니가 아주 오래전에 주었던 작은 갈색 상자를 가지러 갔다. 그 안에는 성경 말씀이 적힌 작은 두루마리가 들어 있었다. 작은 두루마리는 각각 다른 칸막이 안에 들어 있었다. 누군가 질문을 하고 그 안의 두루마리 하나를 꺼내면 그 질문에 대한 답이 나오도록 되어 있었다. 이전에도 한 번 해봤지만 쓸모없다고 생각했다. 이제 나는 다시 한 번 해보았다. 갈색 상자에게 물었다. 「그게 무슨 뜻이었지? 그 눈은 무슨 뜻이었지?」

나는 종이 하나를 꺼내 펼쳐 보았다. 작고 빳빳한 흰색 종이였다. 나는 두루마리를 펼쳐 읽었다.

17 남북 전쟁 후에 생겨난 인종 차별주의적 극우 비밀 조직. 흔히 KKK단으로 불린다.

주님은 너를 저버리셨다.

나는 종이를 다시 말아 갈색 상자의 칸막이 안에 도로 집어넣었다. 믿을 수가 없었다. 나는 침대로 돌아가 그 생각을 했다. 너무 간단하고, 너무 직접적이었다. 나는 믿을 수가 없었다. 현실로 돌아가기 위해 자위를 할까 생각해 보았다. 여전히 믿을 수가 없었다. 나는 다시 일어나서 갈색 상자 안에 있는 작은 종이를 모조리 풀어 보기 시작했다. 〈주님은 너를 저버리셨다〉라고 쓰인 두루마리를 찾고 있었다. 모든 종이를 풀어 보았다. 그중 어떤 종이에도 그렇게 쓰여 있지 않았다. 나는 전부 다 읽었지만, 그중 어떤 것에도 그렇게 쓰여 있지 않았다. 나는 종이들을 접어 조심스레 갈색 상자의 칸막이 안에 넣었다.

그동안 부스럼은 더 심해졌다. 나는 계속 7번 전차를 타고 LA 카운티 종합 병원에 다녔고 내 고름을 짜주는 간호사인 애커먼 간호사에게 사랑을 느끼기 시작했다. 찌르는 듯한 통증에 시달릴 때마다 내 안에 용기가 차오른다는 사실을 그녀는 결코 모를 것이었다. 피와 고름의 공포에도, 그녀는 언제나 인간적이고 친절했다. 그녀에 대한 내 사랑의 감정은 성적인 것이 아니었다. 나는 그저 그녀가 빳빳하게 풀 먹인 하얀색으로 나를 감싸고, 이 세상에서 우리가 영원히 함께 사라져 버릴 수 있기를 바랐을 뿐이었다. 그렇지만 그녀는 절대로 그렇게 하지 않았다. 애커먼 간호사는 무척 현실적이었다. 오로지 나에게 다음 예약이 언제인지만 알려 줬을 뿐이었다.

33

자외선 치료기가 딸깍 꺼졌다. 양쪽 다 치료를 받았다. 나는 고글을 벗고 옷을 입기 시작했다. 애커먼 간호사가 들어왔다.

「아직 안 끝났어요. 옷을 벗은 채로 있으세요.」

대체 나한테 무슨 짓을 하려는 걸까? 나는 생각했다.

「진찰대 가장자리에 앉으세요.」

나는 거기에 앉았고, 간호사는 내 얼굴에 연고를 문지르기 시작했다. 되직한 버터 같은 약이었다.

「의사 선생님들이 새로운 접근법을 써보기로 결정했어요. 우리는 배출 효과를 내기 위해서 환자분 얼굴을 붕대로 감을 거예요.」

「애커먼 간호사님, 코가 큰 남자는 어떻게 된 거예요? 코가 계속 자라는 남자는?」

「슬리스 씨요?」

「코가 큰 남자요.」

「그분이 슬리스 씨예요.」

「그 사람 더 이상 안 보이던데. 치료되었나요?」

「돌아가셨어요.」

「코가 크다고 죽었단 말이에요?」

「자살이었어요.」 애커먼 간호사는 계속 연고를 발라 나갔다.

그때 옆 병동에서 한 남자가 비명을 지르는 소리가 들렸다.

「조, 어디 있어? 조, 돌아오겠다고 했잖아! 조, 어디 있어?」

목소리가 크고 무척 슬펐으며, 굉장한 고통에 차 있었다.

「이번 주 들어 매일 오후마다 저래요. 그래도 조는 데리러 오지 않을 거예요.」 애커먼 간호사가 말했다.

「저 사람 도와줄 수 없나요?」

「모르겠어요. 결국 진정제를 놔주긴 하겠죠. 제가 붕대를 감을 동안 한 손가락으로 이 솜 좀 잡고 있으세요. 거기요. 그래요. 됐어요. 이제 놓으세요. 좋아요.」

「조! 조! 돌아오겠다고 했잖아! 어디 있어, 조?」

「자, 손가락으로 이 솜을 누르세요. 거기요. 거길 잡으세요. 제가 이제 붕대로 잘 싸 드릴 테니까요. 거기, 이제 드레싱을 고정할게요.」

그런 후에 간호사는 일을 마쳤다.

「좋아요, 옷을 입으세요. 내일모레 보아요. 잘 가요, 헨리.」

「안녕히 계세요, 애커먼 간호사님.」

나는 옷을 입고 방을 나가 복도를 걸어 내려갔다. 로비에 있는 담배 자판기에는 거울이 붙어 있었다. 나는 거울을 들여다보았다. 대단했다. 머리 전체에 붕대를 감아 놓았다. 나는 온통 흰색이었다. 눈과 입과 귀, 그리고 정수리에 삐죽 올라온 머리카락 몇 움큼을 빼고는 아무것도 보이지 않았다. 나는 **가려졌다.** 근사했다. 나는 서서 담배에 불을 붙이고 로비를 둘러보았다. 입원 환자 몇 명이 앉아 잡지와 신문을 읽고 있었다. 나는 아주 특별하고 조금 사악한 존재가 된 기분이었다. 누구도 내게 무슨 일이 일어났는지 알지 못했다. 교통사고. 치명적인 싸움. 살인. 화재. 아무도 알지 못했다.

나는 로비를 걸어 나가 건물을 빠져나와 보도 위에 섰다. 아직도 그 소리가 들렸다. 「조! 조! **어디 있어, 조!**」

조는 오지 않을 것이었다. 다른 인간을 신뢰해 봤자 아무 소용이 없다. 인간은 무슨 대가를 치르든 간에 신뢰를 얻지 못한다.

돌아가는 전차 안에서 나는 머리에 붕대를 감은 채 뒷자리에 앉아 담배를 피웠다. 사람들이 쳐다보았지만 나는 신경 쓰지 않았다. 그들의 눈에는 이제 놀라움보다는 두려움이 더 실려 있었다. 나는 이런 식으로 영원히 살았으면 좋겠다고 생각했다.

종점까지 가서 내렸다. 오후는 저녁이 되었고, 나는 워싱턴 대로와 웨스트뷰 로가 교차하는 모퉁이에 서서 사람들을 구경했다. 직업을 가진 몇 안 되는 사람들이 퇴근 중이었다. 내 아버지도 이제 곧 가짜 직장에서 퇴근해서 집으로 돌아올 것이었다. 나는 직업이 없었다. 학교에 가지 않았다. 아무것도 하지 않았다. 나는 붕대를 감았고 담배를 피우면서 길모퉁이에 서 있었다. 나는 강한 남자였고, 위험한 남자였다. 세상사를 알았다. 슬리스는 자살했다. 나는 자살하지 않을 것이다. 차라리 누군가를 죽이는 게 낫다. 네다섯 명은 데리고 갈 거다. 그들에게 나를 가지고 노는 게 어떤 의미인지 보여 줄 거다.

한 여자가 길을 걸어 내 쪽으로 왔다. 여자의 다리가 예뻤다. 먼저 나는 여자의 눈을 똑바로 쳐다보았다가 그 여자의 다리를 내려다보았다. 그 여자가 지나갈 때 나는 그녀의 엉덩이를 보았고, 그 엉덩이에 넋을 잃었다. 나는 그녀의 엉덩이와 실크 스타킹의 솔기를 기억했다. 붕대가 없었더라면 절대로 하지 못했을 일이었다.

34

다음 날 침대에 누워 비행기를 기다리기에도 지쳤던 나는 고등학교 수업 필기용으로 샀던 커다란 노란색 공책을 발견했다. 공책은 비어 있었다. 나는 펜을 찾아냈다. 나는 공책과 펜을 들고 침대로 돌아갔다. 그림을 조금 그렸다. 하이힐을 신고 다리를 꼬고 앉아 치마가 위로 끌려 올라간 여자들을 그렸다.

그런 다음 글을 쓰기 시작했다. 제1차 세계 대전에 참전했던 독일 비행사에 관한 글이었다. 폰 힘렌 남작. 그는 빨간 포커기를 몰았다. 동료 비행사들에게는 별로 인기가 없었다. 그는 그들과 이야기를 나누지 않았다. 혼자 술을 마셨고, 혼자 하늘을 날았다. 그는 여자들을 별로 신경 쓰지 않았지만, 여자들은 모두 그를 사랑했다. 그런 일에는 초월한 사내였다. 그는 너무 바빴다. 연합군 비행기를 격추하느라 바빴다. 벌써 그는 110대를 격추했는데도 전쟁이 끝나지 않았다. 그가 〈10월의 죽음의 새〉라고 부르는 붉은 포커기는 사방에 알려졌다. 심지어 적의 지상군도 머리 위로 그가 날아갈 때면 알아보았고, 그는 적의 총격을 받으면서도 웃어넘기며 샴

페인 병을 작은 낙하산에 매달아 떨어뜨렸다. 폰 힘렌 남작이 한번 공격을 받으면 최소한 연합군 비행기 다섯 대가 달려들었다. 그는 얼굴에 흉터가 있는 못생긴 남자였지만, 한참을 바라보고 있자면 아름다웠다. 그의 눈, 스타일, 용기, 격렬한 고독 안에 아름다움이 있었다.

나는 남작의 전투에 대해 몇 페이지나 써 내려갔다. 그는 비행기 서너 대를 격추하고 거의 아무것도 남아 있지 않은 빨간 포커기를 타고 도로 날아왔다. 남작은 아직도 덜컹덜컹 굴러가는 비행기에서 뛰어내려 바로 향한 후 술병을 들고 탁자에 홀로 앉아 여러 개의 잔에 술을 쏟아부은 후 빈 잔들을 쿵쿵 내려놓았다. 아무도 남작처럼 마시지 않았다. 다른 사람들은 그저 바에 서서 그를 구경했다. 한번은 다른 비행사가 말했다. 「뭐야, 힘렌? 자넨 우리보다 훨씬 잘났다고 생각하는 거야?」 빌리 슈미트, 그 부대에서 가장 덩치가 크고 강한 녀석이었다. 남작은 술을 다 마신 후 잔을 내려놓고 일어서서, 바 앞에 선 빌리에게로 천천히 걸어갔다. 다른 비행사들은 뒷걸음질 쳤다.

「맙소사, 뭐 **하는** 거야?」 남작이 다가오자 빌리가 물었다.

남작은 대답도 하지 않고 천천히 빌리에게로 다가갔다.

「맙소사, 남작. 그냥 **농담이었다고**! 어머니의 이름을 걸고 말할게! 내 말 들어 봐, 남작…… 남작…… 적은 **도처에** 널려 있어! 남작!」

남작은 오른손을 날렸다. 눈에 보이지도 않을 정도였다. 주먹은 빌리의 얼굴에 명중하고 그는 바 위로 날아가 완전히 뒤집혀 버렸다! 빌리는 대포알처럼 바 거울을 들이받았고 병들이 굴러떨어졌다. 남작은 시가를 한 대 꺼내 불을 붙인 후

자기 탁자로 돌아가서는 자리에 앉아 또다시 술을 따랐다. 그 후 사람들은 남작의 비위를 거스르지 않았다. 바 뒤에서 그들은 빌리를 일으켰다. 얼굴이 피투성이였다.

남작은 하늘에서 비행기를 한 대 또 한 대 격추했다. 아무도 그를 이해하는 것 같지 않았고, 아무도 그가 빨간 포커기를 어떻게 그렇게 능숙하게 다루게 되었는지, 다른 특이한 방법들을 어떻게 익혔는지 알 수 없었다. 가령 싸움처럼. 혹은 우아한 걸음걸이처럼. 그는 계속 나아갔다. 가끔 운이 나쁠 때도 있었다. 어느 날 연합군 비행기 세 대를 격추하고 돌아가는 길에 적진의 전선 위를 낮게 날다가 산탄에 맞았다. 산탄은 그의 오른쪽 손목을 날려 버렸다. 그는 빨간 포커기를 간신히 제대로 돌려놓을 수 있었다. 그때부터 그는 본래의 오른손 대신 강철로 만든 손목으로 비행기를 몰았다. 조종에는 아무런 영향을 주지 않았다. 바에서 만나는 동료들은 그에게 이야기할 때면 전보다 훨씬 더 조심했다.

그 후에 남작에게는 더 많은 일들이 벌어졌다. 두 번, 그는 무인 지대에 추락했고 그럴 때마다 반죽음 상태로 철조망과 화염, 적의 폭격을 뚫고 비행 중대로 기어 왔다. 여러 번 그의 동료들은 그가 죽은 줄 알고 포기하기도 했다. 한번은 여드레 동안 실종되었고 다른 비행사들은 바에 앉아 그가 얼마나 특출한 사내였는지를 이야기했다. 그런데 그들이 고개를 들어보니 남작이 문간에 서 있었다. 여드레 동안 기른 턱수염, 찢어지고 흙이 묻은 제복, 붉게 충혈된 눈, 바의 불빛에 번득이는 강철 손. 그는 거기 서서 말했다. 「여기에 끝내주게 좋은 위스키가 있어야 할걸, 아니면 여길 다 부수어 버릴 테니까!」

남작은 계속해서 마법과 같은 일을 벌였다. 공책의 반이 폰 힘렌 남작의 이야기로 채워졌다. 남작에 대한 글을 쓰고 있노라니 기분이 좋았다. 남자에겐 누군가가 필요하다. 주위에 아무도 없다면 누군가를 지어내야 한다. 사내라면 마땅히 **되어야 할** 그런 인간으로 지어내야 한다. 그건 거짓도 속임수도 아니었다. 오히려 그 반대가 거짓과 속임수였다. 주위에 그와 같은 사람이 아무도 없는 삶을 살아가는 것.

35

붕대는 도움이 되었다. LA 카운티 종합 병원에서는 마침내 뭔가 해결책을 발견해 냈다. 부스럼은 가라앉았다. 사라지는 않았지만 약간 납작해졌다. 그래도 다시 새살이 돋기 시작해 솟아 올랐다. 그들은 내게 구멍을 뚫고 다시 감쌌다.

드릴을 이용한 치료 과정은 끝이 없었다. 서른둘, 서른여섯, 서른여덟 번. 더는 의료용 드릴에 대한 공포는 없었다. 결코 있었던 적 없었다. 오로지 분노뿐이었다. 하지만 분노도 사라졌다. 내 쪽에선 체념도 없었다. 오로지 혐오, 내게 일어났던 건 혐오뿐이었다. 아무것도 하지 못하는 의사들에 대한 혐오였다. 그들은 무력했고 나도 무력했지만, 유일한 차이는 내가 희생자라는 것이었다. 그들은 집에 돌아가 삶을 누리고 잊어버릴 수 있었지만, 나는 꼼짝없이 똑같은 얼굴을 들고 다녀야만 했다.

하지만 내 삶에도 변화가 있었다. 아버지가 일자리를 찾았다. 아버지는 LA 카운티 박물관 시험을 통과해 경비원 자리를 얻었다. 아버지는 시험에 강했다. 수학과 역사를 좋아했다. 시험에 통과했고 마침내 매일 아침 갈 곳을 얻었다. 경비

직에 세 자리가 비었는데, 아버지가 그중 하나를 차지했다.

LA 카운티 종합 병원은 어떻게 해결책을 알아냈고 애커먼 간호사는 어느 날 내게 말했다. 「헨리, 이게 마지막 치료예요. 당신이 보고 싶을 거예요.」

「아, 무슨 말이에요. 농담 마세요. 내가 전기 침을 보고 싶어 하는 만큼 나를 보고 싶어 하겠죠.」 내가 말했다.

하지만 간호사는 그날 무척 이상했다. 그 커다란 눈에는 눈물이 고였다. 그녀가 코를 푸는 소리가 들렸다.

간호사 한 명이 그녀에게 묻는 소리가 들렸다. 「왜 그래, 재니스? 무슨 일 있어?」

「아무것도 아냐. 괜찮아.」

불쌍한 애커먼 간호사. 나는 열다섯 살이었고 그녀와 사랑에 빠졌지만 온몸이 부스럼투성이었고 우리 둘 다 할 수 있는 일은 아무것도 없었다.

「됐어요. 이게 마지막 자외선 치료예요. 배를 깔고 누워요.」 그녀가 말했다.

「이제 이름을 알았네요.」 나는 그녀에게 말했다. 「재니스. 예쁜 이름인데요. 간호사님에게 어울려요.」

「아, 입 다물어요.」 그녀가 말했다.

첫 번째 버저가 울렸을 때 나는 한 번 더 그녀를 보았다. 나는 돌아누웠고 재니스는 치료기를 다시 설정한 후 방을 나갔다. 두 번 다시 그녀를 보지 못했다.

아버지는 공짜가 아닌 의사들은 믿지 않았다. 「시험관에 오줌 받아 오라고 시켜 놓고 돈을 가져가지. 자기는 베벌리힐스에서 마누라랑 살면서 말야.」 아버지가 말했다.

하지만 일단 나를 다른 의사에게 보내 주기는 했다. 입 냄새가 나고 농구공처럼 머리가 둥근 의사였다. 다만 그에게는 작은 눈이 두 개 있지만, 농구공엔 눈이 없다는 것만이 다를 뿐이었다. 나는 아버지를 좋아하지 않았지만, 이 의사라고 더 나을 것이 없었다. 의사는 말했다. 튀긴 음식 금지, 그리고 당근 주스를 마셔라. 그게 다였다.

나는 다음 학기에 고등학교에 재입학할 거라고 아버지가 말했다.

「난 사람들이 물건을 훔치지 못하게 막느라 꽁지 빠져라 일하는데 말야. 어제 어떤 검둥이 녀석이 진열장 유리를 깨고 희귀 동전을 훔쳐 갔어. 그 개자식을 잡았지. 계단을 함께 굴렀다고. 다른 경비원이 올 때까지 그놈을 붙잡고 있었지. 나는 매일 목숨을 건단 말이야. 그런데 너는 엉덩이 깔고 앉아서 뭐하냐? 엉덩이로 바닥 닦냐? 너는 기술자가 되어야 할 거다. 그런데 공책에다 치마를 엉덩이까지 끌어 올린 여자들 그림이나 그리고 있는데, 어떻게 네가 기술자가 된단 말이야? 그릴 수 있는 게 **그게** 다야? 차라리 꽃이나 산이나 바다를 그리면 어때? 학교로 돌려보내 주마!」

나는 당근 주스를 마시고 재입학을 기다렸다. 오로지 한 학기만 놓쳤을 뿐이었다. 부스럼은 다 낫지 않았지만, 이전만큼 나쁘진 않았다.

「당근 주스에 돈이 얼마나 드는지 알아? 네가 마시는 그 망할 당근 주스 값이 내 시급에 맞먹는다고!」

라 시에네가에서 공립 도서관을 발견했다. 도서관 카드를 발급받았다. 도서관은 웨스트 애덤스 가의 오래된 교회 가까이에 있었다. 아주 작은 도서관이었고, 그곳엔 사서가 한 명밖에 없었다. 그녀는 고상했다. 서른여덟이나 됐을까 싶었지만, 순백이 된 머리를 꽉 틀어 올려 목 뒤로 묶었다. 코는 날카로웠고 무테 안경 뒤의 눈은 진한 녹색이었다. 나는 그녀가 모든 것을 안다고 느꼈다.

도서관을 어슬렁거리며 책을 찾았다. 책을 하나하나 책장에서 꺼냈다. 하지만 모두 속임수였다. 모두 지루했다. 아무것도 말해 주지 않는 단어들이 몇 페이지씩 이어졌다. 혹은 뭔가 말하긴 해도 그러기까지 너무 오래 걸려서 마침내 말을 해줄 때는 너무 지겨워져 전혀 중요하지 않게 되었다. 이런저런 책을 시험해 보았다. 확실히, 모든 책 중에 딱 **한 권**이 있었다.

매일 나는 애덤스와 라 브리 사이에 있는 도서관으로 걸어갔고 그곳엔 내 사서가 있었다. 엄격하고 빈틈없으며 조용한 사람. 나는 계속해서 책을 책장에서 끄집어냈다. 내가 찾은 첫 번째 진짜 책은 업턴 싱클레어라는 이름의 남자가 지은 것이었다. 문장은 단순했고, 그는 분노를 섞어 말했다. 분노를 섞어서 썼다. 그는 시카고의 돼지 우리에 대해 썼다. 그는 단도직입적으로 이야기를 꺼냈고 사물을 간결하게 설명했다. 그런 후에 다른 작가를 발견했다. 그의 이름은 싱클레어 루이스였다. 그리고 그 책은 『메인 스트리트』라고 했다. 그는 사람들을 겹겹이 싼 위선을 벗겨 냈다. 다만 그에겐 열정이 결여되어 있는 것 같았다.

나는 좀 더 찾으러 돌아갔다. 나는 하루저녁에 한 권씩 읽었다.

어느 날 사서를 흘끔흘끔 쳐다보며 어슬렁거리다가 『나무와 돌에 절하라Bow Down to Wood and Stone』는 제목의 책을 마주쳤다. 뭐, 제목이 좋았다. 그건 우리 모두가 하는 일이니까. 마침내 발사! 나는 책을 폈다. 조세핀 로런스가 지은 책이었다. 여자. 그건 괜찮았다. 누구나 지식을 발견할 수는 있는 거니까. 나는 책장을 넘겼다. 하지만 그 책은 다른 책들과 마찬가지였다. 흐릿하고 모호하고 지루했다. 나는 그 책을 도로 책장 위에 가져다 놓았다. 그때 가까이 있던 어떤 책에 손이 닿았다. 그건 다른 로런스가 지은 책이었다. 나는 아무 페이지나 펴서 읽기 시작했다. 그것은 피아노 치는 한 남자에 대한 책이었다. 처음에는 얼마나 가식적으로 보이던지. 그러나 나는 계속 읽어 나갔다. 피아노 치는 남자는 문제가 있었다. 그는 마음속으로 이런저런 이야기를 했다. 어둡고 기이한 것들이었다. 그 페이지의 대사는 한 인간의 절규처럼 팽팽하게 당겨져 있었지만, 〈조, 어디에 있어?〉 같지는 않았다. 그보다는 〈조, 어디에 뭔가 있긴 한 거야?〉에 가까웠다. 팽팽하고 피투성이인 대사를 쓰는 이 로런스. 이전에는 들어본 적 없는 이름이었다. 어째서 비밀이었지? 어째서 광고하지 않은 걸까?

나는 하루에 한 권씩 책을 읽었다. 나는 도서관에 있는 D. H. 로런스 책을 다 읽었다. 사서는 내가 책을 대출할 때마다 이상하게 바라보기 시작했다.

「오늘은 어때요?」 그녀는 묻곤 했다.

그 인사는 항상 참 멋지게 들렸다. 나는 벌써 그녀와 잠자리를 가진 듯한 느낌이 들었다. 나는 D. H.의 책을 다 읽었고, 그 책은 나를 다른 작품으로 이끌었다. 여자 시인인 H.

D.[18]에게로. 그리고 헉슬리. 헉슬리 중 막내이자 로런스의 친구였던 그 작가에게로. 그 모든 작품이 내게 밀려들었다. 한 책이 다른 책으로 안내했다. 더스패서스가 따라왔다. 사실 아주 좋지는 않았지만 그럭저럭 좋았다. 그의 미국 3부작은 너무 길어서 읽는 데 하루가 더 걸렸다. 드라이저는 내게 별 감흥을 전해 주지 못했다. 셔우드 앤더슨은 줬다. 그리고 헤밍웨이가 따라왔다. 얼마나 전율이 일었는지! 그는 대사를 쓸 줄 아는 작가였다. 그건 기쁨이었다. 낱말들은 지루하지 않았고, 마음으로 하여금 콧노래를 부르게 하는 것들이었다. 그것들을 읽고 마법에 몸을 맡기면 무슨 일이 일어나더라도 고통 없이 희망을 갖고 살 수 있었다.

　하지만 집에 돌아오면…….
「불 꺼」 아버지는 고함을 지르곤 했다.
　나는 이제 러시아 소설을 읽고 있었다. 투르게네프와 고리키를 읽었다. 아버지의 규칙은 오후 8시가 지나면 집 안의 불을 다 꺼야 한다는 것이었다. 아버지는 다음 날 아침 상쾌하고 효율적인 기분으로 출근할 수 있도록 일찍 자기를 원했다. 집에서 아버지가 하는 대화라고는 항상 〈일〉에 대한 것뿐이었다. 아버지는 저녁에 현관에 들어선 순간부터 잠들 때까지 어머니에게 자기 〈일〉에 대해 이야기했다. 아버지는 승진하겠다는 굳은 결심을 하고 있었다.
「좋아. 그 망할 책들은 이제 그만하면 됐어! 불 꺼!」
　내게는, 뜬금없이 나타나 내 삶에 끼어든 이 사람들이 유일한 기회였다. 그들은 내게 말을 걸어 주는 유일한 목소리

18 미국의 시인 Hilda Doolittle을 가리킨다.

였다.

「알았어요.」나는 말하곤 했다.

그런 후에 나는 독서등을 켜고 담요로 기어들어 그 밑에 베개를 끌어다 놓고 새 책을 베개 위에 기대어 놓고 이불 속에서 읽었다. 그러면 무척 뜨거워졌다. 전등은 뜨거워졌고 숨쉬기가 불편했다. 나는 공기가 통하게 하려고 담요를 들어 올리곤 했다.

「그거 뭐야? 지금 불빛 보인 거 아냐? 헨리, 너 전등 다 껐냐?」

나는 재빨리 이불을 다시 내리고 아버지의 코 고는 소리가 들릴 때까지 기다렸다.

투르게네프는 무척 진지한 사내였지만, 웃기기도 했다. 처음 맞닥뜨린 진실이란 무척 우스울 수도 있기 때문이었다. 다른 사람의 진실이 나의 진실과 같을 때, 그가 마치 그것을 나를 위해서만 말해 주는 것만 같다. 근사한 경험이었다.

그처럼, 나는 밤에 이불 밑에서 과열된 독서등을 켜고 책을 읽었다. 그 모든 멋진 대사들에 숨 막혀 하며 읽었다. 그것은 마법이었다.

그리고 아버지가 일자리를 찾았을 때, 그것도 아버지에게는 마법이었다…….

36

첼시 고등학교에 돌아갔을 때는 똑같았다. 상급생 한 무리는 졸업을 해버렸지만, 스포츠카를 타고 비싼 옷을 입은 다른 무리가 그 자리를 대신했다. 나는 결코 그들과 맞서지 않았다. 그들은 나를 내버려 두었다. 나를 무시했다. 그들은 여자애들과 노닥거리느라 바빴다. 그들은 교실 안에서건 밖에서건 가난한 애들에게 결코 말을 걸지 않았다.

두 번째 학기에 진입하고 일주일가량 되었을 때, 나는 저녁을 먹으며 아버지에게 말했다.

「저기요, 학교 다니기 너무 힘들어요. 일주일에 용돈이 50센트잖아요. 1달러로 올려 주시면 안 돼요?」

「1달러?」

「그래요.」

아버지는 얇게 썬 비트 피클을 포크로 찍어 입에 넣고 씹었다. 그러더니 말려 올라간 속눈썹 아래로 나를 쳐다보았다.

「내가 너한테 일주일에 1달러씩 주면, 1년에 52달러를 준다는 뜻이다. 그러면 나는 네게 용돈을 주려고 내 **주급**만큼 일해야 한다는 뜻이지.」

나는 대답하지 않았다. 하지만 생각했다. 맙소사, 그런 식으로 따져서 항목을 하나하나 세면 아무것도 살 수가 없다고요. 빵, 수박, 신문, 밀가루, 우유, 면도 크림. 나는 더는 말하지 않았다. 너무 싫을 땐 애원하지도 않게 되는 법이었으니까…….

부유한 애들은 쏜살같이 차를 몰며 드나들기를 좋아했다. 민첩하게, 타이어 고무가 탄내 나도록 미끄러졌다. 그 애들의 차가 햇빛에 반짝거리고 여자애들은 그 주위를 에워쌌다. 수업은 장난이었다. 아이들 모두 어딘가 대학에 갈 거고, 수업은 그저 습관적으로 하는 애들 장난이었다. 책을 가지고 공부하는 것 한 번 못 봤지만 다들 좋은 성적을 받았다. 볼 수 있는 거라곤 그 애들이 꺅꺅거리며 웃어 대는 여자애들을 태우고 타이어 고무 탄내 풍기면서 도로를 휙 돌아가는 모습뿐인데도. 나는 주머니에 50센트를 넣고 그 애들을 구경했다. 나는 심지어 운전도 못했다.

그동안 가난한 애들과 지질한 애들, 멍청한 애들이 내 주위에 몰려들기 시작했다. 나는 풋볼 관중석 아래에 도시락 먹기 좋은 장소를 하나 만들어 두었다. 나는 볼로냐 샌드위치 두 개가 든 갈색 봉투를 들고 다녔다. 아이들이 몰려들었다.
「어이, 행크. 같이 먹어도 돼?」
「여기서 꺼져! 두 번 말 안 한다!」
이런 유의 애들은 벌써 차고 넘칠 정도로 내게 달라붙곤 했다. 나는 그런 애들을 별로 좋아하지 않았다. 볼디, 지미 해처, 비쩍 말랐던 유대인 아이, 에이브 모텐슨. 모텐슨은 전

과목 A를 받는 학생이었지만 학교에서 제일가는 멍청이이기도 했다. 그 애는 근본적으로 이상한 점이 있었다. 항상 침이 입가에 고여 있었지만, 그걸 땅에 뱉어 버리는 대신에 자기 손에 뱉었다. 나는 걔가 어째서 그러는지 몰랐고 물어보지도 않았다. 나는 묻고 싶지 않았다. 그냥 그 애를 보았고 혐오감을 느꼈다. 언젠가 그 애와 함께 집에 같이 가다가 그 애가 전 과목 A를 받았다는 것을 알아냈다. 그 애 엄마는 걔가 책에 코를 박고 있게 했고, 늘 그렇게 공부시켰다. 모든 교과서를 여러 번 되풀이해서, 달달 외우게 시켰다고 했다. 「애는 시험에 합격해야 해서.」 그 애 엄마는 내게 그렇게 말했다. 그 책이 잘못되었을지도 모른다는 생각을 전혀 하지 않았다. 어쩌면 중요하지 않을지도 모른다는 생각을 하지 않았다. 나는 물어보지 않았다.

다시 초등학교 시절로 돌아간 것 같았다. 내 주위에는 강한 애들 대신 약한 애들이, 잘생긴 애들 대신 못생긴 애들이, 승자 대신 패배자들이 꼬였다. 평생 이런 애들을 일행 삼아 여행해야 하는 것이 내 운명인 듯싶었다. 그것 자체는 내가 이런 재미없고 멍청한 애들에게 거부할 수 없는 매력을 가졌다는 사실만큼 거슬리지 않았다. 나는 나비나 벌이 원하는 꽃이 아니라 파리가 꼬이는 똥이나 다름없었다. 혼자 있고 싶었다. 혼자 있을 때 기분이 가장 좋았다. 그래도 그들을 떨쳐 버릴 만큼 영리하지 못했다. 어쩌면 그들이 내 주인이었는지도 모른다. 다른 형태의 아버지들. 어쨌든 내가 볼로냐 샌드위치를 먹는 동안에 그 애들이 주위를 어슬렁거리게 놔두려니 힘들었다.

37

하지만 좋은 순간도 조금은 있었다. 때때로 나랑 친하게 지냈던 이웃에 사는 친구 진은 나보다 한 살 많았는데, 해리 깁슨이라고 하는 친구가 있었다. 이전에 프로 복싱 경기를 한 번 했던 친구였다(그렇지만 졌다). 어느 날 오후 진의 집에 놀러 가 같이 담배를 피우는데, 해리 깁슨이 권투 글러브 두 컬레를 들고 나타났다. 진과 나는 진의 두 형인 래리와 댄과 함께 담배를 피우던 중이었다.

해리 깁슨은 거만했다. 「누가 나랑 해볼래?」 그가 물었다. 아무도 말이 없었다. 진의 형인 래리는 스물두 살 정도였다. 덩치는 제일 컸지만, 약간 소심하고 지능이 모자랐다. 머리가 **거대했지만**, 키가 크고 탄탄하고 정말로 체격이 좋았지만, 뭘 보든 겁을 냈다. 그래서 우리는 모두 두 번째로 나이가 많은 댄을 보았다. 래리는 「아니, 아냐. 난 싸우고 싶지 않아.」라고 말했기 때문이었다. 댄은 음악 천재였다. 장학금을 탈 뻔했지만, 그렇게 되지 못했다. 어쨌든 래리가 해리의 도전을 넘겼기 때문에, 댄이 글러브를 끼고 해리 깁슨과 맞섰다.

해리 깁슨은 확실히 개새끼였다. 햇빛조차 나름의 정해진 방식으로 그의 글러브에 떨어져 번득였다. 그는 정확하고 자신 있고 우아하게 움직였다. 그는 댄 앞에서 팔짝 뛰며 춤을 추었다. 댄은 글러브 낀 손을 들고 기다렸다. 깁슨의 첫 번째 펀치가 들어왔다. 소총 발사처럼 우지끈 소리를 냈다. 마당 우리에는 병아리를 키우고 있었는데, 그중 몇 마리는 그 소리에 놀라 공중으로 펄쩍 뛰었다. 댄은 뒤로 쓰러졌다. 그는 싸구려 예수처럼 양팔을 대자로 펼친 채, 풀밭 위에 뻗어 버렸다.

래리가 그를 보고 말했다. 「나는 집으로 들어갈래.」 래리는 재빨리 방충망 문으로 들어가 문을 열고 사라졌다.

우리는 댄에게 걸어갔다. 깁슨은 얼굴에 살짝 웃음을 띠고 댄을 내려다보며 섰다. 진이 허리를 굽히고 댄의 머리를 약간 들어 올렸다. 「형? 괜찮아?」

댄은 고개를 저으며 천천히 일어나 앉았다.

「세상에 맙소사. 저 자식 흉기를 가지고 다녀. 이 글러브 좀 벗겨!」

진은 한쪽 글러브의 끈을 풀었고, 내가 다른 쪽을 맡았다. 댄은 일어서서 뒷문을 향해 노인네처럼 걸어갔다. 「난 그만둘래…….」 그는 안으로 들어가 버렸다.

해리 깁슨이 글러브를 집더니 진을 보았다. 「넌 어때, 진?」

진은 풀밭에 침을 뱉었다. 「대체 뭘 해보고 싶은 거냐? 온 가족을 때려눕히고 싶어?」

「네가 제일가는 싸움꾼인 거 알고 있어, 진. 하지만 어쨌든 넌 살살 봐줄게.」

진은 고개를 끄덕였고, 나는 그 애를 위해 글러브 끈을 매어 주었다. 나는 글러브 담당으로 소질이 있었다.

둘은 자세를 취했다. 깁슨은 태세를 갖추고 진 주위를 빙글빙글 돌았다. 그는 오른쪽으로 돌다가, 왼쪽으로 돌았다. 그는 몸을 위아래로 흔들다, 좌우로 흔들었다. 그러더니 치고 들어와 진에게 레프트 잽을 세게 날렸다. 주먹은 진의 미간 사이에 꽂혔다. 진은 뒷걸음질 쳤고 깁슨이 따라왔다. 깁슨은 진을 닭장까지 몰더니 왼손으로 부드럽게 이마를 날리고 오른손으로는 세게 진의 왼쪽 관자놀이를 올려 쳤다. 진은 닭장 철조망을 따라 옆으로 움직이다 울타리에 부딪쳤고, 울타리를 따라 움직이며 커버했다. 그는 반격을 시도하지 않았다. 댄이 헝겊에 얼음 조각을 싸서 집 밖으로 나왔다. 그는 포치 계단 위에 앉아 헝겊을 이마에 댔다. 진은 울타리를 따라 물러섰다. 해리가 울타리와 차고 사이의 모퉁이로 진을 몰았다. 그는 왼손을 날려 진의 복부를 가격하고 진이 앞으로 몸을 숙이자 오른손 어퍼컷을 날려 똑바로 세웠다. 나는 못마땅했다. 깁슨은 살살 봐주겠다고 약속해 놓고 그렇게 하지 않았다. 나는 흥분했다.

「저 새끼 날려 버려, 진! 저 새끼 겁쟁이잖아, 때려!」

깁슨이 글러브를 내리더니 나를 바라보며 걸어왔다. 「너 뭐라고 했냐, 애송이?」

「난 우리 팀 응원한 건데.」 내가 말했다.

댄이 와서 진에게서 글러브를 벗겨 냈다.

「〈겁쟁이〉 어쩌고 한 소리를 들었는데?」

「진한테 살살 봐주겠다고 했잖아. 그런데 그렇게 안 했고. 있는 힘껏 잴 때렸잖아.」

「나보고 지금 거짓말쟁이라는 거야?」

「그냥 자기가 한 말을 지키지 않는다는 말을 하는 것뿐이야」

「이리 와서 이 애송이에게 장갑 끼워!」

진과 댄이 와서 내게 장갑을 끼웠다. 「얘 좀 살살 봐줘라, 행크.」진이 말했다. 「얘 우리랑 싸우느라 기진맥진 했다는 걸 기억해.」

어느 기념할 만한 날, 진과 나는 아침 8시부터 저녁 9시까지 맨손으로 싸운 적이 있었다. 진은 무척 잘 싸웠다. 나는 손이 작았지만, 손이 작으면 무진장 세게 치거나 다른 종류의 권투 선수가 될 수 있다. 나는 약간 둘 모두에 해당했다. 다음 날 윗몸 전체가 멍들어 보라색이 되었고 입술이 퉁퉁 부르트고 앞니 두 개가 슬쩍 흔들렸다. 이제 나는 나를 두들겨 팬 애를 두들겨 팬 애와 싸워야 했다.

깁슨은 왼쪽으로 돌다가 다시 오른쪽으로 돌았고 내게 접근했다. 나는 레프트 잽을 전혀 볼 수가 없었다. 어디를 맞았는지 모르겠지만, 나는 그 레프트 잽으로 쓰러졌다. 아프진 않았지만, 다운되었다. 나는 일어섰다. 왼손이 그렇게 할 수 있다면, 오른손은 무엇을 할 수 있을까? 나는 어떻게든 해결해야 했다.

해리 깁슨은 왼쪽으로 돌기 시작했다. 내 왼쪽으로. 그 애의 예상처럼 오른쪽으로 도는 대신, 나는 왼쪽으로 돌았다. 그 애는 놀란 표정이었고 우리가 다시 붙자 나는 거칠게 왼손을 날려 그 애의 머리 윗부분을 세차게 올려 쳤다. 기분이 좋았다. 상대를 한 번 때릴 수 있으면, 두 번도 때릴 수 있다.

그때 우리는 서로 마주 보게 되었고, 그는 내게 곧장 달려들었다. 깁슨은 내게 잽을 날렸지만 나는 할 수 있는 한 재빨리 머리를 한쪽 아래로 숙였다. 오른손이 머리 위를 휙 돌며 빗나갔다. 나는 그에게 다가가 클린치[19]를 하면서 뒤통수를 가격했다. 우리가 갈라섰을 때, 나는 프로가 된 기분이 들었다.

「저 녀석 잡을 수 있어, 행크!」 진이 소리쳤다.

「가서 잡아, 행크!」 댄이 소리쳤다.

나는 깁슨에게 달려들어 오른손으로 선제공격을 시도했다. 나는 빗맞혔고 그 애의 왼손 크로스가 내 턱을 강타했다. 눈앞에 파란불, 노란불, 빨간불이 보였고, 깁슨은 오른손을 내 복부에 파묻었다. 충격이 등뼈까지 전해지는 느낌이었다. 나는 그 애를 붙잡고 클린치했다. 하지만 여느 때와는 달리 겁먹지 않았고, 그것이 기분 좋았다.

「죽여 버린다, 썹새끼!」 나는 깁슨에게 말했다.

그때부터는 권투가 아니라 그냥 맞짱이었다. 그 애의 펀치가 빠르게 세게 날아들었다. 더 정확해졌고, 더 힘이 있었지만, 나도 몇 대 세게 받아쳤고 그게 기분 좋았다. 그 애가 나를 치면 칠수록 감각이 더 무뎌졌다. 나는 배를 혹 집어넣었고 그 동작이 마음에 들었다. 그때 진과 댄이 우리 사이에 섰다. 그들이 우리를 떼어 놓았다.

「왜 그래? 말리지 마! 저 녀석 엉덩이를 깨줄 테니까!」 내가 말했다.

「헛소리 그만해, 행크. 네 꼴을 봐.」 진이 말했다.

나는 내려다보았다. 내 셔츠 앞자락은 피로 검게 물들었고 고름 얼룩이 있었다. 주먹을 맞아 부스럼 서너 개가 터진 것이었다. 진과 싸울 때는 없었던 일이었다.

「이건 아무것도 아냐. 그냥 재수가 없는 거지. 저 녀석 나 못

19 권투에서 상대편의 공격을 피하기 위하여 껴안는 일.

건드렸어. 나한테 기회를 주면 저 녀석을 반 죽여 놓을 거야.」

「안 돼, 행크. 너 감염되거나 어떻게 될지도 몰라.」진이 말했다.

「좋아, 그럼. 글러브나 벗겨!」

진이 내 글러브의 끈을 풀었다. 그 애가 글러브를 벗기자 내 손이 떨리고 있는 것을 알았다. 정도는 약하지만 팔도 마찬가지였다. 나는 두 손을 주머니에 넣었다. 댄은 해리의 글러브를 벗겼다.

해리가 나를 보았다. 「너 꽤 잘하는데, 녀석.」

「고맙다. 그럼, 나중에 보자.」

나는 그 자리를 떴다. 밖으로 걸어 나가며 나는 주머니에 넣은 손을 꺼냈다. 그때 차로 위, 바로 보도 옆에서 나는 걸음을 멈추고 담배 한 대를 꺼내 입에 물었다. 성냥을 그으려 할 때 손이 너무 떨려 할 수가 없었다. 나는 애들에게 손을 흔들어 주고 거기서 걸어 나갔다. 정말로 태연한 손짓이었다.

집으로 돌아와 거울에 비친 내 모습을 보았다. 정말 더럽게 죽여줬다. 나는 나아지고 있었다.

나는 셔츠를 벗어 침대 밑에 던져 넣었다. 피를 깨끗이 빨아 낼 방법을 찾아야 했다. 셔츠가 별로 없었기 때문에 한 장이라도 없어지면 부모님이 즉시 알아챌 것이었다. 하지만 내게 있어, 그날은 끝내 성공적인 날이 되었다. 인생에 그런 날이 별로 없었다.

38

에이브 모텐슨은 어울려 다닐 수 있을 만큼 나쁜 애이긴
했지만, 그냥 바보였다. 바보는 용서할 수 있다. 그저 한 방
향으로 달려가고 아무도 속이지 않으니까. 기분 나쁘게 느
껴지는 것은 남을 속이는 애들이다. 지미 해처는 곧고 검은
머리칼에 깨끗한 피부를 가졌지만, 나만큼 크진 않았다. 그
래도 어깨를 뒤로 젖히고 다녔고 우리 대부분보다 옷을 잘
입었으며 자기가 잘 지내고 싶은 사람하고는 잘 지낼 수 있
는 방법을 알았다. 그 애의 어머니는 술집 여급이었고, 그 애
의 아버지는 자살했다. 지미는 미소가 멋지고 치열이 완벽해
서, 부잣집 애들 같은 돈은 없어도 여자애들에게 인기가 좋
았다. 지미는 볼 때마다 늘 어떤 여자애와 이야기하고 있었
다. 그 애가 무슨 말을 했는지는 모른다. 나는 남자애들이 여
자애들에게 무슨 말을 했는지 몰랐다. 내게 여자애들은 손
닿는 곳 너머에 있었기에, 나는 여자애들이 존재하지 않는 것
처럼 굴었다.
    하지만 해처는 다른 문제였다. 나는 그 애가 요정이 아니
라는 것을 알았지만, 그 애는 항상 주위에서 알짱거렸다.

「있잖아, 지미. 너 왜 나를 따라다니냐? 나는 네가 요만큼
도 마음에 들지 않는데.」

「아, 왜 그래, 행크. 우리 친구잖아.」

「그래?」

「그렇지.」

지미는 심지어 영어 시간에 한 번 일어나서 〈우정의 가치〉
라는 글짓기 숙제를 읽은 적도 있었다. 그 애는 읽으면서도
계속 나를 힐끔거렸다. 말랑한 데다 평범해서 멍청한 작문이
었지만, 지미가 다 읽자 반 아이들은 박수갈채를 보냈다. 나
는 생각했다. 뭐야, 얘네들이 생각하는 게 이거라면 내가 뭘
할 수 있겠어? 나는 반격하는 글을 썼다. 〈우정 없음의 가치〉.
선생님은 내게 교실에서 읽을 기회를 주지 않았다. 그저 D를
주었다.

지미와 볼디와 나는 매일 함께 걸어서 하교했다. (에이브
모텐슨은 반대 방향에 살아서 걔와 걷는 곤욕은 피할 수 있
었다.) 어느 날 우리가 함께 걸을 때, 지미가 말했다. 「어이, 내
여자 친구 집에 가자. 걔를 만나게 해주고 싶어.」

「아, 웃기셔, 헛소리 마.」 내가 대꾸했다.

「아나, 아니야. 걔 착한 애야. 너희들이 걜 만났으면 좋겠
어. 나 걔랑 손가락으로 했다.」

나는 지미의 여자 친구, 앤 웨더턴을 만난 적이 있었다. 그
애는 정말로 예뻤다. 긴 갈색 머리, 커다란 갈색 눈, 조용하
고 몸매가 아름다웠다. 나는 그 애와 말을 해본 적은 없었지
만, 지미의 여자 친구라는 것은 알았다. 부자 남자애들은 그
애를 꼬시려 했지만, 그 애는 그들을 무시했다. 앤은 우월한

인간처럼 보였다.

「나 그 애 집 열쇠 가지고 있어.」 지미가 말했다. 「우리 거기 가서 개를 기다리자. 개는 오후 수업이 있으니까.」

「따분하게 들리는데.」 내가 말했다.

「아, 왜 그래, 행크.」 볼디가 말했다. 「어쨌든 지금 집에 가면 딸딸이밖에 더 치겠냐.」

「그것도 언제나 나름의 장점이 없지 않아.」

지미는 자기 열쇠로 앞문을 땄고 우리는 안으로 들어갔다. 아늑하고 깨끗하고 아담한 집이었다. 작은 흑백 얼룩무늬 불독이 뭉툭한 꼬리를 흔들면서 지미에게 달려왔다.

「애는 본스야.」 지미가 말했다. 「본스는 나를 좋아해. 이걸 봐!」

지미는 오른 손바닥에 침을 뱉고 본스의 성기를 잡고 문질러 주기 시작했다.

「야, 너 지금 뭔 지랄이냐?」 볼디가 물었다.

「이 집에선 본스에게 목줄을 매서 마당에 묶어 놔. 아무것도 못해. 애도 **해소할 게** 필요하다고!」 지미는 계속했다.

본스의 성기는 역겨울 정도로 빨갛고, 멍청함이 뚝뚝 떨어지는 가늘고 긴 실 같았다. 본스는 낑낑대는 소리를 내기 시작했다. 지미는 계속하면서 고개를 들었다. 「야, 우리 노래가 뭔지 알아? 앤의 노래랑 내 노래 말이야. 그건 〈짙은 자줏빛이 졸린 정원 벽으로 내려올 때〉[20]야.」

그때 본스가 사정했다. 정액이 찍 솟구쳐 나와 양탄자 위에 떨어졌다. 지미는 일어서서 신발 밑바닥으로 문질러 양탄

20 미국에서 크게 인기를 끈 노래 「Deep Purple」 중 한 소절.

자 보풀 속으로 스며들게 했다.

「조만간 앤을 따먹을 거야. 거의 다 됐어. 앤이 나를 사랑한다고 했거든. 나도 앤을 사랑하고. 걔의 망할 보지도 사랑하고.」

「변태 자식. 토 나온다.」 나는 지미에게 말했다.

「진심이 아닌 거 알아, 행크.」 그 애가 말했다.

지미는 부엌으로 들어갔다. 「얘네 가족 괜찮아. 아버지, 어머니, 남동생이랑 여기 사는데. 얘 남동생은 내가 얠 따먹으려고 하는 거 알지. 그 녀석 생각이 맞아. 하지만 어쩔 수 없을걸. 내가 죽도록 패줄 수 있으니까. 걘 별거 아냐. 야, 이거 봐!」

지미는 냉장고 문을 열고 우유병을 꺼냈다. 우리 집에선 아직도 아이스박스를 썼다. 웨더턴네는 확실히 부유한 가정이었다. 지미는 자기 성기를 꺼내고 우유병의 마분지 뚜껑을 벗긴 뒤 자기 성기를 그 안에 넣었다.

「잠깐만, 알잖아. 맛은 절대로 모를 테지만, 내 오줌을 마시게 되겠지…….」

그 애는 자기 성기를 꺼낸 후 뚜껑을 닫고 흔든 후 도로 냉장고 안에 넣었다.

「자, 여기 젤리도 있다. 오늘 밤 디저트로 젤리를 먹으려나 본데. 그럼 또…….」 지미는 젤리 그릇을 꺼내 들었다. 그때 앞문에 열쇠 소리가 들리면서 앞문이 열렸다. 지미는 재빨리 젤리를 냉장고 안에 도로 넣고 문을 닫았다.

그때 앤이 들어왔다. 부엌 안으로.

「앤. 내 친한 친구들 만나게 해주려고. 행크와 볼디야.」 지미가 소개했다.

「안녕!」

「안녕!」

「안녕!」

「**이**쪽이 볼디야. 다른 애가 행크고.」

「안녕.」

「안녕.」

「안녕.」

「너희들 학교에서 봤어.」

「아, 그래.」 내가 말했다. 「우리 거기 다니지. 우리도 널 봤어.」

「그래.」 볼디가 말했다.

지미가 앤을 보았다. 「너 괜찮니, 자기?」

「그래, 지미. 널 생각하고 있었어.」

앤은 지미에게로 다가가 포옹했고, 다음 순간 둘은 키스
를 나누었다. 우리 바로 앞에 서서 키스를 나누었다. 지미가
우리를 마주 보았다. 우리는 그 애의 오른쪽 눈을 볼 수 있었
다. 그 눈이 윙크했다.

「그럼, 우리는 가볼게.」 내가 말했다.

「그래.」 볼디가 말했다.

우리는 부엌에서 나와 거실을 통과해 밖으로 나왔다. 우
리는 보도를 걸어 볼디의 집으로 갔다.

「저 자식 진짜로 할 거 같아.」 볼디가 말했다.

「그래.」 내가 말했다.

39

어느 일요일, 지미는 나를 꼬드겨 같이 해변에 가자고 했다. 그 애는 수영을 하고 싶어 했다. 나는 등에 부스럼과 흉터가 가득했기 때문에 수영복을 입은 모습을 보이고 싶지 않았다. 그걸 빼면 나는 몸이 좋았다. 하지만 누구도 그 사실을 알아봐 주지 않았다. 나는 가슴이 다부졌고 다리가 멋졌지만, 아무도 봐주지 않았다.

달리 할 일이 없었고, 나는 돈이 없었으며, 일요일에 아이들은 거리에서 놀지 않았다. 나는 해변은 모든 이의 것이라는 결론을 내렸다. 내게도 권리가 있었다. 내 흉터와 부스럼은 법에 어긋나지 않았다.

그래서 우리는 자전거에 올라타고 출발했다. 25킬로미터나 되는 거리였다. 그래도 나는 개의치 않았다. 내겐 다리가 있었다.

나는 지미와 함께 컬버시티까지 줄곧 경쾌하게 달렸다. 그다음에는 차츰 페달을 빨리 밟기 시작했다. 지미도 발을 위아래로 놀리며 따라잡으려 했다. 지미가 숨 가빠 하는 것을 알 수 있었다. 나는 담배 하나를 꺼내 불을 붙이고 담뱃갑을 그 애에게 건넸다. 「한 대 피울래, 짐?」

「아니…… 됐어…….」

「이게 비비탄으로 새 쏘는 것보다 재미있네. 좀 더 자주 해야겠는데!」 나는 지미에게 말했다.

나는 더 세게 밟았다. 여전히 비축해 둔 힘이 남아 있었다. 「이거 정말 끝내준다. 딸딸이보다 나은데!」

「야, 속도 좀 줄여!」

나는 지미를 돌아보았다. 「같이 자전거를 탈 수 있는 좋은 친구만 한 건 없지. 따라와, 친구!」

그런 후에, 나는 온 힘을 다해 달려 나갔다. 바람이 얼굴로 불어왔다. 기분이 좋았다.

「야, 기다리라고! 기다려! 쌍!」 지미가 소리 질렀다.

나는 웃음을 터뜨렸고 정말로 마음이 열렸다. 곧 짐은 반 블록 차이로 처졌다, 한 블록, 두 블록까지 멀어졌다. 아무도 내가 얼마나 잘하는지 알지 못했다. 아무도 내가 무엇을 할 수 있는지 알지 못했다. 나는 일종의 기적이었다. 태양은 노란빛을 여기저기 던지고 나는 바퀴 달린 미친 칼처럼 태양을 가르고 달렸다. 내 아버지는 인도 거리의 비렁뱅이지만, 세상 모든 여자들은 나를 사랑하지…….

전속력으로 달리고 있을 때 신호등에 다다랐다. 나는 대기하는 차들 사이를 뚫고 달려갔다. 이제 차들도 저기 내 뒤에 있었다. 하지만 오래가지 않았다. 녹색 쿠페[21]를 탄 남자와 그 여자 친구가 내 옆에 차를 대고 함께 달렸다.

「어이, 꼬마!」

「예?」 나는 그를 보았다. 그는 팔에 털이 수북하고 문신이

21 2인승으로 천장의 높이가 뒷자리로 갈수록 낮은 자동차.

있는 20대 후반의 덩치 큰 남자였다.

「도대체 네가 어느 앞에서 깝치는지 알기나 하는 거냐?」
그가 물었다.

그는 자기 여자 친구 앞에서 허세를 부리려 하고 있었다.
여자는 미녀였다. 긴 금발이 바람에 날렸다.

「염병, **엿 먹어!**」 나는 그에게 말했다.

「**뭐라고?**」

「〈**엿 먹어**〉라고 했다!」

나는 그에게 가운뎃손가락을 들어 보였다.

그는 계속 나를 따라 달렸다.

「저 꼬마에게 개무시당하고도 가만있을 거야, 닉?」 그의
여자 친구가 묻는 소리가 들렸다.

그는 계속 나를 따라 달렸다.

「어이, 꼬마. 네가 하는 말 못 들었는데. 다시 한 번 말해
주겠어?」

「그래, 다시 한 번 해봐.」 미녀가 말했다. 긴 금발이 바람에
날렸다.

그 바람에 나도 열이 받았다. 그 여자가 나를 열 받게 했다.

나는 남자를 보았다. 「그래, 말썽을 부리고 싶어? **차 세워.**
내가 바로 말썽거리니까.」

그는 반 블록 정도 나를 앞서 달려가더니 차를 세우고, 문
을 확 열었다. 남자가 차에서 내리자 나는 그를 빙 돌아가다
가 셰브럴레이[22] 자동차의 앞길을 막을 뻔했고, 그 차는 내게
경적을 울렸다. 내가 옆길로 돌아들어 오자, 덩치 큰 남자가

---

22 미국 제너럴 모터스사(社)에 속해 있는 자동차 브랜드. 〈셰비〉라는 애
칭으로 불린다.

웃는 소리가 들렸다.

그 남자가 사라지자 나는 다시 워싱턴 대로로 돌아가 몇 블록을 지나 자전거에서 내린 후 버스 정류장 벤치에서 짐을 기다렸다. 그 애가 오는 모습이 보였다. 지미가 자전거를 세우자, 나는 자는 척했다.

「왜 이래, 행크! 그렇게 나 엿 먹이려고 하지 마!」

「아, 안녕, 짐. 왔어?」

나는 짐이 해변에서 사람이 너무 많지 않은 자리를 고르게 하려고 했다. 셔츠 차림으로 서 있었을 때는 평소와 같은 기분이었지만, 옷을 벗자 나는 노출되었다. 다른 해수욕객들의 상처 없는 몸이 싫었다. 일광욕을 하거나 물속에 들어가 있거나 뭔가를 먹거나 자거나 얘기하거나 비치 볼을 던지고 노는 그 모든 망할 인간들이 싫었다. 나는 그들의 엉덩이와 얼굴과 팔꿈치와 머리카락과 눈과 배꼽과 수영복이 싫었다.

나는 모래 위에 누워 생각했다. 그 뚱뚱한 개새끼 얼굴에 주먹을 날렸어야 했는데. 그 새끼가 뭘 알았을까?

짐이 내 옆에 뻗었다.

「뭐야, 수영이나 하러 가자.」 그 애가 말했다.

「아직 아냐.」 나는 말했다.

물에는 사람이 바글바글했다. 해변의 매력이 뭘까? 어째서 사람들은 해변을 좋아할까? 더 나은 할 일이 없었나? 닭대가리 같은 새끼들.

「생각 좀 해봐.」 짐이 말했다. 「여자들이 물속에 들어가서 거기에 오줌을 싼다니까.」

「그래, 그리고 네가 그걸 삼키겠지.」

사람들과 편안하게 살 수 있는 길은 내겐 없었다. 어쩌면 나는 수도사가 되어야 할지도 몰랐다. 나는 신을 믿는 척하면서 좁은 방에 살면서 오르간이나 연주하고 와인에 취해서 지내야 할지도 모른다. 아무도 나하고 섹스하려 하지 않을 테니까. 내가 명상을 위해 몇 달씩이나 좁은 방 안에 들어가면 아무도 볼 필요가 없을 테고, 사람들은 내게 와인이나 보내 줄 수 있을 것이다. 문제는, 검은 수사복은 순수 모직 100퍼센트라는 것이었다. 그건 학군단 제복보다 더 나빴다. 난 그런 옷은 입을 수 없었다. 다른 것을 생각해야 했다.

「아, 아.」 짐이 말했다.

「뭔데?」

「저기 여자애들이 우릴 보고 있어.」

「그래서 뭐?」

「얘기하면서 웃고 있어. 여기로 올지도 몰라.」

「그래?」

「그래. 하지만 쟤들이 오면 내가 경고를 줄게. 그러면 등을 돌려.」

　내 가슴엔 부스럼과 흉터가 몇 개밖에 없었다.

「잊지 마. 내가 경고하면 등 쪽으로 돌아눕는 거야.」

「알았어.」

　나는 머리를 팔 사이에 묻었다. 나는 짐이 여자애들을 보고 미소 짓는다는 것을 알았다. 걔는 여자 다루는 수완이 있었다.

「단순한 보지들. 진짜 멍청하지.」 짐이 말했다.

　어째서 나는 여기 왔을까? 나는 생각했다. 어째서 항상 나쁜 일과 더 나쁜 일 사이에서 고르는 문제가 될까?

「야, 야, 행크. 저기 애들이 온다!」

나는 고개를 들었다. 다섯 명이었다. 나는 등 쪽으로 돌아 누웠다. 여자애들은 키득거리며 걸어와 섰다. 그중 한 명이 말했다. 「어머, 얘네 귀엽다!」

「너희들 이 근처 사니?」 짐이 물었다.

「아, 응. 우린 갈매기랑 한 둥지에 살아!」 그중 한 여자애가 말했다.

여자애들은 키득거렸다.

「음.」 짐이 말했다. 「우리는 독수리야. 다섯 마리 갈매기랑 뭘 해야 할지 모르겠네.」

「여하간 새들도 그걸 하니?」 그중 한 명이 물었다.

「난들 알겠냐.」 짐이 말했다. 「어쩌면 우리가 알아내 볼 수 있겠네.」

「우리 돗자리로 건너올래?」 여자애들 한 명이 물었다.

「그래.」 짐이 말했다.

그때까지 여자애 셋이 말했다. 다른 둘은 그저 서서 보여 주고 싶지 않은 부분을 가리느라 수영복을 끌어 내리고 있었다.

「나는 빼줘.」 내가 말했다.

「네 친구는 왜 그러니?」 엉덩이를 가리고 있던 여자애 하나가 물었다.

짐이 말했다. 「앤 좀 이상해.」

「걘 왜 그래?」 마지막 여자애가 물었다.

「앤 그냥 좀 이상해.」 짐이 말했다.

짐은 일어서서 여자애들과 걸어가 버렸다. 나는 눈을 감고 파도 소리에 귀를 기울였다. 수천 마리 물고기가 거기서 서

236

로 먹어 치우고 있었다. 삼키고 싸지르는 끝없는 입과 항문. 온 지구가 그저 아무것도 아니었고, 삼키고 싸고 떡 치는 입들과 항문들.

나는 다시 돌아누워 짐이 여자애들 다섯과 있는 광경을 구경했다. 그 애는 일어서서 가슴을 내밀고 불알을 자랑하고 있었다. 짐은 나처럼 가슴이 벌어지지도 않았고 다리가 길지도 않았다. 그 애는 날씬하고 깔끔했으며 그 검은 머리카락과 치열이 완벽한 그 작고 역겨운 입과 작고 둥그런 귀와 기다란 목이 있었다. 내겐 목이 없었다. 어쨌든 딱히 대단하지 않았다. 내 머리는 어깨 위에 바로 얹혀진 것 같았다. 하지만 나는 강했고 비열했다. 그것만으로는 충분하지 않았다. 숙녀들은 멋쟁이를 좋아하니까. 그래도 부스럼과 흉터가 없다면, 나도 저기 내려가서 저 여자애들에게 한두 가지를 보여 줄 수 있었을 것이었다. 나도 그들에게 불알을 확 내보이고, 공기만 가득 찬 그 애들의 죽은 정신을 집중시킬 수 있었을 것이었다. 일주일에 50센트짜리 삶을 사는 나도.

그때 나는 여자애들이 펄쩍 뛰면서 짐을 따라 물속으로 들어가는 것을 보았다. 그 애들이 킥킥대고 정신 나간 사람처럼 비명을 지르는 것이 들렸다…… 뭐? 아니, 그 애들은 착했다. 그 애들은 어른들이나 부모 같지 않았다. 여자애들은 웃었다. 인생이 재미있었다. 그 애들은 거칠 것이 없었다. 삶에 대한, 사물의 구조에 대한 어떠한 감각도 없었다. D. H. 로런스는 그 사실을 알았다. 우리는 사랑이 필요하지만 대부분의 사람들이 이용하고 이용당해 진을 빨리는 그런 유의 사랑은 아니다. D. H. 영감은 뭘 좀 알았다. 그의 친구 헉슬리는 부스대는 지적인 인간이기는 했지만, 대단한 인간이었다. 정신의 단단한 용골로 항상 바닥을 긁는 조지 버나드 쇼[23]보다는 나았다. 그가 고심해서 짜낸 재치는 마침내 오로지 과업, 스스로에게 부담이 되어서 진정한 감정을 느낄 수 없게 했다. 그의 현란한 연설은 마침내 지겨운 것이 되어 정신과 감수성을 긁어 댔다. 하지만 그 모든 작가를 읽는 것이 좋았다. 생각과 단어는 끝내 쓸모없을지라도 매혹적일 수 있다는 것을 깨달을 수 있었다.

짐은 여자애들에게 물을 튀겼다. 그 애는 물의 신이었고, 여자애들은 그를 사랑했다. 그 애는 가능성이고 미래의 전망이었다. 대단했다. 요령을 알고 있었다. 나는 많은 책을 읽었지만, 짐은 내가 읽지 않은 한 권을 읽었다. 작은 수영복과 불알, 장난기 있고 조금 잘생긴 외모와 둥그런 귀가 있는 그 애는 예술가였다. 최고였다. 나는 바람에 금발을 날리는 미녀와 함께 녹색 쿠페를 타고 가던 개새끼 덩치에게 도전할 수 없었듯이 짐에게도 도전할 수 없었다. 둘 다 자기에게 걸맞은 것을 가지고 있었다. 나는 삶이라는 녹색 바다에서 떠다니는 50센트짜리 똥 덩어리일 뿐이었다.

나는 그들이 물 밖으로 나오는 모습을 보았다. 반짝이고 매끄러운 피부, 젊고 패배를 모르는 이들. 나는 그들이 나를 원하기를 원했다. 그러나 불쌍히 여기는 건 원하지 않았다. 그렇지만 매끈하고 흠집 없는 신체와 정신에도 불구하고 그들에게는 뭔가 빠져 있었다. 그들은 아직 근본적으로 시험당하지 않았기 때문이었다. 곤경이 마침내 그들의 삶에 닥쳐왔을 때, 그건 너무 늦거나 너무 가혹하게 올 것이었다. 나는 준비가 되었다. 어쩌면.

23 아일랜드 출신의 영국 극작가이자 소설가 겸 평론가.

짐이 여자애들의 수건을 빌려 몸을 닦는 것을 보았다. 그렇게 구경하고 있는데 누군가의 아이가, 네 살 정도 되어 보이는 남자아이가 모래 한 줌을 집어 내 얼굴에 뿌렸다. 그러고는 나를 째려보며 거기에 그렇게 서 있었다. 모래가 묻은 멍청한 작은 입은 어떤 승리감에 젖어 오므라졌다. 건방지고 귀여운 새끼. 나는 손가락을 까닥거려 애에게 가까이 오라고 손짓했다. 이리 와봐, 이리. 아이는 거기 서 있었다.

「꼬마야, 이리 와봐. 네게 먹일 똥사탕이 한 봉지 있으니까.」

꼬마 새끼는 쳐다보더니 몸을 돌려 뛰어가 버렸다. 멍청한 엉덩이를 가졌다. 작은 배 모양의 궁둥이가 관절이 빠진 양 실룩거렸다. 하지만 또 다른 적은 사라졌다.

그때 호색한 짐이 돌아왔다. 그 애는 거기 서서 나를 내려다보고 있었다. 째려보는 눈빛도 매한가지였다.

「애들은 갔어.」짐이 말했다.

나는 다섯 명의 여자애들이 있었던 자리를 내려다보고 애들이 갔다는 것을 똑똑히 확인했다.

「애들 어디로 갔는데?」내가 물었다.

「어디로 가든 말든? 제일 괜찮은 애 둘은 전화번호 땄어.」

「제일 괜찮긴, 뭐가?」

「**섹스하기** 제일 괜찮단 거지, 이 머저리야!」

나는 일어섰다.

「내가 널 때려눕힐 것 같은데, 머저리야!」

바닷바람을 쐰 그 애의 얼굴은 멋졌다. 나는 이미 짐이 바닥에 쓰러져 모래사장 위를 벌벌 기면서 하얀 발바닥을 버둥거리는 장면을 상상하고 있었다.

짐은 물러섰다.

「긴장 풀어라, 행크. 봐, 너한테도 여자애들 전화번호 줄게.」

「너나 가져. 네놈의 그 망할 귀머거리 귀가 나한텐 없으니까!」

「좋아, 좋아. 우린 친구잖아. 기억나냐?」

우리는 물가 끝까지 걸어갔다. 그 자리, 누군가의 해안 별장 뒤에 우리는 자전거를 세워 놓고 자물쇠를 채워 두었다. 함께 걸어갈 때, 우리 둘 다 오늘은 누구의 날이었는지를 알았다. 그리고 어떤 사람의 엉덩이를 걷어차 본들 약간의 도움은 될지 모르지만, 그 무엇도 완전히 바꾸어 놓을 수 없었다. 자전거를 타고 집에 오는 내내 나는 아까처럼 잘난 척하지 않았다. 나는 그 이상이 필요했다. 어쩌면 나는 녹색 쿠페에 타고 긴 금발이 바람에 날리던 그 미녀가 필요했는지도 모른다.

40

ROTC 과목은 사회 부적응자를 위한 것이었다. 말했듯이 그 과목을 듣든지 체육을 들어야 했다. 체육을 들을 수도 있지만, 사람들이 내 등에 난 부스럼을 보는 게 싫었다. 학군단에 등록한 애들은 모두 이상한 점이 있었다. 거의 스포츠를 좋아하지 않거나 그 과목을 애국적이라고 생각한 부모들이 강요해서 듣게 된 애들이었다. 부유한 애들의 부모들은 나라가 망하면 잃을 게 더 많으니 더 애국적인 경향이 있었다. 가난한 부모들은 애국심이 훨씬 약했고, 그래서 그런 기대를 받을 때나 그런 가정 교육을 받았을 때만 애국심을 고백하곤 했다. 그런 애들은 무의식적으로 러시아인이나 독일인이나 중국인이나 일본인이 나라를 차지한들 **본인들**에게 더 좋을 것도 나쁠 것도 없다고 생각했다. 특히 피부가 어두운 색깔일 때는. 오히려 상황이 나아질지도 몰랐다. 어쨌든 첼시 고등학교의 학부모 다수가 부유했으므로, 이 학교 학군단은 도시에서 가장 규모가 컸다.

그래서 우리는 태양 아래에서 행군했고, 변소를 파고, 뱀에 물린 데를 치료하고, 부상자를 간호하고, 압박 붕대를 감고, 적을 총검으로 찌르는 법을 배웠다. 우리는 수류탄, 잠입, 부대 배치, 기동, 퇴각, 전진, 정신적이고 신체적인 규율에 대해 배웠다. 우리는 사격장에 가서 탕탕 총을 쏘았고, 명사수 훈장을 받았다. 우리에겐 실제로 야전 기동이 있었고, 숲 속으로 가서 모의전을 펼쳤다. 소총을 든 채로 상대편을 향해 낮은 포복을 했다. 우리는 무척 진지했다. 나조차도 진지했다. 거기에는 뭔가 피를 끓게 하는 점이 있었다. 멍청한 짓이었다. 그리고 우리 모두가, 대부분은 그게 멍청하다는 것을 알았지만 뭔가 우리 머릿속에서 딸각하더니 정말로 거기에 열심히 참여하고 싶어졌다. 교사는 늙은 퇴역 군인인 서식스 대령이었다. 그는 치매기가 있어 침을 흘렸다. 입가에서 작은 침방울이 흘러내려 턱을 타고 떨어졌다. 그는 아무 말도 하지 않았다. 훈장이 다닥다닥 달린 군복을 입고 서서 어정대면서 고등학교에서 월급만 딱딱 받아 갔다. 모의 작전을 세우는 동안에는 높은 언덕에 서서 집게 파일에 표시를 했다 — 아마도. 하지만 그는 우리에게 누가 이겼는지는 결코 말해 주지 않았다. 양쪽 다 자기네가 승리했다고 우겼다. 서로 감정만 상하게 하는 짓이었다.

허먼 비치크로프트 중위가 최고였다. 그의 아버지는 제과점과 그게 뭔진 모르지만 호텔 출장 요리 서비스 회사 사장이었다. 어쨌든 그가 최고였다. 중위는 언제나 작전 전에 똑같은 연설을 했다.

「기억하라, 제군들은 적을 **증오**해야만 해! 그들은 제군들의 어머니와 누이를 유린하려 한다! 그런 괴물들이 어머니와 누이를 유린하도록 놔둘 셈인가?」

비치크로프트 중위는 거의 턱이 없었다. 얼굴이 갑자기 축

처져서 턱뼈가 있어야 할 자리에 단추만 있었다. 우리는 그게 기형인지 뭔지 확실히 알 수가 없었다. 하지만 분노에 찬 눈은 장엄했다. 푸르게 타오르는, 전쟁과 승리의 커다란 상징이었다.

「**위트링거!**」

「네, 중위님!」

「이 자들이 자네 어머니를 유린해도 좋은가?」

「제 어머님은 돌아가셨습니다.」

「아, 미안하네⋯⋯. **드레이크!**」

「네, 중위님!」

「이 자들이 자네 어머니를 유린해도 좋은가?」

「**아닙니다!**」

「좋아. 기억하게, 이건 **전쟁**이야! 우리는 자비를 받아들이지만 자비를 내주진 않는다. 제군들은 적을 증오해야만 해. **죽여!** 죽은 자는 제군들을 이길 수 없네. 패배는 질병이야! 승리가 역사를 쓰는 거네! 이제 가서 저 씹새끼들을 쳐부수자!」

우리는 대형을 형성하고 정찰병을 내보낸 후 낮은 포복으로 덤불 아래를 지나갔다. 집게 파일을 들고 언덕 위에 선 서식스 대령의 모습이 보였다. 블루 팀 대 그린 팀의 대결이었다. 우리는 모두 색깔 있는 헝겊을 오른쪽 팔뚝에 묶었다. 우리는 블루 팀이었다. 그 덤불 아래를 포복하는 것은 지옥 그 자체였다. 더웠다. 벌레, 먼지, 바위, 가시가 있었다. 나는 내가 어디에 있는지도 알 수 없었다. 우리 분대장인 코자크는 어디론가 사라져 버렸다. 의사소통이란 없었다. 우리는 망했다. 우리 어머니들은 유린당할 것이었다. 나는 멍들고 긁히면서 앞으로 기어갔다. 상실감과 두려움을 느꼈지만, 사실 진짜로 느낀 것은 바보 같다는 감정이었다. 이 광활한 대지와 텅 빈 하늘, 언덕, 시내가 수천 미터씩 뻗어 있었다. 이게 다 누구 거지? 아마도 어떤 부잣집 애 아버지겠지. 우리는 아무것도 잡지 못할 것이었다. 이 장소 전체가 고등학교에 대여되었다. 금연. 나는 앞으로 기어갔다. 공중 엄호도, 탱크도 아무것도 없었다. 우리는 그저 식량도, 여자도, 이유도 없는 엉터리 작전에 나선 요정 무리일 뿐이었다. 나는 일어서서 걸어가 나무에 등을 기대고 앉아 소총을 내려놓고 기다렸다.

모두가 패배했고, 그건 중요하지 않았다. 나는 완장을 풀고 적십자 구급차나 뭔가가 오기를 기다렸다. 전쟁은 지옥인지도 모르지만, 그 사이에 낀 부분은 지루했다.

그때 덤불이 반으로 갈리더니 한 애가 뛰어나와 나를 보았다. 그 애는 녹색 완장을 차고 있었다. 강간범. 그 애는 소총을 내게 겨누었다. 나는 완장을 차고 있지 않았다. 내 완장은 땅에 떨어져 있었다. 그 애는 포로를 잡고 싶어 했다. 아는 애였다. 해리 미션스라는 애였다. 그 애 아버지는 목재 회사 사장이었다. 나는 나무에 기대어 앉아 있었다.

「블루냐, 그린이냐?」 그 애는 나를 보고 소리 질렀다.

「마타 하리[24]다.」

「첩자로군! 첩자를 잡았다!」

「진정해, 개소리 그만하고, 해리. 이건 애들 놀이야. 구린내 나는 멜로드라마로 날 귀찮게 하지 마라.」

다시 덤불이 반으로 갈라지더니 비치크로프트 중위가 나왔다. 미션스와 비치크로프트는 마주 보았다.

24 Mata Hari(1876~1917). 제1차 세계 대전 전후에 독일을 위해 활동한 여자 스파이.

「여기 널 포로로 잡겠다!」 비치크로프트가 미션스를 향해 고함쳤다.

「여기 널 포로로 잡겠다!」 미션스가 비치크로프트를 향해 고함쳤다.

둘 다 정말로 긴장해서 화가 나 있었다. 나는 느낄 수 있었다.

비치크로프트가 검을 뽑았다. 「투항하라, 아니면 베어 버리겠다!」

미션스가 자기 총의 총신을 움켜쥐었다. 「이리 와, 아니면 망할 머리를 날려 버리겠다!」

그때 사방에서 덤불이 갈라졌다. 고함 소리가 블루 팀과 그린 팀 양쪽의 주의를 다 끌었던 것이다. 두 팀이 섞이는 동안 나는 의자에 앉아 있었다. 먼지가 일고 난타전이 벌어졌으며, 이따금 개머리판이 두개골을 내려치는 소리가 났다. 「아, 하느님! 아, 맙소사!」 몇 사람이 쓰러졌다. 소총이 사라졌다. 주먹을 날리고 헤드록을 걸었다. 녹색 완장을 찬 두 아이가 서로 목숨을 걸고 얽혀 있는 것이 보았다. 그때 서식스 대령이 나타났다. 그는 호루라기를 미친 듯이 불었다. 침이 사방에 튀었다. 그러고는 짧은 지팡이를 들고 뛰어와 부대를 패기 시작했다. 실력이 훌륭했다. 지팡이가 채찍처럼 자르고 면도날처럼 갈랐다.

「아, 쌍! 그만둘래!」

「아, **그만해요**! 세상에! 살려 줘요!」

「엄마!」

부대는 떨어져서 서로를 마주 보고 섰다. 서식스 대령은 집게 파일을 들었다. 그의 제복에는 주름 하나 없었다. 훈장은 여전히 제자리였다. 모자는 정확한 각도로 얹혀 있었다.

그는 지팡이를 홱 돌려 잡더니 걸어가 버렸다. 우리는 뒤따랐다.

우리는 오래된 육군 트럭에 올라탔다. 옆면과 지붕의 캔버스 천이 찢어진 트럭이, 올 때도 우리를 실어 왔었다. 엔진이 걸리고 우리는 출발했다. 우리는 긴 나무 의자에 앉아 마주보았다. 올 때는 팀을 갈라서 왔었다. 블루 팀 모두가 트럭 중 한 대에, 그린 팀 모두가 또 다른 트럭에. 이제 우리는 한데 섞여 앉아 있었다. 대부분은 고개를 숙이고 닳아빠진 흙투성이 신발을 쳐다보았다. 트럭 타이어가 오래된 길의 파인 자국에 빠질 때마다 이쪽저쪽, 왼쪽 오른쪽, 위아래로 흔들리며. 우리는 지쳤고, 우리는 패배했으며, 우리는 좌절했다. 전쟁은 끝났다.

41

학군단 때문에 내가 스포츠에서 멀어진 동안 다른 애들은
매일 연습했다. 아이들은 학교 팀에 들어가 편지를 받고 여
자애들을 얻었다. 나의 하루는 주로 땡볕 아래에서 행군하느
라 다 갔다. 보이는 것이라고는 남자애들의 귓등과 엉덩이뿐
이었다. 나는 군대 절차에 금방 환멸을 느꼈다. 다른 아이들
은 군화를 광나게 닦고, 즐기면서 작전을 수행하는 것 같았
다. 나는 거기서 어떠한 의의를 찾을 수 없었다. 그 아이들은
나중에 불알이 떨어져 나가게 될 방향으로 나아가고 있을
뿐이었다. 그렇다고 해서 풋볼 헬멧을 쓰고 어깨에 패드를
대고, 파란색과 흰색에 69번 등 번호가 달린 운동복으로 치
장하고 웅크린 내 자신을 상상할 수도 없었다. 그런 꼴로 다
른 동네에서 온 못된 개새끼들을 블로킹하려 하고, 입에서
타코 냄새를 풀풀 풍기는 녀석을 치워 버려서 지방 검사의
아들이 비스듬히 왼쪽 태클을 피하며 6야드 진전할 수 있도
록 도와주려 하고. 문제는 이쪽 악덕이든 저쪽 악덕이든 계
속 선택해야 하며, 어느 쪽을 고르든 간에 그들이 나를 한 점
한 점 저며 내어 마지막에는 아무것도 남지 않게 된다는 것

이었다. 나이 스물다섯에 대부분의 사람이 끝장난다. 자동
차를 몰고, 밥을 먹고, 아기를 갖고, 자기랑 비슷한 대통령
후보에게 투표하는 등 가능한 최악의 방식으로 모든 것을
처리하는 머저리들이 가득 찬 망할 나라.

나는 아무런 흥미가 없었다. 어떤 것에도 아무 흥미가 없
었다. 나는 어떻게 해야 탈출할 수 있는지, 아무 생각이 없었
다. 적어도 다른 사람들은 인생에 어떤 취미가 있었다. 그들
은 내가 이해하지 못하는 것을 이해하는 것처럼 보였다. 어
쩌면 내가 모자라서였다. 그럴 수도 있었다. 나는 종종 열등
하다고 느꼈다. 나는 사람들에게서 도망치고 싶을 뿐이었다.
하지만 갈 데가 없었다. 자살? 하느님 맙소사, 그저 귀찮을
일만 더할 뿐이지. 나는 5년 동안 잠이나 자고 싶었지만, 사
람들이 나를 내버려 두지 않을 것이었다.

그래서 나는 여전히 첼시 고등학교, 학군단에 남아 있었
다. 여전히 내 부스럼과 함께. 그 때문에 항상 완전히 망했다
는 생각이 떠나지 않았다.

그날은 근사한 날이었다. 분대 내 소총 조작 교범 대회에
서 우승한 병사가 한 명씩 나와 결승전이 열리는 곳에 한 줄
로 길게 늘어섰다. 어쩌다 나는 내 분대 내에서 우승했다. 어
떻게 그렇게 됐는지는 알 수가 없었다. 나는 별로 대단한 군
인은 아니었다.

그날은 토요일이었다. 여러 학부모가 관중석에 앉아 있었
다. 누군가 나팔을 불었다. 검이 번득였다. 명령이 울려 퍼졌

다. 우로 어깨총! 좌로 어깨총! 소총이 어깨를 치고, 개머리판이 땅을 치고, 총신이 다시 어깨를 쳤다. 어린 여자애들은 파란색과 초록색, 노란색과 주황색, 분홍색과 흰색 원피스를 입고 관중석에 앉아 있었다. 더웠고, 지루했고, 미친 짓이었다.

「치나스키, 제군은 우리 중대의 명예를 위해 출전하게!」

「네, 몬티 상병님.」

관람석에 앉아 있는 모든 여자애들은 자기 애인, 자기 승리자, 자기 사장님을 기다리고 있었다. 슬펐다. 바람에 날린 종잇조각에 놀란 회색 비둘기 떼가 시끄럽게 퍼덕이며 날아갔다. 나는 맥주나 실컷 마시고 싶은 마음이 간절했다. 여기 말고 아무 데나 가고 싶었다.

군인들은 실수를 할 때마다 대열에서 떨어져 나왔다. 곧 여섯 명, 다섯 명, 세 명이 남았다. 나는 아직 버티고 있었다. 우승하고 싶은 욕망이 없었다. 우승할 가능성이 없다는 것도 알았다. 곧 탈락할 것이었다. 나는 여기서 나가고 싶었다. 지치고 지루했다. 그리고 부스럼투성이였다. 나는 이들이 추구하는 것에 눈곱만큼도 관심이 없었다. 그렇다고 눈에 띄는 실수를 할 수도 없었다. 몬티 상병이 상처받을 테니까.

다음 순간 우리 둘만 남았다. 나와 앤드루 포스트. 포스트는 인기 있는 애였다. 아버지는 대단한 형사법 전문 변호사였다. 그 아버지가 아내, 앤드루의 어머니와 함께 관중석에 있었다. 포스트는 땀을 흘리긴 했지만 결연했다. 우리 둘 다 그가 우승할 것을 알았다. 나는 에너지를 느꼈고, 그 모든 에너지는 그 애의 것이었다.

괜찮아. 나는 생각했다. 쟤가 그걸 바라잖아. 저 사람들이 그걸 바라잖아. 필요로 하잖아. 그게 세상 돌아가는 이치지.

세상일은 그런 식으로 돌아가도록 되어 있는 게 이치다.

우리는 계속해서 다양한 소총 조작 동작을 반복했다. 곁눈질로 보니, 운동장의 골대가 보였다. 나는 생각했다. 아마 더 열심히 노력했더라면 위대한 풋볼 선수가 되었을지도 몰라.

「세워!」지휘관이 외치자 나는 볼트를 채웠다. 딸깍하는 소리가 한 번만 났다. 내 왼쪽에서는 딸깍하는 소리가 나지 않았다. 앤드루 포스트는 얼어붙었다. 작은 신음 소리가 관중석에서 솟아올랐다.

「총!」지휘관이 말을 마치자, 나는 동작을 완료했다. 포스트도 했지만, 그의 볼트는 열려 있었다…….

실제 시상식은 며칠 후에나 열렸다. 다행스럽게도 나 말고 다른 상을 수상한 애들도 있었다. 다른 애들과 같이 서서 기다리는데, 서식스 대령이 줄을 따라 내려왔다. 내 부스럼은 이전보다 훨씬 심했다. 내가 간지러운 갈색 모직 제복을 입을 때마다 언제나처럼 태양이 높이 솟아 뜨거웠고 나는 그 빌어먹을 셔츠의 모직 털 하나하나를 의식할 수밖에 없었다. 나는 대단한 군인이 아니었고, 모두 그 사실을 알았다. 나는 긴장할 만큼 별로 신경 쓰지 않았기 때문에, 어쩌다 요행으로 우승한 것이었다. 서식스 대령 때문에 기분이 좋지 않았다. 나는 그가 무슨 생각을 하는지 알았고, 어쩌면 그도 내가 무슨 생각을 했는지 알았을 것이기 때문이다. 그의 특별한 형태의 충성과 용기는 내가 보기엔 별로 특출하지 않다는 생각.

그때 그가 내 바로 앞에 섰다. 나는 차려 자세를 하고 있었지만, 그를 슬쩍 쳐다볼 수는 있었다. 침은 잘 정돈된 상태였다. 열이 받았을 때는 말라 버리는지도 몰랐다. 열기가 뜨거

250

웠으나 시원한 서풍이 불어왔다. 서식스 대령은 내게 훈장을 걸어 주었다. 그런 후에 손을 내밀어 악수했다.

「축하하네.」그러더니 그는 내게 미소를 지었다. 그리고 가 버렸다.

망할 노친네. 아마도 그렇게 나쁜 사람은 아니었을 것이다.

집으로 돌아가면서 나는 훈장을 주머니에 넣었다. 서식스 대령은 누굴까? 우리 나머지와 마찬가지로 똥을 싸야 하는 인간이다. 누구나 순응해야 하고, 들어가야 할 틀을 찾아야 한다. 의사, 변호사, 군인 — 무엇이 되었든 중요하지 않다. 일단 틀에 들어가면 계속 나아가야 했다. 서식스는 옆 사람 만큼이나 무력했다. 무언가 해내야지, 그러지 못하면 길에서 굶어 죽었다.

나는 홀로, 걸었다. 집으로 가는 먼 길, 첫 번째 대로에 도 착하기 전 내가 있는 쪽에는 작고 잊혀진 가게가 있었다. 나 는 발길을 멈추고 진열장 안을 들여다보았다. 여러 물건들이 더러워진 가격표와 함께 진열되어 있었다. 촛대가 몇 개 보 였다. 전기 토스터도 있었다. 식탁 전등. 진열장 유리는 안팎 이 더러웠다. 꽤 먼지가 낀 갈색 얼룩 너머로 웃고 있는 장난 감 개 두 마리가 보였다. 소형 피아노. 이것들이 파는 물건이 었다. 그렇게 구미가 당기진 않았다. 가게 안에는 손님 하나 없었고, 점원의 모습도 보이지 않았다. 그 전에도 여러 번 지 나쳤던 곳이었지만, 멈춰서 살펴본 적은 한 번도 없었다.

안을 들여다보니 마음에 들었다. 그 안에서는 아무 일도 일어나지 않았다. 쉴 수 있는 곳, 잘 수 있는 곳이었다. 그 안 에 있는 모든 것이 죽었다. 손님이 문을 열고 들어오지 않는 한 그곳에서 점원으로 행복하게 일하는 나 자신의 모습이 그려졌다.

나는 창문에서 떨어져 좀 더 걸었다. 대로에 도착하기 직전, 거리에 들어선 순간 바로 내 발 앞에 있는 거대한 하수구를 보았다. 지구의 내장으로 이끄는 거대한 검은 입을 벌리고 있는 것 같았다. 나는 주머니에 손을 넣어 훈장을 꺼내 검은 구멍으로 던져 넣었다. 훈장은 안으로 쑥 들어갔다. 암흑 속으로 사라져 버렸다.

그런 후 보도에 올라 집으로 걸어갔다. 도착했을 때 부모님은 이런저런 청소를 하느라고 바빴다. 토요일이었다. 이제 나는 잔디를 깎고 다듬고, 잔디와 꽃에 물을 주어야 했다.

작업복으로 갈아입고 나갔다. 아버지가 짙고 사악한 눈썹 밑에서 감시하는 가운데, 나는 차고 문을 열고 조심스레 잔디깎이를 도로 꺼냈다. 그때 잔디깎이의 날은 돌지 않았으나 대기하고 있었다.

42

「에이브 모텐슨처럼 되려고 노력해야만 한단다.」어머니
가 말했다. 「걔는 전 과목 A라며. 넌 어째서 A 하나를 못 받
아 오니?」

「헨리는 뭐 하나 제대로 못하는 실패자야. 가끔은 내 친아
들이 맞나 싶다니까.」아버지가 말했다.

「행복해지고 싶지 않니, 헨리? 넌 당최 웃질 않는구나. 웃
으면 행복해진단다.」어머니가 말했다.

「자기 연민 좀 그만해라. 남자답게 굴어!」아버지가 말했다.

「웃어, 헨리!」

「대체 뭐가 되려고 그러냐? 대체 어떻게 성공하려고 그래?
무엇 하나 척척 움직이는 게 있어야지!」

「가서 에이브를 만나 보면 어떨까? 걔랑 얘기도 하고, 걔
처럼 되는 법을 배워 와.」어머니가 말했다……

나는 모텐슨네 아파트 문을 두드렸다. 문이 열렸다. 에이
브의 어머니였다.

「에이브는 만날 수 없다. 걘 공부하느라 바빠.」

「알아요, 모텐슨 아주머니. 그냥 잠깐만 보고 갈게요.」

「좋아. 걔 방은 저쪽이다.」

나는 그쪽으로 갔다. 그 애는 자기만의 책상이 있었다. 에이브는 책상 위에 책 두 권을 펴놓고 그 위에 다른 책 한 권을 또 올려놓은 채로 앉아 있었다. 나는 책 표지의 색깔로 무슨 책인지 알아보았다. 『시민 윤리』. 시민 윤리라니, 맙소사, 일요일에.

에이브는 고개를 들고 나를 보았다. 그 애는 두 손에 침을 뱉더니 책으로 도로 시선을 돌렸다. 「안녕.」 에이브는 페이지를 내려다본 채로 인사했다.

「같은 페이지를 열 번은 넘게 봤겠다, 이 호구야.」

「난 모든 걸 암기해야 해.」

「그냥 쓰레기야.」

「시험에 합격해야 해.」

「너 여자애랑 떡 치는 생각은 해봤냐?」

「뭐라고?」 에이브는 두 손에 침을 뱉었다.

「여자애의 치마 속을 들춰 보고 더 보고 싶단 생각 안 해봤어? 여자 거기 생각은 안 했어?」

「그건 중요하지 않아.」

「여자애한텐 중요하지.」

「난 공부해야 해.」

「우린 야구 선수 선발 경기를 할 거야. 남자애들 중 몇은 우리 학교 애들이고.」

「주일에?」

「주일에 하면 안 되냐? 사람들은 주일에 별짓을 다 하는데.」

「하지만 야구라니?」

「프로 경기도 주일에 열리잖아.」

「하지만 그 사람들은 돈을 받잖아.」

「그럼 같은 페이지를 읽고 또 읽으면 너 돈이라도 받냐? 그러지 말고, 허파에 바람 좀 쐬자. 머리도 맑아질 거고.」

「알았어. 하지만 잠깐만이다.」

에이브는 일어섰고, 나는 그 애를 따라 복도를 지나 거실로 갔다. 우리는 문으로 향했다.

「에이브, 어디 가니?」

「잠깐 나갔다 올게요.」

「그래. 하지만 빨리 돌아와라. 공부해야 하니까.」

「알아요…….」

「좋아, 헨리, 쟤 좀 꼭 돌려보내.」

「제가 잘 챙길게요. 모텐슨 아주머니.」

볼디와 지미 해처, 같은 학교 애들 몇 명과 동네 애들 몇 명이 있었다. 각 팀에 일곱 명밖에 없었기 때문에, 수비에 구멍이 둘 있었지만, 나는 그게 마음에 들었다. 나는 중견수를 했다. 실력이 괜찮기도 했고, 따라잡는 중이었다. 나는 외야 대부분을 커버했다. 나는 빨랐다. 나는 내야 안타까지 잡을 수 있을 정도로 가까이 뛰어가는 게 좋았다. 하지만 가장 좋았던 건 머리 위로 날아가는 높고 강한 타구를 잡은 후 도로 뛰어갈 때였다. 지거 스타츠가 로스앤젤레스 에인절스와의 경기 때 했던 플레이였다. 그의 타율은 고작 2할 8푼밖에 되지 않았지만, 다른 팀에게서 빼앗아 낸 안타만으로도 5할을 내는 타자와 맞먹었다.

매주 일요일, 동네 여자애 여남은 명이 와서 우리를 구경했다. 나는 걔들을 무시했다. 여자애들은 신나는 일이 생기면 진짜로 비명을 질렀다. 우리는 하드볼[25]을 했고 각자 자기 글러브가 있었다. 모텐슨까지도. 그 애가 가장 좋은 것을 가지고 있었다. 거의 사용하지도 않은 것이었다.

나는 센터로 터덜터덜 걸어갔고 경기가 시작됐다. 에이브에게는 2루를 맡겼다. 나는 주먹으로 미트[26]를 치고 모텐슨을 향해 고함을 질렀다. 「어이, 에이브! 날달걀에 딸딸이 쳐봤냐? 꼭 죽어야 천국에 가는 건 아니더라고!」

여자애들이 웃는 소리가 들렸다.

첫 번째 타자는 삼진 아웃당했다. 그 애는 별거 아니었다. 나는 여러 번 삼진 아웃당했지만, 애들 중에서 최고 강타자였다. 나는 정말로 방망이를 공에 갖다 댈 수 있었다. 공은 경기장을 넘어 거리까지 날아갔다. 나는 언제나 플레이트 위에 납작하게 몸을 낮췄다. 거기 서 있는 나는 감아 놓은 용수철처럼 보였다.

내겐 게임의 매 순간이 흥분되었다. 잔디를 깎느라 놓쳤던 모든 게임, 끝에서 두 번째로 뽑혔던 옛 학창 시절의 모든 경기들은 이제 지나갔다. 내 실력은 꽃피었다. 나에게는 뭔가 있었고, 그렇다는 것을 나도 알았으며, 그게 기분이 좋았다.

「어이, 에이브!」 나는 소리를 질렀다. 「그렇게 침을 뱉으면 날달걀이 필요 없겠다!」

다음 타자는 공을 세게 연결해서 쳤지만 높이, 아주 높이 떠서 나는 어깨 너머로 날아가는 공을 잡으려 뒤로 뛰어갔다. 나는 들뜬 기분으로 뒤로 뛰어 올랐다. 내가 다시 한 번

25 소프트볼과 대조해서 말할 때의 야구.
26 야구에서 포수와 1루수가 끼는 장갑.

기적을 일으키리라는 것을 알았다.

젠장. 공은 공터 뒤 높은 나무 위로 날아갔다. 다음 순간 공이 나뭇가지 사이로 튀어 내려오는 게 보였다. 나는 자리를 잡고 기다렸다. 소용이 없었다. 공은 왼쪽으로 갔다. 나는 왼쪽으로 뛰었다. 그러자 공은 다시 오른쪽으로 갔다. 나는 오른쪽으로 뛰었다. 공은 나뭇가지 하나를 치고 거기서 머뭇거리다 나뭇잎 사이로 흘러내려 내 글러브 안에 쏙 떨어졌다.

여자애들은 탄성을 질렀다.

나는 공을 우리 투수에게 원 바운드로 던지고 중견수 위치로 다시 걸어갔다. 다음 타자는 삼진 아웃당했다. 우리 투수 하비 닉슨은 좋은 강속구를 가지고 있었다.

공수를 교대했고, 내가 1번 타자였다. 마운드에 선 애는 처음 보는 애였다. 첼시 학생이 아니었다. 나는 그 애가 어디서 왔는지 궁금했다. 전체적으로 다 큰 애들이었다. 커다란 머리, 커다란 입, 커다란 귀, 커다란 몸. 머리카락은 눈 위로 내려와서 바보처럼 보였다. 머리카락은 갈색이고 눈은 녹색이었으며, 그 녹색 눈은 마치 나를 증오하는 것처럼 머리카락 사이로 나를 쏘아보았다. 그 애의 왼팔이 오른팔보다 더 긴 듯 보였다. 왼팔이 공을 던지는 팔이었다. 이제껏 왼손 투수를 만난 적은, 그것도 하드볼에서는 없었다. 하지만 그들도 모두 처리할 수 있었다. 그들을 뒤집어엎으면 모두 똑같았다.

〈키튼〉플로스, 다른 애들이 그렇게 불렀다. 대단한 야옹이네. 86킬로그램짜리.

「어이, 부치, 한 방 날려!」여자애 하나가 응원했다.

아이들은 나를 〈부치〉라고 불렀다. 게임은 잘하지만 여자애들을 무시하기 때문이었다.

키튼은 커다란 귀 사이로 나를 보았다. 나는 플레이트에 침을 뱉고 그 안에 들어서 방망이를 휘둘렀다.

키튼은 포수에게서 사인을 받는 양 고개를 끄덕였다. 그냥 허세를 부리는 것뿐이었다. 그러더니 그 애는 내야를 둘러보았다. 또 허세였다. 그건 여자애들 보라는 것이었다. 좆 같은 정신으로 여자 밑구멍 생각을 떨치지 못하는 놈이었다.

투수는 와인드업 자세를 취했다. 나는 그 애 왼손에 들린 공을 보았다. 내 눈은 공에서 떠나지 않았다. 나는 비결을 익혔다. 공에 집중을 하고 플레이트에 도착할 때까지 따라가면 방망이로 죽여줄 수 있다.

나는 공이 그 애의 손가락을 떠나 타오르는 햇빛 속을 날아오는 것을 보았다. 공은 웅웅 소리를 내며 살인적인 그림자로 흐릿하게 보였지만, 잡을 수 있었다. 공은 내 무릎 아래로 떨어졌고 스트라이크 존에서 멀어졌다. 포수는 그 공을 잡으러 아래로 뛰어들어야 했다.

「볼 원.」 우리 게임의 주심을 봐주는 동네 멍청한 영감탱이가 웅얼거렸다. 그는 백화점 야간 경비원이었고 여자애들에게 수작을 잘 걸었다. 「집에 너희 같은 딸이 둘 있단다. 진짜 귀엽지. 걔들도 몸에 꽉 끼는 드레스를 입고 다닌단다.」 그는 플레이트 위로 엎드리는 습관이 있어서 우리 모두에게 그의 큰 엉덩이를 다 보여 주었다. 그가 가진 건 오직 그뿐이었다. 그것과 금니 한 개.

포수가 공을 키튼 플로스에게 도로 던졌다.

「어이, 계집애!」 나는 그를 향해 외쳤다.

「나한테 말하는 거야?」

「너한테 말하는 거다, 팔도 못 뻗는 게. 그보다 더 가까이 오든가, 아니면 택시를 불러야겠는데.」

「다음 공 한번 쳐보시지.」 그 애가 내게 말했다.

「좋아.」 나는 땅을 발로 고르며 자세를 잡았다.

투수는 예의 절차를 다시 반복했다. 사인을 받는 듯 고개를 끄덕이고 내야를 확인했다. 그 녹색 눈이 더러운 갈색 머리카락 사이로 나를 쏘아보았다. 나는 그가 와인드업을 하는 모습을 바라보았다. 공이 손가락을 떠나는 모습을 바라보았다. 공은 햇빛 속에서 하늘을 배경으로 한 검은 점으로 보이다가 갑자기 확대되며 내 머리를 향해 날아왔다. 공이 머리카락을 스치는 것을 느끼면서 나는 그 자리에 쓰러졌다.

「스트라이크 원.」 영감탱이가 웅얼거렸다.

「뭐?」 나는 소리를 버럭 질렀다. 포수는 여전히 공을 쥐고 있었다. 포수도 그 판정에 나만큼이나 놀랐다. 나는 공을 포수에게서 받아 주심에게 보여 주었다.

「이게 뭐죠?」 나는 주심에게 물었다.

「야구공이지.」

「좋아요. 어떻게 생겼는지 기억해요.」

나는 공을 잡고 마운드로 걸어갔다. 더러운 머리카락 아래 녹색 눈은 꿈쩍도 하지 않았다. 하지만 공기를 들이마시는 개구리처럼 입을 아주 약간 벌렸다.

나는 키튼에게 걸어갔다.

「난 머리로 공을 치진 않아. 다음번에 또 그러면, 이걸 네 팬티 속에 쑤셔 넣고 네가 씻는 걸 깜박한 구멍으로 집어넣어 주지.」

나는 그에게 공을 건네고 플레이트로 돌아왔다. 나는 땅을 고르고 배트를 흔들었다.

「원 앤 원.」 영감탱이가 말했다.

플로스는 마운드의 흙먼지를 찼다. 그는 좌측 외야를 멀리 쳐다보았다. 귀를 긁적이는 굶주린 개를 빼고는 아무것도 없었다. 플로스는 사인을 구했다. 그는 여자애들을 의식하며 멋지게 보이려 했다. 영감탱이는 몸을 낮게 숙이고 멍청한 엉덩이를 벌리고 있었지만, 여전히 멋져 보이려 했다. 눈앞에 닥친 일에 집중을 하는 사람은 나밖에 없는 것 같았다.

때가 왔다. 키튼 플로스는 와인드업 자세를 취했다. 저 왼손 윈드밀[27] 동작을 보면 까딱하다가는 겁을 먹기 쉬웠다. 참을성을 가지고 공을 기다려야 했다. 끝끝내 어떤 투수라도 공을 놓아야 한다. 그러면 그를 무너뜨려 주는 건 나의 몫이다. 공을 세게 던질수록, 더 세게 때려 낼 수 있었다.

공이 투수의 손가락을 떠날 때, 한 여자애가 비명을 질렀다. 플로스는 속도를 잃지 않았다. 공은 비비탄처럼 보였다. 다만 점점 더 커지면서 다시 한 번 내 머리를 향해 곧장 날아왔다. 기억나는 것이라고는 내가 될 수 있는 한 빠르게 흙먼지 위에 엎드리려고 했다는 것뿐이었다. 흙먼지가 입 안에 가득 찼다.

「시이라이크 투!」 영감이 고함치는 소리가 들렸다. 심지어 그 단어를 제대로 발음하지도 못했다. 사람을 공짜로 부리려고 하면, 단지 빈둥거리고 싶어 하는 사람이 온다.

나는 일어서서 먼지를 털어 냈다. 심지어 팬티 속까지 들어갔다. 어머니가 물어보겠지. 「헨리, 어쩌다 팬티가 이렇게

---

27 팔을 머리 위로 올리고 뒤쪽으로 큰 원을 그리면서 백스윙을 해서 팔이 몸 쪽을 지나는 순간 손목의 스냅을 살려 볼을 던지는 투구법.

더러워졌니? 이제 얼굴 좀 찡그리지 마. 웃어, 행복한 표정 지어야지!」

나는 마운드로 걸어갔다. 나는 바로 그 자리에 섰다. 아무도 그 어떤 말도 하지 않았다. 나는 그저 키튼을 바라보았다. 손에는 방망이를 들고 있었다. 나는 방망이 끄트머리를 잡고 그걸 그 애의 코에 대고 눌렀다. 그 애는 방망이를 손으로 쳐버렸다. 나는 돌아서서 플레이트로 향했다. 반쯤 가다가 걸음을 멈췄다. 몸을 돌려 그 애를 다시 쳐다보았다. 그런 다음 플레이트로 걸어갔다.

나는 땅을 골라 자세를 잡고 방망이를 휘둘렀다. 이번은 내 것이 될 것이었다. 키튼은 존재하지도 않는 사인을 들여다보았다. 그는 한참을 보다가 고개를 저으며 아니라고 했다. 그는 더러운 머리카락 사이에서 그 녹색 눈으로 계속 노려보았다.

나는 방망이를 좀 더 힘차게 휘둘렀다.

「쳐버려, 부치!」여자애 하나가 소리 질렀다.

「부치! 부치! 부치!」다른 여자애도 소리 질렀다.

그때 키튼이 우리에게서 등을 돌리더니 그저 중견 외야를 쳐다보았다.

「타임.」나는 말하고 타석에서 내려섰다. 주황색 원피스를 입은 아주 귀여운 여자애가 하나 있었다. 금발은 쭉 내려와 노란 폭포처럼 아름다웠다. 나는 잠시 그 애와 눈을 맞췄고, 그 애가 말했다. 「부치, 잘해.」

「입 다물어.」나는 그렇게 말하고 타석에 다시 올라섰다.

투구가 날아왔다. 나는 공을 내내 보았다. 내 공이었다. 운나쁘게도 나는 빈 볼[28]을 찾고 있었다. 빈 볼이 날아오면 마운드로 나가 죽거나 죽일 수 있으니까. 공은 정확히 플레이트 중앙으로 들어왔다. 그 공에 적응했을 때 할 수 있는 최선이란 공이 지나쳐 갈 때 약하게 헛스윙하는 것뿐이었다.

그 개새끼는 완전히 나를 속여 먹었다.

다음 타석에서도 그는 나를 삼진 아웃으로 잡았다. 내가 확신하는데, 그 녀석은 적어도 스물세 살은 되었을 것이다. 어쩌면 세미프로였는지도 모른다.

우리 팀 선수 중 하나가 마침내 그에게서 싱글 안타를 뽑아냈다.

하지만 나는 수비는 잘했다. 몇몇 타구를 잡아냈다. 난 이리저리 뛰어다녔다. 키튼의 강속구를 더 많이 볼수록 더 풀어 낼 수 있을 것 같았다. 그는 더는 내 머리를 맞히려 하지 않았다. 그럴 필요가 없었다. 그저 정중앙으로 던질 뿐이었다. 나는 낮은 공을 쳐올리기까지는 그저 시간문제이기만을 바랐다.

하지만 상황은 더 악화되었다. 나는 그 상황이 마음에 들지 않았다. 여자애들도 마찬가지였다. 녹색 눈 녀석은 투수석에서만 잘하는 게 아니라, 타석에서도 끝내줬다. 첫 두 타석에서 그는 홈런 한 개와 2루타 하나를 쳤다. 세 번째 타석에서는 투구를 올려쳐서 2루에 있는 에이브와 중앙에 있는 나 사이에 높고 완만한 곡선으로 공이 떠올랐다. 나는 앞으로 뛰어들었고, 여자애들은 비명을 질렀지만, 에이브는 계속

28 투수가 타자를 위협하기 위하여 고의로 타자의 머리 쪽으로 던지는 공.

위를 올려다보며 어깨 너머로 손을 뻗었다. 입을 아래로 벌리고 올려다보는 꼴이 정말로 바보 같았다. 쫙 벌린 젖은 입. 나는 고함치며 앞으로 달려들었다. 「내 거야!」 실제론 에이브가 잡아야 할 공이었지만, 나는 어쨌든 그 애가 공을 잡도록 놔둘 수 없었다. 에이브는 그저 백치 같은 책벌레일 뿐이고, 나는 그 애를 진정으로 좋아하지 않았기에 세차게 앞으로 달려들었지만 그때 공이 떨어졌다. 우리는 서로 부딪쳤고, 공이 에이브의 글러브에 들어갔다가 그 애가 땅으로 넘어졌을 때 허공으로 튀었다. 나는 그 애의 글러브에서 나온 공을 잡았다.

나는 땅에 쓰러진 에이브 앞에 서서 내려다보았다.

「일어나, 멍청한 새끼야.」 나는 그 애에게 말했다.

에이브는 그대로 땅에 누워 있었다. 그 애는 울고 있었다. 그 애는 왼쪽 팔을 붙들었다.

「내 팔 부러진 거 같아.」 그 애가 말했다.

「일어나, 겁쟁이 새끼.」

에이브는 마침내 일어서서, 울면서 팔을 붙잡은 채로 필드를 빠져나갔다.

나는 두리번거렸다. 「좋아. 플레이 볼!」 내가 말했다. 「플레이 볼이라고!」

그러나 모두들 가고 있었다. 여자애들까지도. 게임은 확실히 끝난 것 같았다. 나는 잠시 어정거리다 집으로 향했다…….

저녁 식사 바로 전에 전화가 울렸다. 어머니가 전화를 받았다. 목소리가 무척 격앙되었다. 어머니는 전화를 끊었고, 아버지와 얘기하는 소리가 들렸다.

그러더니 어머니가 침실로 들어왔다.

「거실로 와봐.」어머니가 말했다.

나는 안으로 들어가 소파에 앉았다. 부모님도 각자 의자에 앉았다. 항상 그런 식이었다. 의자는 이 집의 주인이라는 뜻이었다. 소파는 손님용이었다.

「모텐슨 부인이 방금 전화했다. 엑스레이를 찍었대. 네가 그 집 아들 팔을 부러뜨렸다며.」

「사고였어요.」나는 말했다.

「걔 엄마가 우리를 고소하겠대. 유대인 변호사를 고용하겠다는구나. 우리가 가진 걸 다 빼앗아 가겠다고.」

「어차피 가진 것도 별로 없잖아요.」

어머니는 소리를 내지 않고 우는 그런 사람이었다. 어머니가 울자, 눈물이 더 빨리 굴러떨어졌다. 어머니의 뺨은 석양을 받아 번들거리기 시작했다.

어머니는 눈을 닦았다. 그 눈은 탁한 연갈색이었다.

「어째서 걔 팔을 부러뜨린 거니?」

「그건 팝업 플라이[29]였어요. 우리 둘 다 공을 잡으려 한 거라고요.」

「〈팝업〉이 뭔데?」

「공을 잡는 사람이 잡는 거예요.」

「그래서 네가 〈팝업 플라이〉를 잡았고?」

「네.」

「그렇지만 이 〈팝업 플라이〉가 우리를 어떻게 도와주겠니? 유대인 변호사는 여전히 부러진 팔을 구실로 삼을 텐데.」

나는 일어나서 내 침실로 가 저녁을 기다렸다. 아버지는 그

29 야구에서, 타자가 하늘 높이 쳐 올린 공이 날아가는 일을 가리킴.

264

때까지 한마디도 하지 않았다. 아버지는 갈등하고 있었다. 그나마 있는 얼마 안 되는 재산을 잃을까 두려웠지만, 동시에 다른 사람의 팔을 부러뜨린 아들이 무척 자랑스러웠으니까.

43

지미 해처는 식품점에서 아르바이트를 했다. 우리 중 누구
도 일자리가 없을 때도, 지미는 항상 얻어 냈다. 지미는 꼬마
영화배우 같은 얼굴이었고 걔네 엄마는 몸매가 좋았다. 지미의
얼굴과 엄마의 몸매로 지미는 문제없이 일자리를 얻어 냈다.

「오늘 밤 저녁 먹고 우리 아파트로 올래?」 어느 날 지미가
내게 이렇게 물었다.

「뭐하러?」

「원하는 만큼 맥주를 훔칠 수 있거든. 뒤로 빼돌려 놓지. 우
린 맥주 마실 수 있어.」

「어디에 놔뒀는데?」

「냉장고에.」

「봐봐.」

우리는 지미네 집에서 한 블록 떨어진 곳에 있었다. 우리
는 거기까지 걸어갔다. 현관에서 지미가 말했다. 「잠깐 기다
려, 우편물 좀 확인할게.」 지미는 열쇠를 꺼내 잠긴 우편함을
열었다. 비어 있었다. 지미는 다시 잠갔다.

「내 열쇠로 이 여자 우편함도 열린다. 봐.」

지미는 우편함을 열어 편지 한 장을 꺼내더니 뜯었다. 지미는 편지를 읽어 주었다. 〈사랑하는 베티에게. 수표가 늦어서 많이 기다렸지. 나 실직했어. 또 다른 직업을 찾긴 했는데, 그러다 보니 밀렸네. 여기, 드디어 수표 보낸다. 무사히 잘 지내길. 사랑을 담아, 돈.〉

지미는 수표를 들고 들여다보았다. 그는 수표를 찢고 편지도 찢어 조각들을 주머니에 넣었다. 그런 후에 우편함을 잠갔다.

「들어가자.」

우리는 아파트 안으로 들어가 부엌으로 향했고, 지미는 냉장고를 열었다. 냉장고 안에는 맥주 캔이 가득 들어 있었다.

「너희 엄마도 알아?」

「그럼, 엄마도 마시는데.」 지미는 냉장고를 닫았다.

「짐, 너희 아버지 정말로 네 엄마 때문에 스스로 머리를 날려 버린 거야?」

「어. 아빠는 전화를 하고 있었어. 엄마한테 총을 갖고 있다고 했대. 〈나한테 돌아오지 않으면, 자살할 거야. 돌아올 거야?〉 그랬더니 엄마가 이랬대. 〈싫어.〉 그랬더니 총소리가 들렸고, 그걸로 끝이었지.」

「네 엄마는 어떻게 했어?」

「전화를 끊었다는데.」

「그래. 오늘 밤에 보자.」

부모님에게는 숙제할 게 있어서 지미네 집에 간다고 말해 두었다. 내 나름의 숙제지, 나는 혼자서 생각했다.

「지미는 착한 애예요.」 어머니는 아버지에게 말했다.

아버지는 아무 말도 하지 않았다.

지미가 맥주를 꺼내 왔고 우리는 시작했다. 정말로 마음에
들었다. 지미네 엄마는 새벽 2시까지 바에서 일했다. 집을 우
리가 독차지했다.

「너희 엄만 정말로 몸매가 좋더라, 짐. 어떤 여자는 그렇게
몸매가 좋은데, 다른 여자들은 왜 다 기형처럼 보이는 거래?
어째서 여자들 모두 몸매가 좋으면 안 되는 거야?」

「야, 난들 아냐. 아마도 여자들이 전부 똑같다면, 우리가
진력이 날까 봐 그렇겠지.」

「더 마셔. 너 너무 뺀다.」

「알았어.」

「맥주 몇 캔 더 마시면, 내가 너를 죽도록 때릴 거야.」

「우린 친구잖아, 행크.」

「난 친구 같은 거 없어. 다 마셔!」

「좋아. 뭐가 급하냐?」

「취한 효과를 보려면 단번에 마셔야지.」

우리는 맥주 몇 캔을 더 땄다.

「내가 여자라면 치마를 여기까지 끌어 올려 입고 다니면
서 남자들을 다 서게 할 거다.」지미가 말했다.

「역겨운 놈.」

「우리 엄마가 전에 알던 남자는 엄마 오줌도 마셨어.」

「뭐라고?」

「그렇다니까. 엄마랑 그 남자는 밤새 술을 마셨는데, 남자
가 욕조에 누우니까 엄마가 그 입에 오줌을 싸더라. 그러더
니 엄마한테 25달러를 줬어.」

「너네 엄마가 그런 얘기를 너한테 해?」

「아빠가 죽은 다음에 엄마는 나한테 비밀을 다 털어놔. 내가 아빠 자리를 대신한 거나 같지.」

「그 말은……?」

「아니, 그런 건 아냐. 그냥 비밀만 털어놓는 거야.」

「욕조 안의 남자 같은?」

「그래, 그런 남자 같은 얘기.」

「좀 더 말해 봐.」

「싫어.」

「그러지 말고, 술 좀 마셔. 네 엄마 똥을 먹은 남자는 없냐?」

「그런 식으로 말하지 마.」

나는 손에 든 맥주 한 캔을 다 마셔 없애고 방 저편으로 던져 버렸다.

「이 집 좋은데. 여기로 이사 오고 싶어.」

나는 냉장고로 가서 여섯 개들이 한 팩을 꺼내 왔다.

「난 거친 개새끼지. 내가 어울려 주는 것만으로도 운 좋은 줄 알아라.」

「우린 친구잖아, 행크.」

나는 맥주 한 캔을 지미의 코밑에 들이밀었다.

「자, 이거 마셔!」

나는 오줌을 싸러 욕실에 갔다. 무척 여성스러운 욕실로, 형형색색의 수건이 걸렸고 진분홍색 바닥 매트가 깔려 있었다. 심지어 변기 깔개도 분홍색이었다. 개네 엄마는 커다랗고 하얀 엉덩이를 이 위에 올려놓겠지. 그 여자의 이름은 클레어였다. 나는 아직 동정인 내 물건을 바라보았다.

「난 남자야. 누구 엉덩이든 때려 줄 수 있어.」

「나 화장실 써야 해, 행크……」 짐이 문 앞에 있었다.

짐은 욕실로 들어왔다. 그 애가 토하는 소리가 들렸다.

「아, 쌍……」 나는 중얼거리며 새 맥주 캔을 땄다.

몇 분 후, 짐이 나와 의자에 앉았다. 짐은 무척 창백해 보였다. 나는 맥주 캔 하나를 그 애의 코밑에 들이밀었다.

「마셔! 남자답게 굴라고! 남자답게 훔쳤으니까, 이제 남자답게 마셔!」

「먼저 좀 쉴게.」

「마시라고!」

나는 소파에 앉았다. 술에 취하니까 좋았다. 나는 앞으로 늘 취해 있어야겠다고 다짐했다. 취하니까 뻔한 일들이 날아가 버렸고, 뻔한 일들로부터 자주 도망칠 수 있다면, 나 자신은 그렇게 뻔한 작자가 되지 않을지도 몰랐다.

나는 지미를 건너다보았다.

「마셔, 애송이.」

나는 텅 빈 캔을 방 저편으로 던졌다. 「너네 엄마 얘기 좀 해 봐, 지미 새끼야. 욕조에 누워 오줌 받아먹었던 남자에 대해 너희 엄마가 뭐라디?」

「엄마는 이러던데. 〈호구는 1분 1초마다 탄생한다니까.〉」

「짐.」

「응?」

「마셔. 남자답게 굴어!」

지미는 맥주 캔을 들어 올렸다. 그런 후에 욕실로 달려갔고 나는 지미가 한 번 더 토하는 소리를 들었다. 잠시 후에 지미는 나와서 의자에 앉았다. 안색이 좋지 않았다. 「나 그만할래.」 그 애가 말했다.

「지미, 네 엄마 올 때까지 기다렸다 가야겠다.」 나는 말했다.

지미는 의자에서 일어서서 침실로 걸음을 뗴었다.

「너네 엄마가 집에 오면, 나 떡 칠 거다, 지미.」

지미는 내 말을 듣지도 않았다. 그 애는 그냥 침실로 들어가 버렸다.

나는 부엌으로 가서 맥주를 더 들고 돌아왔다.

앉아서 맥주를 마시며 클레어를 기다렸다. 그 창녀는 어디에 있담? 나는 이런 유의 일은 용납할 수 없었다. 나는 기강을 바로 세워야 했다.

나는 일어서서 침실로 갔다. 지미는 옷도 그대로 입고, 신발도 그대로 신은 채 침대에 얼굴을 묻고 쓰러져 있었다. 나는 도로 밖으로 나왔다.

뭐, 꼬마 녀석이 술이 약하다는 건 뻔했다. 클레어에게는 남자가 필요했다. 나는 자리에 앉아 맥주 캔을 또 하나 땄다. 술기운이 확 올라왔다. 커피 탁자에서 담배 한 갑을 찾아 불을 붙였다.

클레어를 기다리며 얼마나 맥주를 더 마셨는지 기억도 나지 않지만, 마침내 열쇠 돌아가는 소리가 들리고 문이 열렸다. 빵빵한 몸매에 금발의 클레어였다. 그 몸은 하이힐을 신고서 약간 비틀거렸다. 어떤 예술가라도 더 멋진 광경을 상상할 수 없을 것이다. 심지어 벽들도 그녀를 바라보고 있었다. 전등갓도, 의자도, 깔개도. 마법. 그 자리에 서서…….

「애, 너는 누구니? 이 꼴이 다 뭐야?」

「클레어, 전에 만난 적 있죠. 난 행크예요. 지미 친구죠.」

271

「여기서 나가!」

나는 웃었다. 「나, 여기로 이사 올 건데, 베이비. 당신이랑 나랑!」

「지미는 어딨어?」

클레어는 침실로 뛰어들어 갔다 도로 나왔다. 「꼬마 변태 새끼! 여기서 무슨 일이 있었던 거야?」

나는 담배를 하나 집어 불을 붙였다.

「화닐 때가 특히 아름답군요······.」

「맥주 마시고 고주망태가 된 애새끼 주제에. 집에 가라.」

「앉아요, 베이비. 맥주나 마셔요.」

클레어는 자리에 앉았다. 그 여자가 그렇게 하자 나는 무척 놀랐다.

「너 첼시 고등학교 다니지?」 클레어가 물었다.

「네. 짐이랑 나는 친구예요.」

「네가 행크구나.」

「그런데요.」

「지미가 네 얘기 하더라.」

나는 클레어에게 맥주 캔을 건넸다. 손이 떨렸다. 「여기요, 한잔해요, 베이비.」

클레어는 맥주를 따고 한 모금 들이켰다.

나는 클레어를 보다가 맥주를 들어 올리고 마셨다. 그녀는 대단한 여자였다. 매이 웨스트[30] 타입으로, 똑같이 몸에 딱 달라붙는 옷을 입었다. 큼지막한 엉덩이, 쭉 뻗은 다리. 게다가 가슴. 화들짝 놀랄 만한 가슴이었다.

클레어는 경이로운 다리를 꼬았다. 치마가 약간 올라갔다.

30 미국의 여배우. 육감적인 몸매로 인기를 얻었다.

272

다리는 통통하고 황금색이었으며 스타킹은 피부처럼 딱 맞았다.

「네 엄마를 만난 적 있는데.」 그 여자가 말했다.

나는 맥주 캔을 다 비우고 다리 옆에 놓았다. 나는 새 캔을 따서 한 모금 들이켜고 그녀를 보았다. 그 여자의 가슴을 봐야 할지, 다리를 봐야 할지, 피곤한 얼굴을 봐야 할지 알 수가 없었다.

「아줌마 아들을 취하게 해서 미안해요. 하지만 할 말이 있어요.」

클레어는 고개를 돌렸고, 그러면서 담배에 불을 붙인 후 다시 나를 보았다.

「그래?」

「클레어, 사랑해요.」

그 여자는 웃지 않았다. 그저 입꼬리를 살짝 올리면서 가벼운 미소만 띠었다.

「불쌍한 애 같으니. 막 알 깨고 나온 병아리 새끼가.」

그 말은 사실이었지만, 나는 화가 났다. 어쩌면 사실이기 때문인지도 몰랐다. 꿈과 맥주는 그게 사실이 아닌 다른 것이기를 바랐다. 나는 다시 술을 마시며 그 여자를 보았다. 「개소리 집어치워요. 치마 올려요. 다리 좀 보여 봐요. 옆구리를 보이라고.」

「넌 그냥 애야.」

그때 내가 그 말을 했다. 어디서 그런 말이 나왔는지 모르지만, 그냥 말했다. 「죽여줄 수도 있어, 베이비. 기회만 주면.」

「그래?」

「그래.」

「좋아. 어디 한번 보자.」

그때 클레어는 그렇게 했다. 그냥 그렇게. 꼬인 다리를 풀고 치마를 도로 걷어 올렸다.

클레어는 팬티를 입고 있지 않았다.

나는 그녀의 거대하고 하얀 뱃살을 보았다. 강처럼 넘쳐흐르는 살. 왼쪽 허벅지 안쪽에는 사마귀가 커다랗게 튀어나와 있었다. 그리고 다리 사이에 구불거리는 털이 정글처럼 무성했지만, 머리카락처럼 환한 노란색이 아니라 갈색이었고 간간이 센털이 섞여 있었다. 병들어 시들시들한 덤불처럼 늙어 있었다. 생명력이라고는 없이 슬프게.

나는 일어섰다.

「가봐야겠네요, 해처 부인.」

「야, **파티**하고 싶다며!」

「다른 방에 아드님이 있는데, 그럴 순 없죠, 해처 부인.」

「쟤는 걱정하지 마, 행크. 필름이 완전히 끊겼잖아.」

「아뇨, 해처 부인. 저는 **정말로** 가봐야 해서요.」

「좋아, 쓸모없는 새끼야, 당장 여기서 나가!」

나는 문을 닫고 아파트 건물 복도를 걸어 거리로 나갔다.

생각해 보면, 저런 것 때문에 자살했던 사람도 있었다니, 참.

밤이 갑작스레 근사해 보였다. 나는 길을 걸어 부모님의 집으로 향했다.

44

내 앞에 뻗은 길을 볼 수 있었다. 나는 가난했고 앞으로도 계속 가난하게 살 것이었다. 하지만 딱히 돈을 원하지는 않았다. 내가 뭘 원하는지 몰랐다. 아니, 알았다. 나는 숨을 수 있는 곳, 아무것도 할 필요가 없는 곳을 원했다. 무언가 된다는 생각은 소름 끼칠 뿐만 아니라 구역질까지 났다. 변호사나 지방 의원, 기술자나 뭐 그런 게 된다는 생각은 얼토당토않아 보였다. 결혼하고, 아이를 갖고, 가족 구조의 덫에 갇히고. 매일 어디론가 일하러 나가고 돌아오고. 얼토당토않았다. 단순한 일이라도 뭔가 한다는 것, 각종 행사에 참여한다는 것, 가족 소풍이나, 크리스마스, 독립 기념일, 노동절, 어머니날……. 인간은 이런 것들을 견디기 위해 태어났다가 죽는 것인가? 차라리 접시 닦이가 되어 작은 방으로 홀로 돌아가서 나 혼자 술 마시다 죽는 편이 나았다.

아버지는 마스터플랜을 갖고 있었다. 아버지는 내게 말했다. 「아들아. 남자라면 살아생전에 집을 사야 한다. 나중에 죽으면 그 집을 아들에게 물려주는 거지. 그런 다음 그 아들이 자기 집을 마련하고 죽으면서 두 집 다 **자기** 아들에게 남기는 거지. 그러면 집 두 채가 되잖냐. 그 아들이 자기 집을 마련하면 세 채가 되고……」

가족 구조. 가족을 통해서 역경을 이겨 낸다. 아버지는 그런 신념이 있었다. 가족을 꾸리고, 신과 국가를 섬기고, 하루에 열 시간 일하면 필요한 것을 갖게 된다.

나는 아버지를 보았다. 그의 손, 그의 얼굴, 그의 눈썹. 그리고 이 남자가 나와 아무 상관이 없다는 것을 알았다. 그는 이방인이었다. 어머니는 존재하지 않았다. 나는 저주받았다. 아버지를 보아도 품위 없는 아둔함 외에 아무것도 볼 수가 없었다. 설상가상으로, 아버지는 대부분의 다른 사람들보다 실패를 더 두려워했다. 수 세기에 걸친 농노의 피와 농노 훈련. 치나스키 혈통은 환상 속의 소소한 이익을 위해 실제 삶을 내놓은 농노 출신 노예들이 줄줄이 이어지며 묽어졌다. 그 혈통의 남자 중에 이렇게 말하는 사람은 없었다. 「나는 집 한 채를 원하지 않아. **지금 집 수천 채를** 원한다고!」

아버지는 나를 그 부자 고등학교에 보내면서, 내가 그 아이들이 크림색 쿠페를 타고 질주하면서 환한 원피스를 입은 여자들을 꼬시는 모습을 보며 지배자의 태도에 물들기를 바랐다. 대신에 나는 가난뱅이는 보통 계속 가난하기 마련이라는 것을 깨우쳤다. 저 젊은 부자들이 가난한 자의 냄새를 맡으면서 무척 흥미로워한다는 것도 깨우쳤다. 그들은 웃어넘겨야 했다. 그렇지 않으면 너무 무시무시하니까. 그들은 수세기에 걸쳐 그 사실을 깨우쳤다. 나는 웃는 남자애들과 함께 그 크림색 쿠페에 탔다는 이유로 여자애들을 결코 용서하지 않을 것이다. 물론 그 애들도 어쩔 수 없었겠지만, 항상 생각하게 될 것이다, 〈어쩌면〉이라고……. 하지만 아니다, 절

276

대로 어쩌면은 없었다. 부는 승리를 뜻하고, 승리는 유일한 현실이었다.

어떤 여자가 접시 닦이와 살려고 할까?

고등학교를 다니는 내내, 나는 내 미래가 결국에는 어떻게 될지에 관해 별로 생각하지 않으려 했다. 생각을 미루는 게 더 나아 보였다⋯⋯.

마침내 졸업 무도회의 날이 되었다. 여학생 체육관에서 진짜 밴드의 라이브 연주로 열렸다. 나는 왜인지 모르지만, 그 날 밤 집에서부터 3.5킬로미터나 되는 거리를 걸어갔다. 나는 바깥의 어둠 속에 서서 창살로 덮인 창문 너머 안을 들여다보고 놀랐다. 모든 여자애들이 무척 어른스러웠고, 우아하고, 사랑스러워 보였다. 여자애들은 긴 원피스를 입었고, 모두 아름다워 보였다. 미처 알아볼 수 없을 지경이었다. 그리고 턱시도를 입은 남자애들, 그들은 멋있어 보였고, 허리를 꼿꼿이 펴고 춤을 추었다. 모두 여자 하나씩 팔에 안고, 얼굴을 여자의 머리카락에 대고 있었다. 모두 아름답게 춤을 추었고 음악은 크고 맑고 좋고 힘이 넘쳤다.

그때 나는 그들을 빤히 쳐다보고 있는, 유리에 비친 내 모습을 언뜻 보았다. 얼굴의 부스럼과 흉터, 누더기 셔츠. 나는 빛에 이끌려 안을 들여다보는 정글의 짐승 같았다. 왜 왔을까? 나는 구역질이 났다. 하지만 계속 바라보았다. 춤이 끝났다. 동작이 잠시 멈췄다. 쌍쌍이 편안하게 이야기를 나누었다. 자연스럽고 세련되었다. 어디서 저렇게 대화하고 춤추는 법을 배웠을까? 나는 대화할 수도 춤을 출 수도 없었다.

모두 내가 모르는 것을 알았다. 여자애들은 무척 예뻤고, 남자애들은 무척 잘생겼다. 나는 너무 겁이 나서 여자애들에게 가까이 다가가는 건 고사하고 쳐다볼 수도 없었다. 여자아이의 눈을 들여다보거나 춤을 추는 것은 내 한계를 넘는 일이었다.

그래도 나는 내가 본 광경이 보기만큼 간단하거나 좋은 것이 아님은 알고 있었다. 그 모든 것을 위해선 치러야 할 대가가 있었다. 쉽게 믿을 수 있어서, 막다른 길에 첫걸음을 내디딜 수 있게 하는 일반적 허위. 밴드는 다시 음악을 연주하기 시작했고, 남녀 아이들은 다시 춤을 추기 시작했다. 그들 머리 위의 조명은 쌍쌍이 춤추는 사람들 위에 금색, 빨강, 파랑, 초록, 다시 금색의 불빛을 던졌다. 나는 그들을 바라보며 혼잣말했다. 언젠가 내 춤도 시작할 거야. 그날이 오면, 난 쟤들이 가지지 못한 걸 가지겠지.

하지만 다음 순간 너무 버거워졌다. 나는 그들이 싫었다. 나는 그들의 미모가, 고생 모르는 청춘이 싫었다. 그들이 마법 같은 색깔의 빛의 웅덩이 속에서 서로를 붙잡고 즐거운 기분에 젖어 춤추는 것을 보고 있노라니, 일시적 행운으로 무사히 살아온 이 어린애들이 싫었다. 그들은 내가 아직 갖지 못한 것을 가지고 있었으므로. 그리고 나는 혼잣말했다. 나는 다시금 혼잣말했다. **언젠가 너희 중 그 누구보다 행복해질 거야. 두고 보라고.**

그들은 계속 춤을 추었고, 나는 그들을 향해 그 말을 반복했다.

그때 내 뒤에서 소리가 들렸다.

「어이, 거기서 뭐해?」

손전등을 든 늙은 남자였다. 그의 머리는 개구리 대가리 같 았다.

「춤추는 것 보는데요.」

그는 손전등을 코밑까지 쳐들었다. 눈은 동그랗고 커다랬 고 달빛 속 고양이 눈처럼 빛났다. 하지만 그의 입은 쪼그라 들어 무너졌고, 머리는 둥글었다. 기묘하게 무의미한 둥근 모 양이라 선문답을 주고받으려 하는 호박을 떠올리게 했다.

「당장 여기서 꺼져!」

그는 손전등을 가지고 나를 위아래로 훑었다.

「누군데 그래요?」 내가 물었다.

「야간 경비원이다. 경찰 부르기 전에 여기서 꺼져!」

「뭐하려요? 이건 졸업생 무도회고 난 졸업반인데.」

그는 전등으로 내 얼굴을 비추었다. 밴드는 「짙은 자줏빛」 을 연주하고 있었다.

「헛소리! 적어도 스물두 살은 되어 보이는데!」 그가 말했다.

「졸업반 인명부에 있어요. 1939년도 졸업생, 헨리 치나스키.」

「어째서 안에 들어가 춤추지 않는 건데?」

「됐어요. 집에 갈 거니까.」

「그렇게 해.」

나는 그 자리를 걸어 나왔다. 계속 걸었다. 경비원의 손전 등이 길 위에서 뛰놀면서 빛이 나를 따라왔다. 나는 캠퍼스 바깥으로 나갔다. 상쾌하고 따뜻한 밤이었다. 더울 지경이었 다. 반딧불이를 몇 마리 본 듯도 했지만, 확실하지 않았다.

45

졸업식 날. 우리는 학사모와 가운을 입고 「위풍당당 행진
곡」에 맞춰 줄을 섰다. 나는 지난 3년간 뭔가 배우기는 했으리
라고 생각했다. 우리의 맞춤법 능력은 아무래도 나아졌을 테
고 덩치도 커졌다. 나는 여전히 동정이었다. 「어이, 헨리, 너 아
직도 총각 딱지 못 뗐냐?」「헛소리 마라.」 나는 말하곤 했다.

지미 해처가 내 옆에 앉았다. 교장이 훈화를 하면서 오래된
똥통의 바닥을 긁었다. 「미국은 위대한 기회의 나라이며 하고
자 하는 소망이 있는 자는 남녀를 가리지 않고 성공할…….」

「접시 닦이.」 나는 말했다.

「들개잡이.」 지미가 말했다.

「강도.」 내가 말했다.

「넝마주이.」 지미가 말했다.

「정신 병원 간병인.」 내가 말했다.

「미국은 용감합니다, 미국은 용감한 사람들이 건설했습니
다…… 우리 사회는 정의로운 사회입니다.」

「그만큼 소수를 위한 사회지.」 지미가 말했다.

「공정한 사회이고 무지개 끝에 있는 꿈을 찾아가는 모든

이들은 마침내…….」

「털투성이로 기어다니는 똥 덩어리나 보겠지.」 내가 말을 이었다.

「……그리고 주저 없이 말씀드릴 수 있습니다. 여기 1939년 여름 졸업생들은, 우리의 끔찍한 국가적 불황이 시작한 지 10년도 안 되어 졸업해야 하는 우리 39년 졸업생들은 그 **어 떤** 해의 졸업생들보다도 용기와 재능, 사랑이 무르익어 그저 바라보는 것만으로도 저의 즐거움이었습니다.」

어머니들, 아버지들, 친척들은 격하게 박수를 쳤다. 몇몇 학생들도 그에 합류했다.

「1939년 여름 졸업생들, 여러분의 미래가 자랑스럽고, 여 러분의 미래에 **확신**이 있습니다. 이제 여러분을 위대한 **모험** 을 향해 떠나보냅니다!」

그들 대부분은 서던캘리포니아 대학으로 떠나 적어도 4년 은 일하지 않는 삶을 살게 될 것이었다.

「그럼 여러분께 제 기도와 축복을 보냅니다!」

우등생들이 졸업장을 먼저 받았다. 그들이 나갔다. 에이브 모텐슨이 불려 나갔다. 그 애는 졸업장을 받았다. 나는 박수 를 쳤다.

「쟤 결국 어디로 가게 될까?」 지미가 물었다.

「자동차 조립 공장에서 원가 계산 담당자를 하겠지. 캘리 포니아, 가드나 근처에서.」

「평생직장이군…….」 지미가 말했다.

「평생 아내도 얻겠지.」 나는 덧붙였다.

「에이브는 절대로 불쌍해지지 않을 거야…….」

「그렇다고 행복해지지도 않겠지.」

「고분고분한 인간…….」

「따까리.」

「시체…….」

「약골.」

우등생들을 다 챙겨 주고 나자, 이제 우리 차례가 왔다. 나는 그 자리에 불편하게 앉아 있었다. 그 자리에서 나가고 싶었다.

「헨리 치나스키!」 내 이름이 불렸다.

「공무원.」 나는 지미에게 말했다.

나는 앞으로 가서 무대를 건너 졸업장을 받은 후 교장의 손을 잡고 흔들었다. 더러운 어항 안쪽처럼 끈적거렸다. (2년 후 그는 학교 기금을 횡령한 죄가 발각된다. 그 뒤에 재판을 받고 형이 확정되어 감옥에 갔다.)

나는 모텐슨과 우등생 무리를 지나 내 자리로 돌아갔다. 모텐슨은 나를 어깨 너머로 보면서, 나만 볼 수 있게 가운뎃 손가락을 세웠다. 그게 내 성질을 건드렸다. 전혀 예상하지 못한 짓이었다.

나는 돌아와서 지미 옆에 앉았어.

「모텐슨이 나한테 **퍽큐했어!**」

「설마, **믿을 수 없어!**」

「개새끼! 걔 때문에 오늘 같은 날 기분 잡쳤어! 어쨌든 개뿔 신경도 안 썼지만, 쟤가 아예 똥물을 뿌렸다고!」

「저 자식이 너한테 **퍽큐할** 만한 깡이 있다는 게 믿기지 않는다.」

「재답진 않지. 누구에게 코치를 받은 거 같냐?」

「어떻게 생각해야 할지 모르겠다.」

「숨 한 번 들이마시기도 전에 내가 자기를 작살내 줄 수 있다는 걸 알 텐데!」

「작살내자!」

「하지만 쟤 상 탄 것 못 봤냐? 그런 식으로 나를 놀라게 하는 거지!」

「그냥 저 자식 엉덩이를 위아래로 차주기만 하면 되는 거야.」

「저 개새끼가 그렇게 책을 많이 읽더니 뭔가 배운 거 같냐? 내가 네 장당 한 장씩만 띄엄띄엄 읽어 봤는데 아무것도 없던데.」

「지미 해처!」 지미의 이름이 불렸다.

「신부.」 그가 말했다.

「양계장 주인.」 내가 말했다.

지미가 가서 자기 졸업장을 받아 왔다. 나는 박수를 크게 쳤다. 그 애 엄마 같은 어머니와 함께 살 수 있는 사람이라면 표창장을 받을 만하다. 지미가 돌아오자 우리는 자리에 앉아 그 부자 아이들이 일어서서 졸업장을 받아 오는 모습을 보았다.

「쟤들이 부자라고 욕할 순 없지.」 지미가 말했다.

「아니, 난 씨팔 쟤들 부모를 욕하는 거야.」

「쟤들 할아버지 할머니도.」 지미가 말했다.

「그래, 쟤들처럼 새 차와 예쁜 여자 친구가 생기면 나라도 기분 좋겠다. 그럼 사회 정의 같은 것 따위에는 개뿔 신경도 안 쓸걸.」

「그래.」 지미가 말했다. 「사람들이 불의에 신경 쓰는 때는 오직 지들이 당했을 때뿐이지.」

부자 애들은 무대를 가로지르며 줄줄이 행진했다. 나는 에이브에게 주먹을 날릴까 말까 고민했다. 그 애가 졸업 가운을 그대로 입은 채 보도 위에 고꾸라지는 모습이 머릿속에 그려졌다. 내 오른쪽 크로스 펀치의 희생자, 예쁜 여자애들은 모두 비명을 지르며 생각하겠지. 어머나, 이 치나스키라는 애는 용수철 달린 **황소**일 거야!

반면, 에이브는 별거 아니었다. 걔는 거기에 없는 사람이나 다름없었다. 그 애를 때려눕히는 건 별 힘도 들지 않았다. 나는 하지 않기로 결정을 내렸다. 벌써 걔의 팔을 부러뜨린 적이 있었지만, 그 부모는 끝내 우리 부모님을 고소하지 않았다. 내가 그 애의 머리를 박살 내면, 아마도 그 부모가 이번에는 반드시 고소할 것이었다. 우리 노친네 마지막 남은 한 푼까지도 털어 가겠지. 딱히 그게 신경 쓰여서 그런 건 아니었다. 어머니 때문이었다. 어머니는 바보 같은 식으로 괴로워할 것이었다. 무의미하게 이유도 없이.

그때, 졸업식이 끝났다. 학생들은 좌석을 떠나 줄지어 나갔다. 학생들은 앞쪽 잔디밭에 서 있던 자기 부모와 친척들을 만났다. 다들 껴안고 토닥였다. 기다리고 있는 나의 부모님이 보였다. 나는 1.5미터가량 떨어진 자리에 서 있던 그들에게 걸어갔다.

「여기서 나가요.」 내가 말했다.

어머니가 나를 보고 있었다.

「헨리, 네가 정말 자랑스럽구나!」

그때 어머니의 고개가 돌아갔다. 「어머, 저기 에이브와 걔 부모님이 있네! 정말 **착한** 사람들이야! **어머, 모텐슨 부인!**」

그들이 멈춰 섰다. 어머니는 뛰어가 모텐슨 부인에게 두 팔을 벌렸다. 어머니와 전화로 몇 시간이고 대화를 한 끝에

284

고소하지 않기로 한 사람은 모텐슨 부인이었다. 내가 정신이 약간 혼란한 애이고 어머니가 그 때문에 충분히 고통받았다고 결론이 내려졌다.

아버지는 모텐슨 씨와 악수를 했고, 나는 에이브에게로 걸어갔다.

「좋아. 씨팔 놈아. 무슨 뜻으로 나한테 퍽큐한 거야?」

「뭐라고?」

「**손가락** 세웠잖아!」

「네가 무슨 말 하는지 모르겠어!」

「**손가락 말야!**」

「헨리, 난 정말로 네가 무슨 말 하는지 모르겠어!」

「됐어, 에이브러햄. 이제 갈 시간이다!」 그 애 엄마가 말했다.

모텐슨 가족은 함께 가버렸다. 나는 서서 그들의 모습을 바라보았다. 그런 후에 우리도 고물차를 향해 걸어갔다. 우리는 서쪽으로 걸어 모퉁이를 돌아서 남쪽으로 갔다.

「저 모텐슨네 아들은 정말로 **집중하는** 법을 아네!」 아버지가 말했다. 「**너는** 어떻게 그렇게 될래? 네가 교과서를 펼치기는커녕 **곁이라도** 훑는 꼴을 못 봤다!」

「어떤 책들은 지루해요.」 내가 말했다.

「아, **지루하시겠지?** 그래서 공부하기 싫다 이거냐? 넌 뭐 **할 수 있는데?** 너한테 무슨 **쓸모**가 있냐고? 뭘 할 수 **있는데?** 너를 기르고 먹이고 입히느라고 내가 수천 달러나 썼는데! 내가 너를 여기 길에 버려두고 가면 어쩔래? 그럼 뭐할 거야?」

「나비나 잡죠.」

어머니가 울기 시작했다. 아버지는 어머니를 끌고 10년 된 고물차가 주차되어 있는 자리로 내려갔다. 내가 거기 서 있는 동안, 다른 가족들은 으르렁대는 새 차를 타고 나를 지나쳐 어디론가 가버렸다.

그때 지미 해처와 개 엄마가 걸어왔다. 그 애 어머니는 멈춰 섰다. 「애, 잠깐 기다리렴.」 그 여자는 지미에게 말했다. 「헨리를 축하해 주고 싶구나.」

지미는 기다리고 클레어가 다가왔다. 그 여자는 자기 얼굴을 내 얼굴에 가까이 댔다. 클레어는 지미가 들을 수 없을 정도로 부드럽게 속삭였다. 「잘 들어, 귀염둥이. 네가 언제든 **정말로** 졸업하고 싶거든, 내가 네 졸업장을 준비해 놓고 있을게.」

「고마워요, 클레어. 제가 언젠가 보러 갈지도 모르겠네요.」

「네 불알을 떼어 줄게, 헨리!」

「그러고도 남으시겠죠, 클레어.」

클레어는 지미에게 돌아갔고, 두 사람은 거리를 따라 내려갔다.

아주 낡은 차가 구르다 멈췄고 엔진이 꺼졌다. 어머니가 흐느끼고, 커다란 눈물방울이 뺨을 타고 흘러내리는 것이 보였다.

「헨리, 타렴! **제발** 타! 아버지 말이 맞지만 엄만 널 사랑해!」

「됐어요. 저도 갈 데가 있어요.」

「아니야, 헨리, 타!」 어머니가 울부짖었다. 「타렴, 안 그러면 엄마 **죽는다!**」

나는 가서 뒷문을 열고 뒷좌석에 올라탔다. 엔진이 걸렸고 우리는 다시 출발했다. 거기에 나, 1939년 여름의 졸업생 헨리 치나스키가 밝은 미래를 향해 차를 타고 가고 있다. 아니, 실려 가고 있다. 처음으로 걸린 빨간불에 차는 멈췄다. 신호가 녹색으로 바뀌었는데도 아버지는 여전히 시동을 걸려고 하고 있었다. 우리 뒤에 있는 누군가 경적을 울렸다. 아버지는 차를 출발시켰고, 우리는 다시 움직였다. 어머니는 울음을 그쳤다. 우리는 그렇게 함께 달려갔다. 각자 아무 말 없이.

46

여전히 고된 시절이었다. 미어스스타벅이 전화해서 다음 월요일에 출근할 수 있겠느냐고 물었을 때 나 자신보다 더 놀란 사람은 없었다. 나는 온 시내를 돌아다니며 수십 통의 지원서를 냈다. 달리 할 일이 없었다. 나는 직업을 원하지 않았지만 부모님과 살고 싶지도 않았다. 미어스스타벅은 아마 수천 통의 지원서를 받았을 것이었다. 그들이 나를 선택했다는 것이 믿기지 않았다. 여러 도시에 지점이 있는 백화점이었다.

그다음 월요일, 나는 갈색 종이봉투에 도시락을 담고 걸어서 일하러 갔다. 백화점은 내가 이전에 다니던 고등학교에서 몇 블록 떨어져 있을 뿐이었다.

나는 여전히 어째서 내가 뽑혔는지 이해하지 못했다. 지원서를 작성한 후, 고작 몇 분간 면접을 봤을 뿐이었다. 내가 모든 질문에 제대로 된 대답을 내놓았나 보았다.

첫 월급을 받으면, 시내에 있는 LA 공립 도서관 근처에 방을 얻어야지, 나는 생각했다.

길을 걸으며 나는 혼자라 느끼지 않았고, 실제로도 혼자가 아니었다. 굶주린 잡견 한 마리가 따라오고 있다는 것을 알아챘다. 불쌍한 동물은 끔찍할 정도로 앙상했다. 갈비뼈가 피부를 뚫고 나올 듯했다. 털은 대부분 빠져 버렸다. 남아 있는 털도 마르고 뭉쳐서 군데군데 붙어 있었다. 그 개는 사람들에게 매를 맞고 위협당했으며 버림받아 겁을 먹었다. 호모 사피엔스의 희생자였다.

나는 멈춰서 무릎을 꿇고 한 손을 내밀었다. 개는 뒷걸음질 쳤다.

「이리 와봐, 난 네 친구야…… 이리 와, 이리…….」

개는 더 가까이 왔다. 무척 슬픈 눈을 갖고 있었다.

「야, 사람들이 무슨 짓을 한 거냐?」

개는 인도를 따라 기어서, 몸을 떨면서, 꼬리를 매우 빠르게 흔들면서 좀 더 가까이 다가왔다. 다음 순간 개는 내게 뛰어들었다. 개는 덩치가 컸다. 그게 그나마 개에게 남아 있는 것이었다. 개는 앞발로 나를 뒤로 밀었고, 나는 보도 위에 납작하게 쓰러졌다. 개는 내 얼굴, 입, 귀, 이마, 모든 곳을 핥았다. 나는 개를 밀어내고 일어서서 얼굴을 닦았다.

「이제 진정해! 너 뭔가 **먹어야겠다**! 음식 말야!」

나는 봉투에 손을 넣어 샌드위치를 꺼냈다. 포장을 풀고 한 부분을 떼어 냈다.

「너 조금 먹고, 나도 조금 먹자, 친구!」

나는 개의 몫으로 뗀 샌드위치를 보도 위에 놓았다. 개는 다가와 냄새를 킁킁 맡더니, 도로 슬금슬금 떨어졌다. 개는 거리 아래로 멀어져 가며 어깨 너머로 나를 돌아보았다.

「어이, 기다려, 친구! 그건 **땅콩버터** 샌드위치였어! 이리 와, **볼로냐** 샌드위치 좀 줄게! 어이, 야, 이리 오라고! 돌아와!」

개는 조심스레 다시 다가왔다. 나는 볼로냐 샌드위치를

찾아 한 덩어리 떼어 내어 물 같은 싸구려 머스터드는 닦아
내고 보도 위에 내려놓았다.

개는 샌드위치 조각으로 다가와 코를 들이대며 킁킁거리
더니 다시 몸을 돌려 가버렸다. 이번에는 돌아보지도 않았
다. 속도를 내서 거리를 달려갔다.

내가 평생 우울했던 것도 당연하다. 제대로 된 영양을 섭
취하지 못했으니.

백화점 쪽으로 걸어갔다. 그곳은 고등학교 다닐 때 걸어 다
녔던 길 위에 있었다.

나는 도착했다. 직원용 입구를 찾아 문을 열고 들어섰다.
환한 햇빛으로부터 침침한 어둠 속으로 들어갔다. 눈이 익
자, 내 앞 몇 미터 앞에 선 남자를 분간할 수 있었다. 왼쪽 귀
의 반은 과거의 언젠가 잘려 나가고 없었다. 키가 무척 크고
마른 남자로, 전체적으로 색깔 없는 눈 한가운데 바늘구멍
같은 회색 눈동자가 있었다. 키가 무척 크고 마른 남자였지
만, 허리띠 바로 위에 불쑥 튀어나온 것은 슬프고 흉측하며
이상한 올챙이배였다. 모든 지방이 거기에 자리를 잡았고,
나머지는 모두 다 빠져나간 것만 같았다.

「페리스 주임이다. 자네가 치나스키겠지?」 그가 말했다.

「네.」

「5분 늦었군.」

「오는 길에 지체될 사정…… 음, 굶어 죽어 가는 개에게 먹
이를 주려다가요.」 나는 씩 웃었다.

「내가 들어 본 것 중에 가장 형편없는 변명이군. 여기서 35년
이나 일했는데. 그것보다 좀 더 그럴듯한 얘기를 꾸며 낼 순
없나?」

「지금 막 얘기를 시작했을 뿐입니다, 페리스 주임님.」

「그럼 이제 끝내. 자.」 그는 가리켰다. 「시간기록계는 저기 있고, 출근 카드 꽂이도 저기 있네. 가서 자네 카드를 찾아서 출근을 찍어.」

나는 내 카드를 찾았다. 헨리 치나스키, 직원 68754번. 그런 후에 시간기록계를 향해 걸어갔지만 어떻게 해야 할지 몰랐다.

페리스가 걸어와 내 뒤에 서서 시간기록계를 쳐다보았다.

「자넨 이제 6분 지각이야. 10분 지각하면, 한 시간을 공제하네.」

「그러면 한 시간 지각하는 편이 낫겠네요.」

「웃기지 마. 코미디언이 필요하면, 잭 베니 쇼[31]를 들을 테니. 한 시간 지각하면, 자네 따윈 아예 잘릴 줄 알라고.」

「죄송한데요, 시간기록계를 어떻게 사용하는지 모르겠는데요. 제 말은, 어떻게 하면 출근 시각을 찍을 수 있죠?」

페리스가 카드를 내 손에서 잡아챘다. 그는 가리켰다.

「이 가느다란 구멍 보이지?」

「에.」

「뭐라고?」

「〈네〉라고 했습니다.」

「좋아. 이 구멍은 일주일의 첫날을 위한 거야. 오늘이지.」

「아.」

「출근 카드를 여기 이렇게 끼워 넣어……..」

그는 카드를 끼웠다가 빼냈다.

---

31 20세기 미국에서 최고의 전성기를 구가한 코미디언이 진행한 라디오 프로그램.

「출근 카드가 다 들어가면 이 레버를 눌러.」

페리스는 레버를 눌렀지만, 카드는 그 안에 끼워져 있지 않았다.

「알겠습니다. 해보죠.」

「아니, 기다려.」

페리스는 카드를 내 앞에 내밀었다.

「자, 점심시간에 나갈 때는, 이 구멍에 넣어.」

「네, 알겠습니다.」

「그리고 다시 들어왔을 땐 옆의 구멍에 넣어. 점심은 30분이야.」

「30분요, 알겠습니다.」

「이제, 퇴근을 찍으려고 하면 마지막 구멍에 넣어. 그러니까 하루에 네 번 찍는 거야. 그리고 집이든 방이든 어디든 가서 자고 다시 오면, 매일 근무일마다 하루에 네 번은 찍는 거네. 잘리거나, 그만두거나, 죽거나, 은퇴할 때까지.」

「알겠습니다.」

「그리고 자네 때문에 우리 신입 직원들에게 내가 해야 할 교육 안내가 늦어졌어. 이 경우에는 자네가 바로 신입 직원 중 하나지. 내가 여기 책임자네. 내 말은 법이고, 자네의 바람은 아무 의미도 없어. 내가 자네의 어떤 점을 마음에 안 들어하면, 하다못해 신발 끈 묶는 법이나 머리 빗는 법이나 방귀까지도 싫어하면 자네는 도로 거리로 나앉을 거야. 알겠나?」

「네, 주임님!」

굽 높은 구두를 신고 갈색 머리를 등 뒤로 길게 내린 젊은 여자가 사뿐사뿐 들어왔다. 여자는 몸에 딱 달라붙는 빨간 원피스를 입고 있었다. 입술이 큼직했고 립스틱을 바른 게

과했다. 여자는 연극적으로 카드를 꽂이에서 빼서 출근 시각을 찍고 약간 흥분한 듯 숨을 쉬며 다시 카드를 꽂이에 끼워 넣었다.

여자는 페리스를 슬쩍 넘겨다보았다.

「안녕, 에디!」

「안녕, 다이애나!」

다이애나는 판매원이 분명했다. 페리스는 그 여자에게 걸어갔다. 둘은 서서 이야기했다. 대화 내용은 들리지 않았지만 웃는 소리는 들렸다. 그때 그들이 뚝 멈췄다. 다이애나는 걸어가서 그녀를 일터로 데려갈 엘리베이터를 기다렸다. 페리스는 출근 카드를 든 내게 도로 걸어왔다.

「저 이제 출근 찍겠습니다, 페리스 씨.」 나는 그에게 말했다.

「내가 자네 대신 해주지. 지금 당장 일을 시작하게 하고 싶으니까.」

페리스는 내 출근 카드를 기록계에 집어넣고 가만히 서 있었다. 그는 기다렸다. 나는 시계가 똑딱거리는 소리를 들었고, 그때 그가 기계를 눌렀다. 그는 내 카드를 꽂이에 넣었다.

「저 얼마나 늦은 겁니까, 페리스 씨?」

「10분이네. 이제 나를 따라와.」

나는 그를 뒤따라갔다.

기다리는 사람들 한 무리가 보였다.

남자 넷과 여자 셋. 모두 늙었다. 모두 침샘에 문제가 있어 보였다. 작은 침 덩어리가 입가에 붙어 있었다. 침은 다 말라서 하얗게 변했고 새 축축한 침이 그 위를 덮었다. 몇몇은 너무 말랐고, 다른 사람들은 너무 뚱뚱했다. 어떤 이는 근시였다. 또 다른 이는 손을 떨었다. 밝은 색깔의 셔츠를 입은 남자 하나는 곱사등이었다. 모두 미소를 띠거나 콜록거리면서 담배를 뻐끔거렸다.

그때 나는 깨달았다. 그 메시지를.

미어스스타벅은 끈기 있게 버틸 사람을 찾고 있었다. 회사는 직원의 이직을 좋아하지 않았다. (이 신입 사원들이야 무덤밖에 갈 데가 없겠지만. 그때까지는 회사에 감사하는 충직한 직원으로 남아 있으리라.) 그리고 나는 그들과 함께 일하라고 뽑혔다. 인사과의 여자는 나를 이 한심한 패배자 무리로 분류한 것이었다.

고등학교 동창들이 나를 보면 뭐라고 생각했을까? 졸업반에서 가장 센 녀석 중 하나였던 내가 이 꼴이 된 것을 보면.

나는 걸어가 나의 무리 곁에 섰다. 페리스는 우리 앞 탁자 위에 앉았다. 머리 위 가로대에 달린 조명에서 나오는 빛줄기가 그에게 떨어졌다. 그는 담배 연기를 들이마시며 미소 지었다.

「미어스스타벅에 오신 것을 환영합니다…….」

그때 그는 백일몽에 빠진 듯했다. 어쩌면 자기가 35년 전 백화점에 처음 입사했을 때를 생각하는지도 몰랐다. 그는 담배 연기 고리를 몇 개 불어 내더니 고리가 공기 중으로 솟아오르는 것을 지켜보았다. 위에서 떨어진 빛 속에서 반 잘려 나간 귀가 인상적으로 보였다.

내 옆의 남자는 약간 괴짜로, 날카롭고 조그만 팔꿈치로 내 옆구리를 칼처럼 찔렀다. 안경이 언제라도 떨어지기 직전인 그런 유의 사람이었다. 그는 나보다도 못생겼다.

「안녕하쇼!」 그가 속삭였다. 「나는 뮤크스요. 오델 뮤크스.」

「안녕하세요, 뮤크스.」

「잘 들어요, 젊은 청년. 일 끝난 후에 당신이랑 나랑 바에 가는 거야. 어쩌면 여자 몇 명 낚을 수도 있을 거요.」

「난 못 갑니다, 뮤크스.」

「여자가 두렵나?」

「형 때문에요. 형이 아파서. 내가 가서 돌봐 줘야 해요.」

「아프다고?」

「심각해요. 암이거든요. 튜브를 통해서 가랑이에 매단 병에 소변을 눠야 하죠.」

그때 페리스가 다시 말을 시작했다. 「초임은 시급 44.5센트요. 여긴 노조가 없어요. 경영진은 회사에게 공정한 것이 직원 여러분들에게도 공정하다고 믿고 있지요. 우리는 가족과 같은 회사로 봉사하고 이익을 내는 데 헌신합니다. 여러분 각자는 미어스스타벅에서 구입한 모든 상품에 10퍼센트 할인을 받고…….」

「오, 세상에!」 뮤크스는 커다란 목소리로 말했다.

「그래요, 뮤크스 씨. 괜찮은 거래죠. 당신들이 우리를 보살피면, 우리도 당신들을 보살핍니다.」

미어스스타벅에서 47년은 남아 있을 수 있겠군, 나는 생각했다. 미친 여자 친구랑 같이 살면서, 왼쪽 귀를 잘리고, 어쩌면 페리스가 은퇴하면 그 자리를 물려받을지도 모르지.

페리스는 우리가 언제 휴일을 기대하면 좋은지 얘기하고 교육을 끝마쳤다. 우리는 작업복과 사물함을 지급받았고, 지하 창고 시설로 안내되었다.

페리스도 거기 아래에서 일했다. 그는 전화를 담당했다. 그는 전화를 받을 때마다, 수화기를 왼손으로 들어 잘려 나간 왼쪽 귀에 대고, 오른손으로 왼쪽 겨드랑이를 받쳤다. 「네?

네? 네. 바로 올라갑니다!」

「치나스키!」

「네, 주임님.」

「란제리 부서에서……」

그리고 그는 주문서 묶음을 집어 들어 필요한 물품과 개수를 나열했다. 그는 전화를 받는 동안에는 결코 이렇게 하지 않았고, 반드시 통화가 끝난 후에 했다.

「이 물품을 찾아서 란제리 부서에 배달한 후 서명을 받고 돌아와.」

그의 지시는 달라지는 법이 없었다.

내 첫 배달은 란제리였다. 나는 물품을 찾아서, 고무바퀴가 넷 달린 작은 녹색 카트에 실은 후 엘리베이터로 밀고 갔다. 엘리베이터가 올라가 있어서, 나는 버튼을 누르고 기다렸다. 잠시 후 내려오는 엘리베이터의 바닥을 볼 수 있었다. 무척 느렸다. 이어서 엘리베이터는 지하층에 도착했다. 문이 열리자 애꾸 백색증 환자가 엘리베이터 계기판 옆에 서 있었다. 맙소사.

그는 나를 보았다.

「신참이군, 허?」 그가 물었다.

「네.」

「페리스는 어떤 것 같아?」

「무척 좋은 분 같던데요.」

두 사람은 아마 같은 방에 살면서 교대로 핫플레이트를 쓰는지도 몰랐다.

「자네를 위층으로 데려다줄 수 없어.」

「왜요?」

「똥 싸러 가야 해서.」 그는 엘리베이터를 두고 걸어가 버렸다.

작업복을 입은 채로 나는 거기에 서 있었다. 이게 보통 일이 돌아가는 방식이었다. 주지사든 환경미화원이든, 외줄타기 곡예사든, 은행 강도든, 치과 의사든, 과일 농장 인부든, 이런 식 아니면 저런 식이었다. 우리는 훌륭한 일을 하길 바란다. 자기 자리에 배치받지만 서서 어떤 얼간이를 기다려야 한다. 거기서 나는 엘리베이터 운전사가 똥 싸러 간 동안 작업복을 입고 녹색 카트 옆에 서 있었다.

그때 어째서 부자로 태어난 운 좋은 남녀 아이들이 항상 웃고 있는지를 명확히 깨달았다. 그들은 알고 있었다.

백색증 환자가 돌아왔다.

「기분 좋은데. 15킬로그램은 가벼워진 느낌이야.」

「잘됐네요. 이제 올라가 볼까요?」

그는 문을 닫았고, 우리는 매장으로 올라갔다. 그가 문을 열었다.

「행운을 비네.」 백색증 환자가 말했다.

나는 녹색 카트를 밀고 통로를 돌아다니며 란제리 부서의 메도스 양이라는 사람을 찾았다.

메도스 양이 기다리고 있었다. 그 여자는 날씬했고 품위 있는 외모였다. 모델처럼 보였다. 여자는 팔짱을 끼고 있었다. 나는 그 여자에게 다가가면서 그 눈을 알아보았다. 에메랄드 그린 색깔의 눈엔 깊이, 지식이 있었다. 그런 사람은 알아볼 수밖에 없었다. 그런 눈, 그런 품위. 나는 여자의 카운터 앞에서 카트를 멈췄다.

「안녕하세요, 메도스 양.」 나는 미소를 지었다.

「대체 어디서 어물쩍대다 온 거예요?」 여자가 따졌다.

「그냥 이렇게 오래 걸렸네요.」

「손님들 기다리는 것 안 보여요? 여기서 내가 이 부서를 효율적으로 운영해야 한다는 것 몰라요?」

판매원들은 우리보다 한 시간에 10센트씩 더 받았고, 거기에 판매 수익금까지 붙여 받았다. 그들은 결코 우리에게 친절히 말하는 법이 없다는 사실을 나는 나중에 알게 되었다. 남자든 여자든, 판매원은 똑같았다. 친한 척하면 그들은 모욕으로 받아들였다.

「페리스 씨에게 전화해서 따질 생각도 있어요.」

「다음엔 더 잘하겠습니다, 메도스 양.」

나는 상품을 카운터에 올려놓고 서명할 확인서를 건넸다. 여자는 종이에 신경질적으로 사인을 긁적이더니, 내게 건네는 대신 녹색 카트에 던져 넣었다.

「맙소사, 어디서 당신 같은 사람을 **뽑아 왔는지** 모르겠네!」

나는 카트를 엘리베이터로 밀고 버튼을 누르고 기다렸다. 문이 열리자 나는 안에 탔다.

「어땠어?」 백색증 환자가 물었다.

「15킬로그램은 무거워진 것 같은데요.」 나는 말했다.

그는 씩 웃었다. 문이 닫혔고, 우리는 내려갔다.

그날 밤 저녁을 먹을 때 어머니가 말했다. 「헨리, 네가 직장을 얻다니 정말 자랑스럽구나!」

나는 대답하지 않았다.

아버지가 말했다. 「그런데 일자리가 생겼는데 기쁘지 않냐?」

「에, 뭐.」

「에, 뭐라니? 할 말이 고작 **그게** 다야? 지금 이 나라에 실업자가 얼마나 많은지 알기는 하냐?」

「많겠죠.」

「그러면 감사할 줄 알아야지.」

「저기요, 그냥 밥이나 먹으면 안 돼요?」

「네 밥에도 감사할 줄 알아야지. 이 식사 가격이 얼마인지 알기나 해?」

나는 접시를 밀어 버렸다. 「쌍! 이런 거 안 먹어요!」

나는 일어서서 침실로 향했다.

「난 다시 그리로 가서 너한테 뭐가 뭔지 똑똑히 가르쳐 줄 수도 있어!」

나는 걸음을 멈췄다. 「기다리죠, 영감.」

그런 후에 나는 걸어 나왔다. 나는 침실로 들어가서 기다렸다. 하지만 아버지가 오지 않는다는 걸 알았다. 나는 미어스스타벅에 출근할 준비를 할 수 있게 자명종을 맞췄다. 아직 저녁 7시 반밖에 되지 않았지만, 옷을 벗고 침대에 들었다. 나는 불을 끄고 어둠 속에 있었다. 달리 할 일도 없고, 달리 갈 곳도 없었다. 부모님도 곧 불을 끄고 잠자리에 들 것이었다.

아버지는 이 표어를 좋아했다. 〈일찍 자고 일찍 일어나면 건강하고 부유하고 현명해진다.〉 하지만 아버지는 그 무엇도 되지 못했다. 나는 그 과정을 반대로 시도해 보기로 결정했다.

잠이 오지 않았다.

메도스 양을 생각하며 자위를 해보면 어떨까?

너무 싸구려다.

나는 거기 어둠 속에서 뒹굴며, 무언가를 기다렸다.

47

미어스스타벅에서 보낸 첫 사나흘은 똑같았다. 실상, 유
사성은 미어스스타벅에서는 무척 믿을 만한 것이었다. 신분
제는 용인된 사실이었다. 판매직은 형식적으로 해야 하는 한
두 마디 이외에는 창고직에게 말을 걸지 않았다. 나도 그 영
향을 받았다. 나는 카트를 밀고 돌아다니면서 그 생각을 했
다. 판매원들이 창고 직원보다 더 지적일 수가 있을까? 그들
이 분명 옷은 더 잘 입기는 했다. 그들이 자기 자리가 그렇게
나 중요하다고 생각한다는 것이 나를 괴롭혔다. 나도 어쩌면
그들과 같은 방식으로 느낀다면 판매직이 될 수 있을지도 몰
랐다. 나는 다른 창고 직원들을 별로 좋아하지 않았다. 판매
직원들도 마찬가지였다.

이제, 나는 카트를 밀고 돌아다니면서 생각했다. 나는 이
직업을 얻었다. 이걸로 끝이어야 하나? 사람들이 은행을 터
는 것도 당연했다. 비천한 직업이 너무 많았다. 어째서 나는
고등 법원 판사나 전문적인 피아니스트가 될 수 없단 말인
가? 그건 훈련이 필요하고, 훈련에는 돈이 드니까. 하지만 어
쨌든 난 아무것도 되고 싶지 않았다. 그런 면에서는 확실히

성공한 셈이었다.

나는 엘리베이터로 카트를 밀고 나가서 버튼을 눌렀다.

여자들은 돈 잘 버는 남자를 원했다, 여자들은 지위가 있는 남자를 원했다. 얼마나 많은 품격 있는 여자들이 밑바닥 건달들과 살고 있을까? 뭐, 어쨌든 나는 여자를 원하지 않았다. 같이 사는 것도 싫었다. 어떻게 남자들은 여자들과 살 수 있었을까? 그게 무슨 뜻이었을까? 내가 원하는 건 3년 치 식량이 있는 콜로라도의 동굴이었다. 엉덩이는 모래로 닦으면 된다. 무엇이든, 이 지루하고, 사소하고 비겁한 존재 속에서 익사하지 않을 수 있는 무엇이든.

엘리베이터가 올라왔다. 백색증 환자가 아직도 엘리베이터를 조작했다. 「어이, 자네와 뮤크스가 간밤에 바에 갔었다면서!」

「그 사람이 나한테 맥주 몇 잔 사줬어요. 난 빈털터리라서.」

「여자랑도 했어?」

「전 안 했어요.」

「다음엔 나 좀 데리고 가지 그래? 여자 낚는 법을 가르쳐 줄 테니까.」

「어떻게 아는데요?」

「내가 꽤 여기저길 돌았거든. 지난주에만 해도 중국 여자를 낚았지. 알잖아. 사람들 말하는 그대로던데.」

「그게 뭔데요?」

우리는 지하층에 다다랐고 문이 열렸다.

「그런 여자들은 위아래로 구멍이 나 있지 않고, 좌우로 나 있더라고.」

페리스가 나를 기다리고 있었다.

「대체 어디 갔다 온 거야?」

「가정 원예 부서요.」

「뭘 하고 왔어? 푸크시아 꽃에 거름이라도 주고 왔나?」

「네. 화분마다 똥 덩어리 하나씩 떨어뜨려 주고 왔죠.」

「잘 들어, 치나스키…….」

「네?」

「여기서 농담은 나만 해. 알겠어?」

「알겠습니다.」

「뭐, 이거 받아. 남성복 부서에서 주문이 왔다.」

그는 내게 주문서를 건넸다.

「이 물품을 찾아서 배달한 후 서명을 받고 돌아와.」

남성복 매장은 저스틴 필립스 주니어 씨가 운영했다. 좋은 집안 출신에, 예의가 바른 스물두 살 되는 남자였다. 그는 서 있는 자세가 무척 꼿꼿했고, 검은 머리에 검은 눈, 음울한 입술을 하고 있었다. 유감스럽게도 광대뼈는 별로 튀어나오지 않았지만, 거의 눈에 띄지 않았다. 얼굴은 창백하고 검은 양복 속에 멋있게 풀 먹인 셔츠를 받쳐 입었다. 판매직 여점원들은 그를 좋아했다. 그는 예민하고, 지적이고, 영리했다. 그렇지만 선임자가 그럴 권리라도 물려준 양 약간 심술궂기도 했다. 그가 그 전통을 깬 건 딱 한 번, 내게 이런 말을 했을 때뿐이었다. 「얼굴에 그런 흉측한 흉터가 있다니, 참 안타깝네요. 그렇죠?」

내가 카트를 밀고 가보니, 저스틴 필립스가 아주 꼿꼿하게 서 있었다. 머리를 약간 기울이고, 그가 대부분 시간 그런 것처럼 우리가 존재하지 않는 무엇이라도 되는 듯이 저 멀리 위쪽을 쳐다보고 있었다. 그는 저 멀리 있는 사물을 그렇게 보았다. 내가 그런 식으로 시선을 던졌다면 내 출신이 티가 나지 않았을지도 모른다. 그는 분명 주위 사람들보다 더 높은 인간처럼 보였다. 그렇게 하면서 동시에 돈도 받다니 요령이 뛰어났다. 어쩌면 그게 바로 관리직과 판매직 여점원들이 좋아하는 점일지도 몰랐다. 여기 있는 남자는 지금 하는 일에는 과분하지만, 어쨌든 하고 있다.

나는 카트를 굴렀다. 「여기 주문품 가지고 왔습니다, 필립스 씨.」

그는 나를 알은체하지 않았다. 어떤 의미에서는 상처가 되었지만, 어떤 의미에서는 좋은 일이었다. 그가 허공, 엘리베이터 바로 위를 쳐다보는 동안 나는 물품을 카운터 위에 쌓아 놓았다.

그때 황금빛 웃음이 흘러나와 나는 돌아보았다. 첼시 고등학교 동창생인 남자애들 무리였다. 그들은 스웨터, 등산용 반바지 및 여러 옷가지를 입어 보고 있었다. 4년 동안이나 같은 고등학교를 다니면서도 말 한 번 나눈 적 없었지만, 나는 그 애들의 모습만 봐도 알 수 있었다. 우두머리는 지미 뉴홀이었다. 그는 학교 풋볼 팀의 하프백이었고, 3년간 무패를 기록했다. 머리카락은 아름다운 노란색이었고, 햇빛이 언제나 머리카락을 집중 조명하는 것 같았다. 햇빛이나 교실의 조명이나. 목은 굵고 힘이 있었으며, 그 위에는 거장이 조각한 완벽한 소년의 얼굴이 얹혀 있었다. 모든 게 더할 나위 없이 잘생겼다. 코, 이마, 턱. 작품이었다. 몸도 마찬가지로 완벽한 형태를 이루었다. 뉴홀 집안의 다른 사람들은 그 애만큼 완벽하게 생기지 않았지만, 비슷했다. 그들은 둘러서서 스웨터를 입어 보며 웃었다. 서던캘리포니아 대학이나 스탠퍼드 입학을 기다리는 애들이었다.

저스틴 필립스가 내 영수증에 서명했다. 내가 엘리베이터로 다시 돌아가려는데 어떤 목소리가 들렸다.

「어이, 스키! 스키, 그 옷 입으니까 근사한데!」

나는 걸음을 멈추고 돌아본 후 그들에게 왼손을 흔들어 보였다.

「쟤 좀 봐! 토미 도시 이후로 동네에서 가장 셌던 애가!」

「게이블[32]도 변기 청소 솔처럼 보이겠군.」

나는 카트를 놔두고 도로 돌아갔다. 뭘 어쩌려는 건지 나도 몰랐다. 나는 거기 서서 그 애들을 보았다. 나는 그들을 좋아하지 않았다. 한 번도 좋아한 적 없었다. 다른 사람들에게는 그 애들이 찬란해 보이겠지만, 내게는 아니었다. 여자 몸 같은 그들의 몸에는 특별한 점이 있었다. 그들은 물렁했고, 한 번도 진짜 불길에 맞선 적이 없었다. 그들은 아름다운 쓰레기였다. 그들을 보면 구역질이 났다. 나는 그들이 싫었다. 그들은 이런저런 형태로 나를 항상 따라다니는 악몽의 일부였다.

지미 뉴홀이 나를 보고 미소를 지었다. 「어이, 창고지기. 어째서 풋볼 팀 입단 시험을 한 번도 치지 않았어?」

「내가 원했던 게 아니었으니까.」

「배짱이 없었지, 어?」

「옥상 주차장 어딘지 알지?」

「그럼.」

32 미국의 유명 영화배우 클라크 게이블Clark Gable을 가리킴.

「거기서 봐…….」

그들이 옥상 주차장으로 걸어 나가는 동안, 나는 작업복을 벗어 카트 속에 던져 넣었다. 저스틴 필립스 주니어가 나를 보며 미소를 지었다. 「이 친구, 엉덩이 좀 얻어맞겠는데.」

지미 뉴홀은 친구들에 둘러싸여 나를 기다리고 있었다.

「어이, 이봐, 창고지기!」

「쟤 여자 속옷 입은 거 같지 않아?」

뉴홀은 태양 속에 서 있었다. 그 애는 셔츠와 속옷까지 벗고 있었다. 그 애는 배가 홀쭉해지도록 숨을 들이마시고 가슴을 내밀었다. 근사했다. 젠장, 나는 무슨 짓을 저지른 걸까? 아랫입술이 떨리는 것이 느껴졌다. 거기 옥상 위에서 나는 공포를 느꼈다. 나는 뉴홀을 쳐다보았다. 황금빛 태양이 그 애의 금발을 환하게 부각하고 있었다. 나는 풋볼 경기장에서 그 애를 여러 번 보았다. 그 애가 50야드, 60야드를 뛰어가는 것을 보았고, 나는 그동안 다른 팀을 응원했다.

이제 우리는 서로 마주 보고 서 있었다. 나는 셔츠를 입은 채였다. 우리는 계속 서 있었다. 나는 계속 서 있었다.

뉴홀이 마침내 말했다. 「좋아. 너를 이제 때려눕히겠다.」 그는 앞으로 움직이기 시작했다. 그때 검은 원피스를 입은, 아담한 체구의 노부인이 짐을 바리바리 들고 나타났다. 부인은 머리 위에 작은 녹색 펠트 모자를 쓰고 있었다.

「안녕, 젊은이들!」 부인이 말했다.

「안녕하세요, 부인.」

「날 참 좋네요…….」

노부인은 차 문을 열고 짐을 실었다. 그러다 부인은 지미 뉴홀에게로 돌아섰다.

「오. 청년, 정말 몸이 **좋네**! 정글의 타잔도 될 수 있겠수!」

「아닙니다, 부인.」나는 말했다. 「죄송합니다. 하지만 쟤가 바로 **원숭이**고 같이 있는 애들은 같은 종족이죠.」

「아.」부인은 차에 올라타더니 시동을 걸었고, 부인이 차를 빼서 가버리는 동안 우리는 기다렸다.

「좋아, 치나스키.」뉴홀이 말했다. 「학창 시절 내내, 넌 잘 비웃고 입담이 좋은 걸로 유명했지. **이제** 내가 너의 그 병을 치료해 주지!」

뉴홀은 앞으로 달려들었다. 그는 준비가 되어 있었다. 나는 준비가 전혀 되어 있지 않았다. 내게 보이는 것이라고는 파란 하늘을 배경으로 눈앞에서 번쩍이는 몸과 주먹뿐이었다. 그는 원숭이보다 빠르고 더 컸다. 나는 주먹 한번 날릴 수 있을 것 같지 않았다. 오로지 지미의 주먹을 느낄 뿐이었고, 돌처럼 단단했다. 얻어맞은 눈을 살짝 뜨고 바라보니 빙빙 돌아가는 그의 주먹이 내려오는 것이 보였다. 맙소사, 그는 힘이 셌다. 폭격은 끝이 없고 나는 갈 데도 없었다. 나는 생각하기 시작했다. 네가 계집애 같다면, 어쩌면 그래야 할지도 몰라, 어쩌면 그만둬야 할지도 몰라.

하지만 그는 계속 주먹을 날렸고, 내 공포는 사라졌다. 나는 그저 그의 힘과 에너지에 경탄만 느낄 뿐이었다. 어디서 저런 것을 얻었을까? 쟤 같은 애새끼가? 그는 부자였다. 더는 앞이 보이지 않았다. 노랑과 초록의 빛, 자주색 빛이 번득여 눈이 부셨다 ─ 그때 환상적인 빨간색 불이 들어왔다……. 내 몸이 주저앉는 기분이 들었다.

이렇게 되는 건가?

나는 한쪽 무릎을 꿇었다. 머리 위로 비행기가 날아가는 소리가 들렸다. 내가 그 비행기에 타고 있었으면 싶었다. 뭔가 입과 턱 위로 흐르는 느낌이 들었다……. 코에서 흘러나온 따뜻한 피였다.

「재 놔줘, 지미. 재 끝났잖아…….」

나는 뉴홀을 보았다. 「네 엄마는 좆이나 빨라 그래.」 나는 그에게 말했다.

「죽여 버린다!」

내가 미처 일어서기도 전에 뉴홀이 내게 달려들었다. 그는 내 멱살을 잡았고 우리는 구르고 구르다 도지[33] 자동차 아래로 굴러 들어갔다. 나는 그 애의 머리가 뭔가에 부딪치는 소리를 들었다. 뭐에 부딪쳤는진 모르지만, 소리는 들었다. 너무 빨리 일어난 일이라, 다른 애들은 나처럼 알아차리지 못했다.

나는 일어섰고 뉴홀도 일어섰다.

「너 죽여 버릴 거야.」 그가 말했다.

뉴홀은 팔을 바람개비처럼 돌렸다. 이번에는 그렇게 심하지 않았다. 여전히 똑같은 분노를 실어 주먹을 날렸지만, 뭔가 빠져 있었다. 그는 힘이 빠졌다. 그가 나를 쳤을 때 눈앞에 여러 색깔이 번쩍였다. 하늘과 주차된 차들, 그 애 친구들의 얼굴, 그리고 그 애가 보였다. 나는 항상 시동이 늦게 걸리는 타입이었다. 뉴홀은 여전히 노력하고 있었지만, 확실히 힘이 빠졌다. 그리고 내게는 작은 손이 있었다. 작은 손, 형편없는 무기를 축복받았다.

그러한 세월은 얼마나 사람의 힘을 빼는가. 욕망과 살아

33 크라이슬러 그룹에 속해 있는 자동차 브랜드.

야 할 필요는 있지만, 능력 없이 보내야 하는 삶.

나는 오른손을 세게 그의 배에 꽂아 넣었고, 그가 숨을 헉 하고 들이마시는 소리를 들었다. 그래서 나는 왼손으로 그의 뒷목을 잡고 다시 한 번 오른손을 배에 꽂아 넣었다. 그러면서 그 애를 밀어내고 바로 그 조각 같은 얼굴을 원투 펀치로 작살냈다. 그 애의 눈을 보고 있노라니 기분이 끝내줬다. 나는 그 애한테서 이전에는 한 번도 느껴 본 적 없을 감정을 끌어냈다. 그 애는 겁에 질렸다. 패배를 어떻게 다뤄야 할지 몰랐으므로 겁에 질렸다. 나는 천천히 끝장내 주기로 결심했다.

그때 누군가 내 뒤통수를 내리쳤다. 커다란 충격이 제대로 느껴졌다. 나는 돌아보았다.

뉴홀의 빨강 머리 친구, 칼 에번스였다.

나는 고함을 지르며 개를 가리켰다. 「이 새끼 좀 나한테 떼어 내! 너희 모두 한 번에 하나씩 상대해 줄게! 이 녀석 끝장내는 대로 다음은 너다!」

지미를 끝장내는 것은 별일 아니었다. 나는 심지어 환상적인 발놀림까지 시도했다. 잽을 조금 날리며 그 주위를 빙빙 돌다가 파고들어 주먹을 내뻗기 시작했다. 그 애는 꽤 잘 막아 내서, 한순간 나는 끝내지 못할 것 같은 기분이 들었지만, 갑작스레 그 애는 이런 이상한 눈길을 보냈다. 어이, 이봐, 우리 친구가 되어서 같이 맥주나 두어 잔 하는 게 나을지도. 그러더니 그는 쓰러졌다.

그 애의 친구들이 몰려들어 일으켰다. 그들은 뉴홀을 붙잡고 말을 걸었다. 「짐, 괜찮냐?」

「이 새끼가 너한테 어떻게 했어, 짐? 우리가 저 녀석 책상을 빼줄게, 짐. 말만 해.」

「날 집에 데려다줘.」 짐이 말했다.

나는 그들이 계단을 내려가는 모습을 보았다. 모두 그 애를 부축하려고 했고, 한 애가 그의 셔츠와 속옷을 들고 갔다…….

나는 카트를 가지러 아래층으로 내려갔다. 저스틴 필립스가 기다리고 있었다.

「당신이 돌아올 줄 몰랐는데.」 그는 경멸적인 미소를 지었다.

「기술도 없는 보조 직원에게 친한 척하지 마요.」 나는 그에게 말했다.

나는 그 자리를 떴다. 얼굴, 옷…… 엉망진창이었다. 나는 엘리베이터로 가서 버튼을 눌렀다. 백색증 환자가 정해진 시간에 올라왔다. 문이 열렸다.

「소문 다 났어. 자네가 새 세계 헤비급 챔피언이라며.」 그가 말했다.

아무 일도 일어나지 않는 곳에선 소문이 빨리 퍼진다.

잘린 귀 페리스가 기다리고 있었다.

「우리 고객들을 패면서 돌아다니면 안 되지.」

「한 명뿐이었어요.」

「다른 고객들에게도 그러지 않는다는 걸 알 순 없지.」

「이 자식이 저를 꼬여 냈어요.」

「우린 그 따위 건 신경도 안 써. 중요한 건 무슨 일이 일어났냐는 거지. 우리가 아는 건, 넌 해고라는 거야.」

「제 월급은 어쩌고요?」

「우편으로 부쳐 주지.」

「좋아요. 그럼…….」

「잠깐, 너 사물함 열쇠나 내놓고 가.」

나는 열쇠고리를 꺼냈다. 거기에는 사물함 열쇠 말고는 다른 열쇠가 한 개 더 걸려 있을 뿐이었다. 나는 사물함 열쇠를 떼어 내어 페리스에게 건넸다.

　그런 후에 나는 직원용 문으로 가서 열어젖혔다. 기이하게 움직이는 무거운 강철 문이었다. 문을 열어 대낮의 햇빛을 들여보내면서 몸을 돌려 페리스에게 살짝 손을 흔들어 보였다. 그는 답례하지 않았다. 그저 나를 똑바로 바라볼 뿐이었다. 그런 후에 문이 그의 모습 위로 닫혔다. 나는 그를 좋아했다, 어떤 면에서는.

48

「그래, 일주일도 못 붙어 있냐?」

우리는 미트볼과 스파게티를 먹고 있었다. 내 문제는 항상 저녁 식사 시간에 의논했다. 저녁 식사 시간은 항상 불행한 시간이었다.

나는 아버지의 질문에 대답하지 않았다.

「무슨 일이었어? 왜 너를 쫓아낸 거냐?」

나는 대답하지 않았다.

「헨리, 아버지가 말씀하시는데 대답해야지!」 어머니가 말했다.

「저 녀석은 잘해 낼 수 없었던 거야. 그게 다라고!」

「쟤 얼굴 좀 봐요.」 어머니가 말했다. 「온통 멍이 들고 벤 자국이잖아요. 네 상사가 널 때렸니, 헨리?」

「아니에요, 엄마······.」

「왜 안 먹니, 헨리? 언제나 배고프지 않은 것 같구나.」

「먹을 수가 없겠지.」 아버지가 말했다. 「일도 못해, 뭣도 못해. 개뿔도 쓸모가 없어!」

「저녁 식사 시간에 그런 식으로 말하지 마요, 아빠.」 어머니가 말했다.

「뭐, 그게 사실이잖아!」 아버지는 포크로 스파게티를 어마어마하게 크게 말았다. 아버지는 그걸 입으로 쑤셔 넣고 씹었고 씹는 동안에도 커다란 미트볼을 갈라 입으로 던져 넣더니, 또 프랑스빵[34] 조각을 자르기 시작했다.

나는 『카라마조프의 형제들』에서 이반이 했던 말을 기억했다. 〈자기 아버지를 죽이고 싶지 않은 자, 누가 있겠는가?〉

아버지가 음식물 덩어리를 씹는 동안, 기다란 스파게티 국수 가락이 입가에 대롱대롱 매달렸다. 아버지도 마침내 알아차리고 시끄럽게 빨아들였다. 그런 후에 백설탕 두 숟가락을 듬뿍 퍼서 커피 안에 넣더니 컵을 들어 꿀꺽 삼키려다 곧장 접시와 식탁보 위에 뱉어 버렸다.

「이 망할 거 너무 **뜨겁잖아**!」

「좀 더 조심해야죠, 아빠.」 어머니가 말했다.

나는 사람들 말대로 일자리 시장을 빗질하듯 싹싹 훑었지만 지겹고 쓸모없는 단조로운 일뿐이었다. 심지어 천한 식당 종업원으로 직업을 얻으려 해도 연줄이 있어야 했다. 그래서 모두가 접시 닦이를 했다. 온 도시가 실직한 접시 닦이로 넘쳐 났다. 나는 오후에 퍼싱 스퀘어[35]에서 그들과 함께 앉아 있었다. 전도사들도 거기 있었다. 어떤 이들은 드럼을 가지고 있었고, 어떤 이들은 기타를 들고 있었으며, 덤불과 화장실엔 동성애자들이 바글바글했다.

34 주먹 모양이나 굵은 막대 모양으로 구운 빵. 짠맛이 있고 껍질이 단단하다.
35 로스앤젤레스에 위치한 광장.

「그들 중에 돈이 있는 자들도 있어.」 젊은 부랑자가 나한 테 말했다. 「이 남자는 2주 동안 나를 자기 아파트에 데리고 갔어. 거기서 먹고 마시고 다 할 수 있었고, 나한테 옷도 사 주었는데 내가 말라 버릴 때까지 빨더라니까. 결국 좀 지나 니까 못 참겠는 거 있지. 어느 날 밤에 그 자식이 자고 있을 때 기어 나왔어. 끔찍했지. 한번은 나한테 키스를 해서 내가 방 저편으로 날려 줬지. 〈그런 짓 다시 하기만 해봐. 죽여 버 린다!〉라고 해줬지.」

클리프턴 카페테리아는 좋았다. 돈이 별로 없으면, 있는 만 큼만 받는 곳이었다. 돈이 아예 없으면 낼 필요가 없었다. 어 떤 부랑자는 거기 안으로 들어가서 배불리 먹고 나왔다. 그 곳 주인은 아주 착하고 부자인 노인으로, 굉장히 남다른 사 람이었다. 나는 거기 들어가서 얻어먹기만 하고 나올 순 없 었다. 커피와 애플파이를 먹고 5센트를 냈다. 때때로 소시지 두어 개를 얻기도 했다. 안은 조용하고 시원하며 깨끗했다. 거대한 폭포가 있어서 그 옆에 앉으면 모든 게 다 괜찮다는 느낌이 들었다. 필리프 또한 괜찮은 곳이었다. 3센트만 내면 커피를 원하는 대로 리필해 주었다. 온종일 앉아 커피를 마 셔도 되고 꼴이 아무리 초라해도 나가라는 말을 하지 않았 다. 다만 부랑자들에게 술을 가져와서 마시지는 말라고 할 뿐이었다. 그런 곳들은 희망이 별로 없을 때 희망을 주었다.

퍼싱 스퀘어의 남자들은 하루 종일 신이 없는지 있는지로 입씨름했다. 대부분은 언변이 시원찮았지만, 이따금 유려하 게 말하는 광신자나 무신론자가 있었고, 볼만한 쇼였다.

동전이 몇 푼이라도 있으면 커다란 극장 아래에 있는 지하 술집으로 갔다. 나는 열여덟 살이었지만, 그곳에선 내게 술을 내주었다. 나는 어떤 나이로도 보였다. 가끔은 스물다섯처럼 보이기도 했고, 가끔은 서른 살 같은 기분이었다. 술집 주인은 중국인이었는데, 그는 누구와도 말을 섞지 않았다. 맥주 첫 잔만 내가 사면, 동성애자들이 술을 사주기 시작했다. 위스키 사워[36]로 바꿀 수도 있었다. 나는 위스키 사워를 마시기 위해 그들을 등쳐 먹었지만, 그들이 접근이라도 할라치면 성질을 부리며 밀치고 나왔다. 시간이 좀 지나 그들도 감을 잡아서, 그곳은 가봤자 더 좋을 것이 없었다.

도서관은 내가 간 곳 중에서 제일 우울했다. 이제 읽을 책이 떨어졌다. 잠시 후 나는 두꺼운 책을 집어 들고 어딘가에 있을 젊은 여자를 찾았다. 언제나 한둘은 주위에 있었다. 나는 서너 자리 떨어진 곳에 앉아 책을 읽는 척했다. 여자애들이 나를 찍어 주길 바라며 지적인 체했다. 내가 못생겼다는 건 스스로도 알았지만, 그럭저럭 지적으로 비춰지면 기회가 있을지도 모른다고 생각했다. 한 번도 소용이 없었다. 여자들은 공책에 끼적이다가 일어서서 나갔고, 나는 깨끗한 원피스 아래에서 리드미컬하고 마술적으로 움직이는 그들의 몸을 바라보았다. 막심 고리키라면 그런 상황에서 어떻게 했을까?

집은 언제나 똑같았다. 저녁밥을 몇 술 뜨기 전까지는 아무 질문도 하지 않았다. 그러다 아버지가 묻곤 했다. 「오늘은 일자리 찾았냐?」

「아니오.」

「어디 시도는 해봤어?」

「여러 군데 갔었죠. 같은 곳도 서너 번씩 되돌아가요.」

「못 믿겠는데.」

36 위스키에 과즙을 넣어서 새콤하게 만든 청량음료.

315

하지만 사실이었다. 또한 어떤 회사들은 아무런 일자리가 없는데 매일 신문에 광고를 낸다는 것도 사실이었다. 그들은 회사 인사과에 할 일을 주었다. 또 여러 절박한 사람들의 시간을 낭비하고 희망을 망쳐 놓았다.

「내일은 일자리 찾을 거야, 헨리.」 어머니는 항상 말하곤 했다⋯⋯.

49

나는 여름 내내 일자리를 구했지만 하나도 찾지 못했다. 지미 해처는 비행기 공장에서 일을 찾았다. 히틀러가 유럽에서 설치는 바람에 실직자들의 일자리가 생겼다. 지원서를 내던 날, 나는 지미와 함께 갔었다. 우리는 비슷한 방식으로 지원서를 작성했다. 유일한 차이라고는 **출생지**뿐이었다. 나는 독일이라고 적었고, 그는 필라델피아 레딩이라고 적었다.

「지미는 일자리를 얻었더라. 너랑 같은 학교를 나왔고 나이도 같은데. 어째서 넌 비행기 공장에 취직 못 했니?」 어머니가 말했다.

「일에 취미가 없는 사람은 딱 보면 아는 거지.」 아버지가 말했다. 「쟤가 하는 일이라고는 침대에 엉덩이 깔고 앉아 교향곡이나 듣는 거잖아!」

「뭐, 쟤는 음악을 좋아하잖아요. 그건 대단한 거죠.」

「하지만 쟤는 그걸론 아무것도 못 하잖아! 그걸 어디다 써먹지도 못하고!」

「쟤가 뭘 해야 하는데요?」

「라디오 방송국에 가서 그런 음악을 좋아하니까 방송국에 일자리라도 달라고 해야지.」

「맙소사, 그런 식으로는 안 되죠. 그렇게 쉽지 않아요.」

「어떻게 알아? 해봤어?」

「말했잖아요. 그렇게는 안 된다고요.」

아버지는 커다란 포크 춥 한 조각을 입 속으로 밀어 넣었다. 씹을 때 비계 한 조각이 입술 사이로 비어져 나왔다. 마치 입술이 세 개 있는 듯 보였다. 다음 순간 아버지는 비계를 훅 빨아들이고 어머니를 바라보았다. 「알겠지, 엄마. 쟤는 일하고 싶어 하지 않는다고.」

어머니는 나를 쳐다보았다. 「헨리, 왜 밥 안 먹니?」

마침내 나는 LA 시립 대학에 등록하기로 결정이 내려졌다. 거기는 등록금이 없었고, 학생 조합 서점에서 중고 책을 살 수 있었다. 아버지는 그저 내가 실직 상태라는 게 부끄러웠고 학교에 보내면 적어도 존경이라도 받을 거라고 생각했다. 일라이 라크로스(볼디)는 벌써 거기서 한 학기를 다녔다. 개가 나를 상담해 주었다.

「씨팔, 가장 쉬운 과목이 뭐냐?」 나는 볼디에게 물었다.

「언론. 언론 전공 애들은 아무것도 안 해.」

「좋아. 그럼 난 언론인이 되겠다.」

나는 학교 책자를 넘겨 보았다.

「여기서 말하는 오리엔테이션 날이 뭐야?」

「아, 그건 그냥 건너뛰어도 돼. 개소리야.」

「말해 줘서 고맙다, 친구. 대신에 캠퍼스 건너편 바에 가서 맥주나 두어 잔 하자.」

「쌍, 좋은데!」

318

「그래.」

　오리엔테이션 다음 날은 수강 신청일이었다. 사람들은 종
이와 책자를 들고 미친 듯이 뛰어다녔다. 나는 전차를 타고
왔다. 버먼트행 〈W〉 노선을 타고 가다 북행 몬로 방향 〈V〉
노선을 탔다. 사람들이 어디로 가는지, 내가 뭘 해야 할지 알
수 없었다. 토할 것 같았다.

　「실례합니다만…….」 나는 여자애에게 물었다.

　여자애는 고개를 돌리고 씩씩하게 걸어갔다. 한 남자애가
뛰어오기에 나는 그의 허리띠 뒤쪽을 붙잡고 멈춰 세웠다.

　「야, 너 뭐하는 거야?」 그가 물었다.

　「입 닥쳐. 무슨 일인지 알고 싶다고! 뭘 해야 하는지 알고
싶어!」

　「오리엔테이션에서 다 설명해 줬잖아.」

　「아…….」

　나는 그를 놔주었고, 그 애는 뛰어갔다. 나는 어떻게 해야
할지 몰랐다. 그저 어디론가 가서 사람들에게 언론 과목을
듣겠다고 말하면 되는 줄 알았다. 초급 언론학이라든가. 그
러면 수업 시간표가 적힌 카드를 주는 거라고 생각했다. 그
렇지가 않았다. 이 사람들은 어떻게 해야 하는 줄 알고 있었
지만, 말해 주려 하지 않았다. 나는 다시 초등학교로 돌아간
기분이었다. 나보다 더 많이 알고 있는 군중들에게 학대당하
는 것 같았다. 나는 벤치에 앉아 사람들이 왔다 갔다 뛰어가
는 모습을 보았다. 어쩌면 그냥 수업을 듣는 척만 해도 될지
몰랐다. 부모님에게는 LA 시립 대학을 다닌다고 하고 매일
와서 잔디밭에 누워만 있어도 될지도. 그때 어떤 남자애가

뛰어오는 모습을 보았다. 볼디였다. 나는 개의 셔츠 깃 뒤쪽을 붙들었다.

「야, 야, 행크! 무슨 일이야?」

「널 묵사발로 만들어 주고 말 테다, 나쁜 새끼!」

「뭐가 잘못됐어? 뭐가 잘못됐어?」

「어떻게 해야 씨팔 수업을 들을 수 있냐? 뭘 해야 해?」

「네가 알고 있는 줄 알았지!」

「어떻게? **어떻게** 내가 알아? 이런 지식을 내가 안고 태어나기라도 했어야 해? 깨끗이 순서대로 정리돼서 필요하면 딱딱 꺼내 볼 수 있는 줄 알아?」

나는 개의 셔츠 깃을 잡은 채로 벤치로 끌고 갔다. 「자, 무슨 일을 어떻게 해야 하는지 하나도 빼놓지 말고 늘어놔 봐. 멋지고 깨끗하게. 잘해라, 아니면 당장 너를 묵사발로 만들어 줄 테니!」

그래서 볼디가 모든 것을 설명했다. 나는 내 오리엔테이션을 거기서 받았다. 여전히 개 셔츠 깃은 붙들고 있었다. 「이제 놔주지. 하지만 언젠가 이거 꼭 갚아 줄 거다. 날 엿 먹인 대가를 치르게 될 거야. 언제일지는 모르지만, 꼭 그렇게 될 테니까.」

나는 볼디를 놔주었다. 볼디도 다른 사람들처럼 뛰어가 버렸다. 걱정하거나 서두를 필요가 없었다. 나는 최악의 선생이 최악의 시간에 가르치는 최악의 수업을 들을 작정이었다. 나는 한가하게 거닐며 수업에 등록했다. 캠퍼스에서 걱정이 없는 사람은 나밖에 없어 보였다. 우월감이 들기 시작했다.

처음으로 오전 7시 영어 수업에 가기까지는 그랬다. 그땐 오전 7시 반이었다. 나는 숙취에 젖어 강의실 문밖에 서서 귀를 기울였다. 부모님이 책값을 냈지만, 나는 책을 팔아 술값을 댔다. 나는 그 전날 밤 침실 창으로 몰래 빠져나와 이웃 술집이 문을 닫을 때까지 있었다. 맥주로 쿵쿵 뛰는 숙취가 있었다. 아직도 취기가 느껴졌다. 나는 문을 열고 들어갔다. 그 자리에 섰다. 영어 강사인 해밀턴 선생님이 학생들 앞에 서서 노래하고 있었다. 레코드플레이어가 큰 소리로 켜져 있었고, 학생들은 해밀턴 선생님을 따라 노래 불렀다. 길버트와 설리번이었다.

나는 이제 여왕님 해군의
지배자로세⋯⋯.

커다랗고 둥근 손으로
모든 편지를 베껴 썼지.

나는 이제 여왕님 해군의
지배자로세⋯⋯.

너희는 책상 가까이 붙어
결코 바다로 가지 않네⋯⋯.

너희 모두 여왕님 해군의
지배자가 될 수도 있는데⋯⋯.

나는 교실 뒤로 가서 빈자리를 찾았다. 해밀턴 선생님이 걸어와 레코드플레이어를 껐다. 흑백 양복에 앞면이 밝은 주황색인 셔츠를 입고 있었다. 넬슨 에디[37]처럼 보이는 사람이었다. 그는 학생들을 마주하고 손목시계를 흘끔 보더니 나를 불렀다.

「치나스키 군이겠지?」

나는 고개를 끄덕였다.

「30분 늦었군.」

「네.」

「자네는 결혼식이나 장례식에 30분 늦을 수 있겠나?」

「아니오.」

「왜 아닌지, 부디 설명해 주겠어?」

「음, 만약 그게 제 장례식이라면, 저는 시간에 맞춰 갈 수밖에 없겠죠. 만일 제 결혼식이라면 제 장례식도 되겠네요.」 나는 언제나 말발만 세웠다. 절대로 철들지 않을 것이었다.

「친애하는 신사분」, 해밀턴 선생님이 말했다. 「우리는 적절한 발음을 배우기 위해 길버트와 설리번을 듣고 있었네. 일어서게.」

나는 일어섰다.

「자, 그럼 불러 봐. 〈너희는 책상 가까이 붙어 결코 바다로 가지 않네. 너희는 언제나 여왕님 해군의 지배자가 될 거야.〉」

나는 그 자리에 그냥 서 있었다.

「자, 해보게, 좀!」

나는 그대로 읊고 자리에 앉았다.

「치나스키 군, 자네 목소리가 거의 안 들리던데. 좀 더 활기차게 불러 볼 수는 없나?」

37 1930~40년대 미국의 유명 뮤지컬 배우.

나는 다시 일어섰다. 나는 거대한 바다만큼 공기를 들이마신 후 내뱉었다. 「니들이 여왕에 해군에 지배자가 되고 시포도 책상에 가까이 붙어 이쓰면 절대 바다에 가지 못허네!」

나는 거꾸로 외워 버리고 말았다.

「치나스키 군.」 해밀턴 선생님이 말했다. 「자리에 앉게나.」

나는 자리에 앉았다. 볼디 잘못이었다.

5:0

모든 이가 동시에 체육 수업을 들었다. 볼디의 사물함은 나랑 같은 줄에서 네다섯 칸 떨어져 있었다. 나는 사물함에 일찍 갔다. 볼디와 나는 같은 문제가 있었다. 우리는 모직 바지가 간지러워서 싫어했지만, 부모님들은 우리에게 모직 바지를 입혔다. 나는 볼디도 비밀에 끼워 주면서 그와 나 자신을 위해 그 문제를 해결했다. 단지 모직 바지 속에 잠옷을 껴입기만 하면 되는 것이었다.

나는 사물함을 열고 옷을 벗었다. 바지와 잠옷을 벗은 후 잠옷을 벗겨 사물함 위에 숨겼다. 나는 체육복을 입었다. 다른 아이들이 들어오기 시작했다.

볼디와 나는 잠옷에 관한 재미있는 이야기가 많지만, 볼디의 이야기가 최고였다. 볼디는 어느 날 밤 여자 친구와 데이트하러 갔었다. 둘은 춤을 추러 갔었다. 춤과 춤 사이에 여자 친구가 말했다. 「그거 뭐야?」

「뭐가 뭐야?」

「바짓단 아래로 삐죽 나와 있는 거.」

「뭐?」

「맙소사! 너 바지 아래에 잠옷 입고 있는 거야?」

「아? 아, 그거…… 깜박 잊어버리고……」

「나 지금 갈래!」

그 여자는 볼디와 두 번 다시 데이트하지 않았다.

남자애들 모두 체육복으로 갈아입고 있었다. 그때 볼디가 들어와 사물함을 열었다.

「잘 지냈냐, 친구?」 나는 그에게 물었다.

「아, 안녕, 행크……」

「아침 7시에 영어 수업 들었어. 그거 때문에 하루가 제대로 시작되더라. 다만 그 과목은 차라리 〈초급 음악 감상〉이라고 불러야겠던데.」

「아, 그래. 해밀턴 수업이구나. 소문은 들었지. 히히히……」

나는 볼디에게 걸어갔다.

볼디는 바지 허리띠를 풀었다. 나는 손을 뻗어서 바지를 끌어 내렸다. 그 아래에는 초록색 줄무늬 잠옷을 입고 있었다. 그 애는 바지를 도로 끌어 올리려 했지만, 내가 더 힘이 셌다.

「어이, 친구들. 이거 봐! 맙소사! 여기 잠옷을 입고 학교에 오는 애가 있다!」

볼디는 발버둥 쳤다. 얼굴은 벌겋게 달아올랐다. 애들 두엇이 걸어와서 보았다. 그때 나는 최악의 짓을 했다. 나는 그 애의 잠옷도 끌어 내렸다.

「그리고 이거 봐! 이 불쌍한 새끼는 대머리인 걸로도 모자라서, 물건도 콩알만 해! 여잘 만나면 이 불쌍한 새끼가 뭘 하겠냐?」

근처에 서 있던 덩치 큰 애 하나가 말했다. 「치나스키, 너 정말 쓰레기 같은 녀석이야!」

「그래.」 다른 애들 두엇이 말했다. 「그래, 그래…….」 나는
다른 목소리들도 들었다.

볼디는 바지를 끌어 올렸다. 그 애는 실제로 울고 있었다.
볼디는 다른 애들을 보았다. 「뭐, 치나스키도 잠옷을 입고 있
어! **쟤가** 처음에 나한테 입으라고 시킨 거야! 쟤 사물함 봐,
사물함 보라고!」

볼디는 내 사물함으로 달려가 문을 활짝 젖혔다. 그는 내
옷을 다 끌어냈다. 잠옷은 그 안에 없었다.

「잠옷을 숨겼군! 어디 딴 데다 숨긴 거야!」

나는 옷을 바닥에 놔둔 채로 운동장으로 나가 출석을 기
다렸다. 나는 둘째 줄에 섰다. 나는 앉았다 일어서기 동작을
두어 번 했다. 문득 보니 또 다른 덩치 큰 애가 내 뒤에 서 있
었다. 그 애의 이름을 주워들은 적이 있었다. 숄롬 스토돌스
키였다.

「치나스키. 넌 쓰레기야.」 스토돌스키가 말했다.

「내 일에 신경 꺼라. 나 성질이 좀 더럽거든.」

「뭐, 난 네 일에 신경 쓰고 싶은데.」

「날 너무 건드리지 마, 뚱땡이.」

「너 생물학과 건물이랑 테니스 코트 사이에 있는 데 아냐?」

「본 적 있지.」

「체육 시간 끝나고 거기서 보자.」

「알았어.」

나는 가지 않았다. 체육 수업 후에는 나머지 수업을 다 빼
먹고 전차를 타고 퍼싱 스퀘어로 갔다. 벤치에 앉아 어떤 사
건이 일어나길 기다렸다. 시작되기까지 한참이 걸릴 듯 싶었

다. 마침내 광신자와 무신론자가 들어섰다. 그들은 별로 잘 하진 못했다. 나는 불가지론자였다. 불가지론자는 딱히 논쟁할 게 별로 없었다. 공원을 나와 7번가와 브로드웨이 사이로 걸어갔다. 거기가 도심이었다. 거기서도 별로 할 일이 없어 보였다. 그저 사람들이 신호가 바뀌어 건너갈 수 있기를 기다릴 뿐이었다. 그때 다리가 근질거렸다. 잠옷을 사물함 위에 올려놓고 그냥 온 것이었다. 처음부터 끝까지 폭삭 망한 날이었다. 나는 〈W〉 노선 전차에 올라타 의자에 기댔다. 전차는 덜컹덜컹 굴러 집으로 나를 도로 실어 갔다.

51

내가 시립 대학에서 만나 마음에 들었던 학생은 딱 한 명, 로버트 베커뿐이었다. 그는 작가가 되고 싶어 했다. 「난 글쓰기에 관해 배울 수 있는 건 뭐든지 배울 거야. 차를 분해했다가 다시 조립하는 것 같겠지.」

「꽤 거창한 일 같은데.」 나는 말했다.

「할 거야.」

베커는 나보다 2~3센티미터 키가 작았지만, 몸이 다부졌다. 어깨가 넓고 팔이 굵은 튼튼한 몸매였다.

「난 어렸을 때 병에 걸렸었어.」 베커가 설명했다. 「1년 동안 침대에 누워서 테니스공이나 쥐고 있었어. 양쪽에 하나씩 두 개. 계속 그거나 하다 보니 이렇게 된 거야.」

베커는 밤에 사환으로 일해서 대학 생활비를 대고 있었다.

「어떻게 일자리를 얻었어?」

「알음알음으로.」

「내가 언젠가 너 혼 좀 내줄 거다.」

「그러든가 말든가. 난 글쓰기 말고는 관심 없어.」

우리는 잔디밭이 내려다보이는 벽감에 앉아 있었다. 두 남

328

자가 우리를 쳐다보고 있었다.

그러다 그중 한 명이 말을 걸었다. 「어이, 내가 뭐 좀 물어봐도 되나?」

「그러든가.」

「네가 초등학교 때 계집애 같았다면, 기억이 나는데. 그런데 이젠 센 녀석이 되었군. 무슨 일이 있었던 거야?」

「모르겠네.」

「너 냉소주의자냐?」

「아마도.」

「냉소주의자가 되면 행복해?」

「그래.」

「그럼 냉소주의자가 아니네. 냉소주의자들은 행복하니까!」

두 남자는 약간 보드빌 쇼 연기처럼 악수를 나누고 웃으면서 뛰어가 버렸다.

「쟤들이 네 꼴을 우습게 만들어 버렸네.」 베커가 말했다.

「아니, 그냥 괜히 센 척하는 거야.」

「너 냉소주의자냐?」

「난 불행해. 내가 만약 냉소주의자라면 아마 훨씬 더 기분 좋을걸.」

우리는 벽감에서 뛰어내렸다. 수업은 끝났다. 베커는 책을 사물함에 넣고 싶다고 했다. 우리는 사물함까지 갔고, 베커는 책을 던져 넣었다. 그는 내게 종이 대여섯 장을 건넸다.

「이거 읽어 봐. 단편이야.」

우리는 내 사물함까지 걸어갔다. 나는 사물함을 열고 종이 가방을 건넸다.

「한 모금 마셔······.」

포트와인 병이었다.

베커가 한 모금 마시고, 내가 한 모금 마셨다.

「이런 걸 항상 사물함에 두고 다니냐?」 베커가 물었다.

「그러려고 하지.」

「있잖아, 오늘 밤 나 휴무야. 내 친구들 몇 명 같이 만날래?」

「사람들 만나 봤자 나한테 별로 좋을 것도 없어.」

「이 사람들은 달라.」

「그래? 어디서? 너희 집에서?」

「아니. 여기, 내가 주소 적어 줄게……」 그는 종이에 적기 시작했다.

「야, 베커. 뭐 하는 사람들인데?」

「술을 마시지.」 베커가 말했다.

나는 쪽지를 주머니에 넣었다…….

그날 밤 저녁 식사 후 나는 베커의 단편을 읽었다. 소설이 훌륭해서 질투가 났다. 밤에 자전거를 타고 아름다운 여인에게 전보를 부친다는 내용이었다. 문체는 객관적이고 명료했고 온화한 품위가 있었다. 베커는 토머스 울프가 자신에게 영향을 주었다고 주장했지만, 울프처럼 울부짖으며 허풍을 떨지 않았다. 감정이 있었지만, 네온사인처럼 번쩍번쩍하게 광고하지 않았다. 베커는 글을 잘 썼다. 나보다 잘 썼다.

부모님은 내게 타자기를 하나 사줬고, 나는 단편 몇 편을 쓰려고 했지만, 아주 신랄하고 너덜너덜한 것만 나왔다. 그렇게 나쁘진 않았지만, 이야기들은 애걸하는 조였고, 이야기 자체의 활기가 없었다. 내 이야기는 베커의 이야기보다 어두웠고, 기이했지만 제대로 되지 않았다. 뭐, 한두 개는 — 내가 보기엔 ─ 제대로인 것도 있었지만, 정교한 구상에 따라 그렇게 되었다기보다 어쩌다 맞아떨어진 쪽에 가까웠다. 베커가 확실히 더 나았다. 어쩌면 나는 그림을 그렸어야 했는지도 모른다.

나는 부모님이 잠들 때까지 기다렸다. 아버지는 항상 시끄럽게 코를 골았다. 아버지의 소리가 들리자, 나는 침실 방충망 문을 열고 산딸기 덤불 위로 스르륵 미끄러져 내렸다. 그 자리는 바로 이웃집 차고로 이어졌다. 나는 어슴푸레한 빛 속을 천천히 걸었다. 롱우드에서 21번가까지 갔다가 오른쪽으로 틀었고, 그다음에 웨스트뷰를 따라 언덕을 올랐다. 〈W〉노선 전차의 종점이었다. 나는 토큰을 넣고 차 뒤편으로 걸어가 자리에 앉아 담뱃불을 붙였다. 베커의 친구들이 베커의 단편 발꿈치라도 미친다면, 꽤 요란한 밤이 될 것 같았다.

비컨 가 주소로 찾아가 보니 베커는 벌써 와 있었다. 그의 친구들은 간이 식탁에 앉아 있었다. 나는 소개를 받았다. 해리가 있었고, 라나가 있었으며, 고블스가 있었고, 스팅키가 있었고, 마시버드가 있었고, 엘리스가 있었고, 도그페이스가 있었고, 끝으로 더 리퍼가 있었다. 그들은 모두 커다란 아침 식사용 탁자 주위에 앉아 있었다. 해리는 어딘가에 정규직을 가지고 있었고, 그와 베커만 직업이 있었다. 라나는 해리의 아내였고, 그들의 아이인 고블스는 높다란 유아용 의자에 앉아 있었다. 라나는 거기 있는 유일한 여자였다. 서로 소개가 되자, 라나는 나를 똑바로 바라보며 미소를 띠었다. 그들은 모두 젊고, 말랐고, 돌돌 만 담배를 피웠다.

「베커가 얘기 많이 했어요. 작가라면서요.」해리가 말했다.

331

「타자기는 있죠.」

「우리 얘기 쓸 거예요?」 스팅키가 물었다.

「차라리 술을 마시는 게 낫죠.」

「잘됐네요. 우린 술 마시기 대회를 열 거거든. 돈 좀 있어요?」 스팅키가 물었다.

「2달러 정도…….」

「좋아요. 내기 돈은 2달러로. 모두 걸어!」 해리가 말했다.

그래서 18달러가 모였다. 돈을 쌓아 놓으니 그럴싸해 보였다. 술 한 병이 나타나더니 작은 위스키 잔이 돌았다.

「베커가 말해 줬는데, 본인을 센 남자라고 생각한다면서요. 당신 세요?」

「네.」

「뭐, 어디 두고 봅시다…….」

부엌 불은 무척 환했다. 스트레이트 위스키였다. 진노랑색 위스키. 해리는 술을 따랐다. 그런 아름다움이란. 내 입, 내 목구멍은 기다릴 수가 없었다. 라디오가 켜져 있었다. **오 조니, 오 조니, 어떻게 사랑할 수 있나요!** 누군가 노래하고 있었다.

「건배!」 해리가 외쳤다.

내가 질 리 없었다. 나는 며칠 동안이라도 마실 수 있었다. 취할 만큼 술을 실컷 마셔 본 적 없었다.

아기 고블스는 자기 몫의 작은 위스키 잔을 받았다. 우리가 우리의 잔을 들어 마실 때, 아기도 잔을 들어 마셨다. 모두들 그게 우습다고 생각했다. 나는 아기가 술을 마시는 게 그리 우습다고 생각하지 않았지만, 아무 말도 하지 않았다.

해리는 또 한 잔씩 따랐다.

「내 단편 읽었어, 행크?」베커가 물었다.

「응.」

「어땠어?」

「좋던데. 넌 이제 준비가 됐더라. 운만 좀 따라 주면 될 것 같아.」

「건배!」해리가 외쳤다.

두 번째 잔도 아무 문제가 없었다. 라나를 포함해서 우리는 모두 다 술을 넘겼다.

해리가 나를 보았다. 「주먹싸움 좋아하죠, 행크?」

「아니.」

「뭐, 그렇다면, 여기 도그페이스가 있다고.」

도그페이스는 내 덩치의 두 배였다. 세상에 존재한다는 것은 무척 피곤했다. 돌아볼 때마다 어떤 녀석이 숨도 들이마시지도 않고 덤벼들 준비를 하고 있다. 나는 도그페이스를 보았다. 「안녕, 친구!」

「친구는 개뿔.」그가 말했다. 「이번 잔이나 마셔.」

해리는 술잔을 돌렸다. 하지만 유아용 의자에 앉아 있는 고블스는 빼놓았고, 나는 그 점이 반가웠다. 좋다, 우리는 잔을 들었고, 그 잔도 모두 넘겼다. 그때 라나가 기권했다.

「누군가는 이 아수라장을 치우고 내일 아침 해리는 출근 준비를 해야지.」라나는 말했다.

다음 잔을 또 따랐다. 바로 그때 문이 쾅 열리더니 스물두 살 정도 되는 덩치 크고 잘생긴 남자애가 방 안으로 뛰어들어 왔다. **「쌍, 해리.」**남자가 말했다. **「나 좀 숨겨 줘! 나 방금 씨팔 주유소를 털었어!」**

「내 차가 차고에 있어. 뒷좌석 바닥에 엎드려서 가만히 있어!」해리가 말했다.

우리는 술을 마셨다. 다음 잔을 또 따랐다. 새 술병이 나왔다. 18달러는 아직도 탁자 위에 있었다. 라나를 빼고 우리는 여전히 버티고 있었다. 우리를 끝장내려면 위스키가 꽤 필요할 것이었다.

「어이. 우리 술이 떨어지지 않을까?」나는 해리에게 물었다.

「좀 보여 줘라, 라나…….」

라나가 찬장 위 선반 문을 열었다. 줄줄이 늘어선 위스키 병이 보였다. 모두 같은 상표였다. 트럭을 납치해서 얻어 낸 전리품처럼 보였다. 아마도 그럴 것이었다. 그리고 이들은 그 강도단의 구성원이었다. 해리, 라나, 스팅키, 마시버드, 엘리스, 도그페이스, 더 리퍼. 어쩌면 베커도. 그리고 지금 해리의 차 뒷좌석 바닥에 숨어 있는 젊은 녀석이 그럴 공산이 제일 컸다. 로스앤젤레스의 인구 중 그렇게 활발한 무리와 같이 술을 마시고 있다니 나는 무척 영광스러운 기분이 들었다. 베커는 글 쓰는 법을 알 뿐 아니라, 괜찮은 사람들도 알았다. 내 첫 소설은 로버트 베커에게 헌정해야지. 그건『시간과 강물에 대하여』[38]보다 나은 소설이 되리라.

해리는 계속해서 술을 따라 돌렸고, 우리는 그것을 다 들이켰다. 부엌은 담배 연기로 푸르렀다.

마시버드가 첫 번째로 떨어져 나갔다. 코가 무척 큰 자였다. 그는 그저 고개를 흔들며 더는 안 되겠다, 더는 안 되겠다고 했지만 보이는 것이라고는 푸른 연기 속에서 이 커다란 코가 〈안 돼〉라고 하는 듯이 흔들리는 모습뿐이었다.

엘리스가 다음으로 떨어져 나갔다. 가슴에 털이 많이 나

38 토머스 울프의 소설 제목.

있는 남자였지만, 분명 배짱은 별 볼 일이 없었다.

도그페이스가 다음이었다. 그는 그저 펄쩍 뛰더니 변기로 달려가 토해 버렸다. 그 소리를 들은 해리도 같은 생각이 들었던지 벌떡 일어나 싱크대에 토했다.

그로써 나와 베커, 스팅키와 더 리퍼만이 남았다.

베커가 다음으로 빠졌다. 그는 그저 탁자 위에 팔짱을 낀 팔을 올려놓고 머리를 묻어 버렸고, 그걸로 끝이었다.

「밤은 정말 젊어. 나는 보통 해 뜰 때까지 마시지.」 내가 말했다.

「그래. 네 똥 굵다!」 더 리퍼가 말했다.

「그래, 그리고 그 똥이 네 대가리 모양이야.」

리퍼가 일어섰다. 「개새끼. 내가 손 좀 봐주지!」

그는 탁자 너머로 나를 향해 팔을 휘둘렀으나, 주먹은 빗나가고 대신 병만 넘어뜨렸다. 라나가 걸레를 가져와 훔쳤다. 해리가 새 술병을 땄다.

「앉아, 립. 아니면 너 내기에 지는 거야.」 해리가 말했다.

해리는 새 잔을 따랐다. 우리는 다 마셨다. 리퍼는 일어서더니 뒷문으로 가 문을 열고 밤의 어둠 속을 내다보았다.

「어이, 립. 너 뭐하는 거야?」 스팅키가 물었다.

「보름달이 떴나 보는 거다.」

「그래, 떴냐?」

아무런 대답이 없었다. 우리는 그가 문 사이로 떨어져 계단을 굴러 덤불 속으로 쓰러지는 소리를 들었다. 우리는 그를 그냥 그대로 두었다.

그래서 나와 스팅키만이 남았다.

「스팅키를 누른 사람은 이제껏 못 봤는데.」 해리가 말했다.

라나는 고블스를 막 침대에 눕히고 왔다. 그녀는 도로 부엌으로 들어왔다. 「에구머니, 시체 천지네.」

「따라, 해리.」내가 말했다.

해리는 스팅키의 잔을 먼저 채웠고, 그다음에 내 잔을 채웠다. 나는 그 술을 넘길 방법이 없다는 것을 알았다. 그래서 내가 할 수 있는 유일한 일을 했다. 그게 별거 아닌 척했다. 나는 위스키 잔을 잡고 휙 털어 넣어 버렸다. 스팅키는 나를 쳐다보고만 있었다. 「곧 돌아올게. 화장실에 가야겠다.」

우리는 앉아서 기다렸다.

「스팅키는 좋은 애야.」나는 말했다. 「애를 스팅키[39]라고 부르면 안 되지. 어쩌다 그런 별명이 생겼어?」

「나도 몰라. 누가 그냥 갖다 붙인 거야.」해리가 말했다.

「네 차 뒷좌석에 탄 남자 말인데. 나올 수는 있어?」

「아침까지는 안 되지.」

우리는 앉아서 기다렸다.

「내 생각엔, 우리가 가서 한번 보는 게 좋을 것 같아.」해리가 제안했다.

우리는 욕실 문을 열었다. 스팅키는 거기 있는 것 같지 않았다. 그때 그의 모습이 보였다. 그는 욕조 속에 쓰러져 있었다. 두 다리는 욕조 가장자리 위에 얹혀 있었다. 눈을 감은 채로 그는 그 속에서 의식이 끊겨 쓰러져 있었다. 우리는 탁자로 되돌아왔다. 「그 돈은 네 거야.」해리가 말했다.

「내가 이 위스키 값을 내면 어때?」

「됐어.」

「진심이야?」

39 〈구린내〉라는 뜻.

「그럼, 물론이지.」

나는 돈을 집어 오른쪽 앞주머니에 넣었다. 그때 스팅키의 술이 보였다.

「이거 버리면 아까운데.」

「그걸 마시겠다는 거야?」 라나가 물었다.

「못할 것도 없지. 이게 막잔이다…….」

나는 꿀꺽 삼켰다.

「좋아. 나중에 봐, 다들. 정말 즐거웠어!」

「잘 가, 행크…….」

나는 뒷문으로 나오다 더 리퍼의 몸을 밟았다. 뒷골목을 찾아서 왼쪽으로 틀었다. 계속 걷다가 녹색 셰브럴레이 세단을 보았다. 차에 다가가는 동안 나는 살짝 비틀거렸다. 나는 뒷문 손잡이를 잡고 몸을 지탱했다. 망할 문이 잠겨 있지 않아서 활짝 열리는 바람에 나는 옆으로 쓰러졌다. 나는 나가떨어지며 왼쪽 팔꿈치를 보도 위에 긁혔다. 보름달이었다. 위스키 기운이 즉시 훅 끼쳤다. 나는 일어날 수 없을 것 같았다. 일어서야만 했다. 나는 센 남자여야만 하니까. 일어서면서 반쯤 열린 문에 부딪쳤고 그걸 잡고 붙들었다. 그러다 안쪽 손잡이를 잡고 몸을 지탱했다. 나는 뒷좌석으로 들어갔다가 그냥 앉았다. 한동안 거기에 그렇게 앉아 있었다. 그러다 구토가 올라왔다. 정말로 쏟아졌다. 쏟아지고 쏟아져 뒷좌석 바닥을 덮었다. 그런 후에 나는 잠시 앉아 있었다. 다음 순간 나는 차를 빠져나올 수 있었다. 어지럽지 않았다. 나는 손수건을 꺼내 바지 자락과 신발에 튄 토사물을 될 수 있는 한 닦아 냈다. 나는 차 문을 닫고 뒷골목을 걸어갔다. 〈W〉 노선 전차를 찾아야 했다. 찾아낼 것이었다.

찾아냈다. 나는 전차에 올라탔다. 웨스트뷰 가까이 타고 가서 21번가를 걸어가다 롱우드 로에서 남쪽으로 돌아 2122번지로 향했다. 나는 이웃집 차로를 올라가다 산딸기 덤불을 보고 그 아래로 기어 들어가 열린 방충망 문을 통해 내 방으로 들어갔다. 나는 옷을 벗고 침대에 들었다. 위스키를 1리터 넘게 들이켠 게 분명했다. 아버지는 내가 떠날 때 그대로 여전히 코를 골고 있었다. 다만 그 순간에는 더 크고 더 흉하게 들릴 뿐이었다. 여하튼 난 잠이 들었다.

평소처럼 나는 해밀턴 선생의 영어 수업에 30분 늦게 갔다. 아침 7시 30분이었다. 나는 문밖에 서서 귀를 기울였다. 다시 길버트와 설리번을 듣고 있었다. 여전히 바다에 가서 여왕님의 해군이 된다는 내용이었다. 해밀턴은 아무리 들어도 질리지 않는가 보았다. 고등학교에 영어 선생님이 하나 있었는데, 그 사람은 포, 포, 에드거 앨런 포 타령이었다.

나는 문을 열었다. 해밀턴이 가서 레코드 바늘을 들어 올렸다. 그런 후에 학생들을 향해 말했다. 「치나스키 군이 도착하면, 우린 언제나 아침 7시 30분이 되었다는 것을 알 수 있죠. 치나스키는 언제나 정시에 옵니다. 유일한 문제는 그게 **틀린** 시간이라는 것뿐이죠.」

그는 말을 멈추고 교실에 앉은 얼굴들을 둘러보았다. 그는 매우, 매우 위엄 있었다. 그런 후에 그는 나를 쳐다보았다.

「치나스키 군. 자네가 아침 7시 30분에 오든 아예 오지 않든 아무 상관 없네. 나는 자네에게 **초급 영어** 학점으로 〈D〉를 줄 테니까.」

「〈D〉라뇨, 해밀턴 선생님?」 나는 그 명성이 자자한 비웃음을 내비치면서 물었다. 「왜 〈F〉를 주시지 않고?」

「〈F〉는 가끔 〈씨팔*Fuck*〉에 맞먹기 때문이지. 나는 자네가 〈씨팔〉 자격도 없다고 생각하네.」

학생들은 환호하고 아우성치고 발을 쾅쾅 쿵쿵 굴렀다. 나는 몸을 돌려 교실 밖으로 나와 문을 닫았다. 복도를 따라 내려오며 그들이 여전히 안에서 맹렬히 내지르는 소리를 들었다.

52

유럽에서 전쟁은 무척 순조롭게 흘러갔다. 히틀러 쪽에서
는. 학생들 대부분은 그 문제에 대해 별로 소리를 내지 않았
다. 그러나 강사들은 달랐다. 그들은 거의 모두 좌파였고, 반
(反)독일 세력이었다. 강사들 중에 우익 분파는 없는 것처럼
보였다. 경제학과의 글러스글로 선생 빼고는. 그는 그에 관
해 무척 신중하게, 티 내지 않았다.

독일전에 참전해서 파시즘의 확산을 막는 것은 지적으로
유행이기도 하고 적절한 행동이기도 했다. 나로 말하자면,
내가 이전에 누렸던 삶이나 앞으로 누릴 미래를 보호하고자
참전하고 싶은 욕망은 없었다. 내겐 자유가 없었다. 아무것
도 없었다. 히틀러가 설치고 다녀도, 어쩌면 나는 이따금 여
자랑 잘 수 있을지도 모르고, 일주일에 1달러 이상 용돈을
받을 수도 있었다. 합리화하자면, 나는 지켜 낼 것이 하나도
없었다. 게다가 독일에서 태어났으므로, 자연스러운 충성심
이 있었고 독일이라는 나라 전체와 그 나라 국민들이 어디에
서나 괴물과 백치로 묘사되는 것을 보고 싶지도 않았다. 극
장에선 뉴스 릴[40]을 빨리 감아 히틀러와 무솔리니를 미쳐 돌

아가는 광인으로 만들었다. 또한, 모든 강사들이 반독일주의를 설파하는 상황에서는 개인적으로 그들의 의견에 간단히 동의할 수가 없다는 것을 깨달았다. 순전한 고립과 자연적 반항심에서 나는 그들 관점의 대척점에 위치했다. 『나의 투쟁』[41]을 읽은 적도 없고 그럴 마음도 없었다. 히틀러는 그저 내게 또 한 명의 독재자일 뿐이었다. 다만 히틀러는 저녁 식사 시간에 내가 자기를 막기 위해 전쟁에 나간다면, 머리를 날려 버리거나 불알을 떼어 버리겠다는 설교는 늘어놓지 않았다.

이따금 강사들이 나치즘[42]과(우리는 언제나 문장 맨 앞에 쓸 때라도 〈nazi〉의 〈n〉은 소문자로 써야 한다는 말을 들었다) 파시즘의 사악함에 대해 떠들고 또 떠들 때마다 나는 벌떡 일어서서 뭔가 지어내곤 했다. 다음과 같이.

「인류 종족의 생존은 선택적 책임에 달려 있습니다!」

이 말의 뜻은, 잠자리 상대가 누가 될지 주의를 하라는 뜻이었지만, 오직 나만 알았다. 그러한 언급은 정말로 모든 이를 열 받게 했다.

내가 어디서 그걸 주워들었는지 모르겠다.

「민주주의의 실패 중 하나는 일반 투표가 일반인 지도자를 선출하도록 보장한다는 것이고, 이 지도자는 우리를 흔히 무감각한 예상으로 이끈다!」

나를 전혀 괴롭히지 않았던 유대인이나 흑인에 대한 직접적 언급은 피했다. 내 괴로움은 모두 백인 비(非)유대인에게

---

40 당대에 일어나는 주요 사건들을 필름에 담은 기록 영화.
41 아돌프 히틀러의 자서전.
42 원문에서 〈*nazism*〉으로 표기함.

서 온 것이었다. 그러므로 나는 기질적으로나 선택적으로나 나치는 아니었다. 선생들은 매우 유사했고 반독일적 편견으로 매우 유사하게 생각해서 내게 강요한 거나 다름없었다. 또 어디에선가 읽은 책에서는 사람이 자신이 지지하는 바를 진정으로 믿거나 이해하지 못하면, 오히려 더 자신 있게 일을 해낼 수 있다고 했다. 그 점에서 나는 선생들보다 상당히 유리했다.

「농사용 말을 경주마와 교배하면 민첩하지도, 강하지도 못한 새끼가 나오죠. 새로운 지배 민족은 의도적인 교배에서 진화되는 것입니다!」

「좋은 전쟁도 없고 나쁜 전쟁도 없죠. 전쟁에서 나쁜 점이 있다면 지는 것입니다. 모든 전쟁은 고귀한 명분이 있어요. 하지만 오로지 승자의 명분만이 역사의 고귀한 명분이 됩니다. 소위 누가 옳고 누가 그르고를 따지려 싸우는 문제가 아닙니다. 그건 누가 더 훌륭한 장군과 더 나은 군대가 있는지의 문제예요!」

나는 이런 짓이 좋았다. 뭐든 내가 좋은 대로 지어낼 수 있었다.

물론, 말을 하면 할수록 나는 여자애들을 만날 기회로부터 점점 더 멀어지고 있었다. 하지만 어쨌든 이전에도 가까웠던 적은 없었다. 나의 격렬한 연설 때문에 내가 캠퍼스에서 혼자라고 생각했지만, 그렇지만은 않았다. 다른 사람 몇몇은 내 말에 귀를 기울이고 있었다. 어느 날, 시사 수업에 가는데, 누가 내 뒤에서 따라오는 소리가 들렸다. 나는 누가 내 뒤에서 걸어오는 걸 좋아하지 않았다. 가까이 붙어 오는 게 아니라서. 그래서 나는 걸으면서 뒤돌아보았다. 학생 회장인 보이드 테일러였다. 그는 학생들에게 매우 인기가 있어서, 학교 역사상 처음으로 학생 회장에 두 번 당선되었다.

「어이, 치나스키. 얘기 좀 하고 싶은데.」

나는 보이드를 딱히 좋아하지 않았다. 그는 미래가 창창한, 전형적으로 잘생긴 미국 청년으로 언제나 제대로 옷을 입고, 스스럼없고, 미끈하며, 검은 콧수염을 올올이 다듬었다. 그가 학생회에게 무슨 매력이 있는지, 나는 알 수가 없었다. 그는 나와 함께 걸었다.

「나랑 같이 걷는 모습을 남이 보면 안 좋아 보이지 않겠어, 보이드?」

「그건 내가 알아서 걱정할게.」

「그래. 뭔데?」

「치나스키, 이건 너랑 나랑만 아는 얘기야, 알겠어?」

「물론이지.」

「있잖아, 난 너 같은 애들이 지지하거나 시도하려고 하는 것들을 믿지 않아.」

「그래서?」

「하지만 네가 여기나 유럽에서 이기면 기꺼이 네 편에 서겠다는 것을 알려 주려고.」

나는 그저 그를 쳐다보고 웃어 버렸다.

내가 계속 걸어가는 동안 보이드는 그 자리에 서 있었다. 콧수염을 완벽히 다듬은 남자들은 믿지 말아야 한다…….

다른 사람들도 역시 귀를 귀울이고 있었다. 시사 수업에서 나오다 볼디와 부딪쳤는데, 키 150센티미터에 몸통 둘레가 90센티미터 정도 되는 남자와 함께 서 있었다. 남자의 머리는 어깨 안으로 쑥 들어가 있었다. 둥근 머리, 작은 귀, 짧게 친 머리, 완두콩 같은 눈, 동그란 입을 지닌 남자였다.

미친놈이군, 난 생각했다. 살인자야.

「어이, 행크!」 볼디가 소리쳤다.

나는 그리로 걸어갔다. 「우리 사이 끝난 줄 알았는데, 라 크로스.」

「아, 무슨 소리! 아직도 **위대한** 일을 많이 해야 하는데!」

쌍! 볼디도 그런 놈이었다!

어째서 지배 민족 운동은 정신적으로나 신체적으로나 병신밖에 끌어모으지 못하는 걸까?

「이고르 스티르노프를 소개해 주고 싶어서.」

나는 손을 뻗었고, 우리는 악수를 나누었다. 그는 온 힘을 다해 내 손을 쥐어짰다. 정말로 아팠다.

「놔. 아니면 있지도 않는 네 목을 박살 내줄 테니, 씨팔!」 내가 말했다.

이고르는 손을 놓았다. 「나는 비실비실 악수하는 남자들은 믿지 않아서. 어째서 악수하면서 비실거리나?」

「오늘은 힘이 없네. 아침에 내 토스트가 타서 나왔고, 점심엔 초콜렛 우유를 쏟았거든.」

이고르는 볼디에게 향했다. 「애 왜 이래?」

「애는 걱정할 거 없어. 자기 나름의 방식대로 하는 애거든.」

이고르는 다시 나를 보았다.

「내 할아버지는 백러시아인이었어. 혁명 기간 동안, 빨갱이들이 할아버지를 죽였어. 내가 그 개새끼들에게 갚아 주고 말 테다!」

「알겠다.」

그때 다른 학생이 우리를 향해 걸어왔다. 「야, 펜스터!」 볼디가 소리쳤다.

펜스터가 다가왔다. 우리는 악수를 나누었다. 난 그에게 비실거리는 악수를 해주었다. 나는 악수를 좋아하지 않았다. 펜스터의 이름은 밥이었다. 글렌데일의 어떤 집에서 미국 정당을 위한 미국인이라는 모임이 열릴 예정이라고 했다. 펜스터가 우리 대학 대표였다. 그는 가버렸다. 볼디가 몸을 기대며 내 귀에 속삭였다. 「쟤들은 나치야!」

이고르는 차와 럼주 한 병을 갖고 있었다. 우리는 볼디의 집 앞에서 만났다. 이고르가 병을 건넸다. 좋은 술이었다. 목구멍의 세포막까지 태우는 듯 독했다. 이고르는 탱크처럼 차를 몰면서 빨간불에도 마구 달렸다. 사람들이 경적을 울려대고 급브레이크를 밟았으나 그는 검은색 가짜 권총을 흔들어 보였다.

「어이, 이고르. 행크에게 권총 보여 줘.」 볼디가 말했다.

이고르가 운전하고 있었다 볼디와 나는 뒷좌석에 탔다. 이고르는 내게 권총을 건넸다. 나는 총을 들여다보았다.

「대단한데!」 볼디가 말했다. 「이 녀석 이걸 나무로 새겨서 검정 구두약으로 물들였어. 진짜 같지 않냐?」

「그러네. 게다가 총신에 구멍까지 뚫었네.」 나는 말했다.

나는 총을 이고르에게 건넸다. 「무척 멋진데.」 내가 말했다.

그는 내게 럼주 병을 도로 건넸다. 나는 한 모금 들이켜고 병을 볼디에게 건넸다. 그는 나를 보며 말했다. 「하일 히틀러!」

우리가 가장 늦게 도착했다. 널찍하고 잘 지은 집이었다.

문 앞에서 뚱뚱한 남자애가 미소를 지으며 맞아 주었다. 평생을 불 옆에서 밤이나 까먹으면서 보낸 사람처럼 생긴 애였다. 부모가 근처에 있는 것 같진 않았다. 그의 이름은 래리커니였다. 우리는 그를 따라 큰 집으로 들어가서 길고 어두운 계단을 내려갔다. 눈앞에 보이는 것이라고는 커니의 어깨와 머리뿐이었다. 그는 확실히 잘 자란 아이로, 볼다나 이고르, 나보다는 훨씬 제정신으로 보였다. 어쩌면 여기서 배울게 있을지도 몰랐다.

그런 후에 우리는 지하실로 들어갔다. 의자 몇 개가 있었다. 펜스터가 우리를 보고 고개를 까딱했다. 내가 모르는 사람이 일곱 명 더 있었다. 약간 높인 연단에는 책상이 놓여 있었다. 래리가 그리로 올라가서 책상 뒤에 섰다. 그의 뒷벽에는 커다란 성조기가 걸려 있었다. 래리는 허리를 쭉 펴고 섰다. 「이제 국기에 대한 경례를 하겠습니다!」

맙소사, 나는 생각했다. 단단히 잘못 걸렸구나!

우리는 일어서서 경례를 했다. 하지만 나는 「나는 충성을 맹세……」 다음에 멈췄다. 뭐든 아무 말 하지 않았다.

우리는 자리에 앉았다. 래리가 책상 뒤에서 말하기 시작했다. 그는 이번이 첫 모임이므로 자신이 사회를 보겠다고 했다. 모임을 두세 번 더 가진 후에 서로 잘 알게 되고 회원들이 원한다면 새로 의장을 뽑을 수 있을 것이다. 그렇지만 그동안에는…….

「우리는 여기, 미국에서 자유에 대한 두 가지 위협에 직면해 있습니다. 공산주의라는 재앙과 흑인 세력의 장악이죠. 자주 그 두 가지는 손에 손잡고 공작을 꾸밉니다. 우리 진정한 미국인들은 이 재난, 이 위협에 대적하고자 여기 모였습니다. 그리하여 정숙한 백인 여성이 흑인 남성에게 희롱당하지 않고 거리를 걸어다닐 수 있도록 하는 것입니다!」

이고르가 펄쩍 뛰어올랐다. 「우리가 죽여 버립시다!」

「공산주의자들은 우리가 오랫동안 일해서 얻은, 우리 아버지들이 노동하고, 그 이전에 **그녀들의** 아버지들이 일해서 얻은 부를 나누려 합니다. 공산주의자들은 우리의 돈을 흑인, 호모, 부랑자, 우리의 거리를 버젓이 활보하는 어린이 성추행범들에게 주려는 겁니다!」

「우리가 죽여야 해!」

「그들을 막아야 합니다.」

「무장합시다!」

「그래, 무장합시다! 그리고 우리는 미국을 구하기 위해 여기 모여 장대한 계획을 짤 겁니다!」

동료들이 환호했다. 두세 명은 「하일 히틀러!」를 외쳤다. 그리고 서로 알아 갈 시간이 다가왔다.

래리가 차가운 맥주를 돌렸고 우리는 삼삼오오 모여 이야기했다. 그렇다고 딱히 많은 말을 하지는 않았고 다만 때가 되면 총을 전문적으로 다룰 수 있도록 사격 연습이 필요하다는 일반적 합의에 이르렀다.

다시 이고르의 집으로 돌아갔을 때, 그의 부모님도 역시 집에 있는 것 같지 않았다. 이고르는 프라이팬을 꺼내 버터 네 덩이를 넣고 녹이기 시작했다. 그는 럼을 꺼내 와서 커다란 냄비에 넣고 데웠다.

「남자라면 이런 걸 마시지.」 이고르가 말했다. 그러더니 볼디를 보았다. 「너 남자냐, 볼디?」

볼디는 이미 취해 있었다. 그는 두 손을 양 옆구리에 내리고 허리를 꼿꼿이 폈다. 「그럼, 난 남자야!」 그는 훌쩍이기 시작했다. 눈물이 굴러떨어졌다. 「난 남자라고!」 그는 허리를 꼿꼿이 펴고 외쳤다. 「하일 히틀러!」 눈물이 굴러떨어졌다.

이고르는 나를 보았다. 「너 남자냐?」

「모르겠는데. 럼은 다 됐냐?」

「널 믿어도 될지 모르겠어. 우리 동지인지 확신이 안 가. 너 이중 첩자야? 적의 요원이냐?」

「아닌데.」

「우리 동지 맞아?」

「모르겠어. 내가 확실히 아는 건 하나뿐이지.」

「그게 뭔데?」

「네가 마음에 안 든다는 거. 럼 다 됐냐?」

「**봤어**? 얘가 못됐다고 말했지!」 볼디가 말했다.

「오늘 밤이 다 가기 전에 누가 가장 못됐는지 두고 보자고.」 이고르가 말했다.

이고르는 녹인 버터를 끓는 럼 속에 넣고 불을 끈 후 저었다. 나는 그가 마음에 들진 않았지만, 확실히 남달랐고 그 점은 마음에 들었다. 곧이어 그는 컵을 세 개 찾아왔다. 푸른색의 커다란 컵으로 러시아어가 위에 써 있었다. 그는 버터를 섞은 럼을 컵에 따랐다.

「좋아. 마셔!」 그가 말했다.

「젠장. 때가 됐군.」 나는 술을 목구멍으로 흘려보냈다. 조금 지나치게 뜨거웠고 냄새가 고약했다.

나는 이고르가 자기 몫의 술을 마시는 모습을 보았다. 완두콩 같은 작은 눈이 컵 가장자리 너머로 보였다. 그는 그럭저럭 술을 다 넘겼고, 버터를 섞은 럼의 황금빛 방울이 바보 같은 입가로 새어 나왔다. 그는 볼디를 보았다. 볼디는 서서 컵 속을 들여다보고 있었다. 나는 옛날부터 볼디가 원래 술을 그다지 좋아하지 않는다는 것을 눈치채고 있었다.

이고르는 볼디를 쳐다보았다. 「마셔!」

「그래, 이고르, 그래…….」

볼디는 푸른 잔을 들었다. 그는 꽤 괴로워했다. 술은 그에게 너무 뜨거웠고, 그는 그 맛도 싫어했다. 술의 반 정도가 입 밖으로 흘러 턱을 타고 셔츠 위로 떨어졌다. 빈 잔이 부엌 바닥으로 떨어졌다.

이고르가 볼디 앞에 버티고 섰다.

「넌 남자도 아니군!」

「난 남자야, 이고르! 난 남자라고!」

「거짓말!」

이고르는 손등으로 볼디의 뺨을 때렸고, 볼디의 머리가 한쪽으로 나가떨어지자, 그는 다른 쪽 얼굴도 찰싹 쳐서 똑바로 세웠다. 볼디는 양손을 딱딱하게 옆구리에 붙이고 차려 자세로 섰다.

「난…… 남자야…….」

이고르는 계속 볼디의 앞에 버티고 서 있었다.

「내가 너를 남자로 **만들어** 주고 말 테다!」

「됐어.」 내가 이고르에게 말했다. 「쟤 가만 놔둬.」

이고르는 부엌을 나갔다. 나는 럼을 내 몫으로 한 잔 더 따랐다. 무시무시한 술이었지만, 어쨌든 거기 있었으니까.

이고르는 도로 걸어 들어왔다. 그는 총, 진짜 총을 들고 있었다. 오래된 6연발 총이었다.

「우리는 이제 러시안룰렛[43]을 하는 거야.」 그가 알렸다.

「좆까.」내가 말했다.

「난 한다, 이고르.」볼디가 말했다. 「난 할 거야. 난 **남자**니까!」

「좋아.」이고르가 말했다. 「총에는 총알이 딱 하나만 들어 있어. 내가 탄창을 돌리고 네게 총을 건넬 거야.」

이고르는 탄창을 빙그르 돌린 후 볼디에게 건넸다. 볼디는 총을 받아 자기 머리에 갖다 댔다. 「난 남자다…… 난 남자야…… 난 할 거야!」

그는 다시 울기 시작했다. 「난 할 거야…… 난 남자니까…….」

볼디는 총구를 자기 관자놀이에서 스르르 미끄러뜨리면서 떼어 냈다. 그는 머리에서 총을 멀찍이 떨어뜨린 후 방아쇠를 당겼다. 딸깍 소리가 났다.

이고르는 총을 받았고 탄창을 돌린 후 내게 건넸다. 나는 도로 건넸다.

「네가 먼저 해.」

이고르는 탄창을 돌리고 총을 불빛에 비추며 탄창 속을 들여다보았다. 그런 후에 총을 자기 관자놀이에 대고 방아쇠를 당겼다. 딸깍 소리만 났다.

「대단한데. 너 총알이 어디 있는지 탄창을 보고 확인했잖아.」내가 말했다.

이고르는 탄창을 돌리며 총을 내게 건넸다. 「네 차례다…….」

나는 총을 도로 건넸다. 「안 해.」내가 말했다.

나는 럼을 한 잔 더 따르려고 걸어갔다. 그러는 순간, 총이 발사되었다. 나는 아래를 내려다보았다. 발 가까이, 부엌 바

---

43 회전식 연발 권총에 총알을 한 발만 넣고 총알의 위치를 알 수 없도록 탄창을 돌린 후, 몇 사람이 차례로 자신의 머리에 총구를 대고 방아쇠를 당기는 내기.

닥에 총알 구멍이 났다.

　나는 뒤를 돌아보았다.

　「그거 나한테 또 겨누면 죽여 버릴 거야, 이고르.」

　「그래?」

　「그래.」

　그는 거기 서서 미소만 지었다. 그는 천천히 총을 들어 올리기 시작했다. 나는 기다렸다. 그러자 그는 총을 내렸다. 그날 밤은 그것으로 끝이었다. 우리는 밖으로 나가 차로 향했고 이고르가 집까지 태워 주었다. 하지만 먼저 웨스트레이크 공원에 멈춰 보트 한 대를 빌려 호수 위로 나가서 럼주를 다 끝장냈다. 마지막 술과 함께 이고르는 총을 장전하고 보트 바닥에 총을 쏴 구멍을 냈다. 우리는 호숫가에서 40미터 떨어진 곳에 있어서 헤엄쳐 돌아가야 했다……

　집에 도착했을 때는 늦은 시각이었다. 나는 오래된 산딸기 덤불 아래로 기어 들어가 침실 창을 넘었다. 나는 옷을 벗고 침대에 들었고, 그동안 옆방에서 아버지는 코를 골고 있었다.

53

수업이 끝나고 웨스트뷰 언덕을 내려오는 중이었다. 나는 책을 절대로 들고 다니지 않았다. 시험은 강의를 듣고 답을 찍어서 통과했다. 시험 본다고 벼락치기를 하지도 않았다. 그래도 〈C〉 학점을 여럿 챙겼다. 언덕을 내려오다 거대한 거미줄에 부딪쳤다. 나는 언제나 그런 꼴을 당하곤 했다. 그 자리에 서서 끈끈한 거미줄을 떼어 내며 거미를 찾아보았다. 그때 그놈을 보았다. 크고 통통하고 시커먼 개자식. 거미를 눌러 죽였다. 나는 거미를 미워하는 법을 깨우쳤다. 내가 지옥에 가면 거미에게 뜯어 먹히겠지.

한평생, 이 동네를 다니면서 나는 거미줄과 맞닥뜨렸고, 찌르레기에게 공격받았으며, 아버지와 함께 살았다. 모든 것이 영원히 지루하고, 절망적이었으며, 저주받았다. 심지어 날씨조차 버릇없고 거지 같았다. 몇 주 동안 참을 수 없이 덥거나 비가 왔고, 비가 오면 대엿새는 계속 내렸다. 물이 잔디 위로 올라와 집 안까지 쏟아져 들어왔다. 배수관을 계획한 사람이 누군지 몰라도, 그런 문제에 대해 아는 거 하나 없으면서 잘도 돈을 받아 처먹었다.

그리고 나 자신의 일도 마찬가지로 나쁘고, 절망적이며, 태어난 날과 똑같았다. 유일한 차이라고는 이제 이따금 내가 술을 마신다는 것뿐이었다. 하지만 그것도 그렇게 자주 있는 일도 아니었다. 술만이, 인간이 영원히 멍청하게 앉아 쓸모 없는 존재가 되었다는 기분에서 벗어날 수 있도록 도와줄 뿐이었다. 그 외에 모든 것은 그저 쪼고 쪼고 내려찍어 깎아 낼 뿐이었다. 재미있는 게 하나도 없었다, 하나도. 사람들은 틀에 갇혀 조심스러웠고, 모두 똑같았다. 그리고 이 씨팔 새끼들과 평생을 같이 살아야겠지, 난 생각했다. 맙소사, 모두 똥구멍과 성기, 입과 겨드랑이뿐이야. 똥 싸고 수다 떨고, 말똥만큼이나 지루하지. 여자애들은 멀리서 보면 예뻤다. 햇빛이 그 애들의 원피스, 머리카락 사이로 스며들었다. 그러나 가까이 가서 입에서 흘러나오는 속마음을 들으면 언덕 아래에 구멍을 파고 기관총을 든 채 잠복하고 싶어졌다. 내가 절대로 행복해지지 못하리라는 것은 분명했다. 결혼이 가능할 리도 없었다. 아이도 가질 수 없을 것이다. 젠장, 접시 닦이 일자리조차 없다.

어쩌면 은행 강도가 되는 게 나을지도 모르지. 저주받을 것. 화염과 불줄기가 있는 어떤 것. 총알은 딱 하나뿐인데. 어째서 창문 닦이가 되겠는가?

나는 담배에 불을 붙이고 언덕을 따라 더 내려갔다. 기회가 없는 이런 미래에 정신이 흐트러지는 사람은 나뿐이란 말인가?

나는 크고 시커먼 거미를 또 한 마리 보았다. 거미는 내가 가는 길 바로 앞, 얼굴 높이의 거미줄에 걸려 있었다. 나는 담배를 들어 거미에게 갖다 댔다. 거미가 펄쩍 뛰자 거대한 거미줄이 흔들리면서 튀어 올랐고, 나뭇가지가 흔들렸다. 거미는 거미줄에서 뛰어내려 인도에 떨어졌다. 소심한 살인자들, 그들 무리 전부가 그렇다. 나는 한 발로 밟아 죽였다. 보람 있는 하루였다. 거미를 두 마리나 죽이다니. 나는 자연의 균형을 망가뜨렸다. 이제 우리는 모두 벌레와 파리에게 잡아먹힐 것이었다.

나는 언덕을 따라 더 내려갔다. 평지 가까이 왔을 때 커다란 덤불이 불쑥 흔들렸다. 왕거미가 나를 따라왔군. 나는 그를 맞으려 앞으로 성큼성큼 걸어갔다.

어머니가 덤불 뒤에서 튀어나왔다. 「헨리, 헨리, 집에 오지 마. 집에 오면 안 돼. 아버지가 널 죽일 거야!」

「무슨 수로 그렇게 하겠대요? 이젠 내가 아버지 엉덩이를 호되게 패줄 수도 있는데.」

「아냐, 네 아버지 **노발대발하고 계셔**, 헨리! 집에 오지 마라, 널 죽일 거야! 여기서 몇 시간 동안이나 널 기다렸단다!」

어머니의 눈은 공포로 휘둥그레졌지만 커다랗고 갈색이라 무척 아름다웠다.

「집에 왜 이리 일찍 왔대요?」

「두통이 있어서, 오후에 조퇴하셨단다!」

「엄마도 일하시는 줄 알았는데. 새 일자리 찾지 않았어요?」

어머니는 가정부 일을 얻었다.

「아버지가 와서 나를 데려왔어. **노발대발하셨다니까! 널 죽일 거야!**」

「걱정 마요, 엄마. 아버지가 나를 어떻게 하려고 하면, 내가 아버지 엉덩이를 걷어차 줄 테니까. 자신 있어요.」

「헨리, 아버지가 네 단편 소설을 발견하고 읽어 봤어!」

「아버지에게 읽어 달라고 한 적 없는데요.」

「서랍에 있는 걸 찾았단다! 아버지가 소설을 읽었다고! 모두 읽었어!」

나는 이제껏 단편을 여남은 편 썼다. 사람에게 타자기를 주면 작가가 된다. 나는 그 소설들을 속옷과 양말 서랍의 종이 안감 밑에 숨겨 놓았었다.

「뭐, 노친네가 이리저리 쑤시고 다니다가 손가락 뎄나 보네.」 나는 말했다.

「아버지는 너를 죽일 거라고 했어! 자기 아들이면 그런 이야기를 쓸 수 없고 자기랑 같은 지붕 아래서 살 수 없다고!」

나는 어머니의 팔을 잡았다. 「집으로 가요, 엄마. 아버지가 어떻게 할지 두고 보자고요…….」

「헨리, 네 아버지가 네 옷을 다 앞쪽 잔디밭에 내던져 버렸어. 네 지저분한 빨래와 타자기와 여행 가방과 단편 소설도!」

「내 소설을요?」

「그래, 그리고 또…….」

「죽여 버리겠어!」

나는 어머니를 떨치고 21번가를 가로질러 롱우드 로로 향했다. 어머니가 나를 뒤쫓아 왔다.

「헨리, 헨리. 그 안에 들어가면 안 돼.」

불쌍한 여인은 내 셔츠 자락을 붙잡았다.

「헨리, 내 말 들어. 다른 데 방을 얻어! 헨리, 엄마한테 10달러가 있다! 이 10달러 받아서 다른 데 방을 얻으라고!」

나는 돌아섰다. 어머니는 10달러를 내밀고 있었다.

「관둬요. 난 그냥 갈 테니까.」 나는 말했다.

「헨리, 이 돈 받으렴! 날 생각해서라도 받아! 엄마 생각해서 받아 줘!」

「그래요, 그러면…….」

나는 10달러를 받아 주머니에 넣었다.

「고마워요. 이거 큰돈인데.」

「괜찮다, 헨리. 엄마는 널 사랑한단다, 헨리. 하지만 넌 가야 해.」

내가 집으로 걸어가는 동안 어머니는 나를 앞질러서 달렸다. 그때 난 보았다. 모든 것이 잔디 위에 흩어져 있었다. 온갖 지저분하고 깨끗한 옷가지가, 여행 가방은 내팽개쳐져 홱 열려 있고, 양말, 셔츠, 잠옷, 오래된 가운, 모든 것이 사방팔방에 널브러져 있었다. 잔디밭 위에도 거리에도. 그때 나는 내 원고가 바람에 실려 가는 것을 보았다. 원고는 도랑에, 사방에 흩어져 있었다.

어머니가 집으로 향하는 차로로 뛰어 올라갔고, 나는 아버지가 들을 수 있도록 그 뒤를 향해 고함을 질렀다. 「**그 사람한테 여기로 나오라고 말하세요. 그럼 그 망할 머리를 날려 버릴 테니까!**」

먼저 원고부터 챙겼다. 나한테 가한 공격 중에서도 가장 비열한 짓이었다. 그것만은 그 사람이 건드릴 자격이 없는 것이었다. 도랑에서, 잔디밭에서, 거리에서 원고지를 한 장 한 장 주울 때마다 기분이 나아졌다. 할 수 있는 한 모든 페이지를 찾아 여행 가방에 넣고 신발로 눌러 놓은 후 타자기를 구출했다. 케이스가 좀 깨지긴 했지만 멀쩡해 보였다. 나는 여기저기 흩어져 있는 누더기들을 보았다. 더러운 빨랫감은 놔두었다. 잠옷도 놔두었다. 아버지가 버리려다 물려준 것이었다. 그 외에는 별로 쌀 것도 없었다. 나는 여행 가방을 닫고 타자기와 함께 가방을 들고 걸어가기 시작했다. 커튼 뒤에서 두 얼굴이 내 뒷모습을 쳐다보는 것을 알 수 있었다. 그러나 나는 재빨리 잊어버리고, 롱우드 로로 걸어가 21번가를 건넌 후, 다시 웨스트뷰 언덕을 올랐다. 평상시 기분과 별로 다른 기분도 아니었다. 의기양양하지도, 의기소침하지도 않았다. 그 모든 것이 그저 연속인 듯했다. 나는 〈W〉 노선 전차를 탔다가 환승해서 어딘가 시내로 갈 것이었다.

54

필리핀 주거 지역 템플 가에 방을 얻었다. 주당 3달러 50센트였고 2층 계단을 올라야 하는 방이었다. 나는 집주인 여자 — 중년의 금발 — 에게 일주일 치 집세를 냈다. 변기와 욕조는 복도 끝에 있었지만, 오줌을 쌀 수 있는 세면대는 안쪽에 있었다.

그곳에서의 첫날 밤, 아래층 입구 바로 오른쪽에서 술집을 하나 찾아냈다. 거기가 마음에 들었다. 계단만 오르면 바로 집이었다. 술집에는 조그맣고 가무잡잡한 남자들이 바글바글했지만, 그들은 내게 신경 쓰지 않았다. 나는 필리핀인들에 대한 온갖 이야기를 들었다. 그들이 백인, 특히 금발 여자를 좋아한다는 것, 뾰족한 단도를 들고 다닌다는 것, 체구가 모두 같기 때문에 일곱 명이 돈을 모아 비싼 양복 한 벌과 액세서리를 산 후 돌아가면서 일주일에 하룻밤씩 입는다는 것. 조지 래프트는 어딘가에서 필리핀인들이 최신 유행을 이끈다고 했다. 그들은 거리 모퉁이에 서서 황금 사슬을 돌리고 돌렸다. 20센티미터가량 되는 가는 금사슬로, 남자들의 사슬 길이는 각각 자기 물건 길이를 가리켰다.

바텐더는 필리핀인이었다.
「새로 이사 왔군, 허?」 그가 물었다.
「위층 삽니다. 학생이에요.」
「그래도 외상은 안 돼.」
나는 동전 몇 개를 내려놓았다.
「이스트사이드 하나 주세요.」
그는 술병을 가지고 돌아왔다.
「어디 가면 여자 꼬실 수 있어요?」 내가 물었다.
그는 동전 몇 개를 집었다.
「난 아무것도 몰라.」 그는 계산대로 걸어가 버렸다.

그 첫날 밤, 나는 바가 문을 닫을 때까지 남아 있었다. 아무
도 내게 신경 쓰지 않았다. 금발 여자 몇 명은 필리핀인들과
떠나 버렸다. 남자들은 술버릇이 조용했다. 그들은 몇 명씩
머리를 한데 모으고 앉아 이야기를 나눴고 이따금 무척 조
용히 웃었다. 나는 그들이 마음에 들었다. 영업이 끝나 내가
일어서자, 바텐더는 〈고맙습니다〉라고 인사했다. 미국 술집
에서는 있을 수 없는 일이었다. 여하튼 내겐 그랬다.
나는 새로운 환경이 마음에 들었다. 필요한 건 돈뿐이었다.

대학은 계속 다니기로 결심했다. 대학에 가면 낮 동안에
갈 곳이 있으니까. 내 친구 베커는 자퇴했다. 거기서 내가 좋
아하는 사람은 아무도 없었다. 이름난 공산주의자인 인류학
수업의 강사 정도일까. 그는 인류학은 별로 가르치지 않았

다. 덩치가 크고, 스스럼없는 태도를 지닌 호감 가는 인물이었다.

「이제 포터하우스 스테이크를 기름에 굽는 법을 생각해 볼까.」 그는 학생들을 향해 말했다. 「팬을 뜨겁게 달구고 위스키를 한 잔 마신 후 팬 위에 소금을 얇게 뿌리겠지. 스테이크를 안에 넣고 지글지글 굽지만 너무 오래 놔두면 안 돼. 그런 다음엔 뒤집어서 반대쪽도 지글지글 구우며 위스키를 한 잔 더 마시고 스테이크를 꺼내서 바로 먹어야겠지.」

한번은 내가 캠퍼스 잔디밭에 대자로 누워 있는데, 그가 지나가다가 걸음을 멈추고 내 옆에 대자로 누웠다.

「치나스키, 자네가 퍼뜨리고 다니는 나치 헛소리를 진짜로 믿는 건 아니지?」

「뭐라고 말은 못 하겠는데요. 선생님은 본인이 하는 개소리 다 믿어요?」

「물론 믿지.」

「행운을 빕니다.」

「치나스키, 자넨 그냥 비엔나슈니첼⁴⁴이나 다름없는 인간이야.」

그는 일어나서 잔디와 잎사귀들을 툭툭 털고 걸어가 버렸다…….

템플 가의 집에 고작 이틀 정도 머물렀을 때 지미 해처가 날 찾아왔다. 어느 날 밤에 그가 문을 두드렸고, 나는 문을 열었다. 다른 남자 두 명과 함께 있었다. 비행기 공장의 동료로, 한 명은 델모어, 다른 한 명은 패스트슈즈라고 불렀다.

44 송아지 고기를 납작하게 썰거나 다져 빵가루를 묻혀 튀긴 요리.

「어쩌다 〈패스트슈즈〉라는 이름이 붙었어?」

「걔한테 돈을 빌려 주면 알게 될 거야.」

「들어와……. 대체 무슨 수로 나를 찾은 거야?」

「너희 가족들은 벌써 사립 탐정을 붙였던데.」

「젠장, 한 인간의 삶에서 즐거움을 빼앗는 법을 안다니까.」

「어쩌면 너를 걱정해서?」

「걱정되면 돈이나 부치라고 그래.」

「네가 술로 다 탕진해 버릴 거라고 하던데.」

「그럼 계속 걱정이나 하든가…….」

세 남자는 들어와서 침대와 바닥에 둘러앉았다. 그들은 5분의 1갤런짜리 위스키 한 병과 종이컵 몇 개를 들고 왔다. 지미가 술을 따라 돌렸다.

「여기 집 괜찮은데.」

「아주 좋아. 창밖으로 머리만 내밀면 시청도 보여.」

패스트슈즈는 주머니에서 카드 한 벌을 꺼냈다. 그는 바닥 깔개 위에 앉아 있었다. 그가 나를 올려다보았다.

「도박 좀 하나?」

「매일 하지. 카드에 표시해 놓은 거 아냐?」

「야, 이 개새끼야!」

「나한테 욕하지 마. 그랬다간 네 가발을 난로 위에 걸어 놓을 테니.」

「맹세코, 이 카드는 깨끗하다고!」

「내가 하는 건 포커와 21[45]뿐이야. 판돈 한도가 얼마야?」

「2달러.」

45 카드 놀이의 일종으로, 패를 나눠 가져 숫자의 합이 21점에 가까운 사람이 이긴다. 블랙 잭.

「나눠서 카드를 돌리자.」

내가 딜러를 맡았고, 나는 보통의 드로 포커[46]를 제안했다. 나는 와일드 카드는 좋아하지 않았다. 요행이 너무 많이 필요했다. 판돈은 25센트씩. 내가 카드를 돌릴 때 지미가 술을 한 잔씩 더 따랐다.

「먹고사는 건 어떻게 해, 행크?」

「다른 애들 기말 과제를 대신 해줘.」

「대단한데.」

「그래…….」

「야, 너희들.」 지미가 말했다. 「애 천재라고 내가 말했지.」

「그래.」 델모어가 대꾸했다. 그는 내 오른쪽에 있었다. 그가 먼저 개시했다.

「25센트.」 그가 말했다.

우리는 그를 따라 걸었다.

「카드 셋.」 델모어가 말했다.

「하나.」 지미가 말했다.

「셋.」 패스트슈즈가 말했다.

「난 안 바꿔.」 내가 말했다.

「25센트.」 델모어가 말했다.

우리는 모두 남았고, 그때 내가 말했다. 「너희들 25센트를 다 받고 2달러로 올린다.」

델모어가 떨어져 나갔고, 지미가 떨어져 나갔다. 패스트슈즈가 나를 보았다. 「창밖으로 머리 내밀면 시청 말고 뭐가 보여?」

「네 패나 잘 돌려. 여기 체조든 경치든 수다나 떨려고 있는

---

46 다섯 장의 패를 받은 후 판돈을 걸고, 그 뒤에 세 장까지 패를 교환하는 카드.

게 아니니까.」

「좋아. 나도 아웃.」

나는 판돈을 다 쓸어 담으며 애들의 카드도 모았다. 내 카드는 여전히 바닥에 뒤집어 놓은 상태였다.

「네 패 뭐였냐?」 패스트슈즈가 물었다.

「보려면 돈을 내든가 아니면 영원히 질질 짜고 있어.」 나는 내 카드를 쓸어 다른 카드들과 뒤섞어 치면서 말했다. 영화 샌프란시스코에서 클라크 게이블처럼 대단한 도박사가 된 기분이 들었다. 물론 게이블이 지진으로 마음이 약해져 신 앞에 무릎을 꿇기 전까지만.

카드를 번갈아 가며 돌렸지만, 내 운은 대체로 계속되었다. 때마침 비행기 공장 월급날이었다. 가난한 자가 사는 곳엔 큰돈이 깃들지 않는 법. 잃어 봤자 쥐꼬리만큼 잃을 뿐이다. 반면, 가난한 사람도 수학적으로는 상대가 얼마를 가지고 왔든 다 딸 수 있다. 옆에 돈과 가난한 사람이 있을 때는 서로가 절대 가까이 붙도록 해서는 안 된다.

여하튼 그날 밤은 나의 것이라는 느낌이 들었다. 델모어는 곧 다 털리고 떠났다.

「친구들.」 나는 말했다. 「좋은 생각이 떠올랐는데 말야. 카드는 너무 느려. 동전 던지기로 하자. 한 번 던지는 데 10달러씩. 동전 던져서 다른 거 나오는 사람이 이기는 거야.」

「좋아.」 지미가 말했다.

「좋아.」 패스트슈즈가 말했다.

위스키가 다 떨어졌다. 우린 내가 쟁여 놓은 싸구려 와인을 땄다.

「좋았어.」 내가 말했다. 「동전을 높이 튕겨! 손바닥으로 잡아. 내가 〈들어〉라고 말하면 결과를 보는 거야.」

우리는 동전을 높이 튕겼다. 잡았다.

「들어!」 내가 말했다.

나만 다른 면이었다. 쌍. 20달러. 그런 식이었다.

나는 10달러 지폐를 주머니에 쑤셔 넣었다.

「튕겨!」 내가 말했다. 우리는 했다.

「들어!」 내가 말했다.

내가 다시 이겼다.

「튕겨!」 내가 말했다.

「들어!」 내가 말했다.

패스트슈즈가 이겼다.

내가 다음에 땄다.

그다음엔 지미가 이겼다.

내가 다음 두 번을 땄다.

「기다려! 나 오줌 좀 싸고 오자.」 내가 말했다.

나는 싱크대로 가서 오줌을 쌌다. 우리는 와인 한 병도 끝장냈다. 나는 벽장문을 열었다. 「이 안에 와인 한 병이 또 들어 있지.」 나는 그들에게 말했다.

나는 주머니에 있던 지폐 대부분을 꺼내 벽장 안으로 던져 넣었다. 나는 밖으로 나와 병을 따고 술을 사방에 돌렸다.

「제기랄.」 패스트슈즈는 지갑을 들여다보았다. 「거의 빈털터리야.」

「나도 그래.」 지미가 말했다.

「누가 돈을 땄나 모르겠네?」 나는 물었다.

둘 다 술이 별로 세지 않았다. 와인과 위스키를 섞어 마신

게 좋지 않았다. 그들은 조금 비틀거렸다.

패스트슈즈는 서랍장에 부딪쳐 재떨이를 바닥에 떨어뜨렸다. 재떨이는 반으로 조각났다.

「주워.」 내가 말했다.

「이 쓰레기 안 주울 거야.」 그가 말했다.

「〈주워〉라고 말했다!」

「이 쓰레기 안 줍는다고.」

지미가 손을 뻗어 깨진 재떨이를 주웠다.

「야, 니들 여기서 나가.」 나는 말했다.

「날 쫓아내진 못할걸..」 패스트슈즈가 말했다.

「좋아.」 내가 말했다. 「입을 한 번만 더 열어서 한마디만 더 하면 머리랑 똥구멍을 분간 못 하게 해줄 줄 알아!」

「가자, 패스트슈즈.」 지미가 말했다.

나는 문을 열었고 그들은 비틀거리며 줄지어 지나갔다. 나는 그들을 복도까지 따라 나가 층계참까지 갔다. 우리는 거기 섰다.

「행크.」 지미가 말했다. 「또 만나자. 기분 풀어.」

「그래, 짐…….」

「들어 봐.」 패스트슈즈가 내게 말했다. 「너…….」

나는 그의 입을 향해 정통으로 주먹을 날렸다. 그는 뒤로 넘어져 계단 아래로 배배 꼬여 굴러떨어졌다. 그는 덩치가 나만 했다. 180센티미터에 80킬로그램. 그 덩치가 돌바닥에 쿵 떨어지는 소리가 들렸다. 필리핀인 두 명과 금발의 여주인이 로비에 있었다. 그들은 거기 뻗은 패스트슈즈를 보았지만, 그를 향해 다가가지 않았다.

「네가 잴 죽였어!」 지미가 말했다.

그는 계단을 뛰어내려가 패스트슈즈를 뒤집었다. 패스트슈즈의 코와 입이 피투성이였다. 지미는 그의 머리를 들었다. 지미가 나를 올려다보았다.

「이건 옳지 않아, 행크…….」

「그래, 그렇다면 어떻게 할 건데?」

「글쎄, 우리가 나중에 다시 와서 널 혼쭐을…….」

「잠깐 기다려.」 나는 말했다.

나는 방으로 되돌아가 와인을 들이부었다. 나는 지미의 종이컵이 싫었고, 중고 플라스틱 컵으로 마셨었다. 종이 상표는 먼지와 와인에 얼룩진 채 옆에 붙어 있었다. 나는 도로 밖으로 나갔다.

패스트슈즈는 살아나고 있었다. 지미가 그를 부축해 일으켜 세웠다. 그런 후에 지미는 패스트슈즈의 팔을 자기 어깨에 둘렀다. 둘은 거기 서 있었다.

「그래서 아까 뭐랬더라?」 내가 물었다.

「넌 추악한 인간이야, 행크. 너는 교훈을 배워야 할 필요가 있어.」

「내가 못생겼다는 거야?」

「내 말은 네 **행동이** 추하다는…….」

「내가 내려가서 네 친구 끝장내기 전에 당장 끌고 나가!」

패스트슈즈는 피투성이 머리를 들었다. 그는 꽃무늬 하와이안 셔츠를 입고 있었지만, 지금은 그중 많은 색깔이 붉게 물들어 있었다.

그는 나를 보았다. 그러더니 입을 열었다. 그의 목소리는 거의 들리지 않았다. 하지만 나는 들었다. 그는 말했다. 「널 죽이러 온다…….」

「그래,」지미가 말했다. 「우리가 널 혼쭐내 줄 거야.」

「뭐라고, 씨팔 새끼들아?」 나는 고함을 질렀다. 「난 어디로 든 안 가! 언제든지 나를 찾고 싶거든 5호실로 와라! 내가 기다 릴 테니! 5호실이야! 알아들었냐? 그리고 문도 열어 놓을 거다!」 나는 와인이 가득 든 플라스틱 컵을 들어서 다 비워 버렸다. 그런 후에 그 플라스틱 컵을 그들에게 던졌다. 그 개새끼들 에게 세게 던졌다. 하지만 팔이 좋지 않았다. 컵은 계단 벽면 의 한쪽을 맞추고 튕겨 나와 로비에 있던 집주인 여자와 필 리핀 친구 둘 사이에 떨어졌다.

지미는 패스트슈즈를 입구 쪽으로 향하게 하며 천천히 걸 음을 떼도록 도왔다. 힘들고 괴로운 여정이었다. 패스트슈 즈가 다시 신음 반, 흐느낌 반을 섞어 말하는 소리가 들렸다. 「잴 죽일 거야…… . 잴 죽일 거다…… .」

그러다 지미가 그를 끌고 문을 넘어섰다. 그들은 사라져 버 렸다.

금발의 주인 여자와 필리핀 친구 둘은 여전히 로비에 서서 나를 올려다보고 있었다. 나는 맨발이었고, 면도하지 않은 지 대엿새는 되었다. 이발도 해야만 했다. 나는 아침에만 한 번 머리를 빗고 그 후로 다시는 신경 쓰지 않았다. 체육 선생 님들은 항상 내 자세를 혼냈다. 〈**어깨**를 뒤로 당겨! 왜 **땅**을 보는 거냐? **땅**에 뭐가 있다고?〉

나는 어떤 유행이나 스타일을 만들 일이 없었다. 내 하얀 티셔츠는 와인으로 얼룩졌고, 수없이 많은 담뱃불 구멍이 나 있었으며, 피와 토사물이 점점이 튀어 있었다. 너무 작아서 위로 끌어 올려지는 바람에 배와 배꼽이 드러났다. 내 바지 도 너무 작았다. 바지가 꽉 끼었고 발목 위로 껑충하게 올라갔다.

세 사람은 서서 나를 보았다. 나는 그들을 내려다보았다.
「어이, 올라와서 술이나 한잔할까요?」

작은 남자 둘은 나를 올려다보며 씩 웃었다. 주인 여자, 시
들어 버린 캐롤 롬바드[47] 타입의 여자가 무표정하게 바라보
았다. 캔자스 부인, 사람들은 그렇게 불렀다. 저 여자가 나와
사랑에 빠질 수도 있을까? 여자는 굽 높은 분홍 신을 신었
고, 반짝이는 스팽글이 달린 검은 원피스를 입었다. 빛이 자
잘한 조각으로 부서져 나를 향해 번쩍였다. 여자의 가슴은
평범한 인간이 본 적 없을 만큼 대단했다. 오로지 왕, 독재자,
지배자, 필리핀인들을 위한 가슴이었다.

「누구 담배 있는 사람 없어요? 나 담배가 떨어져서.」 나는
물었다.

캔자스 부인의 한쪽 곁에 서 있던 작고 가무잡잡한 남자
가 자기 재킷 주머니 속으로 한 손을 살짝 움직이는가 싶더
니 캐멀 담배 한 갑이 로비의 허공 위로 날아올랐다. 솜씨 좋
게 그는 다른 손으로 담뱃갑을 잡았다. 보이지 않는 손가락
이 담뱃갑 바닥을 살짝 쳤는지, 담배 한 개비가 튀어 올랐다.
기다랗고 진짜이며 특이한, 담뱃갑 밖으로 나와 잡기 쉬운
담배 한 개비.

「어이쿠, 이런 고맙네요.」

계단을 내려가다 발을 헛디뎌 앞으로 몸이 쏠리면서 거의
넘어질 뻔했지만 난간을 붙잡고 몸을 바로 세운 후 다시 지
각 능력을 조절해서 아래로 내려갔다. 나 취했나? 나는 담뱃
갑을 든 작은 남자에게로 걸어갔다. 가볍게 인사했다.

47 미국의 여배우.

나는 캐멀 담배를 받아들었다. 그런 후에 그걸 공중에 튕겼다가 잡아서 입에 꽂아 물었다. 피부가 가무잡잡한 친구는 여전히 무표정한 채였고, 내가 계단을 내려오기 시작했을 때 웃음은 이미 사라지고 없었다. 작은 친구는 몸을 앞으로 내밀더니 불꽃 주위를 손으로 감싸며 내 담배에 불을 붙여 주었다.

나는 들이마시고 내뱉었다. 「이봐요, 내 방에 가서 술 두어 잔 더 하지 않을래요?」

「싫어.」 담뱃불을 붙여 주었던 작은 남자가 말했다.

「라디오에서 베토벤이나 바흐를 들을 수 있을지도 몰라요! 나는 **교육받은** 사람이에요, 아시겠지만. 난 학생인데⋯⋯.」

「싫어.」 다른 작은 남자가 말했다.

나는 담배를 길게 들이마시고 캐롤 롬바드 ― 캔자스 부인을 보았다.

그런 후에 두 친구를 보았다.

「이 여자는 **당신들** 거요. 난 이 여자는 됐어요. 이 여자는 당신들 거예요. 그냥 올라오기만 해요. 와인이나 좀 마십시다. 아늑하고 오래된 방 5호실이에요.」

아무런 대답이 없었다 위스키와 와인이 속에서 서로 주도권을 잡으려 다투는 동안 나는 뒤꿈치로 까딱거리며 서 있었다. 담배가 오른쪽 입꼬리에 걸려 대롱거리는 채로 깃털 같은 담배 연기를 위로 뿜었다. 나는 담배가 그렇게 대롱거리도록 계속 놔두었다.

그들이 단검을 가지고 다니는 건 알았다. 거기 살았던 짧은 기간 동안, 나는 단검의 활약상을 두 번 본 적이 있었다. 어느 날 밤 사이렌 소리가 들려 내 방 창가에서 밖을 내다보앉다가, 창 바로 밑 템플 가 인도 위에 달빛을 받으며 가로등 아래 쓰러져 있는 시체를 보았다. 한번은 또 다른 시체였다. 단도의 밤. 한 번은 백인이었고, 다른 한 번은 그들 동족이었다. 매번, 피가 인도에 흘렀다. 진짜 피가 그저 그렇게 인도를 타고 흘러 도랑으로 떨어졌다. 그 피가 도랑 속에 흘러가는 것을 볼 수 있었다. 의미 없이 멍청히⋯⋯. 한 사람에게서 나왔다고 하기에는 **너무** 많은 피였다.

「좋아요, 친구들.」 나는 말했다. 「나쁜 감정은 없어요. 나 혼자 마시면 되니까⋯⋯.」

나는 몸을 돌려 계단을 향해 발을 뗐다.

「치나스키 씨.」 캔자스 부인의 목소리가 들렸다.

나는 몸을 돌려 내 작은 친구들 둘 옆에 선 부인을 보았다.

「그냥 당신 방에 가서 자요. 더 소란을 피우면 로스앤젤레스 경찰에 전화할 테니까.」

나는 몸을 돌려 도로 계단을 올라갔다.

어디든 삶은 없어, 이 도시에도 이곳에도 이 지친 존재에도 삶은 없어⋯⋯.

내 방 문은 열려 있었다. 나는 안으로 들어갔다. 싸구려 와인이 3분의 1병 남아 있었다.

어쩌면 벽장 안에 술병이 또 하나 있지 않을까?

벽장문을 열었다. 술병은 없었다. 하지만 사방에 10달러짜리와 20달러짜리가 널려 있었다. 돌돌 말린 20달러짜리 지폐가 발가락에 구멍이 난 더러운 양말 사이에 끼어 있었다. 그리고 셔츠 깃에는 10달러짜리가 매달려 있었다. 여기 오래된 재킷에는 10달러짜리가 옆 주머니에 꽂혀 있었다. 대부분의 돈은 바닥에 떨어져 있었다.

나는 지폐를 주위 바지 옆 주머니에 슬쩍 넣고 문으로 가서 잠그고 걸쇠를 걸었다. 그런 후에 계단을 통해 술집으로 내려갔다.

55

이틀 밤이 지나고 베커가 찾아왔다. 부모님이 내 주소를 주었거나 대학을 통해 나를 찾았겠거니 생각했다. 나는 대학의 취업 지원 부서에 가서 내 이름과 주소를 남겨 놓았다. 〈비숙련 노동〉 항목 아래. 〈정직한 일이든 아니든 뭐든 하겠습니다.〉 나는 내 카드에 써놓았다. 전화는 없었다.

베커는 의자에 앉았고 나는 와인을 따랐다. 그는 해병대 군복을 입고 있었다.

「군대가 널 끌어들이고 말았구나.」 나는 말했다.

「나 웨스턴 유니언 전보 회사에서 잘렸어. 남은 건 그것뿐이었는데.」

나는 그에게 술을 건넸다. 「너, 그렇다고 애국자가 된 건 아니지?」

「무슨 헛소리냐.」

「하필 왜 해병대야?」

「신병 훈련소 얘길 들었거든. 통과할 수 있는지 보고 싶었지.」

「그리고 통과했구나.」

「했지. 거기 미친놈들 좀 있더만. 거의 매일 밤 싸움이 나.

372

누구도 못 말리고. 서로 죽일 뻔하고 그래.」

「마음에 든다.」

「너도 입대하면 어때?」

「난 아침에 일찍 일어나는 게 싫고, 명령받는 게 싫어.」

「그래서 어떻게 살아갈래?」

「모르겠어. 마지막 한 푼이 남으면 그냥 술집으로 가버릴 거야.」

「그런 밑바닥엔 진짜 괴짜들이 좀 있던데.」

「그런 자들은 어디에나 있지.」

나는 베커에게 와인을 한 잔 더 따라 주었다.

「문제는 말이지, 글 쓸 시간이 별로 없다는 거야.」 베커가 말했다.

「아직도 작가가 되고 싶냐?」

「그럼. 너는 어때?」

「되고 싶지.」 나는 대답했다. 「하지만 별로 가망 없어 보여.」

「네 재능이 충분하지 않단 뜻이야?」

「아니, 그들이 충분하지 않지.」

「무슨 말이야?」

「너 잡지 읽어 봤어? 『올해의 단편 소설』 같은 책들은? 적어도 10여 개는 있을 건데.」

「그래, 읽어는 봤지.」

「너 『뉴요커』는 읽었어? 『하퍼스 바자』는? 『애틀랜틱』은?」

「봤지…….」

「지금은 1940년대야. 그들은 아직도 19세기 풍 소설을 출간해. 무겁고, 고심해서 쓴 가식적인 작품들. 그런 걸 읽다간 머리가 지끈거리거나 졸아 버릴걸.」

373

「뭐가 문제야?」

「그건 속임수야, 사기라고. 시시한 짬짜미지.」

「투고를 거절당해 본 적 있는 말투인데.」

「**거절당할** 걸 알았지. 뭐하러 우표 낭비하냐? 와인이 필요해.」

「난 뚫고 나갈 거야.」 베커가 말했다. 「언젠가 도서관 서가에서 내 책을 보게 될걸.」

「글 얘기는 하지 말자.」

「나 네 소설 읽었어. 너는 너무 신랄하고 모든 게 다 싫지.」 베커가 말했다.

「글 얘기는 하지 말자니까.」

「이제, 토머스 울프를 따라…….」

「토머스 울프는 망할! 울프는 전화 통화하는 할머니처럼 말하잖아!」

「좋아. 그럼 네가 좋아하는 작가는?」

「제임스 터버.」

「그 중산층 특유의 허튼소리…….」

「그는 모두가 미쳤다는 걸 **알지.**」

「토머스 울프는 지구상에서…….」

「얼간이들만 글 얘기를 하는 거야…….」

「지금 나보고 얼간이라는 거냐?」

「그래…….」

나는 그에게 와인 한 잔을 더 따라 주고, 내 몫으로도 한 잔 따랐다.

「그 군복을 걸치더니 바보가 다 됐군.」

「나보고 얼간이라더니, 이제는 바보라고 하는군. 우리가

374

친구인 줄 알았는데.」

「친구 맞아. 그냥 네가 자기를 보호하지 않는다고 생각할 뿐이야.」

「넌 볼 때마다 손에 술을 들고 있더라. **그게** 자기 보호냐?」

「내가 아는 최고의 방법이지. 술이 없었더라면, 오래전에 망할 목을 그었을 거야.」

「그건 개소리야.」

「효과가 있으면 개소리가 아니지. 퍼싱 스퀘어의 전도사들에겐 자기들의 신이 있어. 나에겐 내 신의 피가 있고!」

나는 잔을 들고 다 마셔 버렸다.

「너는 그냥 현실로부터 숨고 있을 뿐이야.」 베커가 말했다.

「그럼 안 돼?」

「현실로부터 숨어 버리면 결코 작가가 될 수 없어.」

「무슨 소리를 하는 거야? 바로 그게 작가들이 하는 짓이지!」

베커가 일어섰다. 「나한테 말하면서 언성 높이지 마.」

「그럼 어쨌으면 좋겠냐? 좆이라도 세울까?」

「좆도 없는 게!」

나는 베커에게 오른손을 기습적으로 날렸고, 주먹이 귀 뒤에 명중했다. 잔이 베커의 손에서 날아왔고 그는 비틀비틀 방 저편으로 걸어갔다. 베커는 무척 힘이 센 남자로, 나보다도 훨씬 강했다. 그는 서랍장 가장자리를 치며 몸을 돌렸고, 나는 다시 한 번 그의 얼굴 옆으로 오른손 스트레이트를 날렸다. 그가 비틀거리며 열려 있는 창문 가까이 가자, 나는 그가 거리로 떨어질까 봐 다시 치기가 두려웠다.

베커는 제 몸을 추스르더니 정신을 차리려 머리를 흔들었다.

「이제 됐어.」 내가 말했다. 「술이나 좀 마시자. 폭력은 구역질 나.」

「좋아.」 베커가 말했다.

그는 걸어가서 자기 잔을 집었다. 내가 마셨던 싸구려 와인은 코르크가 없었고, 단지 뚜껑을 따버리는 것이었다. 나는 새 병을 땄다. 베커는 잔을 내밀었고, 나는 그에게 한 잔 따라 주었다. 나도 내 몫의 한 잔을 따르고 병을 내려놓았다. 베커는 자기 잔을 비웠다. 나는 내 잔을 비웠다.

「앙심은 품지 않기다.」 내가 말했다.

「야, 그럴 리가, 친구 사이에.」 베커는 자기 잔을 내려놓았다. 그러더니 오른손을 내 배에 꽂아 넣었다. 나는 몸을 앞으로 굽혔고, 그러는 찰나 베커는 내 뒤통수를 내리누르며 무릎으로 내 얼굴을 올려쳤다. 나는 무릎을 꿇었다. 코에서 피가 흘러나와 온 셔츠를 적셨다.

「술 한 잔 따라라, 친구.」 내가 말했다. 「이걸로 끝난 걸로 치자.」

「일어나.」 베커가 말했다. 「아직 초장이야.」

나는 일어서서 베커에게로 다가갔다. 나는 베커의 잽을 막으며 팔꿈치로 그의 오른손을 받아치고 짧은 스트레이트로 그의 코를 정통으로 쳤다. 베커는 뒷걸음쳤다. 우리는 둘 다 코피를 흘렸다.

나는 베커에게 돌진했다. 우리는 눈먼 사람처럼 팔을 휘둘렀다. 나는 몇 번 제대로 명중시켰다. 그는 또 한 번 오른손으로 내 배를 세게 후려쳤다. 나는 몸을 앞으로 굽히긴 했지만, 어퍼컷을 칠 수 있었다. 제대로 맞았다. 훌륭한 일격, 행운의 일격이었다. 베커는 뒤로 움찔 물러서더니 서랍장에 기대어 쓰러졌다. 그의 뒤통수가 거울을 쳤다. 거울이 산산조각 났다. 그는 어안이 벙벙했다. 내가 그를 잡은 것이다. 나는 그의 멱살을 잡고 오른손으로 그의 왼쪽 귀 뒤를 세게 쳤다. 그는 바닥 깔개 위에 쓰러졌고 거기에 네발로 엎드려 있었다. 나는 걸어가서 위태위태하게 내 몫으로 술을 한 잔 따랐다.

「베커.」 나는 말했다. 「나는 여기서 2주에 한 번은 사람들을 손봐 주고 다녀. 넌 그냥 재수 없는 날에 온 것뿐이야.」

나는 잔을 비웠다. 베커는 일어섰다. 그는 잠시 나를 보며 서 있었다. 그러더니 앞으로 다가왔다.

「베커, 내 말 들어…….」 나는 말했다.

그가 오른손 선제공격을 날리는가 싶더니 뒤로 뺐다가 왼손으로 내 입을 갈겼다. 우리는 다시 시작했다. 방어는 별로 하지 않았다. 그저 주먹, 주먹, 주먹뿐이었다. 그는 나를 의자 위로 밀어붙였고, 의자는 납작하게 주저앉았다. 나는 일어서서, 달려드는 그를 막았다. 그는 뒤로 주춤했고 나는 다시 오른손을 내리꽂았다. 그가 뒤로 날아가 벽에 쿵 부딪쳤고 온 방이 흔들렸다. 그가 튕겨 나와 내 이마 높이에 오른손을 내리꽂았다. 눈앞에 불이 보였다. 초록, 노랑, 빨강……. 그때 그가 왼쪽 주먹을 갈빗대에, 오른쪽 주먹을 얼굴에 내리꽂았다. 나는 손을 휘둘렀으나 빗맞혔다.

제기랄, 이렇게 요란을 떠는데 듣는 사람 하나 없나? 나는 생각했다. 어째서 와서 말려 주지 않는데? 경찰에 신고 안 해?

베커가 다시 돌진했다. 나는 오른손으로 옆을 크게 휘둘러 쳤으나 놓쳤고, 그걸로 나는 끝이었다…….

다시 의식이 들었을 때는 어두웠고, 밤이었다. 나는 침대

아래에서 머리만 삐쭉 내밀고 있었다. 아마 그리로 기어 들어갔나 보았다. 나는 겁쟁이었다. 온몸에 구토를 해놓았다. 나는 침대 밑에서 기어 나왔다.

나는 부서진 서랍장 거울과 의자를 보았다. 탁자는 거꾸로 뒤집혀 있었다. 나는 가서 도로 세우려 해보았다. 탁자는 쓰러졌다. 다리 두 개가 버티질 못했다. 있는 힘껏 탁자 다리를 고정해 보려 애썼다. 탁자를 세웠다. 잠시 서 있나 싶더니 다시 쓰러졌다. 깔개는 와인과 토사물로 축축했다. 나는 그 옆에 놓인 와인 병을 찾았다. 내용물이 약간 남아 있었다. 나는 그걸 다 마셨고 좀 더 있나 둘러보았다. 아무것도 없었다. 마실 게 아무것도 없었다. 나는 문에 쇠줄을 걸었다. 담배를 찾아 불을 붙이고 창가에 서서 템플 가를 내려다보았다. 외출하기 좋은 밤이었다.

그때 문을 두드리는 소리가 들렸다. 「치나스키 씨?」 캔자스 부인이었다. 혼자가 아니었다. 다른 목소리들이 수군댔다. 부인은 피부가 가무잡잡한 작은 친구들과 함께 있었다.

「치나스키 씨?」

「네?」

「방 안으로 좀 들어갈게요.」

「뭐하러요?」

「시트를 갈고 싶어요.」

「지금 좀 아파요. 들어오게 할 수가 없어요.」

「그냥 시트만 갈 거예요. 몇 분이면 돼요.」

「아뇨, 들어오게 할 순 없어요. 아침에 오세요.」

그들이 수군대는 소리가 들렸다. 이어서 그들이 복도를 걸어가는 소리가 들렸다. 나는 가서 침대 위에 앉았다. 나는 술이 필요했다, 몹시도. 토요일 밤이었고, 온 도시가 술에 취했다.

몰래 빠져나갈 수 있을까?

나는 문으로 가서 쇠줄을 건 채로 살짝만 열고 밖을 내다보았다. 층계참에 필리핀인, 캔자스 부인의 친구가 있었다. 그는 손에 망치를 들고 있었다. 한쪽 무릎을 꿇은 자세였다. 그는 나를 보고 씩 웃더니, 깔개에 못을 쿵쿵 박았다. 그는 깔개를 수리하는 척하고 있었다. 나는 문을 닫았다.

정말로 술이 필요했다. 나는 방 안을 서성거렸다. 어째서 세상 모든 사람들이 다 술이 있는데 나만 없나? 얼마나 오래 이 망할 방 안에 처박혀 있어야 하나? 나는 다시 문을 열었다. 똑같았다. 그는 나를 올려다보고 씩 웃었고, 바닥에 못을 하나 더 쿵쿵 박았다. 나는 문을 닫았다.

나는 여행 가방을 꺼내 몇 안 되는 옷가지를 거기다 던져 넣기 시작했다.

도박에서 딴 돈이 아직도 꽤 남아 있었지만, 그걸로 이 방을 망가뜨린 배상금을 낼 순 없었다. 그러고 싶지도 않았다. 이건 진짜 내 잘못이 아니었다. 그들이 와서 싸움을 말렸어야지. 그리고 거울을 깬 건 베커였다…….

짐을 쌌다. 한 손에 여행 가방을 들고 다른 손엔 케이스에 넣은 휴대용 타자기를 들었다. 나는 한동안 문 앞에 서 있었다. 다시 밖을 내다보았다. 그는 아직도 거기 있었다. 나는 쇠줄을 슬쩍 벗겨 냈다. 그리고 문을 밀고 튀어 나갔다. 나는 계단으로 뛰어갔다.

「어이! **어디 가요?**」 작은 남자가 물었다. 그는 여전히 한쪽 무릎을 꿇은 채였다. 그가 망치를 들어 올리려 했다. 나는 휴대용 타자기를 그의 옆통수를 향해 휘둘렀다. 끔찍한 소리가 났다. 나는 계단을 내려와 로비를 통과해서 문밖으로 나갔다.

어쩌면 그 남자를 죽였을지도 몰랐다.

나는 템플 가를 달리기 시작했다. 그때 택시 한 대가 보였다. 비어 있었다. 뛰어올라 탔다.

「벙커 힐로 가주세요.」 나는 말했다. 「**빨리요!**」

56

어느 하숙집 앞 창문에 붙은 〈빈 방 있음〉 표지판을 보고, 택시 기사에게 그 옆에 대달라고 했다. 요금을 내고 앞쪽 포치로 올라가 초인종을 눌렀다. 싸움으로 한쪽 눈에 멍이 들었고, 다른 쪽 눈은 베였으며, 코는 부어올랐고, 입술은 푸석푸석했다. 왼쪽 귀는 진한 빨간색이었고 건드릴 때마다 전기충격이 온몸에 흘렀다.

늙은 남자가 문으로 나왔다. 그는 러닝셔츠 차림이었고, 가슴팍에는 칠리와 콩을 쏟은 듯했다. 회색 머리카락은 빗지도 않았고, 면도도 해야 할 것 같았다. 냄새 고약한 축축한 담배도 뻐끔뻐끔 피우고 있었다.

「집주인이세요?」 내가 물었다.

「그런데.」

「방이 하나 필요한데요.」

「일은 하나?」

「작가인데요.」

「작가처럼 안 보이는데.」

「작가들은 어때 보이는데요?」

그는 대답하지 않았다.

그러다 말했다. 「일주일에 2달러 50센트.」

「방 좀 볼 수 있을까요?」

그는 트림을 하더니 말했다. 「날 따라오쇼……」

우리는 긴 복도를 따라 내려갔다. 복도에는 깔개가 없었다. 걸어갈 때마다 판자가 삐걱거리고 가라앉았다. 어떤 방에서 남자의 목소리가 들렸다.

「빨아 봐, 이 쓰레기야!」

「3달러예요.」 여자의 목소리가 들렸다.

「3달러라고? 혼꾸멍내 주지!」

남자가 여자를 찰싹 때리자, 여자가 비명을 질렀다. 우리는 계속 걸어갔다.

「그 방은 뒤편에 있어.」 남자가 말했다. 「하지만 집 안의 욕실은 써도 되지.」

그 방은 문 네 개가 달린 뒤편의 판잣집이었다. 그는 3호실로 올라가 문을 열었다. 그는 안으로 들어갔다. 간이침대, 담요, 작은 서랍장과 작은 받침대가 하나 있었다. 받침대 위에는 핫플레이트가 있었다.

「여기 핫플레이트가 하나 있소.」 그가 말했다.

「괜찮네요.」

「선금으로 2달러 50센트.」

나는 그에게 돈을 주었다.

「영수증은 아침에 주지.」

「좋아요.」

「이름이 뭐요?」

「치나스키.」

「난 코너스요.」

그는 열쇠고리에서 열쇠를 빼서 내게 주었다.

「우리는 이곳을 점잖고 조용하게 운영하고 있소. 앞으로
도 그런 식으로 하고 싶고.」

「물론이죠.」

그가 나가고 나는 문을 닫았다. 머리 위에는 갓 없는 전구
하나가 달려 있었다. 실제로 그곳은 꽤 깨끗했다. 나쁘지 않
았다. 나는 일어나 밖으로 나가면서 문을 잠그고 뒷마당을
통해 골목으로 나갔다.

그 남자에게 진짜 이름을 말해 주지 말아야 했는데, 하고
생각했다. 템플 가에서 피부가 검은 꼬마 친구를 죽이고 왔
을지도.

절벽 옆을 따라 내려가 아래쪽 거리로 이어지는 기다란 나
무 계단이 하나 있었다. 꽤 낭만적이었다. 나는 주류 판매점
을 볼 때까지 계속 걸어갔다. 술을 받아 올 생각이었다. 나는
와인 두 병을 샀고 배도 고파져서 커다란 포테이토칩 한 봉
지도 샀다.

내 방에 돌아와 옷을 벗고 간이침대로 올라가서는 벽에
등을 기대고 담뱃불을 붙인 후, 와인을 한 잔 따랐다. 기분이
좋았다. 이 뒤편은 조용했다. 내가 있는 판잣집의 다른 방에
서 사람 소리는 들리지 않았다. 오줌이 마려워서, 팬티 바람
으로 판잣집 뒤로 돌아가 쌌다. 그 위에서는 도시의 불빛을
볼 수 있었다. 로스앤젤레스는 좋은 곳이었고, 가난한 사람
들이 많았으며, 그들 사이에서 길을 잃기도 쉬웠다. 안으로
돌아가서 침대 위로 다시 올라갔다. 남자에게 와인과 담배가

있는 한 살아갈 수 있다. 잔에 든 술을 다 마셔 버리고 한 잔
더 따랐다.

어쩌면 직업을 갖지 않고 이럭저럭 살아갈 수 있을지도 몰
랐다. 하루 여덟 시간 노동은 불가능했다. 비록 모든 이들이
그에 굴복하며 살아가지만. 그리고 전쟁, 모든 이들이 유럽
의 전쟁에 관해 이야기하고 있었다. 나는 세계사에는 관심이
없었다. 오로지 나의 역사에만 관심이 있을 뿐. 무슨 헛짓거
리인가. 부모가 성장기를 지배하고, 마음대로 휘두른다. 그
런 다음 자기 혼자 나설 준비가 되었을 땐, 다른 사람들이 제
복을 억지로 입혀서 엉덩이에 총을 맞도록 내보낸다.

와인 맛은 훌륭했다. 나는 한 잔 더 마셨다.

전쟁. 여기서 나는 동정이었다. 여자가 어떤지 알기도 전
에 역사를 위해 엉덩이에 총을 맞고 날아가 버린다는 게 상
상이 되나? 아니면 차도 한번 못 가져 보고? 대체 내가 뭘 지
킨다고? 또 다른 인간. 나에게 쥐뿔 관심 하나 없는 다른 인
간. 전쟁에서 죽는다고 한들 전쟁이 일어나는 것을 막지도
못했다.

나는 살아갈 수 있다. 술 마시기 대회에서 우승할 수도 있
다. 도박을 할 수도 있다. 어쩌면 몇 번 강도질을 할 수도 있
다. 별로 바라는 것도 없다. 그냥 가만히 놔달라는 것 말고는.

첫 번째 와인 병을 다 끝내 버리고 두 번째 병을 시작했다.
두 번째 병을 반쯤 마셨을 때 그만두고 뻗어 버렸다. 새집에
서의 첫 밤. 괜찮았다. 나는 잠이 들었다.

문에 열쇠가 돌아가는 소리에 잠에서 깼다. 그리고 문이
획 열렸다. 나는 침대에 일어나 앉았다. 한 남자가 안으로 들

어오기 시작했다.

「여기서 당장 꺼져!」 나는 고함을 질렀다.

남자는 재빨리 나갔다. 그가 도망가는 소리가 들렸다.

나는 일어나서 문을 쾅 닫았다.

사람들은 그런 짓을 했다. 방을 빌려 놓고 집세를 내지 않으면서 계속 열쇠를 갖고 있다가 방이 비어 있는가 싶으면 몰래 기어들어 와서 잔다. 혹은 그 방 주인이 외출했을 때 도둑질을 한다. 뭐, **저 자식은** 돌아오지 않겠지. 다시 한 번 그런 짓을 했다간 불알을 터뜨려 줄 테니.

침대로 돌아가 술을 한 잔 더 마셨다.

약간 초조했다. 칼을 구해야만 할 것 같았다.

술을 다 마신 후, 한 잔을 더 따르고 그것도 마셔 버린 후에 다시 잠이 들었다.

57

어느 날 영어 수업 후에 커티스 선생님이 나보고 남아 달라고 했다.

그녀는 다리가 근사했고 혀짤배기소리로 말했다. 그 다리와 혀짤배기를 합치면 무언가 내 몸을 후끈 달아오르게 하는 게 있었다. 커티스 선생님은 서른둘 정도였고, 교양 있고 세련됐지만 다른 모든 사람들처럼 망할 진보주의자여서 독창성이나 싸움을 별로 받아들이지 못했고, 프랭키 루스벨트를 더욱 신앙처럼 모실 뿐이었다. 나도 프랭키가 대공황 때 가난한 사람들을 위한 정책을 폈기 때문에 좋아하긴 했다. 스타일도 괜찮았다. 가난한 사람들에게 눈곱만큼이라도 관심이 있었다고 진정으로 생각하지는 않지만, 그는 위대한 배우였고, 목소리도 좋았다. 또 연설도 무척 잘 썼다. 하지만 그는 우리가 참전하길 바랐다. 그렇게 하면 자기가 역사책에 등장할 테니. 전쟁을 치른 대통령은 권력을 더 많이 갖고, 나중에 역사책에서 더 많은 페이지를 차지한다. 커티스 선생님은 프랭키의 판박이일 뿐이었지만, 훨씬 더 다리가 예뻤다. 불쌍한 프랭키는 다리는 변변치 않지만, 놀라운 두뇌가 있었으니까. 다른 나라에서라면 강력한 독재자가 될 수 있었을 것이었다.

마지막 학생이 나간 후 커티스 선생님의 책상으로 갔다. 선생님은 나를 올려다보고 웃었다. 나는 몇 시간 동안이나 선생님의 다리를 쳐다보았고, 그녀도 그 사실을 알았다. 내가 뭘 원하는지 알았고, 자기는 내게 가르칠 것이 없다는 것도 알았다. 선생님이 한 말 중에 내가 기억하는 건 딱 하나뿐이었다. 그녀 자신의 생각도 아니었지만, 난 그 말이 마음에 들기는 했다.

〈일반 대중의 어리석음을 과대평가해서는 안 돼요.〉

「치나스키 군.」 커티스 선생님은 나를 올려다보았다. 「이 교실에서 어떤 학생들은 자신들이 무척 영리하다고 생각하는 것 같더군요.」

「그래요?」

「펠턴 군이 우리 반에서 가장 영리한 학생이죠.」

「그런가요.」

「그 사실이 불편한가요?」

「뭐라고요?」

「뭔가…… 불편한 게 있잖아요.」

「어쩌면요.」

「이게 마지막 학기지요?」

「어떻게 아셨죠?」

나는 그 다리에게 작별의 눈길을 보내던 중이었다. 대학은 그저 숨기 위한 곳이었다고 결론을 내렸다. 거기 영원히 남는 캠퍼스 변태들이 있다. 대학이란 곳은 전체적으로 물렁했다. 그들은 저기 바깥의 진짜 세계에서 무엇을 기대해도 좋은지 말해 주지 않았다. 그저 이론만 쑤셔 넣고 보도가 얼마나 단단한지는 말해 주지 않았다. 대학 교육은 삶에 나서는 개인을 파괴할 수도 있다. 책도 사람을 무르게 만들 수 있다. 책을 내려놓고 진짜 저기 **바깥**으로 나서면, 대학에서 결코 말해 주지 않았던 것을 알아야만 한다. 나는 그 학기 이후 자퇴하기로 결심했고, 스팅키와 그 무리와 어울려 다닐 것이었다. 어쩌면 배짱이 두둑해서 주류 판매점을 털 사람을 만날 수 있을지도 모른다. 은행을 털면 더 좋고.

「자퇴하려고 한다는 것을 알았어요.」 커티스 선생님은 부드럽게 말했다.

「〈시작〉이라는 말이 더 어울리겠네요.」

「전쟁이 곧 일어날 거예요. 『브레멘을 떠나는 해병』[48] 읽어 봤나요?」

「『뉴요커』에 실린 것들은 저한테는 별로 맞지가 않아서.」

「오늘날 일어나는 일들을 이해하고 싶으면 그런 것들을 읽어 봐야 해요.」

「그런 것 같지 않은데요.」

「치나스키 군은 **모든 것**에 반항하죠. 어떻게 살아남을 건가요?」

「모르겠네요. 벌써 지쳐서.」

커티스 선생님은 한참 동안 책상을 내려다보았다. 그러다 고개를 들고 나를 보았다.

「우리는 어떻게든 전쟁으로 끌려갈 거예요. 치나스키 군도 갈 건가요?」

「그건 중요하지 않아요. 갈지도 모르고 안 갈지도 모르고.」

48 1939년 3월 『뉴요커』지에 발표된 어윈 쇼의 단편 소설.

「좋은 해병이 될 텐데요.」

나는 미소를 지으며 해병이 된다는 생각을 해보았다가 그 생각을 버렸다.

「한 학기 더 머무르면, 원하는 건 뭐든 얻을 수 있을 거예요.」 커티스 선생님이 말했다.

그녀가 고개를 들고 나를 바라보자, 나는 그녀의 말뜻을 정확히 이해했고, 그녀도 내가 자기의 말뜻을 정확히 이해했다는 것을 알았다.

「아뇨. 전 떠납니다.」 나는 말했다.

나는 문으로 향했다. 거기 멈춰 서 돌아보며 그녀에게 작별의 의미로 살짝 목례했다. 가볍고 빠른 작별이었다. 밖에 나오자 나는 캠퍼스 나무 아래를 걸어갔다. 어디에서든 남자애들과 여자애들이 함께 있었다. 커티스 선생님이 책상에 홀로 앉아 있는 동안 나는 홀로 걸어갔다. 얼마나 대단한 승리가 되었겠는가. 히틀러가 유럽을 삼키고 런던에 눈독 들일 때, 그 혀짤배기소리를 뱉는 입술에 키스하고, 그 멋진 다리를 벌린다는 것은.

잠시 후 체육관을 향해 걸었다. 내 사물함을 청소할 작정이었다. 나에게 더 이상 운동은 없었다. 사람들은 언제나 신선한 땀에선 깨끗하고 좋은 냄새가 난다고 말했다. 그런 말을 한 사람들은 핑계를 대야 했다. 그들은 신선한 똥에선 깨끗하고 좋은 냄새가 난다고 말하진 않았다. 맥주를 양껏 마시고 질펀하게 싼 똥만큼 정말로 영광스러운 것은 없었다. 그 전날 맥주를 스무 병이나 스물다섯 병 정도 마시고 난 후에 말이다. 그런 맥주 똥의 냄새는 사방으로 퍼지며 한 시간

반은 족히 남아 있었다. 그 냄새를 맡으면 정말로 살아 있다는 것을 깨달을 수 있었다.

사물함을 찾아서 그것을 연 후에 내 운동복과 신발을 쓰레기통에 던져 넣었다. 또, 빈 와인 병 두 개도 버렸다. 내 사물함을 이어 쓰는 다음 사람에게 행운이 있기를. 어쩌면 그는 아이다호 주의 보이시에 가서 시장이 될 운명일지도 몰랐다. 숫자 자물쇠도 쓰레기통에 넣었다. 그 숫자들의 조합은 전혀 마음에 들지 않았다. 1, 2, 1, 1, 2. 별로 지능적이지 않다. 부모님 집 주소는 2122번지였다. 모든 것이 최소한이었다. 학군단에서는 1, 2, 3, 4 였다. 1, 2, 3, 4. 언젠가 5까지 올라갈 수 있을지도 모른다.

체육관에서 나와 운동장을 가로지르는 지름길로 갔다. 몇몇 사람들이 즉석에서 모여 터치 풋볼 경기를 한참 하고 있었다. 나는 그들을 피하려 한쪽으로 질러갔다.

그때 볼디의 목소리가 들렸다. 「헤이, 행크!」

고개를 들어 보니 볼디가 몬티 밸러드와 함께 관중석에 앉아 있었다. 밸러드는 별 볼 일 없는 녀석이었다. 개의 좋은 점은 질문을 받지 않는 한, 말을 하지 않는다는 것이었다. 나는 개한테 질문을 한 적이 없었다. 그는 더러운 노란 머리카락 밑에서 삶을 내다보며 생물학자가 되기를 바랄 뿐이었다.

나는 그들에게 손을 흔들어 보이고 계속 걸어갔다.

「이리 올라와, 행크!」 볼디가 소리쳤다. 「중요한 거야.」

나는 그리로 걸어갔다. 「뭔데?」

「여기 앉아서 운동복 입은 저 덩치 좋은 녀석 좀 봐!」

나는 앉았다. 운동복을 입은 애는 한 명뿐이었다. 그 애는 스파이크가 달린 운동화도 신었다. 키가 작았지만 몸통이

넓었다. 무척 넓었다. 끝내주는 이두박근과 어깨, 두꺼운 목, 육중하고 짧은 다리를 한 애였다. 머리카락은 검었다. 얼굴 앞면은 평평한 거나 다름없었다. 작은 입, 별로 높지 않은 코, 눈. 눈은 저기 어딘가에 있었다.

「아, 저 녀석 얘길 들어 본 적 있어.」 나는 말했다.

「쟤 잘 봐.」 볼디가 말했다.

각 팀에는 네 명이 있었다. 공을 스냅했다.[49] 쿼터백은 패스하러 뒤로 뛰어갔다. 킹콩 주니어는 수비 팀이었다. 그는 경기장 중간의 뒤쪽에서 경기했다. 공격 팀에 있는 녀석 한 명이 얽혀 들어가 달렸고, 다른 하나는 따라붙지 못했다. 센터가 블록했다. 킹콩 주니어는 어깨를 낮추고 짧은 패스를 던지는 남자를 향해 속력을 냈다. 그는 상대 팀에게 쿵 부딪치며 어깨로 옆구리와 배를 노려 세게 찍었다. 그런 후에 돌아서서 총총 가버렸다. 패스는 성공해서 터치다운 하러 깊숙이 들어간 선수에게로 전달되었다.

「봤냐?」 볼디가 말했다.

「킹콩이…….」

「킹콩은 전혀 풋볼을 안 해. 플레이할 때마다 그저 할 수 있는 한 세게 다른 애들에게 부딪치는 게 다지.」

「리시버가 공을 받기 전에는 칠 수 없을 텐데.」 내가 말했다. 「그건 규칙 위반이잖아.」

「그 얘기를 누가 쟤한테 해줄 건데?」 볼디가 물었다.

「네가 말할 거냐?」 나는 밸러드에게 물었다.

「아니.」 밸러드가 대답했다.

킹콩의 팀이 킥오프를 했다. 이제 그는 합법적으로 블로킹

49 미식축구에서 공을 뒤에 있는 쿼터백에게 전달하는 것.

할 수 있었다. 그는 아래로 내려가서 필드 위에서 가장 꼬맹이인 애를 무참히 공격했다. 킹콩은 꼬맹이를 완전히 넘어뜨렸다. 꼬맹이는 뒤집히면서 머리가 다리 사이로 처박혔다. 꼬맹이는 천천히 일어섰다.

「저 킹콩 녀석 저능아야.」 나는 말했다. 「어떻게 입학시험은 통과했대?」

「여긴 입학시험이 없잖아.」

킹콩의 팀이 라인업했다. 조 스테이펀이 상대 팀에서 가장 잘하는 애였다. 그는 정신과 의사가 되고 싶다고 했다. 키가 커서 185센티미터가 넘고 날씬했으며 배짱이 두둑했다. 조 스테이펀과 킹콩이 맞부딪쳤다. 스테이펀은 꽤 잘했다. 그는 넘어가지 않았다. 다음 플레이에서 두 사람은 또다시 맞부딪쳤다. 이번에 조는 튕겨 나가 공격 거리를 약간 내주었다.

「망할.」 볼디가 말했다. 「조가 포기하고 있어.」

다음번에 킹콩은 조가 한 바퀴 돌아갈 정도로 더 세게 쳤고, 필드에서 5~6야드 뒤로 밀어냈다.

「이거 정말 역겹다! 저 녀석은 그저 씨팔 **사디스트**일 뿐이야!」 내가 말했다.

「쟤 사디스트냐?」 볼디가 밸러드에게 물었다.

「씨팔 사디스트지.」 밸러드가 말했다.

다음 플레이 때 킹콩은 꼬맹이에게 도로 향했다. 꼬맹이를 들이받고 세게 넘어뜨리면서 그 위에 올라타 몸으로 깔고 눌렀다. 꼬맹이는 잠시도 꿈쩍할 수 없었다. 그러다 일어나 앉으며 머리를 부여잡았다. 끝장난 듯한 모습이었다. 나는 일어섰다.

「뭐, 내가 간다.」 나는 말했다.

「저 개새끼 **혼내 줘!**」볼디가 말했다.

「그러지.」

나는 필드로 내려갔다.

「어이, 친구들. 선수 필요해?」

꼬맹이가 일어서서 필드 밖으로 걸어 나갔다. 그는 내 앞에 다다르자 멈춰 섰다.

「저 안에 들어가지 마. 저 녀석은 사람 하나 잡고 싶은 것뿐이니까.」

「그냥 터치 풋볼일 뿐이잖아.」나는 말했다.

우리 팀 공격이었다. 나는 조 스테이픈과 다른 생존자 둘과 함께 옹그리고 모여 작전을 짰다.

「전략은 뭐야?」나는 물었다.

「씨팔, 살아서 남는 거지.」조 스테이픈이 대답했다.

「점수가 어떻게 돼?」

「쟤들이 이기고 있는 것 같아.」센터를 맡은 레니 힐이 말했다.

우리는 각자 흩어졌다. 조 스테이픈이 뒤에 서서 공을 기다렸다. 나는 서서 킹콩을 바라보았다. 캠퍼스 근처에서 그 애를 본 적이 없었다. 그는 아마도 체육관 안 남자 화장실 근처에서 어정대고 있었을 것이었다. 그는 똥 냄새나 쿵쿵 맡고 다닐 녀석이었다. 또 태아를 잡아먹는 귀신 같이 생기기도 했다.

「타임!」나는 외쳤다.

레니 힐이 공 위로 몸을 쭉 폈다. 나는 킹콩을 보았다. 「내 이름은 행크다. 행크 치나스키. 언론학과지.」

킹콩은 대답하지 않았다. 그는 빤히 쳐다보기만 할 뿐이었다. 죽은 사람처럼 하얀 피부였다. 눈에는 빛이나 생기가 없었다.

「네 이름은 뭐냐?」 나는 그에게 물었다.

그는 계속 빤히 쳐다봤다.

「뭐가 문제야? 이에 태반이라도 끼었냐?」

킹콩은 천천히 오른팔을 들었다. 그러더니 그 팔을 내뻗어 한 손가락으로 나를 가리켰다. 그런 후에 다시 팔을 내렸다.

「젠장, 내 좆이나 빨아. 그게 무슨 뜻이야?」 나는 말했다.

「그만, 공이나 던져.」 킹콩의 팀원이 말했다.

레니가 공 위로 허리를 굽히고 스냅했다. 킹콩은 내게 다가왔다. 나는 그에게 집중하고 있지 않았던 것 같다. 그가 나를 들이받았을 때 나는 관중석과 나무, 화학과 건물이 흔들리는 것을 보았다. 그는 나를 뒤로 넘어뜨리고 두 팔을 날개처럼 퍼덕이며 내 주위를 빙빙 돌았다. 나는 어지러운 머리로 일어섰다. 먼저 베커가 나를 케이오시키더니, 이젠 이 사디스트 원숭이 자식이. 그는 냄새가 났다. 악취를 풍겼다. 진짜 사악한 개새끼였다.

스테이펀이 불완전하게 패스를 했다. 우리는 옹그리고 모였다.

「나한테 생각이 있어.」 내가 말했다.

「뭔데?」 조가 물었다.

「내가 공을 던질게, 네가 블록해.」

「그냥 하던 대로 놔두자.」 조가 말했다.

우리는 각자 자리로 흩어졌다. 레니가 공 위에 몸을 숙이고 뒤에 있던 스테이펀에게 던졌다. 킹콩이 내게 다가왔다. 나는 어깨를 낮추고 그에게 달려들었다. 그는 너무 힘이 셌다. 나는 그에게서 튕겨 나왔고 허리를 쭉 폈다. 그러는 찰나 킹콩이 다시 들이닥쳤다. 칼같이 날카로운 어깨로 내 배를 박았다. 나는 넘어졌다. 금방 튀어 오르긴 했으나 일어난 느낌이 들지 않았다. 호흡 곤란이 생겼다.

스테이펀은 짧고 완벽한 패스를 했다. 세 번째 공격 기회. 한데 모이지는 않았다. 공을 던지자, 킹콩과 나는 서로 향해 뛰어갔다. 마지막 순간 나는 발을 들어 내 몸을 그에게 내던졌다. 몸의 무게가 그의 목과 머리를 쳐서 균형을 흐트러뜨렸다. 그 애가 넘어지자 나는 할 수 있는 한 세게 발로 차며 오른손으로 그 애의 턱을 날렸다. 우리 둘 다 땅에 넘어졌다. 내가 먼저 일어섰다. 킹콩이 일어설 때 얼굴 옆에 붉은 얼룩이 졌고 입가엔 피가 맺혔다. 우리는 빠른 걸음으로 원래 자리로 돌아갔다.

스테이펀이 던진 패스는 실패했다. 네 번째 공격 기회. 스테이펀은 펀트[50]를 하려고 뒤로 떨어졌다. 킹콩도 자기 팀 세이프티 맨[51]을 보호하려고 뒤로 떨어졌다. 세이프티 맨은 펀트한 공을 잡았고, 그들은 필드 위에서 쿵쿵대면서 뛰어갔다. 킹콩은 주자를 위해 앞장섰다. 나는 그들을 향해 뛰었다. 킹콩은 또 한 번 높은 장애물이 있을 거라 기대하고 있었다. 이번에 나는 뛰어들어 그의 발목을 쳤다. 그는 얼굴을 땅에 박으며 호되게 넘어졌다. 정신이 멍멍했는지 두 팔을 뻗은 채로 거기 한참 누워 있었다. 나는 뛰어가서 무릎을 꿇었다. 그의 목덜미를, 세게 부여잡았다. 나는 그의 목을 잡고 내 무릎을 그의 등뼈에 처박았다. 「어이, 킹콩 친구, 괜찮나?」

50 손에서 공을 떨어뜨리면서 상대편 진영으로 차 넘기는 것.
51 골 라인의 안전 확보를 위해 수비진의 가장 후미에 있는 선수.

다른 애들이 뛰어왔다.

「애, 다친 것 같은데.」 내가 말했다. 「자, 이 녀석 운동장에서 끌어내게 누가 나 좀 도와줘.」

스테이펀이 킹콩의 한쪽을 맡고, 내가 다른 쪽을 맡았다. 우리는 그를 부축해서 사이드라인으로 데리고 나왔다. 사이드라인 가까이 왔을 때, 나는 넘어지는 척하면서 왼쪽 신발로 그의 발목을 찼다.

「아. 나 좀 가만히 놔둬…….」 킹콩이 말했다.

「난 그냥 도와주는 거야, 친구.」

우리는 그를 사이드라인으로 데려가 떨어뜨려 놓았다. 킹콩은 앉아서 입에서 나오는 피를 문질렀다. 그런 후에 손을 아래로 내려 발목을 만져 보았다. 허물이 벗겨졌고 곧 부어오를 것 같았다. 나는 그에게 허리를 굽혔다.

「어이, 킹콩, 경기를 끝내자고. 우리가 42대 7로 뒤지고 있는데 따라잡을 기회가 필요하지.」

「아니, 난 다음 수업에 가야 해.」

「여기서 개 잡는 법도 가르쳐 주는지는 몰랐는데.」

「**영문학 I**이야.」

「그럼 이해가 되는군. 야, 이거 봐. 내가 너를 체육관까지 데려다주고 뜨거운 샤워기 밑에 넣어 줄게. 괜찮지?」

「아니, 그냥 나한테서 떨어져.」

킹콩은 일어섰다. 그는 완전히 맥을 못 췄다. 그 대단한 어깨가 축 처지고, 얼굴에는 먼지와 피가 묻었다. 몇 걸음씩 절뚝거리며 걸었다. 「어이, 퀸.」 그는 동료 선수에게 말했다. 「나 좀 도와줘…….」

퀸은 킹콩의 한 팔을 잡았고, 그들은 천천히 필드를 가로

질러 체육관으로 갔다.

「어이, 킹콩!」 나는 고함을 질렀다. 「수업 잘 들어가라! 빌 사로얀에게 내 〈안부〉 전해!」

다른 애들은 주위에 서 있었다. 관중석에서 내려온 볼디와 밸러드도 껴 있었다. 여기에서 나는 최고로 죽이는 경기를 선보였지만, 몇 킬로미터 내에 예쁜 여자애 한 명 없었다.

「누구 담배 있어?」 내가 물었다.

「체스터필드 좀 있는데.」 볼디가 말했다.

「너 아직도 계집애 담배 피우냐?」 내가 물었다.

「나도 하나 줘.」 조 스테이펀이 말했다.

「좋아. 그럼 다 끝난 거군.」 내가 말했다.

우리는 둘러서서 담배를 피웠다.

「게임할 수 있는 인원은 충분한데.」 누군가 말했다.

「좆까라.」 내가 말했다. 「난 스포츠가 싫어.」

「뭐, 네가 킹콩 손봐 준 것만은 확실하네.」 스테이펀이 말했다.

「그래. 다 구경했어. 그런데 날 혼란스럽게 하는 게 딱 하나 있었지.」 볼디가 말했다.

「그게 뭔데?」 스테이펀이 물었다.

「누가 사디스트인가 하는 것.」

「뭐, 나는 간다. 오늘 밤 캐그니[52] 영화를 한다니까 난 내 깔치를 데려갈 거야.」

나는 필드 저편을 향해 걸음을 뗐다.

「오른손을 가지고 영화에 간단 말이겠지?」 어떤 녀석이 내 뒤에서 고함을 질렀다.

52 선 굵은 연기로 무대 공연과 영화에서 활약한 미국 영화배우.

「양손 다 가지고 간다.」 나는 어깨 너머로 대꾸했다.

나는 필드를 나와 화학과 건물을 지나 앞쪽 잔디밭으로 나갔다. 거기 그들이 있었다. 책을 낀 남자애들과 여자애들이 벤치에, 나무 밑에, 잔디밭에 앉아 있었다. 초록색 책, 파란색 책, 갈색 책. 그들은 서로 이야기하며 미소를 짓고 간간이 웃음을 터뜨렸다. 나는 지름길을 통해 캠퍼스 한편에 있는 전차 〈V〉 노선 종점으로 갔다. 나는 〈V〉노선을 타고 환승한 후 전차 뒤쪽으로 가서 언제나처럼 맨 끝자리를 차지한 후 기다렸다.

58

나는 미래에 대비하려고 빈민가까지 가보는 연습을 했다. 거기서 본 광경은 마음에 들지 않았다. 남자와 여자 들은 특별히 대담하거나 영리하지 않았다. 그들은 다른 모든 이들이 원하는 것을 원했다. 또한 정신병자인 것이 분명한데도 아무런 제지를 받지 않고 거리를 걸어다니는 이들도 있었다. 나는 사회의 가장 가난한 곳과 가장 부유한 곳 양극단 모두에서, 미친 자들이 사람들 사이에 자유롭게 섞여 지내도 눈감아 준다는 사실을 알아챘다. 나는 내가 완전히 제정신이 아니라는 건 알았다. 아이였을 때 알았듯이, 내게는 이상한 점이 있다는 것을 아직도 알고 있었다. 살인자, 은행 강도, 성자, 강간범, 수도승, 은자가 될 운명인 듯한 기분이 들었다. 숨을 수 있는 고립된 공간이 필요했다. 빈민가는 역겨웠다. 제정신을 가지고 평범히 살아가는 인간의 삶은 지루했고, 죽음보다 나빴다. 다른 가능한 대안은 없어 보였다. 교육 역시 덫으로 보였다. 스스로 허용한 약간의 교육 덕택에 나는 한층 더 의심이 생겼다. 의사들, 변호사들, 과학자들은 뭘까? 그들은 독립된 개체로서 생각하고 행동할 자유를 박탈당하

도록 눈감은 자들이다. 나는 내 판잣집으로 돌아가서 술을
마셨다…….

그곳에 앉아 술을 마시면서 나는 자살을 생각했지만 내
육체, 내 삶에 대한 이상한 애착을 느꼈다. 흉터가 가득하긴
했어도 내 것이었다. 나는 서랍장 위 거울을 들여다보며 씩
웃었다. 어차피 가야 한다면, 여덟, 열, 혹은 스무 명을 데리
고 가는 편이 나을지도 모른다…….
　12월의 토요일 밤이었다. 나는 내 방에 있었고, 평소보다
훨씬 더 술을 많이 마시면서 줄담배를 피웠고 여자애들과 도
시와 일자리와 앞으로 남은 세월을 생각했다. 앞을 내다보
고 있노라니 보이는 광경 중에 마음에 드는 게 별로 없었다.
나는 인간 혐오자도 아니고 여성 혐오자도 아니었지만, 혼자
가 좋았다. 작은 공간에 혼자 앉아 담배를 피우고 술을 마시
면 기분이 좋았다. 나는 항상 나 자신의 좋은 친구였다.

그때 옆방에서 라디오 소리가 들렸다. 옆방 남자는 라디오
를 너무 크게 틀었다. 구역질 나는 사랑 노래였다.

「어이, 친구!」 나는 고함을 질렀다. 「그거 줄여!」
아무런 반응이 없었다.
나는 벽으로 가서 쿵쿵 두드렸다.
「말했다, 〈그 씨팔 거 줄여〉라고!」
볼륨은 여전히 똑같았다.
나는 그 남자의 방 문 앞으로 갔다. 트렁크 팬티 차림이었
다. 한쪽 다리를 들어 발로 문을 걸어찼다. 문이 벌컥 열렸

다. 간이침대 위에 두 사람이 있었다. 늙고 뚱뚱한 남자와 늙고 뚱뚱한 여자. 둘은 섹스를 하고 있었다. 작은 촛불이 타올랐다. 늙은 남자가 위에 있었다. 그는 하던 일을 멈추고 고개를 돌려 나를 보았다. 여자는 남자 아래에서 고개를 들었다. 그 방은 커튼과 작은 깔개가 있어 무척 깔끔하게 꾸며져 있었다.

「아, 죄송합니다……」

문을 닫고 내 방으로 돌아왔다. 기분이 매우 좋지 않았다. 가난한 자들도 나름대로 섹스를 하면서 나쁜 꿈속을 헤쳐나갈 권리가 있다. 섹스와 술, 어쩌면 사랑이 그들이 가진 모든 것이었다.

뒤로 기대앉으며 와인 한 잔을 따랐다. 내 방문은 열어 둔 채였다. 도시의 소리와 함께 달빛이 흘러들어 왔다. 주크박스, 자동차, 욕설, 개 짖는 소리, 라디오…… 우리는 그 속에 모두 함께 있었다. 우리는 모두 하나의 거대한 요강 속에 함께 있었다. 탈출구는 없었다. 우리 모두 오물과 함께 흘려보내질 것이었다.

작은 고양이가 걸어가다 내 방문 앞에 멈춰 안을 들여다보았다. 눈이 달빛에 비쳤다. 불처럼 순수한 빨간색. 무척이나 멋진 눈이었다.

「이리 와, 야옹아……」 나는 먹이라도 있는 양 한 손을 뻗었다. 「야옹아, 야옹아……」

고양이는 걸어가 버렸다.

옆방에서 라디오가 꺼지는 소리가 들렸다.

나는 와인을 다 마시고 밖으로 나갔다. 이전처럼 트렁크 팬티 차림이었다. 팬티를 끌어 올려 내 물건을 집어넣었다. 나는 다른 방 문 앞에 섰다. 자물쇠는 아까 부서져 버렸다. 안에서 흘러나오는 촛불 빛을 볼 수 있었다. 그들은 문 앞에 무언가를 괴어 놓은 듯했다. 아마도 의자 같은 걸.

조용히 문을 두드렸다.

아무런 대답이 없었다.

다시 두드렸다.

무슨 소리가 들렸다. 그러더니 문이 열렸다.

늙고 뚱뚱한 남자가 거기 서 있었다. 그의 얼굴엔 슬픔이 수없이 많은 주름이 되어 걸려 있었다. 눈썹과 콧수염, 슬픈 두 눈밖에 없는 남자였다.

「저기요.」 나는 말했다. 「좀 전에 한 짓은 정말 죄송합니다. 혹시 애인분이랑 함께 제 방으로 와서 술 한잔하실래요?」

「아니.」

「아니면, 두 분에게 마실 걸 갖다 드릴까요?」

「아니.」 그가 말했다. 「제발 우리 좀 가만 놔둬요.」

그는 문을 닫았다.

최악의 숙취를 안고 깨어났다. 보통은 정오까지 자는 편이었다. 이날은 그럴 수가 없었다. 나는 옷을 입고 본채의 욕실로 갔고 화장실을 썼다. 밖으로 나가 골목을 올라가서 계단을 내려가 절벽으로 갔고, 그 아래 거리를 보았다.

일요일, 일주일 중에 가장 빌어먹을 날이었다.

나는 메인 가로 가서 술집을 지났다. 술집 접대부들이 문간에 앉아 치마를 높이 끌어 올리고 하이힐을 신은 다리를 살랑살랑 흔들어 댔다.

「이봐요, 자기, 들어와요!」

메인 가, 이스트 5번가, 벙커 힐. 미국의 똥통들.

어디든 갈 데가 없었다. 나는 페니 아케이드로 걸어갔다. 나는 걸어다니며 게임들을 둘러보았지만, 어느 것도 딱히 하고 싶은 마음이 없었다. 그때 핀볼 기계 앞에서 해병 한 명을 보았다. 두 손으로 기계 양옆을 꼭 붙들고 몸짓말로 공을 이리저리 이끌어 보려고 하는 중이었다. 나는 그리로 가서 그의 옷깃과 허리띠를 붙들었다.

「베커, 망할 재경기를 신청한다!」

내가 놔주자 그가 돌아보았다.

「아니, 아무것도 안 해.」 그가 말했다.

「3판 2선승.」

「웃겨.」 그가 말했다. 「술이나 사줄게.」

우리는 오락실에서 나와 메인 가를 걸어갔다. 어떤 술집에서 접대부 하나가 소리쳤다. 「어이, 해병, 이리 와요!」

베커가 발길을 멈췄다. 「난 들어간다.」

「하지 마. 쟤들 인간 바퀴벌레야.」 내가 말했다.

「막 월급 받았어.」

「저 여자들은 차를 마시고 네 술에다 물을 타. 가격은 두 배고, 그 후에 너는 저 여잘 다시 보지도 못할 걸.」

「난 들어간다.」

베커가 들어갔다. 미국에서 가장 훌륭한 미출간 작가인 그가 죽여주는 옷을 입고 죽으러 들어갔다. 나는 그를 따라 들어갔다. 그는 여자 중 한 명에게 가서 말을 걸었다. 여자가 치마를 올리고 하이힐을 흔들어 대며 웃었다. 둘은 구석의 부스로 걸어갔다. 바텐더가 바를 돌며 주문을 받았다. 바에 있던 다른 여자가 나를 쳐다보았다.

「자기, 놀고 싶지 않아?」

「그렇긴 한데, 내가 주도하는 게임일 때만.」

「두려운 거야, 아니면 게이야?」

「둘 다.」 나는 바의 맨 끝에 앉았다.

우리 사이에 앉은 한 남자는 바에 고개를 대고 엎드려 있었다. 그의 지갑은 사라지고 없었다. 그가 깨어나서 불평하면 바텐더에게 쫓겨나든지 경찰에게 넘겨질 것이었다.

바텐더는 베커와 접대부에게 술을 돌린 후, 바 뒤로 돌아와서 나에게 왔다.

「뭐?」

「아무것도.」

「그래? 여기 원하는 게 없나?」

「친구 기다려요.」 나는 모퉁이의 부스를 향해 고개를 까딱했다.

「여기에 앉으면 뭐라도 마셔야지.」

「좋아요, 물.」

바텐더가 가더니 돌아와서 물 한 잔을 올려놓았다.

「25센트.」

나는 그에게 돈을 냈다.

바에 앉은 여자가 바텐더에게 말했다. 「저 사람 게이거나 겁나서 저래요.」

바텐더는 아무 말 하지 않았다. 그때 베커가 손짓하자, 바텐더는 주문을 받으러 갔다.

여자가 나를 보았다. 「왜 군복 안 입었어?」

「다른 사람처럼 옷 입는 걸 좋아하지 않으니까.」

「다른 이유도 있어?」

「다른 이유가 있다고 해도 내 사정이고.」

「씨팔.」 여자가 말했다.

바텐더가 돌아왔다. 「한 잔 더 시켜야겠는데.」

「알았어요.」 나는 바텐더 쪽으로 25센트를 한 개 더 밀어 보냈다.

바깥에 나오자, 베커와 나는 메인 가를 걸어갔다.

「얼마나 나왔어?」 내가 물었다.

「자릿세가 있었고, 거기에 술 두 잔. 다해서 32달러.」

「염병, 그거면 나는 2주일 동안 술을 마시겠다.」

「여자가 탁자 밑에서 내 물건을 잡고 문질러 줬어.」

「여자가 뭐라고 하디?」

「아무것도. 그냥 계속 내 좆만 문질렀어.」

「차라리 내가 내 좆을 잡고 32달러 아끼겠다.」

「하지만 그 여자 아름다웠잖아.」

「망할, 지금 완벽한 백치랑 발맞춰 걷고 있군.」

「언젠가 이 모든 일을 글로 쓸 거야. 난 도서관 책장에 올라갈 거야. BECKER. 〈B〉로 시작하는 책장이 너무 약해. 도움이 필요하다고.」

「너는 글 쓰는 얘기를 너무 많이 해.」 내가 말했다.

우리는 버스 터미널 가까이에 있는 다른 술집을 찾았다. 거긴 여자가 있는 술집은 아니었다. 바텐더 한 명과 여행객 대여섯뿐. 모두 남자였다. 베커와 나는 자리에 앉았다.

「내가 산다.」 베커가 말했다.

「이스트사이드 병으로.」

베커가 두 병 주문했다. 그는 나를 보았다.

「그러지 말고, 남자답게 굴어. 입대하라고. 해병이 되라고.」

「남자가 되려고 해봐도 전율이 안 느껴져.」

「내가 보기엔 넌 항상 다른 사람 때리고 다니는 것 같은데.」

「그건 그냥 노는 거고.」

「입대해. 그러면 글 쓸거리가 생길 거야.」

「베커, 글 쓸거리는 항상 있어.」

「뭘 할 건데, 그럼?」

나는 병을 가리키고는 집어 들었다.

「너 어떻게 살려고 그래?」 베커가 물었다.

「그 질문을 평생 듣고 산 것 같은데.」

「뭐, 너는 어떤지 모르지만 나는 뭐든 해볼 거야! 전쟁, 여자, 여행, 결혼, 아이, 작품들. 내 소유의 첫 차는 완전히 분해할 거야! 그런 후엔 다시 조립할 거라고! 나는 사물에 대해서 알고 싶어. 그것들이 어떻게 움직이는지! 워싱턴 D. C.의 통신원이 되고 싶어. 대형 사건은 어디서 일어나는지 알고 싶고.

「워싱턴은 똥 덩어리야, 베커.」

「그럼 여자는? 결혼은? 아이들은?」

「똥이지.」

「그래? 그럼, 넌 뭘 하고 싶은데?」

「숨는 거.」

「불쌍한 새끼. 넌 맥주나 한 잔 더 마셔야겠다.」

「좋아.」 맥주가 도착했다.

우리는 조용히 앉아 있었다. 나는 베커가 혼자만의 생각에 잠겼다는 것을 알았다. 해병이 되는 것, 작가가 되는 것, 여자랑 자는 것을 생각한다는 것을. 베커는 어쩌면 좋은 작가가 될지도 몰랐다. 그는 열정으로 폭발했다. 사랑하는 것들이 많기도 했다. 날아가는 매, 빌어먹을 대양(大洋), 보름달, 발자크, 다리, 연극, 퓰리처상, 피아노, 망할 성경.

술집에는 작은 라디오가 한 대 있었다. 유행가 한 곡이 흘러나왔다. 그러다 노래 중간에 뚝 끊겼다. 아나운서가 말했다. 「방금 뉴스 단신이 도착했습니다. 일본군이 진주만을 폭격했습니다. 다시 말씀드립니다. 일본군이 막 진주만을 폭격했습니다. 모든 군인들은 즉시 부대로 귀환하라는 명령이 내려졌습니다!」

우리는 방금 무슨 말을 들었는지 깨닫지 못하고 서로 바라보았다.

「뭐.」 베커가 조용히 말했다. 「이걸로 끝이네.」

「맥주나 다 마셔.」 내가 말했다.

베커는 쭉 들이켰다.

「맙소사, 어떤 멍청한 새끼가 나한테 기관총을 들이대면서 방아쇠를 당긴다고 생각해 봐?」

「그러고도 남지.」

「행크…….」

「뭐?」

「귀대할 때 나랑 같이 버스 타고 가줄래?」

「그럴 순 없어.」

바텐더, 배가 수박만 하고 눈빛이 애매한 마흔다섯 살가량의 남자가 우리에게 걸어왔다. 그는 베커를 보았다. 「자, 해병, 이제 부대로 돌아가야 할 것 같은데, 허?」

그 말에 난 열이 받았다. 「어이, 뚱땡이. 이 녀석 술이나 다 마시게 가만 놔둬요, 알았어요?」

「그래, 그래…… 공짜 술 한 잔 드릴까, 해병? 좋은 위스키 한 잔 어때?」

「아닙니다. 괜찮아요.」 베커가 말했다.

「달라 그래.」 나는 베커에게 말했다. 「술을 받아. 이 사람은 네가 자기 술집을 구하려고 죽으러 가는 줄 알잖아.」

「좋아요. 술을 받죠.」 배커가 말했다.

바텐더는 베커를 보았다. 「고약한 친구를 뒀군…….」

「애한테 술이나 줘요.」 내가 말했다.

다른 몇 안 되는 손님들도 진주만에 대해 미친듯 중얼거리기 시작했다. 그 전에는 서로 말도 섞지 않으려던 사람들이었다. 이제 그들은 살아 움직였다. 종족이 위험에 빠졌으니까.

베커가 술을 받았다. 위스키 더블 샷이었다. 그는 술을 들이마셨다.

「이 얘기는 너한테 한 적 없는데.」 베커가 말했다. 「나 고아야.」

「젠장.」

「적어도 버스 종점까지만이라도 나랑 같이 가줄 수 없어?」

「그야 당연히.」

우리는 일어서서 문으로 갔다.

바텐더는 앞치마 전체에 손을 문지르고 있었다. 그는 앞치마를 둘둘 뭉치더니 흥분하여 손을 그 위에 대고 문질렀다.

「행운을 비네, 해병!」 그가 큰 소리로 외쳤다.

베커는 걸어 나왔다. 나는 문 앞에서 잠깐 걸음을 멈추고 바텐더를 돌아보았다.

「제1차 세계 대전, 맞죠?」

「그래, 그렇지…….」 그는 행복하게 말했다.

나는 베커를 따라잡았다. 우리는 버스 종점까지 반쯤 뛰다시피 함께 걸었다. 군복을 입은 군인들이 벌써 도착하고 있었다. 그곳 전체에 흥분한 기운이 감돌았다. 한 선원이 우리 옆을 뛰어갔다.

「왜놈들 죽여 버릴 거다!」 그가 고함을 질렀다.

베커는 차표를 사는 줄에 섰다. 군인 한 명은 여자 친구를 데리고 왔다. 여자애는 말하고 울고 남자 친구에게 매달리고 키스했다. 불쌍한 베커에겐 오직 나뿐이었다. 나는 한쪽에 비켜서서 기다렸다. 오랜 기다림이었다. 아까 고함 질렀던 선원이 내게 다가왔다. 「어이, 자넨 우릴 안 도울 건가? 거기 뭣하러 서 있어? 어째서 가서 입대 서명하지 않는 거지?」

그의 입에서는 위스키 냄새가 훅 끼쳤다. 주근깨가 있고 코가 무척 컸다.

「그러다 당신 버스 놓쳐.」 나는 그에게 말했다.

그는 버스 출발 승강장으로 달려갔다.

「망할, 씨팔 왜놈 새끼들!」 그는 말했다.

베커는 마침내 표를 받았다. 나는 그를 버스까지 배웅해 주었다. 그는 다른 줄에 섰다.

「충고할 거 있어?」 그가 물었다.

「아니.」

줄이 차츰 느리게 줄어들었다. 여자는 울면서 자기의 병사에게 빠르고도 조용히 이야기하고 있었다.

베커가 문에 이르렀다. 나는 그의 어깨에 주먹을 한 대 먹였다. 「넌 내가 아는 사람 중에 최고야.」

「고마워, 행크…….」

「잘 가…….」

나는 거기서 걸어 나왔다. 갑자기 거리에 차가 많아졌다. 사람들은 엉망으로 운전하면서 적신호에 질주하고 서로에게 소리를 질렀다. 나는 메인 가로 도로 걸어갔다. 미국은 전쟁 중이었다. 지갑을 들여다보았다. 1달러가 있었다. 잔돈을 세어 보았다. 67센트.

메인 가로 갔다. 오늘은 접대부들에게 별 볼 일 없는 날이 될 것 같았다. 길을 따라갔다. 그러다 페니 아케이드에 이르렀다. 그 안엔 아무도 없었다. 그저 높게 올린 부스 안에 주인이 서 있을 뿐이었다. 그곳은 어두웠고 오줌 지린내가 났다.

어두운 통로, 망가진 기계들 사이를 걸었다. 그곳은 페니 아케이드라는 이름이었지만, 대부분의 경우, 게임을 하려면 5센트, 때로는 10센트를 내야 했다. 권투 기계 앞에 섰다. 가장 좋아하는 게임이었다. 유리 진열장 안에 작은 강철 인형 둘이 있고, 각각 턱에 버튼이 달려 있었다. 권총 손잡이처럼, 방아쇠 달린 손잡이가 둘 있어서 방아쇠를 당기면 내가 조종하는 선수의 팔이 미친 듯 어퍼컷을 내질렀다. 선수를 앞뒤나 양옆으로 움직일 수 있었다. 다른 선수의 턱에 붙은 버튼을 치면, 뒤로 쿵 넘어지면서 케이오되었다. 내가 아이였고, 맥스 슈멜링[53]이 조 루이스[54]를 케이오시켰을 때 나는 거리로 달려나가 친구들을 찾아서 소리쳤다. 「얘들아, 맥스 슈멜링이 조 루이스를 케이오시켰어!」 하지만 누구도 내게 대답

---

53 1930년부터 1932년까지 프로 복싱 세계 헤비급 챔피언이었던 독일의 권투 선수.

54 1937년부터 1949년까지 세계 헤비급 챔피언이었던 미국의 권투 선수.

하지 않았다. 누구도 아무런 말이 없었다. 그들은 그저 고개를 숙이고 걸어가 버렸다.

권투 게임을 하려면 두 명이 필요했지만, 그곳의 주인인 변태 말고는 같이 게임할 사람이 없었다. 그때 어린 멕시코계 소년을 하나 보았다. 여덟아홉 살쯤 되어 보이는 아이였다. 아이는 통로를 따라 내려오고 있었다. 잘생기고 지적인 멕시코 소년.

「어이, 꼬마?」

「네, 아저씨?」

「나랑 이 권투 게임 같이 할래?」

「공짜예요?」

「그럼. 돈은 내가 낸다. 선수를 골라라.」

아이는 빙그르르 돌아 유리 안을 들여다보았다. 무척 진지해 보였다. 그러다 말했다. 「좋아요. 전 빨간색 트렁크 팬티 입은 선수로 할래요. 제일 좋아 보여요.」

「좋았어.」

아이는 자기 쪽 게임기의 유리 안을 빤히 보았다. 아이는 자기 선수를 보다가 나를 올려다보았다.

「아저씨, 전쟁이 일어났다는 것 아세요?」

「그래.」

우리는 거기 서 있었다.

「동전 넣으셔야죠.」 아이가 말했다.

「넌 여기서 뭐하고 있었니?」 나는 그 애에게 물었다. 「왜 학교에 안 갔어?」

「일요일이에요.」

나는 10센트를 넣었다. 아이가 자기 방아쇠를 꽉꽉 눌러 대기 시작했고, 나는 내 걸 꽉꽉 눌러 대기 시작했다. 아이는 나쁜 선택을 했다. 걔가 고른 선수의 왼팔은 망가져서 반밖에 나오지 않았다. 내 선수의 턱을 절대로 누를 수가 없었다. 아이에게 있는 거라곤 오른손뿐이었다. 나는 여유 있게 하기로 결심했다. 내 선수는 파란색 트렁크 팬티였다. 나는 선수를 안팎으로 움직이다가 갑자기 몰아쳤다. 멕시코 소년은 잘했고, 계속 애를 썼다. 그 애는 왼팔은 포기하고, 그저 오른팔 방아쇠만 눌렀다. 나는 양쪽 방아쇠를 누르면서 파란색 트렁크 팬티를 돌진시켜 상대를 죽여 주려 했다. 아이는 빨간색 트렁크 팬티의 오른팔을 계속 펌프질했다. 갑자기 파란색 트렁크 팬티가 멈췄다. 그는 쩔겅하는 소리와 함께 털썩 무너졌다.

「제가 잡았네요, 아저씨.」 아이가 말했다.

「네가 이겼다.」 나는 말했다.

아이는 신이 났다. 그는 털썩 주저앉은 파란 트렁크 팬티를 계속 쳐다보았다.

「아저씨, 다시 싸우고 싶으세요?」

나는 머뭇거렸다. 이유는 모르겠다.

「돈이 없으세요?」

「아, 아니.」

「좋아요, 그럼. 싸워요.」

10센트를 더 넣자 파란색 트렁크 팬티가 튀어 올랐다. 아이는 한쪽 방아쇠를 쥐어짜기 시작했고, 빨간색 트렁크 팬티의 오른팔이 펌프질하고 펌프질했다. 나는 파란색 트렁크 팬티를 잠시 동안 뒤에 서 있도록 놔두면서 생각했다. 그런 후에 아이를 향해 고개를 끄덕였다. 나는 파란색 트렁크 팬티가 두 팔을 마구 휘두르며 파고들도록 움직였다. 이겨야겠다는 기분이 들었다. 굉장히 중요한 일 같았다. 그 일이 왜 중요한지 알 수 없어서 계속 생각했다. 나는 왜 이것이 무척 중요하다고 생각하고 있을까?

그러자 또 다른 나의 일부가 대답했다. 그냥 중요하니까.

그때 파란색 트렁크 팬티가 다시 주저앉았다. 털썩. 똑같이 철이 쩔겅거리는 소리가 났다. 나는 작은 녹색 벨벳 매트 위에 등을 대고 드러누워 있는 내 선수를 보았다.

다음 순간 나는 몸을 돌려 걸어 나왔다.

비천한 삶을 노래하는 시인의 탄생

딸아,

옳든 그르든

나는 너를 사랑한단다.

다만 난 가끔은 네가 거기 없는 것처럼

행동할 뿐이야…….

「마리나를 위한 사랑시」 중에서[1]

1982년에 출간된 『호밀빵 햄 샌드위치』는 찰스 부코스키의 네 번째 장편 소설로, 그의 다른 작품과 마찬가지로 작가의 페르소나인 헨리 치나스키가 주인공이다. 첫 작품인 『우체국』은 1952년 즈음 매일 반복적인 노동을 하던 헨리 치나스키가 일을 그만두고 작가로 데뷔하기까지의 중년기를 그린 작품이고, 두 번째 장편 『팩토텀』은 1944년 입대를 거부당한 그가 잡역부로 일하던 청년기의 이야기를 담았다. 세 번째 소설인 『여자들』은 이제 말년의 인기 작가가 된 치나스

---

1 Charles Bukowski, "Love Poem to Marina", *On Love* (New York: Ecco, 2016), p. 60.

키가 수많은 여자를 만나는 삶을 거침없이 묘사했다. 그리고『호밀빵 햄 샌드위치』에 이르러 부코스키는 기억의 근원으로 돌아간다. 가장 처음의 기억으로부터 시작해서 유소년기의 헨리 치나스키를 만날 수 있는 소설인 것이다.

찰스 부코스키는 1981년, 독일 번역가 카를 바이스너에게 보내는 편지에서[2]『호밀빵 햄 샌드위치』를 다른 이전의 소설 세 편보다 더 어렵고 느리게 썼다고 전한다. 이듬해에 보낸 편지에서도 처음에는 앉아서 착수하기가 쉽지 않았지만, 그 다음부터는 좀 더 쉬워졌다고도 했다.[3] 유년 시절이라는 감상적인 주제는 누구에게나 조심스럽고 찰스 부코스키에게도 예외는 아니었다. 책에서도 그렇게 등장하지만, 그는 자신의 유년 시절이 고통스러웠다고 회상한다. 우리가 가장 연약하고 상처 입기 쉬운 시기를 다루는 성장담은 그래서 아름답기도 하지만, 한편으로는 그 때문에 무척 아프기도 하다. 그는 균형을 찾고, 가망 없는 삶의 공포가 얼마간 웃음을 일으킬 수 있는 문학 작품을 쓰려고 했다. 그리고 그 결과물은 바로『호밀빵 햄 샌드위치』라는 형태로 나타났다.

『호밀빵 햄 샌드위치』는 미국 문학의 대표적 반(反)주인공인 헨리 치나스키가 어떻게 탄생하고 형성했는지를 보여 주는 성장 소설이다. 1920년 독일에서 태어난 부코스키는 세 살 때 미국 캘리포니아 로스앤젤레스로 이주한다. 이러한 궤적은 헨리 치나스키의 삶에 그대로 배어 있다. 그러나 〈기회의 땅〉 아메리카에서 자란 치나스키의 삶에 풍요의 흔적은

2 Charles Bukowski, "February 23, 1981", *On Writing* (New York: Ecco, 2015), p. 159.

3 Charles Bukowski, "May 29, 1982", 같은 책, p. 159.

없다. 강압적이고 이기적인 아버지의 폭력, 애정은 있지만 너무나 약해서 자기 자식조차 지킬 수 없는 어머니의 방조, 그리고 곧 닥쳐온 대공황의 여파는 어린 헨리를 집어삼킨다. 항상 사랑받고 사랑하고 싶었지만, 무리로부터 거절당하며 경험한 좌절, 평생의 흉터와 콤플렉스를 남긴 심각한 피부 질환, 그리고 그를 계속 따라다녔던 가난, 어린 나이에 익힌 음주 습관 등으로 어린 행크는 세상을 만나고 절망하고 반항하며 살아간다.

그러나 이처럼 우울했던 어린 시절을 보내는 와중에도 작가로서의 부코스키가 어떻게 탄생하였는지를 볼 수 있는 작품이 이 『호밀빵 햄 샌드위치』이기도 하다. 그는 도서관에서 자신의 마음을 흔든 작가들 — D. H. 로런스, 도스토옙스키, 투르게네프, 고리키, 헉슬리를 만난다. 그의 부모는 책을 싫어하고 글쓰기를 혐오했고, 그가 밤에 책을 읽으면 〈불 꺼!〉라고 고함치곤 했으나 책은 소년 부코스키에게 그 어떤 여자보다, 남자보다 더 가까운 존재였다.[4] 그리고 『호밀빵 햄 샌드위치』에는 그의 어린 시절의 문학 경험 중 가장 인상적인 〈아름다운 거짓말〉에 대한 에피소드가 묘사되어 있다. 무자비한 아버지의 처사로 허버트 후버 대통령의 방문 행진을 보러 갈 수 없었던 어린 치나스키는 그 장면을 지어서 쓰고, 선생님에게 가장 잘 쓴 작문으로 뽑혀 칭찬을 받는다. 그 사건으로 말미암아 그는 알게 된다. 사람들이 진정 원하는 것은 진실이 아닌 아름다운 거짓말이었다는 것을. 그런데 찰스 부코스키가 평생 써왔던 시와 소설이 단순한 허구가 아니라 그의 삶에 가장 가까운 이야기들이었다는 사실은 역설적으

4 이 경험은 그의 시 「첫사랑First Love」을 포함하여 여러 작품에 녹아 있다.

로 여겨지기도 한다.

허구와 현실이 명백히 구분되지 않는 부코스키의 작풍은 사후에 법적 분쟁의 원인이 되기도 했다. 2013년, 배우이자 영화감독인 제임스 프랭코가 그의 전기 영화 「부코스키」를 만들자, 『호밀빵 햄 샌드위치』를 포함한 부코스키의 다른 소설들의 영화 제작 판권을 가진 시릴 험프리스가 프랭코를 고소한 것이다. 부코스키의 전기적 사실은 자전적 소설인 『호밀빵 햄 샌드위치』에 고스란히 나타나 있고, 사실 그 자체에 있어서는 저작권을 논할 수 없지만 험프리스 쪽에서는 사실이 묘사된 방식이 『호밀빵 햄 샌드위치』와 유사하다는 것을 문제 삼았다. 프랭코 쪽에서는 그의 영화는 부코스키의 삶을 따라간 것일 뿐, 『호밀빵 햄 샌드위치』의 각색이 아니라고 주장했다. 결국, 이 사건은 이듬해에 양측의 협의로 마무리된다. 찰스 부코스키가 죽은 지 20년이 된 후에도 그의 스타일에 대해 사람들의 이목이 다시금 집중된 사건이었다.

『호밀빵 햄 샌드위치 *Ham on Rye*』라는 제목의 의미는 발표된 지 30년이 넘은 지금도 여전히 수수께끼로 남아 있다. 부코스키의 팬 포럼에 가면 이에 대한 팬들의 다양한 추측과 그간 제기된 여러 가설을 볼 수 있다.[5] 가장 일반적인 추측은 역시 〈호밀빵 햄 샌드위치〉라는 설명으로, 미국인들이 가장 흔히 먹는 학교 도시락을 가리킨다는 것이다. 작품 내에서는 치나스키가 첫 출근 때 싸 갔던 샌드위치가 이와 유사하다는 것을 근거로 삼고 있다. 가장 미국적인 어린이의 삶을 묘사하는 도구로서 〈햄 샌드위치〉가 쓰였다는 추측이다. 다른 설

5 참고한 웹 사이트의 주소는 다음과 같다. http://bukowskiforum.com/threads/why-ham-on-rye.163/

명으로는 〈호밀 위스키*rye whiskey*를 마신 서투른 배우*-ham actor*〉의 은유라는 말이 있다. 술에 취해 글을 쓰는 부코스키가 본인의 작품을 서투른 연기를 펼쳐 보이는 술 취한 배우의 연기에 비유했다는 뜻이다. 〈호밀〉이라는 단어에서 샐린저의 『호밀밭의 파수꾼*The Catcher in the Rye*』을 연상하는 사람도 있었다. 사회로부터 거부당한 소년들의 이야기라는 공통점이 있는 두 작품이라는 데에서 이런 연결이 유래된 것으로 보인다. 한편, 부코스키가 존경하고 친하게 지냈던 작가 존 판테이의 성장 소설 『먼지에게 물어봐*Ask the Dust*』의 한 구절 〈그녀는 내게 키스했다. 입에서는 호밀 리버워스트 샌드위치*liverwurst on rye* 냄새가 났다〉에서 유래했다는 짐작도 있다. 인기 있는 설 중 하나는 호밀빵 햄 샌드위치가 부모 사이에 낀 아이로서의 부코스키/치나스키를 뜻한다는 것이다. 이 제목이 부코스키 본인의 선택인지, 담당 편집자였던 존 마틴의 선택인지는 확실히 밝혀지지 않았으나 작가, 편집자, 그리고 독자 모두가 이 모호한 제목을 있는 그대로 받아들이고 있는 듯하다. 의미를 알 수 없는 제목은 그대로 한 단어처럼 굳어졌다. 작품과는 직접적인 상관은 없지만, 유명한 영국 작가 테리 프래쳇은 그의 시리즈 『디스크월드』에서 햄-온-라이라는 지명을 등장시키기도 했다.

『호밀빵 햄 샌드위치』는 발표 당시부터 평론가들에게 좋은 반응을 얻었고, 찰스 부코스키 본인도 그때까지 나온 소설 중에서는 자신이 제일 좋아하는 작품으로 꼽았다. 소년기의 고통과 꿈, 희망과 좌절, 그리고 이따금 달콤했던 순간들이 녹아 있는 이 작품은 생생한 밑바닥의 언어로 쓰였지만, 어린 치나스키를 만날 수 있는 가장 부드러운 소설이기도 하

다. 잔혹한 진실, 안타까운 절망. 오물투성이의 웅덩이 속에
서도 풀은 자란다. 어떤 이들은 이를 잡초라고 부르기도 할
것이다. 그러나 이러한 잡초의 이름을 찾는 것이 문학의 일
일 것이다. 그것은 모든 노동자, 반(反)노동자, 술꾼과 창녀,
도박꾼과 거절당한 작가, 이들 모두를 대변하는 부코스키가
해낸 일이기도 했다.

2016년 4월
박현주

옮긴이 **박현주** 1975년 서울에서 태어났다. 고려대학교 영어영문학과와 동 대학원을 졸업하고 일리노이 대학교에서 언어학 박사학위를 취득했다. 현재 고려대학교에서 강의하고 있으며 수필가, 번역가로 활동 중이다. 옮긴 책으로 찰스 부코스키의 『우체국』, 『여자들』, 제드 러벤펠드의 『살인의 해석』, 『죽음본능』, 페터 회의 『스밀라의 눈에 대한 감각』, 『경계에 선 아이들』, 마이클 온다치의 『잉글리시 페이션트』, 존 르카레의 『영원한 친구』, 트루먼 커포티의 『인 콜드 블러드』, 『차가운 벽』, 도로시 L. 세이어즈의 『증인이 너무 많다』, 『맹독』, 켄 브루언의 『런던 대로』, 하워드 엥겔의 『메모리 북』, 레이먼드 챈들러 선집 여섯 권 등 다수가 있으며, 지은 책으로 에세이집 『로맨스 약국』이 있다.

호밀빵 햄 샌드위치

발행일 2016년 4월 20일 초판 1쇄
       2023년 4월 5일 초판 5쇄

지은이 찰스 부코스키
옮긴이 박현주
발행인 홍예빈·홍유진
발행처 주식회사 열린책들

경기도 파주시 문발로 253 파주출판도시
전화 031-955-4000 팩스 031-955-4004
www.openbooks.co.kr

Copyright (C) 주식회사 열린책들, 2016, *Printed in Korea.*
ISBN 978-89-329-1763-4 03840

이 도서의 국립중앙도서관 출판예정도서목록(CIP)은 서지정보유통지원시스템 홈페이지(http://seoji.nl.go.kr)와
국가자료공동목록시스템(http://www.nl.go.kr/kolisnet)에서 이용하실 수 있습니다.(CIP제어번호 : CIP2016008224)